FINDING MEANING

의미 수업

의미 수업

슬픔을 이기는
여섯 번째 단계

Finding Meaning

데이비드 케슬러 지음
박여진 옮김

한국경제신문

하늘에 있는 아들과 지상에 있는 아들에게 이 책을 바친다.

추천사

살아가면서 누구나 한 번쯤은 가까운 이들의 죽음을 겪는다. 빅터 프랭클은 "삶에 목적이 있다면, 시련과 죽음에도 반드시 목적이 있다"고 말했다. 시련과 죽음 앞에서 삶의 의미를 찾을 수 있다면, 그 어떤 상황도 견뎌낼 수 있고 강해질 수 있으며 행복해질 수 있을 것이다. 그런 의미에서 이 책은 죽음과 삶 사이에서의 '의미 찾기'를 시도하고, 단순한 애도 차원을 넘어 이정표를 선사한다. 나 자신과 내 주변의 사랑하는 모든 이들의 죽음과 삶을 대비하기 위해 꼭 읽어봐야 할 책이다.

이시형, 세로토닌문화 원장

이 책은 읽는 내내 애잔한 감동으로 뜨거운 눈물을 흘리게 했다. 20대의 아들을 잃고 슬픔의 밑바닥에 가라앉아본 아버지로서의 쓰라린 경험에서 나온 이야기였기 때문이다. 저자는 명망 있는 슬픔 전문가로서 수많은 사별자들을 만나 상담을 하며 위로를 건넨다. 한편 우리가 사별자에게 무심코 건네는 위로의 말이 당사자들에게는 상처를 줄 수도 있다고 경고한다. 전문 상담사뿐 아니라 일반 대중도 꼭 읽어봤으면 한다. 왜냐하면 사별은 우리 모두가 언젠가는 반드시 경험하게 될 것이기 때문이다.

정현채, 서울대학교 명예교수(의과대학 내과학)

이 책에는 슬픔의 본질을 바라보고 함께할 수 있는 수많은 사회적인 메시지가 담겨 있다. 작가 겸 신경학자 올리버 색스를 연상시키는 접근성으로, 저자는 우리의 뇌가 슬픔에 어떻게 연결되어 있는지, 즉 죄책감에 사로잡혀 행복했던 시간들을 기억하지 못한 채 살아가고 있는 남은 자들이 어떻게 사랑하는 사람의 마지막 순간을 다시 떠올릴 수 있을지에 대해 다룬다.

닉 오우차Nick Owchar, 〈로스앤젤레스타임스〉 서평

어떤 사람들은 사후 세계에 대한 믿음을 통해 의미를 찾기도 하고, 잊고 있었던 사랑하는 사람들에 대한 좋은 기억을 떠올리는 데서 의미를 찾기도 한다. 슬픔의 고통은 사랑하는 사람을 잃은 것에 대한 자연스러운 반응이다. 그러나 저자가 언급하듯이 괴로움은 "우리의 마음이 만들어내는 소음"이며, 우리가 잃어버린 것에서 의미를 찾음으로써 분명 완화될 수 있다.

제인 브로디Jane Brody, 〈뉴욕타임스〉 서평

이 책은 뛰어나고, 사려 깊으며, 실용적인 지침서다. 데이비드 케슬러는 이 책을 통해 행복을 지켜줄 귀중한 삶의 지혜와 깊은 통찰력을 전해준다. 슬픔의 중요한 단계이자 마지막 단계인 '여섯 번째 단계'를 받아들이고 이해하도록 돕는다.

대니얼 J. 시겔Daniel J. Siegel, 의학박사, 《알아차림》 저자

데이비드 케슬러의 책은 딸이 세상을 떠난 이후 우리에게 처음으로 진정한 치유가 되어주었다.

제이슨 그린Jayson Greene, 《우리는 다시 한번 별을 보았다》 저자

이 아름답고, 따뜻하고, 지혜 어린 책은 사랑하는 사람을 잃고 몇 년 또는 수십 년 동안 고통스럽게 살아가는 이들에게 도움이 될 거라 확신한다. 내가 어머니를 잃었을 때 데이비드의 책을 만났더라면 좋았을 것이다. 이 책을 다른 이들에게 선물하고 싶다.

케이티 버틀러Katy Butler, 《죽음을 원할 자유》, 《웰다잉 기술The Art of Dying Well》 저자

데이비드 케슬러가 세상을 바라보는 시선과 그가 쓰는 글에는 그만의 독특한 감수성이 있다. 이제 그는 더 깊고, 더 충만하게 삶의 지평을 넓히고 있다. 그는 고통 속에 있는 이들의 뛰어난 치유자다.

메리앤 윌리엄슨Marianne Williamson, 《사랑의 기적A Return to Love》 저자

누구나 슬픔을 경험한다. 안타깝게도 우리는 그런 순간에 깊은 상실감에 빠져 어떻게 해야 하는지, 어떻게 감정에 대처해야 하는지 갈피를 잡지 못한다. 이 책은 그런 상실감에서 의미를 찾을 수 있도록 나침반을 제공한다. 나는 앞으로도 몇 년 동안 이 책을 읽고 또 읽을 것이다.

데니즈 자블론스키 케이Denise Jablonski Kaye, 로스앤젤레스 경찰국 심리학자

데이비드 케슬러는 슬픔으로 앞이 잘 보이지 않는 삶에서 가장 중요한 요소를 정확히 포착한다. 비극에서 벗어나 의미를 구축하는 능력이 바로 그 요소다. 지혜와 진심이 가득 담긴 이 책은 독자들에게 사랑했던 사람이 남긴 것들과 더불어 조화롭게 사는 법을 알려준다.

프레다 와서먼Fredda Wasserman, 결혼과 가정 상담 치료사이자 교사, '아워하우스 슬픔 지원 센터 Our House Grief Support Center' 이사 및 교사

죽음학에는 몇 가지 중요한 주제가 있다. 자살이나 장례 등이 그것인데, 그 가운데에서도 돌봄care은 대단히 중요한 주제다. 그래서 죽음학 교과서를 보면 항상 한 장을 할애해 돌봄에 대해 다루고 있다. 이때 돌봄은 고인을 사별한 유족들을 돌보는 것을 말한다. 인간이 죽는 과정을 아주 간단하게 보면, 당사자가 말기 질환 상태에 있다가 임종을 맞이하고 장례까지 다 마치면 그다음에 오는 것이 바로 유족들을 돌보는 일이다. 그 전까지는 죽음의 과정이 임종을 맞는 당사자를 중심으로 진행됐다면 장례가 끝난 다음에는 산 사람, 즉 유족들이 중심이 된다.

사랑하는 가족을 잃었을 때 우리가 겪는 슬픔은 상상을 초월한다. 어떤 때는 슬픔을 이기지 못하고 고인을 따라 죽기까지 한다. 특히 자살로 가족을 잃었을 때 더 큰 위기가 찾아온다. 따라서 이때 유족들은 전문적인 돌봄을 받아야 한다. 그래야 유족들이 슬픔을 이겨낼 수 있다. 그뿐만 아니라 가족의 죽음을 승화하는 귀중한 체험을 통해 자신의 삶을 업그레이드할 수 있다.

이 책의 저자인 데이비드 케슬러는 이 분야에서 최고의 전문가다. 그런데 그는 한 사람의 전문가에 그치는 것이 아니다. 이 책에서 그는 이전의 이론을 넘어선 창의적이고 참신한 이론을 주장한다. 그가 스승인 엘리자베스 퀴블러 로스 박사와 함께 몇 권의 공저를 낸 것은 잘 알려져 있다. 이 책에서 그는 스승의 설을 이어받되 진일보한 이론을 내세우고 있어 우리의 관심을 끈다.

로스는 인간이 죽음을 맞이하는 과정을 다섯 단계로 나눈 것으로 유명하다. 그 다섯 단계란 잘 알려진 것처럼 '부정-분노-타협-우울-수용'이다. 이것을 순서대로 보면, 인간은 자신의 죽음을 맞이하게 되면 일단 '부정'하고 그다음에는 자신만 죽는다는 사실에 '분노'한다. 그러다 자신을 이런 상황으로 몰고 온 주위 여건과 '타협'을 시도하는데, 그것이 안 되면 '우울'에 빠진다. 이 상태로 있다가 결국은 자신의 죽음을 '수용'한다는 것이 그것이다. 물론 모든 사람들이 이런 단계를 다 겪는 것은 아니다. 어떤 사람은 분노와 우울 단계를 왔다 갔다 하면서 힘들어하고, 또 어떤 사람은 우울 단계를 벗어나지 못하고 죽음을 맞이하기도 한다.

케슬러는 로스의 이론을 사랑하는 사람을 잃은 유족들에게 적용해 다음과 같은 단계 이론을 만들었다.

부정: 당면한 상실에 대한 충격과 불신 단계
분노: 사랑하는 누군가가 더 이상 존재하지 않는다는 사실에 대한 분노 단계

타협: '만약'이라는 가정과 후회가 가득한 단계

우울: 상실에서 비롯된 슬픔으로 우울한 단계

수용: 상실을 현실로 인지하고 받아들이는 단계

로스의 단계를 그대로 가져왔지만, 그 해석은 완전히 달라졌다. 그런데 만일 케슬러가 여기에서 그쳤다면 그의 이론은 빛을 발하기 힘들었을 것이다. 왜냐하면 사별을 겪은 유족들이 어떤 과정을 겪으면서 슬픔을 극복하는가에 대한 연구는 많이 있기 때문이다. 학자에 따라 이 과정을 10단계나 12단계, 또는 15단계로 나누기도 하니 이들의 주장은 케슬러의 그것보다 더 정교하다고 할 수 있다. 그런데 케슬러는 매우 창의적인 주장을 했다. 이 다섯 단계의 다음 단계이면서 앞 단계들을 수렴하고 완성할 수 있는 여섯 번째 단계를 설정한 것이다.

케슬러가 주장한 이 여섯 번째이자 마지막 단계는 바로 '의미'의 단계다. 그의 주장은 간단하다. 고인의 죽음에서 의미를 발견해야 사별의 아픔을 진정으로 극복할 수 있고, 남은 자신의 삶도 치유될 수 있다는 것이다. 그러면 그 의미를 어디서 찾아야 할까? 여기서 케슬러의 통찰력이 다시 빛난다. 그 의미는 멀리 있는 게 아니라 바로 '살아 있는 나'에게 있다는 것이다.

사람들은 고인이 죽은 뒤 그를 기억할 수 있는 유품들을 간직한다. 그것도 나쁜 방법은 아니지만 고인의 의미는 유품이 아니라 그가 살아 있을 때 나와 겪은 수많은 아름다운 추억에서 찾아야 한

다. 그것을 기억하고 다른 사람들과 나눌 수 있는 사람은 이 세상에 나밖에 없다. 나야말로 고인이 이 세상에 살았음을 증명할 수 있는 유일한 존재다. 따라서 고인과의 관계에서 얼마나 많은 사랑의 교환이 있었는가를 기억하라고 케슬러는 조언한다. 그 사랑 속에서 나는 항상 고인과 함께 있고, 내 삶에서 새로운 의미를 찾아낼 수 있다는 것이다.

케슬러의 주장이 공허하게 들리지 않는 것은 그가 엄청난 사별의 슬픔을 경험한 사람인 까닭이다. 그는 20대 초반인 아들을 잃었다. 입양한 아들이지만 그가 아들에게 쏟은 사랑은 각별했다. 그 사랑이 그의 글에서 절절하게 묻어난다. 그는 아들을 잃고서 너무도 슬펐지만 아들과의 짧은 만남에서 의미와 사랑을 발견하고 슬픔을 극복했다. 극복했다고 해서 슬픔이 사라지는 것은 아니다. 여전히 슬프지만 그는 두 사람의 만남에 용해되어 있는 의미를 알아냈고, 그 사랑에 다시금 눈을 떴기에 버전 업된 삶을 살게 된 것이다. 그런 경지에 오르니 케슬러는 비슷한 처지에 있는 사람들에게 꼭 맞는 위로를 줄 수 있는 진정한 '돌봄 전문가'이자 '슬픔 전문가'로 다시 태어날 수 있었다.

지금 국내에는 이 돌봄이라는 주제에 대해 전문적인 연구도 부족하고 그에 따른 결과로 이를 제대로 훈련받은 인원도 극히 제한되어 있다. 그런 현실을 감안할 때 이 책의 중요성은 아무리 강조해도 지나치지 않다. 이 책에는 수많은 예화들이 생생하게 묘사되어 있다. 따라서 현재 사별의 슬픔을 겪고 있는 사람이나 실제로 이 분야의 전문가로 훈련받는 사람들은 이 책에서 상당한 도움을 받을 수 있을 것이다. 각 사안마다 케슬러가 어떻게 응대했는지를 면밀히 살펴보면 같은 상황에 처했을 때 유용하게 활용할 수 있을 것이다.

또 이 책의 활용성은 다른 데에서도 찾아볼 수 있다. 무엇보다 현재 미국은 이 주제와 관련해 어떤 상황이며 어떻게 대처하고 있는지 알 수 있어 좋다. 저자가 자원봉사할 때 담당했던 일이 내 귀를 의심하게 만들 정도로 놀라웠는데, 그 가운데 하나만 소개하고 추천의 글을 마치고자 한다.

미국으로 오는 어떤 비행기가 사고를 당해 일부 승객들은 죽고 생존한 승객들은 다른 비행기로 귀착지인 로스앤젤레스 공항으로 들어왔다. 가족이 죽었다는 소식을 듣고 공항으로 몰려온 유족들은 비행기가 도착하자 패닉에 빠졌다. 이때 저자는 이 사고로 사망한 사람들의 유족을 돌보는 임무를 맡았고, 이들을 효과적인 방법으로 위로하고 진정시키는 일을 해냈다. 여기서 내가 말하고자 하는 것은 이런 뜻하지 않는 사고에서 유족들까지 돌보는 일을 진행하는 미국의 시스템에 관한 것이다. 사고 처리도 바쁠 텐데 유족들을 돌보는 것은 결코 쉬운 일이 아니다. 이런 일을 사회적 시스템으로 만들어놓은 그 나라가 대단하다는 생각마저 든다.

이 책에는 이처럼 내 주변에서 벌어진 일 같은 생생한 사례가 많이 실려 있어 쪽수가 줄어드는 것을 눈치채지 못할 정도로 푹 빠져들어 읽을 수 있다. 우리들 가운데 사별의 슬픔을 겪지 않는 사람은 없다. 지금까지 겪지 않았더라도 언제 그런 일을 당할지 모른다. 자신의 죽음과 사랑하는 사람의 죽음을 진정으로 이해하고 싶다면, 이 책이 큰 위로와 도움이 될 것이다.

최준식
이화여자대학교 한국학과 교수

의미 수업 — 차례

추천사 006

추천의 글 008

저자의 말 016

글을 시작하며 017

제1부 모든 상실에는 의미가 있다

1 의미 찾기란 무엇인가? 036

2 슬픔에는 반드시 목격자가 필요하다 062

3 죽음은 삶을 바라보는 관점이 된다 095

4 의미 찾기의 첫 번째 단계 123

5 다시 살아가리라는 결정 147

제2부 슬픔을 겪으며 만나는 일들

6 '왜'라는 질문에서 의미 찾기 172

7 드러낼 수 없는 슬픔, 자살 194

8 어려운 인간관계 217

9 자식을 먼저 떠나보낸다는 것 244

10 보이지 않는 상실, 유산 263

11 마음의 병: 정신적 문제와 중독 280

제3부 떠난 자가 남기고 간 것들

12 고통보다는 사랑 310

13 남겨진 산물, 유산 330

14 슬픔에서 믿음으로 352

15 모든 것은 변한다 368

글을 마치며 398

감사의 글 405

슬픔에 빠진 수많은 가족들과 친구들이 마주한 어려움과 그 혹독함에서 얻은 지혜를 이 책에 담았다. 책에 소개한 인물의 이름과 특징 등은 대부분 바꾸었다. 두 사람 또는 그 이상의 사례와 특징을 합하기도 했다.

1969년, 엘리자베스 퀴블러 로스Elizabeth Kubler Ross는 획기적인 저서 《죽음과 죽어감》에서 죽어감에 관한 다섯 단계를 정의했다. 정신과 의사였던 퀴블러 로스는 죽어가는 환자들이 공통으로 비슷한 단계를 경험한다는 사실을 알게 되었다. 퀴블러 로스의 연구는 세간의 주목을 끌었고 죽음과 죽어감에 관한 생각과 담론을 완전히 뒤바꾸어놓았다. 퀴블러 로스는 죽음에 대한 공허한 미사여구에서 벗어나 보편적인 경험의 진실에 도달하는 문을 열어줌으로써 빛으로 들어갈 수 있게 해주었다.

수십 년 뒤, 나는 퀴블러 로스의 제자이자 친구가 되는 특권을 누릴 수 있었으며 그녀와 함께 《인생 수업》의 공저자가 될 수 있었다. 이후 두 번째 공저이자 그녀의 유작이 된 《상실 수업》을 집필하면서 엘리자베스는 내게 슬픔에 빠진 사람들이 죽음에 가까워진 사람들과 비슷한 단계를 겪는다는 사실을 적용하고 정리할 수 있도록 도와달라고 했다. 슬픔의 다섯 단계는 다음과 같다.

부정: 당면한 상실에 대한 충격과 불신 단계

분노: 사랑하는 누군가가 더 이상 존재하지 않는다는 사실에 대한 분노 단계

타협: '만약'이라는 가정과 후회가 가득한 단계

우울: 상실에서 비롯된 슬픔으로 우울한 단계

수용: 상실을 현실로 인지하고 받아들이는 단계

이 다섯 단계는 엄밀한 규범은 아니지만 죽음에 가까워진 사람과 이 책의 대상이 되는 슬픔에 빠진 사람 모두에게 보편적으로 적용된다. 거듭 말하건대 이 단계들은 소용돌이치는 격렬한 감정을 깔끔하게 정돈하는 방법이 결코 아니다. 어떤 처방전이 아니라 상태에 대한 설명이자 보편적인 과정에 대한 설명이라 할 수 있다.

누구나 자기만의 방식으로 슬픔을 겪는다. 하지만 슬픔의 과정은 대체로 앞서 언급한 이 다섯 단계와 비슷하게 흘러가는 경향이 있어서 슬픔을 겪은 사람들은 대부분 저 단계를 이해한다.《인생 수업》과《상실 수업》이 출간되고 몇 년 뒤 나는 크나큰 상실을 겪었다. 그리고 사랑하는 사람의 죽음이라는 비극에 직면했을 때 정말 저 다섯 단계의 감정을 겪게 된다는 사실을 몸소 깨달았다.

퀴블러 로스가 정의한 슬픔의 다섯 단계 중 다섯 번째는 수용이다. 이 단계에서 사람들은 비로소 상실을 현실로 받아들이게 된다. 잠시 멈춰 서서 한숨을 내쉬며 사랑하는 사람이 정말로 떠났다고 하는, 부인할 수 없는 사실을 인정하게 된다. 이는 결코 쉬운 과정

이 아니다. 극도로 고통스러울 수도 있다. 또 수용한다고 해서 상실이 괜찮다거나 슬픔의 과정이 공식적으로 끝난다는 말도 아니다. 그럼에도 의도하지는 않았지만 엘리자베스와 나는 이 다섯 번째가 마지막 단계라고 암묵적으로 생각했다.

하지만 몇 년 뒤 나는 여섯 번째 단계이자 치유의 과정인 '의미'가 있음을 깨달았다. 이는 내가 임의대로 만든 단계도, 의무적인 단계도 아니다. 많은 이들이 직관적으로 알고 있는 단계이며, 더러는 도움이 되기도 하는 단계다. 이 여섯 번째 단계에서 사람들은 시간이 흐르면 슬픔의 농도가 엷어지긴 해도 결코 완전히 끝나지는 않는다는 사실을 인정하게 된다. 더불어 여섯 번째 단계인 '의미'를 진지하게 받아들이고 실천하면 슬픔을 보다 충만하고 풍요로운 무언가로 바꿀 수 있음을 알게 된다.

우리는 의미를 통해 고통 그 이상의 것을 발견할 수 있다. 사랑하는 사람이 세상을 떠났을 때 또는 결혼 생활이 끝났을 때, 일하던 회사가 폐업하는 바람에 일자리를 잃었을 때, 자연재해로 살던 집이 폐허가 되었을 때 등 살면서 절망과 좌절의 순간을 경험하는 순간 우리는 가혹한 상실 너머에 있는 무언가를 원하며, 의미를 찾고 싶어 한다. 상실은 사람을 고통스럽고 무력하게 만든다. 더러는 상실감에 매몰되어 수년을 빠져나오지 못하기도 한다. 하지만 상실에서 의미를 찾다 보면 그곳에서 나와 앞으로 나아갈 힘을 얻을 수 있다. 의미 찾기를 통해 슬픔이라고 하는 감정을 진정으로 이해하게 된다. 이 책에서 들려주는, 여섯 번째 단계를 거친 수많은 사람의 다양한 이야기를 통해 이를 확인할 수 있을 것이다.

사별을 경험한 사람들과 주로 일을 하면서 의미 찾기가 결코 쉽지 않다는 걸 자주 느낀다. 사랑하는 사람이 오랜 투병 끝에 세상을 떠났건 예기치 않은 사고로 어느 날 갑자기 세상을 떠났건 마찬가지다. 상실의 공간에는 언제나 그 속에서 의미를 찾고자 하는 갈망이 있다.

그렇다면 어떤 형태로 의미를 찾을 수 있는가? 매우 다양하다. 이를테면, 사랑하는 사람과 함께했던 추억을 떠올리며 감사할 수도 있고, 사랑하는 사람을 기리고 기념하는 방법을 찾을 수도 있으며, 짧고 소중한 삶의 가치를 깨닫고 이를 발판 삼아 중요한 변화를 만들어낼 수도 있다.

상실에서 의미를 찾는 사람은 그렇지 않은 사람보다 슬픔의 세월을 한층 견고하게 견딜 수 있다. 슬픔의 다섯 단계 중 한 단계에 오랫동안 매몰되어 있지 않을 수 있다. 어느 한 단계에서 빠져나오지 못하면 갑자기 몸무게가 늘거나 준다든지, 술이나 약물에 중독된다든지, 분노 조절을 못 하게 된다든지, 또다시 누군가를 잃을까 두려워 새로운 인간관계를 맺지 못하게 된다든지 하는 문제가 생기기도 한다. 상실감에만 빠져 있으면 그 상실감이 삶을 갉아먹어 결국 삶의 모든 목표와 방향을 잃어버리고 만다. 상실 이후에 오는 모든 괴로움과 역경을 전부 없앨 수는 없지만, 그 자리에는 거의 항상 유대감이 존재하기 마련이다.

슬픔은 극도로 강렬한 감정이다. 슬픔이라고 하는 감정은 고통과 괴로움, 분노, 우울로 우리를 짓눌러 꼼짝 못 하게 만든다. 우리의 심장을 꽉 움켜쥔 채 놓아주려 하지 않는다.

하지만 온 감각을 마비시키는 상실감 속에서도 의미를 찾을 수 있다면 단지 상실감에서 벗어나는 데 그치지 않고 그 이상으로 나아갈 수 있다. 최악의 상황에서도 최선의 방법을 찾게 된다. 좋은 날, 심지어 기쁜 날들을 살 수 있는 길을 찾기 위해 끊임없이 성장하고 노력하다 보면 세상을 떠난 사람이 남긴 교훈과 사랑으로 삶을 더 풍요롭게 만들 수 있다.

상실 이후 의미를 찾는 과정은 사람마다 다르다. 캔디 라이트너Candy Lightner는 상습 음주 운전자 때문에 딸 캐리를 잃은 뒤 1980년 음주 운전에 반대하는 엄마들 모임 'MADDMothers Against Drunk Driving'를 만들었다. 이런 모임을 만든다고 해서 딸이 죽은 이유를 납득할 수 있는 건 아니지만 다른 이들의 생명을 구하는 모임을 통해 크나큰 의미를 찾을 수 있었다. 이 세상에 딸의 목숨을 대체할 수 있는 것은 아무것도 없었지만 딸의 죽음에서 선한 영향력을 만들어내는 능력은 캔디의 삶은 물론 딸의 삶에도 커다란 의미를 부여했다.

존 월시John Walsh는 아들 애덤이 살해된 뒤 텔레비전 프로그램 〈미국 최악의 지명수배자America's Most Wanted〉를 만들었다. 길거리에서 무참히 살해되는 아이들이 없도록 거리 범죄와 맞서 싸우기 위해 만든 프로그램이다.

존 월시와 캔디 라이트너는 단체를 만들어 의미를 찾았다. 물론

이들처럼 대규모 프로젝트를 실행할 수 있는 사람은 많지 않다. 하지만 꼭 큰 규모여야만 의미를 찾을 수 있는 것은 아니다. 마음만 먹는다면, 의지만 있다면 사소한 순간에서도 의미를 찾을 수 있다.

마시Marcy의 아버지는 평소 밀튼 버얼Milton Berle, 데니 토머스Danny Thomas, 모리 암스테르담Morey Amsterdam 등을 좋아했다. 아버지는 마시에게 데니 토머스와 만난 적이 있다는 이야기를 자주 했다. 아버지에게 그 추억이 몹시 소중했다는 사실을 잘 알고 있던 마시는 아버지가 돌아가시고 나서 텔레비전에서 데니 토머스가 나오거나 언급될 때마다 아버지를 떠올렸다.

하루는 택배를 보내고 우표도 몇 장 사려고 우체국에 줄을 서서 기다리고 있었다.

"어떤 우표로 드릴까요?" 우체국 직원이 물었다.

"영원 우표(우표 구입 시기와 관계없이 우푯값이 올라도 구입 가격 그대로 사용할 수 있는 우표-옮긴이)요."

"국기 우표와 꽃 우표, 기념우표가 있습니다. 한번 보시겠어요?"

'그게 그거지. 뭐, 크게 다르겠어?' 마시는 심드렁했지만 그래도 한번 보기로 했다. 커다란 우표 진열장에 펼쳐진 우표들을 살펴보는데 데니 토머스 우표가 눈에 확 띄었다. 마시는 아버지 생각에 데니 토머스 우표를 잔뜩 샀다. 그렇게 산 우표들을 우표첩에 넣어 두지도, 특별히 애지중지 보관하지도 않은 채 그저 우표답게 사용했다. 지금도 마시는 편지를 보낼 때나 청구서를 보낼 때 데니 토머스가 미소 짓고 있는 우표를 사용한다. 그 사소한 순간들이 마시

에게 아버지와 함께했던 추억을 소환해 아늑한 기분을 느끼게 해
주었다. 아버지의 삶에서 의미를 찾아주는 그 따스한 기억들만으
로도 충분했다.

슬픔에 빠진 사람들을 상대하다 보니 이런 질문을 자주 듣는다.
"의미를 어디에서 찾아야 하나요? 죽음? 상실? 특별한 일? 사랑했
던 사람의 삶? 아니면 상실을 겪은 뒤의 내 삶에서 찾아야 하는 건
가요?"

모두 맞다. 모든 곳에서 의미를 찾다 보면 더 깊은 질문과 더 깊
은 대답을 만날지도 모른다. 의미는 사랑했던 사람의 삶을 기리는
의식에서 또는 그 사람의 이름으로 한 기부에서도 찾을 수 있다.
아니면 사랑하는 사람을 잃은 뒤 곁에 남아 있는 사람들과 유대감
이 더욱 깊어지거나 관계가 소원했던 사람과 다시 가까워질 수도
있다. 더러는 이 땅에 살아 있는 모든 생명이 특별하게 느껴지면서
아름다움에 대한 새로운 기준을 가지게 될 수도 있다.

디어드레Deirdre는 남편을 잃고 2년쯤 지난 어느 날 나를 찾아왔
다. 그녀는 남편을 사무치게 그리워했다. 유난히 금실이 좋아 애정
넘치는 결혼 생활을 했기에 디어드레에게 배우자의 공백은 더욱
크게 느껴졌다. 디어드레의 아버지는 사위가 죽기 한 달 전 자신의
형을 잃었다. 디어드레와 아버지는 슬픔 속에서 깊은 유대감을 느
꼈다. "아버지의 고통이 충분히 이해가 됐어요. 아버지는 형과 우
애가 무척 좋았거든요. 아버지의 심정이 깊이 헤아려지더군요." 디
어드레는 말했다.

어느 날, 하와이에 거주하는 디어드레의 가족은 조카딸이 참가하는 카누 경기를 보려고 펄하버 인근 캠핑장에 다 같이 모였다. 그런데 경기가 시작되기 몇 분 전, 갑자기 아군의 핵 공격을 알리는 경보음이 아침 공기를 날카롭게 갈랐다. 동시에 디어드레의 휴대전화에 '미사일 경계경보 발령, 실제 상황'이라는 문자가 떴다.

"천막에 있던 코치들이 모두 밖으로 나왔어요. 그러고는 확성기에서 '괜찮습니다. 모두 안전하게 집으로 돌아갈 겁니다. 다들 차로 돌아가세요.'라는 안내 방송이 나왔죠."라며 디어드레는 말을 이어 나갔다.

아버지, 오빠, 삼촌, 다른 가족들 모두 텐트를 철수하기 시작했어요. 제가 차에 밧줄을 가지러 갔다가 돌아왔더니 이미 다들 떠나고 없더군요. 심지어 엄마마저도 이미 가버리고 없었죠. "다들 조심히 들어가. 근데 엄마는 어디 있어?" 하고 말하는데 이미 차 안에 앉아 있는 엄마 모습이 보였어요. 엄마도 부랴부랴 떠나고 있었죠. 그곳에서 유일하게 떠나지 않은 사람은 아버지뿐이었어요. 아버지는 서두르지 않았어요. 저는 아버지에게 물었죠. "괜찮으세요?"

'왜 다들 저렇게 떠나버린 거지? 왜 잠깐 시간을 내서 잘 가라는 인사조차 하지 않는 거지?' 모든 상황이 우습게 느껴졌죠. '어차피 죽을 거라면, 사랑하는 사람들과 함께 그 순간을 맞이하는 편이 더 낫지 않나?' 하는 생각이 들었어요. 정말 미사일이 발사됐다면 모두 집으로 가는 차 안에서 죽을 텐데 말이죠. 그런데 아무도 제게 사랑한다고 말해주거나 꼭 살아서 다시 보자는 말을 해주지 않았어요. 아무도 마지막 순간을 함께 나누지 않았죠. 우린 정말 가까운 사이인 가족이잖아요. 평소에는 더없이 소중한 가족이거든요.

그 순간 다른 사람들과 달리 아버지와 저 단 두 사람만이 그곳에서 달아날 필요가 없다고 생각했다는 사실이 무척 신기했어요. 아버지와 저는 이 세상을 떠나는 순간을 함께하기로 했어요. 끔찍하게 두려웠던 순간에 내린 어마어마한 결정이었죠. 저는 아버지에게 내 아버지로 살아주셔서 감사하다고 말했어요. 아버지도 제게 딸이 되어주어 고맙다고 말했죠. 우린 살면서 우리가 가장 사랑했던 것들을 이야기했어요.

직업이 심리학자이다 보니 다른 가족들이 모두 떠나고 저와 아버지가 마지막 순간까지 함께 있을 수 있던 이유를 분석하게 되더군요. 아마도 가까운 사람의 죽음을 떠올리며 우리의 삶이 얼마나 귀중한지 깨달았기 때문이 아닌가 싶어요. 앞으로 살 수 있는 시간이 5분, 10분 정도뿐이라면 그 시간을 낭비하고 싶지 않았어요.

결국 그 경계경보는 잘못된 것으로 판명 났지만 그때 아버지와 내가 내린 결정, 남은 생의 마지막 순간을 의미 있게 보내겠다고 했던 그 결정이 무척 좋았어요. 남은 삶이 얼마나 되는지 아는 사람은 없잖아요. 5분일 수도, 5년일 수도, 50년일 수도 있지요. 우리에게 남은 인생을 조절할 능력은 없지만, 남은 삶에서 무엇을 선택하며 살지는 조절할 수 있어요.

사랑하는 이의 죽음 이후에도 내 삶을 잘 살아내면서 고인에 대한 사랑을 지켜나가는 방법을 찾다 보면 그 과정에서도 의미를 발견할 수 있다. 그렇다고 해서 사랑했던 사람을 더 이상 그리워하지 않을 것이라는 말은 아니다. 디어드레가 그랬듯 삶이 얼마나 소중한지 깨닫게 될 것이라는 의미다. 생의 마지막은 며칠 뒤에 닥칠 수도 있고 몇십 년 뒤에 닥칠 수도 있다. 그건 아무도 모른다. 그러므로 하루하루를 소중하게 여기고 매 순간 충만하게 살려고 노력해야 한다. 그것이 지금은 세상을 떠났지만 우리가 사랑했던 이들의 존엄을 지켜주는 최선의 방법이다.

다음은 의미 찾기에 도움이 되는 지혜가 담긴 몇 가지 말이다.

1. 의미는 상대적이고 개인적이다.

2. 의미를 찾으려면 시간이 걸린다. 상실 이후 몇 달이 걸릴 수도 있고 몇 년이 걸릴 수도 있다.

3. 모든 것을 다 이해해야 하는 것은 아니다. 왜 그 사람이 이 세상을 떠나야 했는지를 반드시 이해해야만 의미를 찾을 수 있는 것은 아니다.

4. 의미를 찾을 때도 의미가 상실을 대체할 가치가 있다고 느끼지 않을 수도 있다.

5. 상실은 내게 주어진 시험도, 교훈도, 과제도, 선물도, 축복도 아니다. 상실은 삶에서 그냥 벌어진 일이다. 의미는 내가 만들어가는 것이다.

6. 내게 맞는 의미는 오직 나 자신만이 찾을 수 있다.

7. 의미 있는 유대감은 고통스러운 기억을 치유하는 데 도움이 된다.

이 책을 집필하기 전부터 나는 슬픔에 빠진 이들을 위해 수십 년간 글을 쓰고 강의를 하고 필요한 일들을 했다. 그때까지만 해도 행복한 50대의 삶을 살고 있었고, 직업으로나 개인적 삶으로나 나 자신이 슬픔을 아주 잘 아는 사람이라고 생각했다. 이 나이쯤 되면 누구나 깊은 슬픔을 겪는다. 부모님이 모두 돌아가시고 친형제 같던 조카도 죽었다. 하지만 슬픔 전문가라는 직업도, 살면서 겪은 이별도 이 책을 쓰기 시작할 무렵 내가 겪은 갑작스러운 상실의 대비책이 되어주지는 못했다.

어느 날 갑자기 내 아들이 죽었다. 스물한 살이었다. 그토록 오랜 세월 다른 사람들에게 슬픔을 극복하는 길을 안내해주었건만 정작 내게 닥친 상실감은 너무도 어마어마하고 끔찍해서 도무지 슬픔을 극복할 만한 방법이 있을 것 같지 않았다. 의미 찾기가 슬픔을 치유하는 중요한 수단임을 알고 있었지만 이런 상실감에서 의미를 찾을 수 있을 것 같지도 않았다. 상실감에 빠진 다른 수많은 이들과 마찬가지로 내 슬픔은 너무도 거대해서 도저히 치유될 수 없을 것만 같았다.

2000년, 나는 가정 위탁 시스템을 통해 로스앤젤레스에서 사랑스러운 남자아이 둘을 입양했다. 당시 데이비드는 네 살이었고 형리처드는 다섯 살이었다. 그때까지 두 아이는 위탁 가정 다섯 곳을 거쳤고 파양 경험도 한 번 있었다. 가족 중에 마약중독자가 있어서 데이비드도 태어날 때부터 체내에 약물중독 증상이 있었고, 이 문제는 입양에 계속 걸림돌이 되었다. 그 이야기를 처음 들었을 때는 나도 데이비드의 문제가 치유되지 않으면 어쩌나 하는 두려움이 컸다. 하지만 막상 두 아이의 얼굴을 본 순간 사랑이 모든 것을 이기리라는 생각이 들었다. 입양 절차를 밟고 함께 몇 년을 보내면서 사랑의 힘에 대한 생각은 확신으로 바뀌었다. 데이비드와 리처드는 하루하루 놀라울 정도로 달라졌고 멋진 아이들로 자라났다.

안타깝게도 데이비드의 어릴 적 트라우마는 10대가 되면서부터 두드러지기 시작했다. 열일곱 살이 되던 해, 데이비드는 약물에 손을 대기 시작했다. 다행히도 데이비드는 약물에 손을 댄 지 얼마 지나지 않아 내게 솔직하게 털어놓았고, 지금 자신이 중독되었으며 도움이 필요하다고 말했다. 이후 몇 년간 우리 가족의 삶은 재활과 약물중독 치료 12단계 프로그램 등이 장악했다.

그러다가 스무 살이 된 데이비드는 약물을 절제하면서 대학에도 입학했고, 사회복지학과를 갓 졸업한 아름다운 여자와 사랑에 빠졌다. 데이비드는 약학 분야에 관심이 있었지만 어떤 직업을 가질지, 어떤 일을 해야 할지 등을 두고 갈팡질팡 고민을 많이 했다. 그래도 상황은 희망적이었다. 하지만 스물한 살 생일 며칠 뒤 데이비드는 여자 친구에게 실수를 저질렀고, 결국 그녀와 헤어졌다. 그때부터 데이비드는 약물중독 재활 시설에서 알게 된 친구를 만나기 시작했다. 그 친구 역시 데이비드처럼 힘든 시기를 거치고 있었고, 그렇게 만난 둘은 다시 약물에 빠져들었다. 그 친구는 살았다. 그러나 데이비드는 죽었다.

당시 나는 전국을 다니며 강연을 하고 있었는데 어느 날 리처드에게서 전화가 왔다. 전화 속 리처드는 울면서 말했다. 데이비드가 죽었다고. 그 후 몇 달 동안 나는 지독한 슬픔의 구렁텅이에 빠져 지냈다. 다행스럽게도 친구들과 가족들은 나를 슬픔 전문가로 보지 않고 아들을 잃은 아버지로 대해주었다.

데이비드가 세상을 떠난 직후 내 동반자 폴 데니스턴Paul Denniston 과 영성 지도자이자 데이비드의 대모였던 메리앤 윌리엄슨은 내 곁에서 내 말을 들어주고 내게 말을 건네주며 그들이 줄 수 있는 모든 도움을 주었다. 내 친구이자 당시 엘리자베스 퀴블러 로스 재단의 이사장이던 다이앤 그레이Dianne Gray는 용감한 부모답게 내게 이렇게 말했다. "지금 슬픔에 빠져 계신 거 잘 알아요. 앞으로 한동안은 그 슬픔 속으로 계속 가라앉을 거예요. 하지만 언젠가는 바닥에 닿아요. 그때가 되면 결정을 내려야 해요. 당신은 계속 바닥에 머물러 있을 건가요, 아니면 바닥을 박차고 다시 수면 위로 올라올 건가요?"

다이앤이 옳았다. 나도 알고 있었다. 내가 고통의 망망대해 깊디깊은 곳에 침전해 있으며, 그 아득한 나락에 한동안 머물러야 한다는 사실을. 나는 수면 위로 올라올 준비가 되어 있지 않았다. 하지만 그렇다 할지라도 나는 앞으로 계속 나의 생을 살아가야 했다. 남아 있는 내 아들과 나 자신을 위해 그렇게 해야 했다. 데이비드의 죽음과 내 삶을 무의미하게 만들고 싶지 않았다. 하지만 이 끔찍하고 잔인한 시기에 어떻게 의미를 찾아야 하는지, 무얼 해야 하는지 머릿속이 캄캄했다. 당시 내가 할 수 있는 것이라고는 퀴블러 로스가 말한 슬픔의 단계를 서둘지 않고 천천히 따라가는 것뿐이었다. 하지만 데이비드의 죽음은 마지막 단계인 '수용'에서 멈추지도 않을 것이고 멈출 수도 없으리라는 생각이 들었다.

처음에는 사랑하는 아들에 대한 추억에서 그 어떤 위로도 찾을 수 없었다. 당시에는 온통 분노뿐이었다. 세상에, 신에게, 데이비드에게 너무 화가 났다. 하지만 앞으로 나아가려면 지금 이 슬픔에서 의미를 찾아야 했다. 내가 강연에서 자주 인용하던 말이 떠올랐다. "삶에서 슬픔은 선택이다." 맞는 말이다. 일부러 슬픔을 겪을 필요는 없지만 슬픔을 피하는 유일한 길은 사랑하지 않는 것뿐이다. 사랑과 슬픔은 떼려야 뗄 수 없는 관계다.

에리히 프롬Erich Fromm은 이렇게 말했다. "어떤 대가를 치르더라도 슬픔을 겪고 싶지 않다면 행복을 배제한 채 철저히 고립된 삶을 살아야 한다."

사랑과 슬픔은 패키지 상품과도 같다. 사랑하면 언젠가는 슬프다. 만약 내가 데이비드를 알지 못했더라면, 그 아이를 사랑하지 않았더라면 상실의 고통도 훌쩍 건너뛸 수 있었을 것이다. 하지만 정말 그랬다면 나는 삶에서 소중한 것을 얼마나 놓치며 살았을까? 그 순간 아들이 내 삶에 찾아와주었다는 사실에, 아들과 함께 보낸 시간에 깊이 감사하는 마음이 들었다. 그리 긴 시간은 아니었지만 데이비드와 함께했던 날들은 내 삶을 완전히 바꾸어놓았고 내 인생을 헤아릴 수 없이 풍요롭게 해주었다. 이 사실을 깨달은 순간 내 삶에서 어떤 의미가 희미하게 보이기 시작했다.

그러다 보니 데이비드의 죽음뿐 아니라 삶에서도 더 깊은 의미를 찾을 수 있었다. 이 부분은 이 책 후반부에서 좀 더 자세히 이야기하도록 하겠다. 내게 의미는 아들에 대한 사랑이다. 의미 찾기는 아들이 내게 남긴 선물들을 보기 위해 내가 선택한 방식이다. 내 아들 데이비드를 죽게 만든 약물로 인해 꺼져가는 또 다른 생명들을 지키려는 노력 역시 나의 의미다. 모든 이에게 의미는 세상을 떠난 이들을 향한 사랑을 기억하고 되새기는 것이다. 의미는 슬픔의 여섯 번째 단계이며, 진정한 치유는 이 단계에서 주로 이루어진다.

아들이 세상을 떠난 직후 나는 다시 글을 쓸 수 있을지, 다시 강의를 할 수 있을지, 심지어 내가 다시 살아갈 의욕이 생길지조차 확신이 서지 않았다. 나는 6주 동안 모든 일정을 취소했다. 하지만 다시 일터로 돌아가야 했다. 누군가에게 도움이 되어야 했고, 나 자신의 고통도 끊임없이 변화시켜야 했다. 아들의 죽음은 견디기 힘든 고통이었지만 나는 그 끔찍한 상실 속에서도 살고 싶었다. 데이비드도 내가 내 삶을 충실히 살기를 원할 테니까 말이다.

이 책도 내 삶을 회복하는 과정의 일부였다. 책을 쓰기 시작할 때만 해도 나는 삶을 송두리째 헤집은 슬픔에서 의미를 찾는다는 나의 말에 확신이 없었다. 이토록 잔인하고 파괴적인 상실을 겪고 나서도 의미를 찾는다는 것이 과연 가능하기는 한 것인지 의구심이 들었다. 그만큼 나는 깊은 고통의 늪에 빠져 있었다. 하지만 황폐한 상실감 속에서 의미를 찾는 방법을 탐구하다 보니 의미를 찾는 일이 가능할뿐더러 반드시 요구된다는 사실을 깨달았다. 부디 이 책이 고통스러운 상실을 겪은 이후 어떻게 살아야 할지 막막하고 괴로운 이들에게 조금이라도 도움이 되길 바란다. 이 책이 아픈 이들에게 조금이나마 치유가 되어주길 바란다.

나는 이 책을 쓰면서 치유받았다.

사랑하면 언젠가는 슬프다
우리에게는 슬픔 이후를 견뎌낼 용기가 필요하다

FINDING MEANING

제1부

모든 상실에는 의미가 있다

1 의미 찾기란 무엇인가?

> 새들도 폭풍우가 지나면 노래를 하는데 어째서 사람들은 아직 남
> 아 있는 햇살에조차 마음껏 기뻐하지 못하는가?
>
> **로즈 케네디**Rose Kennedy

1975년, 나의 멘토이자 함께 책을 쓴 엘리자베스 퀴블러 로스는
이런 말을 했다. "죽음이 반드시 파괴적이고 끔찍한 재앙인 것만은
아니다. 어떻게 보면 죽음은 우리의 삶과 문화에서 가장 건설적이
고 긍정적이며 창의적인 요소 중 하나일 수도 있다." 대다수 사람
은 죽음을 이런 식으로 보지 않는다.

언젠가 강연을 하면서 청중에게 이런 질문을 했다. "사랑하는 사
람의 임종을 지켜본 사람 있습니까?" 많은 이들이 손을 들었다. 나
는 그들 중 한 사람을 지목해 경험담을 들려달라고 부탁했다. 그는
아버지의 임종을 지켜봤는데 그것이 살면서 겪은 가장 큰 트라우
마가 되었으며, 지금도 여전히 당시의 트라우마에 시달리고 있다
고 말했다. 그러자 옆에 있던 사람이 이렇게 말했다. "제 아버지도

돌아가셨어요. 그리고 아버지의 임종은 우리 가족 모두에게 가장 의미 있는 순간이 되었어요." 두 사람 모두 사랑하는 아버지를 잃었고 깊은 슬픔에 빠졌다. 하지만 한 사람은 죽음을 통해 의미 있는 무언가를 경험했고 앞으로 나아갔다. 반면 다른 한 사람은 죽음에서 아무런 의미를 찾지 못했고 트라우마만 안고 살고 있다.

기본적으로 같은 방식으로 죽음을 경험했지만 한 가족에게는 그 죽음이 의미가 되었고, 또 다른 가족에게는 트라우마가 되었다. 슬픔은 상실에 수반되는 경험이자 자연스러운 감정이다. 사랑하는 사람이 신체적 고통이나 괴로운 치료 과정을 겪다가 사망하는 경우 또는 자살, 살해, 교통사고, 자연재해, 그 밖에 끔찍한 폭력이나 상실감을 더하는 수많은 이유로 갑자기 사망하는 경우, 그 죽음을 가까이에서 지켜본 이들에게는 트라우마가 남는다. 트라우마에는 늘 슬픔이 있지만 모든 슬픔에 트라우마가 있는 것은 아니다.

죽음과 슬픔을 어떻게 경험하느냐에 영향을 끼치는 요소는 많다. 누군가의 죽음을 목격할 당시의 나이나 고인의 나이도 영향을 끼치고 예견된 죽음이었는지 아닌지도 영향을 끼친다. 고인의 사망 이유 또한 영향을 끼친다. 상실감을 딛고 다시 삶을 살아가는 방식에도 여러 요소가 관여한다. 죽음을 신성하게 여기는 사람은 그 신성함 속에서 의미를 찾기도 한다. 바닥이 보이지 않는 지독한 슬픔의 구렁텅이에 빠진 사람은 죽음에서 그 어떤 의미도 찾을 수 없다고 생각한다. 하지만 모든 사람이 죽음과 고통을 이런 식으로 느끼지는 않는다. 심지어 가장 끔찍한 상실이나 고통스러운 시련에서 의미를 찾는 사람도 있다.

빅터 프랭클Victor Frankl의 명저《죽음의 수용소에서》는 비극에서 어떻게 의미를 찾아야 하는지 묻는 이들에게 좋은 지침서다. 그는 나치 강제수용소에서 몇 년을 포로로 살면서 빛나는 통찰력을 얻었다. 프랭클은 사람마다 최악의 끔찍한 상황에서도 그 상황에 대처하는 방식을 선택하는 능력이 있다고 말한다. "강제수용소에서 지냈던 사람들은 자신의 마지막 빵 한 조각을 다른 이들에게 나눠주고 위로의 말을 건네며 수용소 밖으로 걸어 나갔던 이들을 기억한다. 많지는 않았지만 그들은 인간에게서 모든 것을 앗아 가도 단한 가지는 빼앗을 수 없음을 충분히 증명해 보였다. 그들이 빼앗기지 않았던 것은 인간의 자유다. 어떤 상황에서도 삶의 태도를 선택할 자유, 자신만의 방식을 선택할 자유."

프랭클은 무력하고 불가항력의 상황에 직면한 순간을 "자신을 변화시킬 수 있는 순간"이라고 말했다. 어떤 선택을 내리느냐에 따라 비극이 성장의 발판이 되기도 한다. 프랭클의 책은 고통을 극복하는 데 필요한 실마리를 제공한다. 즉, 인생에서 가장 힘든 순간에 어떻게 회복력과 용기와 창의성이 태동하는지를 보여준다.

언젠가 자식을 잃은 한 어머니에게 프랭클의 이야기를 들려준적이 있다. 그러자 그 어머니는 이렇게 말했다. "프랭클이 뭐라고했건 신경 안 써요. 그 사람은 살았잖아요. 프랭클의 고통은 새로운 삶과 함께 끝났지만 제 고통은 죽음에 머물러 있죠. 의미 따윈 없어요."

의미 수업

내가 모든 삶에 의미가 있다고 생각한다고 해서 그 어머니에게 이를 받아들이라고 강요한다면 이는 폭력이 될 수도 있다. 자식을 앞세운 부모에게 고통에서 빛을 보라고 하기에는 너무 이른 시기이기도 했다. 언젠가 때가 되면, 슬픔마저도 고귀해지는 순간이 오면, 그 여성도 더 이상 상처 받는 삶을 원치 않을 것이다. 상처 받고 싶지 않다는 열망이 아주 간절해질 것이다. 깊은 공허함이 찾아올 것이다. 사랑했던 자식과의 유대감이 엷어진다는 의미가 아니다. 그 유대감의 영역이 커지면서 고통의 영역이 줄어들 것이라는 의미다. 고통을 비집고 생겨난 작은 틈을 통해 조금씩 의미를 찾아나가게 될 것이다.

비탄에만 잠겨 있으면 상실 후 희망을 찾지 못한다. 하지만 준비만 되어 있다면 언제든 희망을 찾을 수 있다. 누구의 삶도 나쁜 날들이 영원한 운명의 수레바퀴처럼 지속되어서는 안 된다. 그렇다고 해서 시간이 지나면 슬픔이 작아진다는 말도 아니다. 나 자신이 더욱 크게 성장해야 한다는 의미다. "진흙이 없으면 연꽃도 없다"라는 말이 있다. 아름다운 연꽃도 진흙 속에서 핀다. 최악의 순간은 최고의 순간을 위한 씨앗일지도 모른다. 괴로운 순간들에는 우리를 변화시킬 놀라운 힘이 잠재되어 있다.

엘리자베스 퀴블러 로스가 상실과 죽음에서도 긍정적인 면을 찾을 수 있다고 단언한 지 10년이 지난 뒤, 심리학자 크리스토퍼 데이비스Christopher Davis와 그의 동료들은 미국 심리학 협회에서 발행하는 학술지 〈성격과 사회심리학 저널Journal of Personality and Social

Psychology〉에서 의미에 대해 어떤 깨달음이라도 얻는 것이 전혀 얻지 않는 것보다 좋으며, 깨달음의 내용 자체는 크게 중요하지 않다는 요지의 논문을 발표했다. 어떤 이들은 사후의 생에서 의미를 찾는다. 또 어떤 이들은 사랑했던 이들과의 추억 속에서 의미를 찾는다. 그저 사랑하는 사람의 마지막 순간을 함께할 수 있었다는 데서 의미를 찾는 이들도 있다.

고통, 죽음, 상실은 결코 좋은 감정을 선사하지 않지만 살다 보면 누구도 피해 갈 수 없다. 하지만 외상 후 스트레스보다는 외상 후 성장posttraumatic growth, PTG이 더욱 크게 일어난다. 나는 슬픔에 빠진 사람들과 끊임없이 일하고 요양 병원과 말기 환자들을 위한 호스피스 병동에서 일하면서 이 사실을 확인했다. 어디에서 찾건 의미는 중요하며 소중한 치유제가 된다.

이른 나이에 겪은 상실 _____

사람들이 내게 무슨 일을 하느냐고 물을 때면 잠깐 머뭇거리게 된다. 죽음과 슬픔에 관해 책을 쓰기도 하고 세계 각지를 다니며 강연을 한다고 말해야 하나? 아니면 요양 병원과 호스피스 병동에서 수십 년간 일을 해오고 있다고 말해야 하나? 생명윤리학 석사 학위가 있으며 의료 처치를 받을 만큼 다 받은 사람들이 어떤 결정을 내릴 때 도움을 주는 사람이라고 해야 하나? 말기 환자를 위한 치료 또는 완화 치료를 받을 시기를 정하는 것은 언제가 적당할까?

내가 경찰국 트라우마 팀의 예비 경찰 전문가(정규 경찰 외에 직장인이나 일반인을 대상으로 약 1,000시간 이상의 전문 교육과 훈련 프로그램을 통해 양성하는 준경찰 제도-옮긴이)이자 적십자 항공 재난관리 팀의 일원으로 일하고 있다는 사실을 설명해야 하나? 아니면 조종사 자격증 이수 과정을 밟았고 9·11 테러로 사랑하는 사람을 잃은 이들을 돕는 프로그램에 참여했다고 말해야 하나?

나의 멘토인 엘리자베스 퀴블러 로스는 주로 병원에서 죽은 이들을 위해 일했지만 나는 퀴블러 로스와 달리 현대의 사망 연구가로 훈련을 받았다. 다시 말하자면, 병원이나 호스피스 시설에서 죽음이 임박한 이들에게 필요한 상담이나 일을 해주기도 하고, 범죄나 비행기 사고 등으로 사랑하는 사람을 잃은 이들에게 적절한 대응을 해주기도 한다. 나는 슬픔이 있는 곳이면 어디든 간다. 죽은 이들이나 죽어가는 이들이 있는 곳이 대부분이다. 이혼이나 다른 유형의 상실을 겪은 이들도 만난다.

내가 하는 일과 소속 기관들이 다소 낯설고, 일관성 없고, 뒤죽박죽으로 보일 것이다. 하지만 복잡하고 정신없어 보이는 이 모든 일을 관통하는 중요한 맥락이 하나 있다. 내가 이렇게 평범하지 않은 길을 가게 된 이유들을 곰곰 되짚어보면 이 선택이 결코 우연이 아니다. 지금 내가 이런 모습으로 살아가는 것은 운명이었다. 그 운명적 사건은 내가 열세 살 때 며칠 동안에 일어났다.

어린 시절 어머니는 늘 몸이 아팠다. 1972년의 마지막 날, 새해를 하루 앞둔 그날 나는 어머니의 침실로 가 침대에 누워 있는 어머니에게 입맞춤하며 말했다. "어머니, 1973년에는 더 건강해지실 거예요." 심각한 신장 질환을 앓고 있던 어머니는 동네 병원에서 치료가 여의치 않자 며칠 뒤 뉴올리언스에 있는 의료 시설이 잘 갖춰진 더 큰 병원으로 옮겼다.

어머니는 병원 집중 치료실에 입원했고 면회는 가족들에게만 두 시간에 10분씩 허용되었다. 아버지와 나는 병원 로비에서 대부분 시간을 보내다가 짧고도 소중한 면회 시간이 되면 어머니가 조금이라도 나아져서 집으로 돌아갈 수 있지 않을까 하는 희망을 품고서 치료실로 들어갔다. 당시 아버지의 경제 사정이 넉넉지 않아 호텔에 묵을 돈이 없었기에 우리 가족은 병원 대기실에서 자야 했다.

병원 근처에는 상점이나 마트도 없었고 딱히 시간을 보낼 만한 곳도 없었다. 근처에는 우리가 묵을 형편이 되지 않는 호텔들뿐이었다. 지루하고 또 지루했다. 우리 가족은 늘 병원 근처에서 대기해야 했다. 그나마 병원 길 건너편에 있던 호텔만이 유일하게 볼거리가 있었기에 우린 호텔 로비에 앉아 대부분 시간을 보냈다. 어머니가 집중 치료실에 입원해 있는 동안 우리는 병원 로비나 호텔 로비를 어슬렁거리는 날들이 계속되었다.

하루는 호텔 로비에 있는데 갑자기 주위가 부산스러워지더니 어디선가 고함 소리가 들렸다. "불이야!" 투숙객들이 밖으로 다급히 뛰어나오기 시작했다. 불이 난 곳은 18층이었다. 발코니에서 불꽃이 보였고 이내 소방차와 경찰이 도착했다. 그때 생각지도 못했던 일이 벌어졌다. 소방관이 불을 진화하려고 사다리차를 타고 올라가는데 총성이 울리기 시작했다. 단순한 화재가 아니었다. 테러였다. 불을 지른 사람은 호텔 건물 꼭대기로 올라가 사람들을 향해 총구를 겨누고 있었다.

눈 깜짝할 사이에 사방에서 경찰들이 몰려왔고 사람들은 옆 건물로 허겁지겁 대피하기 시작했다. 어머니의 병 때문에 병원에서 몇 날 며칠을 보낸 어린아이였던 내게 그 일은 어마어마한 공포였다. 열세 시간에 걸친 포위 작전 끝에 세 명의 경찰관을 포함해 일곱 명의 사망자를 내고서야 테러는 진압됐다. 지금 생각해보면 그 일은 미국에서 일어난 최초의 무차별 총격 사건이었던 것 같다. 지금도 유튜브에서 '1973년 뉴올리언스 스나이퍼New Orleans Sniper 1973'를 검색하면 이 사건 자료를 확인할 수 있다.

이틀 뒤부터 어머니는 말을 하지 못했다. 병세가 점점 깊어졌던 것이다. 면회조차 쉽지 않았다. 당시 법에 따르면 부모 병문안을 할 수 있는 나이는 열네 살 이상으로 제한되어 있었는데 나는 열세 살이었다. 간호사들 대부분은 너그러운 편이어서 내가 어머니 병실에 들어가도록 해주었지만 그렇지 않은 간호사들도 있었다. 어떤 간호사는 내게 집으로 돌아갔다가 열네 살이 되면 그때 다시 오라는 말까지 했다!

총격 사건이 있고 며칠 뒤 어머니의 삶이 얼마 남지 않았다는 말을 들었다. 그리고 안타깝게도 그다음 날은 규정을 엄격하게 지키던 그 간호사가 근무하는 날이었다. 간호사는 내가 어머니 병실에 들어가는 것은 물론이고 두 시간에 10분씩 면회하는 것조차 못하게 했다. 결국 어머니는 그날 홀로 쓸쓸히 돌아가셨다. 당시에는 그런 일이 흔했다. 특히 어린아이들에게 부모의 임종을 보지 못하게 하는 경우가 많았다. 부모의 임종을 보느냐 못 보느냐가 환자의 담당 간호사 재량에 좌우되곤 했다.

지독히도 슬펐던 하루가 거의 저물고 나는 태어나서 처음으로 비행기를 탔다. 아버지와 나는 어머니의 장례식을 준비하기 위해 비행기를 타고 보스턴으로 돌아왔다. 비행기 기장과 승무원들은 내가 이제 막 어머니를 잃은 어린아이라는 사실을 알고는 슬픔에 빠진 내 기분을 조금이라도 나아지게 해주려고 노력했다. 그들은 호의를 베풀어 나를 조종석으로 초대했고 항공기 조종을 "도와달라"고 했다. 조종사는 내가 비행기를 조종하고 있다고 말해주었지만, 당연히 진짜로 조종한 것은 아니었다. 다만 어린아이였던 나는 내가 진짜 비행기를 조종하고 있는 줄 알고 잔뜩 긴장했다. 조종석에 앉으니 정신이 혼미해지고 아득해졌다. 혹시라도 내가 실수를 하면 비행기가 추락할지도 모른다는 생각에 진땀이 났다. 다행히 148명의 승객 모두 내 첫 '단독 비행'에서 무사히 살아남았다.

지금 나는 내가 하는 모든 일들, 즉 병원에서 죽음에 직면한 이들을 만나고, 생의 마지막 순간에 관한 윤리 분야에서 일하고, 예비 경찰 전문가가 되고, 비행기 조종법을 배우고, 적십자 항공 재난관리 팀과 협업하는 이 모든 일이 어린 시절 어머니가 돌아가셨을 때 내가 느꼈던 상실감을 회복하려는 시도라는 사실을 잘 알고 있다. 그리고 이 모든 선택을 통해 내 삶의 의미를 찾고 다른 이들을 돕는, 일종의 치유 과정을 발견했다. 나는 극도의 우울감에 짓눌린 어린 친구들을 도울 수 있는 사람이 되었다. 지금 나의 직업은 필요한 것을 가르치며 살아야 한다는 사실을 입증하는 살아 있는 증거다.

하지만 이것이 내 이야기의 끝이 아니다.

오늘날에도 뉴올리언스는 내게 큰 의미가 있는 도시다. 내 어머니가 돌아가신 곳이기 때문이다. 나는 수도 없이 그 시절로 되돌아가 어린 시절에 갔던 곳들을 둘러보기도 하고 그 병원을 찾아가기도 한다. 어머니가 돌아가신 병원 앞에 서서 길 건너편 하워드 존슨 호텔을 바라보며 아버지와 호텔 로비에서 보냈던 숱한 시간을 떠올리곤 한다. 2005년, 그 병원은 허리케인 카트리나가 불어닥치면서 폐허가 되었다. 손상이 너무 심각해 복구도 불가능했다. 구조물을 아예 허물고 본래 있던 곳에서 가까운 자리에 현대식 새 병원을 짓겠다는 계획이 발표되었다.

2015년, 나는 미국과 영국, 호주 등지에서 강연을 하고 있었다. 미국 내 강연 도시와 장소를 선정하고 조율해주던 담당 업체에서 뉴올리언스를 강연 도시 중 한 곳으로 정해준 것은 우연이 아니었다. 강연 예약 담당자들은 내가 편하게 강의를 할 수 있도록 배려해 되도록 강연 일정이 있는 호텔로 숙소를 예약해준다. 뉴올리언스 강연이 잡혀 일정표를 검토하다 보니 내가 강연할 장소는 홀리데이 인 슈퍼돔 호텔이었다. 구글로 주소를 검색해보니 놀랍게도 수십 년 전 화재와 총격 사건이 일어났던 바로 그 호텔이었다. 대대적으로 새로 고치고 이름도 새로 바뀌었지만 예전의 그 하워드 존슨 호텔이었다.

강연 담당 회사에 이 사실을 말하자 회사 측에서는 이렇게 말했다. "다른 호텔을 알아볼게요. 선생님께서 불편하시지 않도록요."

"아뇨, 괜찮습니다. 전혀 불편하지 않아요. 제게는 충분히 의미 있는 일이라고 생각해요." 나는 그 호텔에 머무는 것에 어떤 사명감마저 느꼈다. 치유된다고 해서 상실감이 사라지지는 않는다. 치유는 상실감이 우리를 더 이상 지배하지 못하게 하는 것이다.

강연 날짜가 다가오면서 과거의 일들을 점점 더 깊이 생각해보았다. 문득 어머니가 돌아가신 병원이 있던 자리에는 무엇이 들어섰는지 궁금해졌다. 인터넷으로 검색해보니 그 자리에는 옛날 그 병원이 여전히 있는 듯했다.

병원에 가보고 싶다는 생각이 들어 뉴올리언스 병원 관리국에 전화를 걸었다. 전화를 받은 담당자는 내게 그 병원이 정말 그곳에 그대로 있지만 버려진 건물이라 출입이 금지되어 있다고 알려주었다. 나는 담당자에게 내 이야기를 들려주고는 물었다. "제가 그 폐쇄된 병원에 들어가볼 수 있는 방법이 없을까요?"

"어려울 것 같습니다. 허리케인 카트리나 때문에 건물이 붕괴될 위험이 있어요. 안전상의 이유로 출입은 안 됩니다." 담당자가 대답했다.

"안전모와 마스크를 착용하고 안전 장비를 갖춰도 안 될까요?"

"안 됩니다."

"이해합니다. 하지만 저를 위해 한번 알아봐주시겠습니까? 제겐 큰 의미가 있는 일이어서요." 나는 다시 한번 부탁했다.

한 시간쯤 뒤에 담당자에게 전화가 걸려 왔다. "선생님의 사연 때문인지, 아니면 하시는 일이 그 병원과 관련이 있어서인지는 모르겠지만 승낙을 받았습니다. 병원 측 안전 책임자가 일요일에 병원에서 선생님을 만나겠답니다. 강연 하루 전날이네요. 책임자가 선생님을 병원 로비로 안내할 겁니다. 하지만 로비까지만입니다. 그 이상은 안 된다고 합니다."

다시 열세 살로 돌아간 기분이었다. 그토록 오랜 세월이 흘렀건만 예나 지금이나 내게 허용된 장소는 아이러니하게도 병원 로비뿐이었다.

일요일 오후, 병원에 도착해 안전 관리 이사를 만났다. 무리한 부탁이었음에도 안전 관리 이사는 놀랍도록 친절했다. "선생님 이야기를 들었습니다. 저도 궁금해서 예전 병원 기록을 조금 살펴보았습니다. 선생님 어머님이 계시던 집중 치료실은 병원 서쪽 건물 6층에 있습니다. 한번 가보시겠습니까?"

"물론입니다."

"현재 이 건물에는 전기가 최소한만 들어와서 엘리베이터가 작동하지 않습니다. 일단 걸어서 이 건물 10층으로 올라간 다음 다른 편 건물로 건너가 다시 6층으로 내려가야 합니다."

나는 어느새 건물 10층에 올라와 있었다. 천장 타일이 바닥에 어지러이 뒹굴고 있었고, 형광등은 천장에서 덜렁거리고 있었다. 버려진 입원실들은 침대며 각종 장비와 의자가 모두 치워져 텅 비어 있었다.

9층으로 걸어 내려가면서 간호사실과 빈 입원실들을 지나치다 보니 어린 시절 그곳에서 지냈던 시간이 주마등처럼 스쳐 갔다. 마침내 6층 집중 치료실에 도착했다. 수십 년이 흘러 많은 것이 변했지만 집중 치료실의 이중문은 그대로였다. 그 문이 선명하게 기억났다.

나는 안전 관리 이사에게 말했다. "어머니의 침상은 왼쪽에서 두 번째 자리였습니다." 병실에 들어간 나는 어머니의 침대가 있었던 자리를 바라보았다. 그러고는 그 자리에 얼어붙었다. 침대 머리맡 호출용 버튼에 녹색 불이 들어와 있었기 때문이다. 입원실 복도 네 군데를 지나는 동안 호출용 불이 들어와 있는 곳은 한 군데도 없었다.

냉정하게 생각하면 버려진 건물에 미처 끄지 못한 불이 무작위로 들어와 있는 것일 수도 있다. 아니면 경찰관이 내 어머니가 있던 자리를 알고 켜둔 것인지도 모른다. 하지만 여기까지 생각이 미치자 궁금함이 더욱 커졌다. 만약 경찰관이 켜둔 것이라면 어떻게 내 어머니가 돌아가신 병실과 침대 위치를 알 수 있었을까? 나는 그 경찰관에게 어머니 이름조차 말하지 않았는데. 설령 내가 그에게 어머니 이름을 말해주었다 해도 그가 병실 위치를 알려면 버려진 병원의 수십 년 전 기록을 일일이 다 뒤져봐야 했을 텐데. 병원 의료 기록은 보통 7년까지만 보관하고 이후에는 폐기된다.

이 녹색 불은 도대체 어떤 의미일까? 우리는 "의미 부여하기"라는 말을 자주 한다. 인생은 우리에게 여러 겹의 의미를 준다. 우리는 그 의미로 해야 할 일들을 정한다. 그렇다면 나는 이 녹색 불에 어떤 의미를 부여했을까? 불빛은 그 자체로 어떤 의미가 있을까?

녹색 불은 흔히 '괜찮다', '직진하라'는 의미로 사용되곤 한다. 그때 그 녹색 불빛은 마침내 내가 어머니가 영면하신 장소에 갈 수 있게 되었다는 의미로 다가왔다. 환자가 진료실로 들어가면 진료실 밖에는 녹색 불이 들어온다. 환자가 진료를 기다리고 있다는 의미다. 혹시 어머니 침대 위 녹색 불은 내가 오기를 어머니가 기다리고 있다는 의미일까? 어머니는 어떻게든 내가 오리라는 사실을 알고 있었고 그래서 내게 어머니가 그곳에 있다는 표시를 하고 싶었던 걸까? 그 병실이 내게 큰 의미가 있는 곳이라면, 어머니에게도 그 장소가 큰 의미가 있는 곳은 아니었을까?

그 입원실에 서서 생각에 잠겨 있던 중 문득 친구 루이스 헤이 Louise Hay가 내게 했던 말이 떠올랐다. "우리는 영화 상영 중간에 들어와서 중간에 떠나는 존재야." 나는 이 말을 《스스로 마음을 치유할 수 있다: 이혼, 이별, 죽음 이후 평화 찾기You Can Heal Your Heart: Finding Peace after a Breakup, Divorce or Death》책에도 썼다. 우리는 이 지구에서 지극히 제한된 시간만 살다 간다. 어린 시절 나는 왜 엄마가 세상을 떠나야 했는지 묻고 또 물으며 자랐고 어른이 되어 치유 받았다. 열세 살이던 어린아이는 42년 뒤 어머니가 마지막 숨을 거두었던 바로 그 장소에 다시 오리라는 사실을 상상도 하지 못했다.

돌아가실 당시의 어머니와 비슷한 나이가 되어 그 장소에 오고서야 비로소 무언가 완전해진 느낌을 받았다. 나는 더 이상 상실의 희생자가 아닌 승리자였다. 비로소 나는 어머니를 고통보다는 사랑으로 기억할 수 있게 되었다. 내 상실감을 인생 최악의 순간에서 살아남은 수천 명의 사람을 돕겠다는 사명감으로 바꾸었다는 사실을 깨닫는 순간 나는 커다란 의미를 찾았다.

의미 만들기

게일 바우든의 아들 브랜든은 선천성 이분 척추(척추의 특정 뼈가 불완전하게 닫혀서 척수의 일부가 외부에 노출되는 기형으로, 방광 조절이 안 되고 걷기가 어려운 증상이 나타난다-옮긴이)로 태어났다. 소변 줄을 끼고 살아야 했고 다리에 보조 장치를 해야 했으며 휠체어를 타야 했다. 하지만 게일은 브랜든에게 멋진 인생을 선물하고 싶었다. 그런 게일의 노력 덕분에 브랜든은 행복하게 자랐다. 브랜든은 노란색을 좋아했고, 자동차를 무척 좋아했다. 특히 노란색 폭스바겐 비틀을 좋아해서 장난감 자동차도 잔뜩 모았다.

브랜든이 열일곱 살이 되던 해 어느 날, 브랜든의 방에 들어간 게일은 꿈쩍도 하지 않는 브랜든을 발견했다. 급히 브랜든을 병원으로 옮겼지만 의사는 그가 다시 깨어나지 못하리라는 청천벽력 같은 말을 전했다. 의사는 브랜든이 사실상 사망한 상태나 다름없으며, 장기들은 건강하니 장기 기증을 고려하는 것이 어떻겠냐고 말했다.

　게일은 당장 벌어지고 있는 상황을 감당하기도 어려웠지만 장기 기증에 동의했다. 브랜든의 생명을 살릴 수 없다면 브랜든이 다른 이들의 생명이라도 구하게 해야겠다는 생각에서였다. 게일은 자기도 모르게 아들의 삶과 죽음에서 의미를 찾고 있었다. 게일은 아들 곁에 앉아 호흡기가 제거되고 마지막 숨이 거두어지는 모습을 지켜보았다. 대단히 평온한 죽음이었다. 게일은 아들이 좋은 곳으로 돌아갔다고 믿었다.

　몇 년 뒤, 게일의 가족은 이사를 했다. 게일의 또 다른 아들 브라이언은 여름 캠프에 참가하느라 집에 없었다. 게일이 새집에서 짐정리를 하고 있는데 문을 두드리는 소리가 들렸다. 브랜든이 생전에 좋아하던 노란색으로 방을 칠하려고 부른 인부였다.

　"안녕하세요. 켄입니다. 페인트 작업하러 왔습니다." 문밖에서 말소리가 들렸다.

　"예정보다 일주일이나 빨리 오셨네요." 게일이 말했다.

　"이 지역에서 첫 작업이 취소돼서요. 회사 측에서 일찍 가라고 해서 왔습니다."

　"짐을 아직 다 못 풀었어요. 오시기 전에 좀 정리해두려고 했는데, 그래도 기왕 오셨으니 작업 시작해주세요."

　켄이 페인트칠을 하는 동안 게일은 짐을 풀었다.

　"혼자 사세요?" 켄이 물었다.

　"아들 브라이언이 캠프에 갔어요."

"자녀가 더 있으신가요?"

갑작스러운 질문에 게일은 우물쭈물하다가 대답을 놓쳤다. 이런 질문을 받으면 어떤 때는 브랜든 이야기를 하기도 하고, 또 어떤 때는 이런저런 이유로 브라이언만 있다고 말하기도 한다. 게일은 갑작스러운 질문에 당황해 잠깐 망설이다가 이렇게 대답했다. "브랜든이라고 아들이 하나 더 있었는데 열일곱 살에 죽었어요."

"이런, 제가 주책을 부렸네요. 이놈의 입을 꿰매버리든지 해야지. 정말 죄송합니다." 켄이 사과했다.

"괜찮아요." 게일은 대답했다. 켄은 계속 하던 일을 했다. 몇 분 뒤 켄이 말했다. "아드님 일은 정말 유감이에요. 그게 얼마나 큰 고통인지 잘 압니다. 4년 전, 그러니까 제 나이 마흔두 살에 저도 거의 죽을 뻔했던 적이 있어요. 그런데 천만다행으로 신장 이식수술을 받고 새 생명을 얻었지요. 지난달이 수술을 받은 지 꼭 4년째 되는 날이었답니다."

"네? 혹시 이식수술을 언제 받으셨나요?"

"2월이요."

"2월 며칠이죠?"

"2008년 2월 13일이요. 제 생에서 절대 잊지 못할 날이지요."

"브랜든은 2008년 2월 12일에 세상을 떠났어요."

"묘한 우연이네요. 제게 장기를 기증해준 사람은 스물한 살 청년이었어요. 교통사고로 세상을 떠났다고 들었습니다."

게일은 계속 짐을 정리했고 켄은 페인트 작업을 이어서 했다. 켄이 벽을 노란색 페인트로 칠하는 동안 게일은 작업 도구를 챙기러 잠깐 밖으로 나갔다. 그리고 다시 방에 돌아왔을 때 켄이 그 자리에 서서 멍하니 허공을 바라보고 있었다. 벽은 아직 덜 칠해진 상태였다.

"무슨 문제라도 있나요?" 게일이 물었다.

"제가 거짓말을 했습니다."

"페인트공이 아니세요?"

"그게 아니라 제 몸속에 브랜든의 신장이 있습니다. 저도 모르게 순간 거짓말을 했어요."

"뭐라고요?"

"아드님 이름이 브랜든이고 사모님 이름이 게일이라는 걸 안 순간, 이식수술을 받은 직후 사모님이 제게 보낸 편지가 떠올랐습니다. 그때 바로 답장을 드렸어야 했는데 그러지 못했습니다. 부끄럽습니다."

할 말을 잃은 게일은 전화기를 들고 병원 이식수술 담당 센터에 전화를 걸었다. 그리고 담당자에게 물었다. "페인트 작업을 하려고 사람을 불렀는데, 그분이 제 아들 브랜든의 신장을 이식받았다고 하네요. 정말인지 확인할 수 있을까요?"

이식 센터 담당자가 대답했다. "가끔 그렇게 믿기지 않는 일이 생기기도 해요. 정말 일어날 것 같지 않은 일들도 있어요. 그분 성함 좀 알려주시겠어요?"

게일은 켄에게 성과 이름을 물어 담당자에게 알려주었다. 담당자는 보안 문서를 찾아본 뒤 켄이 그날 브랜든의 신장 중 하나를 이식받은 사람이라고 확인해주었다. 그 말을 듣자마자 게일은 걷잡을 수 없이 울음이 터져 나왔다. 켄도 기막힌 우연에 할 말을 잃은 채 우두커니 서 있었다. 게일은 아들의 신장이 건강한 사람의 몸속에서 여전히 살아 있음을 알게 되었다는 사실에서 크나큰 의미를 찾았다. 여름 캠프에서 돌아온 브라이언에게 이 이야기를 들려주자 브라이언은 이렇게 말했다. "브랜든이 우리 집을 찾아왔나 봐요."

깊은 상실감에 빠져 있던 게일은 비극을 현실로 받아들이게 되었다. 게일은 장기 기증을 결심함으로써 아들의 삶을 의미 있게 만들었고, 다른 사람의 생명을 구했을 뿐 아니라 브랜든의 몸 일부도 그 사람 안에서 계속 살 수 있게 해주었다. 그리고 그들 중 한 사람을 만난 것이다. 뒷날 게일은 켄의 아내와 아이들을 만났다. 그의 가족들을 만나고 보니 켄이 아이들에게 얼마나 중요한 존재인지 새삼 느껴졌다. 켄이 아팠을 때 그의 가족들은 크나큰 곤경에 처했었다. 브랜든의 신장은 켄의 생명을 구했을 뿐 아니라 그의 가족들의 삶에도 엄청난 영향을 끼쳤다.

혹시 게일이 작은 마을에 살아서 페인트공인 켄이 신장 기증 수여자라는 사실이 그렇게 놀라운 우연이 아니라고 생각할지도 모르겠다. 설령 그것이 그리 대단치 않은 우연이라 할지라도, 그의 몸에 아들의 신장이 있다는 사실을 알게 될 확률은 그리 크지 않았다. 다음 가능성들을 생각해보자.

- 게일이 아들 브랜든 이야기를 언급하지 않았을 수도 있다.
- 켄이 신장 이식수술을 받았다는 사실을 이야기하지 않았을 수도 있다.
- 게일이 방 페인트칠을 직접 했더라면 켄을 아예 만나지 못했을 것이다.
- 게일이 다른 업체에 연락을 했을 수도 있다.
- 설령 그 업체에 연락을 했더라도 업체 측에서 켄이 아닌 다른 페인트공을 보냈을 수도 있다.
- 켄이 예정된 시간에 맞춰 왔더라면 게일과 켄은 그런 대화를 나누지 않았을 수도 있다.

이런 가능성들에도 불구하고 여전히 켄과 게일의 만남을 그저 행운 정도로만 생각할 수도 있다. 하지만 사실 게일이 사는 곳은 그렇게 작은 마을이 아니다. 게일은 뉴욕주 버펄로에 산다. 버펄로에는 1,800명의 페인트공이 있다. 물론 게일이 켄을 만날 확률이 컸는지 작았는지는 중요하지 않다. 게일에게는 켄과의 만남이 이전에 내린 결정들이 옳았음을 증명하는 큰 의미로 다가왔다. 아들 브랜든의 신장을 기증하기로 결심했을 때 게일은 이제 나쁜 일에서 벗어나 좋은 일이 생길지도 모른다고 생각했다. 켄을 만나면서 게일은 실제로 좋은 일을 직접 눈으로 볼 수 있었다. 지금도 게일은 장기 기증 및 이식수술을 진행하는 가족들을 돕고 있다. 세상에서 가장 힘든 결정을 내려야 하는 또 다른 이들을 도와줌으로써 브랜든의 삶에서 의미를 만들어가고 있는 것이다.

누구나 의미를 만들 수 있을까?

그렇다면 의미를 찾지 못하는 사람들은 왜 그런 걸까? 의미를 찾거나 의미를 만드는 능력이 타고난 유전자에 새겨져 있는 걸까? 의미를 찾을 수 있는 사람과 그렇지 못한 사람이 정해져 있는 걸까? 타고난 사람들만 고난에서 좋은 결과를 만들어낼 수 있는 걸까? 그렇지 않다. 누구나 의미를 찾을 수 있다.

제인은 소중한 사람들을 잇따라 잃으면서 끔찍한 시기를 보내야 했고, 이후 힘겹게 의미를 찾고 있었다. 제인은 아들을 희귀 암으로 떠나보냈다. 제인의 아들은 씩씩한 장난꾸러기였고 성격도 쾌활해서 친구도 아주 많았다. 내 앞쪽에 앉아 있던 제인은 나지막한 목소리로 내게 말했다. "아들이 세상을 떠난 뒤, 남편과 이혼했어요. 지금 제 곁에는 아무도 없어요. 이 세상은 이제 제게 아무런 의미도 없어요. 두 살 때 세상을 떠난 토미에게서 무슨 의미를 찾을 수 있겠어요?"

"생각하는 것보다 훨씬 더 많은 의미를 찾을 수 있습니다." 내가 말했다. "토미의 생은 의미가 있습니다. 이제 저도 토미를 알게 되었네요. 토미는 당신의 가슴속에 영원히 살아 있을 겁니다. 그리고 그건 이제 시작에 불과합니다. 의미는 지구상에 존재하는 또는 누군가의 가슴속에 존재하는 모든 이들의 삶에서 찾을 수 있습니다.

마음만 먹는다면 얼마든지 의미를 찾을 수 있습니다."

나는 제인에게 내 친구 린다 이야기를 들려줘도 괜찮겠냐고 물었다.

내 친구 린다는 아홉 살 때 어머니를 잃었다. 어머니는 암으로 투병하다 린다를 남기고 세상을 떠났다. 린다는 평범한 삶을 박탈당한 기분이었다. 완벽한 엄마, 아빠를 둔 친구들이 질투 나 견딜수 없었다. 열두 살 여름방학 때 린다는 업무 출장을 가는 아버지를 따라 매사추세츠주에 갔다. 그곳에 도착한 첫날, 저녁 식사를 마친 린다는 아빠와 함께 산책을 나섰다. 두 사람은 아주 근사한 옛 도시에 머물렀는데 거리를 거닐다가 길가에 있는 공동묘지 공원을 발견하고는 그 공원을 산책하기로 했다.

린다는 공동묘지에서 한 묘비를 발견했다. 묘비에는 이렇게 쓰여 있었다. "윌리엄 버클리, 1802년 3월 15일~1802년 3월 18일, 태어나 사흘 동안 살다 간 아기가 이곳에 잠들다." 린다는 아빠에게 이렇게 말했다. "이 아기는 태어난 지 3일 만에 죽었네요. 고작 3일을 살다 죽다니!"

린다의 아버지는 옛날에는 그렇게 일찍 죽는 아기들이 아주 많았다고 말해주었다. 그때까지만 해도 린다는 자신의 상실감에 빠져 있었던 터라 미처 다른 사람의 상실에 대해서는 한 번도 생각해본 적이 없었다. "엄마와 보내는 날들이 그렇게 짧을 줄 몰랐어요." 린다는 말했다. 린다는 살면서 처음으로 엄마와 함께할 수 있었던 날들에 잠시나마 감사한 마음이 들었다. 하지만 안타깝게도 그 마음은 오래가지 않았다. 두려움이라고 하는 고통에 마음이 잠식되었기 때문이다.

"아빠마저 돌아가시면 어떡하죠?" 린다가 물었다.

"얘야, 그런 일은 아주 오랫동안 일어나지 않기를 바라자꾸나."

린다는 아빠에게 텔레비전 광고에서 보았던 내용을 말했다. "만약 사랑하는 사람이 죽었는데 그 사람을 묻어줄 돈이 없으면 어떻게 해야 해요?" 린다가 본 광고는 한 달에 1달러씩 내는 보험 상품이었고 린다는 아빠가 그 보험에 가입하기를 바랐다. 엄마가 돌아가셨을 때 아빠가 다른 사람에게 엄마의 장례식 비용을 빌려야 한다고 이야기하는 걸 엿들었던 기억 때문이다.

"린다, 만약 아빠가 세상을 떠나더라도 네게 짐이 되지 않도록 최선을 다할 거야." 하지만 린다의 얼굴에는 여전히 근심이 가득했다. 린다의 아버지는 딸의 표정을 보고 이렇게 말했다. "아빠가 한 달에 1달러씩 붓는 보험 상품에 가입하면 기분이 좀 나아지겠니?"

"네, 아빠. 그래도 죽지는 마세요!" 린다가 말했다.

린다의 아버지는 린다의 이마에 입을 맞추고는 이렇게 말했다. "그래. 죽지 않으마! 최소한 일찍 네 곁을 떠나지는 않을게. 그리고 보험에도 가입하마."

린다의 어머니가 세상을 떠난 뒤 두 사람이 마음을 터놓고 솔직하게 대화를 나눈 것은 처음이었지만 그게 끝이 아니었다. 다행히도 린다의 아버지는 그 이후로 수십 년을 살았고, 세월이 흐를수록 두 사람은 더욱 가까워졌다. 린다의 아버지는 여든네 살의 나이로 세상을 떠났다. 린다는 두 아이의 엄마이자 온라인 방송국의 매체 전문가로 성공했다. 아버지가 세상을 떠나는 마지막 순간 린다는 멋진 작별 인사를 했으며 엄마 곁에 아버지를 나란히 안장했다.

아버지의 장례식을 치르고 약 6주 뒤, 방송국에서 일하던 린다는 방송국이 후원하는 암 환자들을 위한 경매를 준비하려고 평소보다 일찍 퇴근했다. 그런데 우편함에 우편물이 와 있었다. 프리덤 뮤추얼 생명보험사에서 보낸 우편물이었다. 우편물을 열어보니 600달러짜리 수표가 들어 있었다. 문득 오래전 한 아기의 무덤을 보면서 아버지가 약속했던 보험이 떠올랐다. 수표를 보자 온갖 생각이 들었다. 이미 성인이 된 자기에게는 더 이상 그 돈이 필요하지 않았기에 어떻게 쓰면 좋을지 생각했다. 린다는 그 돈을 아버지의 이름을 기리는 데 사용하고 싶었다.

그날 저녁, 기부금 모금자였던 린다와 린다의 남편은 행사장에 가서 경매 동영상을 함께 지켜봤다. 경매 수익금은 도움이 필요한 사람들을 위해 사용될 예정이었다. 자선단체 회장은 그날 밤 기부금이 최고로 모였으며 목표 금액은 50만 달러라고 밝혔다. 기부자들이 모은 금액이 목표치에 도달하면 단체에서 50만 달러를 더 보태 기금을 조성하는 방식이었다.

자선 모금 행사가 거의 막바지에 이르렀을 때 린다와 남편은 몇 분 일찍 행사장을 빠져나가고 있었다. 사람들에게 인사를 하고 나오는데 사회자가 그때까지 모인 기부금 액수를 알리는 소리가 들렸다. 그날 조성된 기부금은 49만 9,400달러. 목표 금액까지 딱

600달러가 모자라는 상황이었다.

린다는 온몸에 소름이 돋았다. 두 번 생각할 겨를도 없이 아버지의 생명보험금을 보태면 딱 들어맞는 금액임을 깨달았다. 린다는 손을 번쩍 들고 외쳤다. "여기 600달러요!"

사회자가 린다를 향해 말했다. "감사합니다! 목표 금액에 도달했습니다. 정말 감사합니다. 선생님께서 대미를 장식해주셨네요. 이로써 우리가 모금액의 두 배를 조성하게 되었습니다. 오늘 우리는 총 100만 달러를 모았습니다, 여러분!"

그 순간을 회상하면 린다는 지금도 온몸에 전율을 느낀다. 1802년에 태어나 고작 3일을 살다 세상을 떠난 갓난아기가 열두 살이었던 자신에게 크나큰 영향을 끼쳐서, 비록 9년에 그치긴 했지만 엄마와 함께했던 시간이 얼마나 고마운 날들이었는지 깨닫게 해주고 이제 수많은 이들에게 도움을 주게 되었으니 말이다. 린다는 이일을 계기로 아무리 짧은 생이라도 무의미한 삶은 없다는 사실을 깨달았다.

"감동적인 이야기네요." 린다 이야기를 듣던 제인이 말했다.

나는 제인의 손을 잡으며 말했다. "이 지구에 존재하게 된 이상 누구라도 의미가 있다고 말했던 것 기억해요? 린다의 이야기에 담긴 모든 의미를 생각해보세요. 1802년에 태어나 며칠 만에 세상을 떠난 아기는 그 아기의 부모에게 큰 의미였죠. 그리고 거의 200년이 지난 뒤 어머니를 잃고 슬픔에 빠져 있던 한 소녀에게 의미가 있었죠. 그리고 214년이 흐른 지금, 그 짧았던 생은 더 큰 의미를 갖게 되었고요. 린다의 기부 덕분에 그날 밤 100만 달러라는 큰 기부금이 모이고 그 돈이 수많은 사람에게 도움이 되리라고 누가 생각이나 했겠어요? 아기의 무덤 앞에서 아버지와 했던 약속의 결과가 그런 영향을 끼칠 줄 누가 알았겠어요?"

제인은 내 말을 듣더니 이렇게 말했다. "저는 그저 제 아이의 삶만 의미 있다고 생각했네요. 다른 누군가의 죽음이, 그 어린 아기의 죽음이 의미 있다고는 한 번도 생각하지 못했어요."

"의미는 어디에나 있습니다. 우리는 그저 주위를 둘러보며 그걸 찾기만 하면 돼요." 내가 말했다.

제인이 그러했듯 상실에는 의미가 없다고 생각하는 이가 많다. 물론 의미를 찾는 데 오랜 시간이 걸릴 수도 있고 험난한 과정을 거쳐야 할 수도 있다. 다른 누군가가 의미를 찾도록 돕는 일 역시 그렇다. 하지만 찾으려고만 한다면 의미는 있다. 살다 보면 누구나 어떤 방식으로든 넘어지고 무너진다. 중요한 것은 어떻게 일어나서 어떻게 의미의 조각들을 되맞추느냐다.

2 슬픔에는 반드시 목격자가 필요하다

> 우리는 죽은 자와 산 자를 위한 목격자가 되어야 한다.
>
> 엘리 위젤Elie Wiesel

사람마다 지문이 다르듯 슬픔의 결도 다르다. 하지만 모든 슬픔에는 공통점이 있다. 얼마나 슬프든 간에 그 슬픔을 누군가 보아주고 공감해주어야 한다. 누군가의 슬픔을 목격한다고 해서 그 사람의 슬픔을 덜어주거나 재구성해주어야 한다는 의미는 아니다. 누군가의 슬픔에서 굳이 밝은 부분을 찾으려 애쓰지 말고 그 상실감의 무게에 온전히 함께해주어야 한다는 의미다.

이미 우리 안에는 그런 능력이 내재되어 있다. 인간은 본능적으로 다른 사람의 감정에 공감하며 그러한 공감 능력은 생존에 중요한 역할을 한다. 인간의 뇌에는 거울 신경세포(자신이 특정 행동을 할 때뿐 아니라 다른 사람이 동일한 행동을 수행하는 모습을 관찰할 때도 자신이 그 행동을 하는 것처럼 활성화되는 신경세포로, 신경생리학자 자코모 리촐라티와 그의 연구 팀이 발견했다-옮긴이)가 있어서 엄마가 웃으면 아기도 따라 웃는다. 이런 반응은 성인이 되어서도 지속된다. 어느 날인가 길을 걷고 있는데 한 남자가 내게 "안녕!" 하고 인사를 했다. 길거리에서 처음 보는 사람이 "안녕!"이라고 인사하는 경우는 흔치 않다. 하지만 나는 곧바로 그에게 "안녕!" 하고 화답했다. 이는 다른 사람의 표현 방식을 단순히 따라 하는 것 이상의 의미가 있다. 그 표현 너머에 있는 감정을 헤아리는 것이다. 거울 신경세포는 어머니와 아기가 서로의 감정을 공유하고 공감하게 해준다.

에드워드 트로닉Edward Tronick 박사는 연구 팀과 짧은 동영상을 촬영해 아기들이 주위 사람들의 감정을 인지하고 그 감정에 반응하는지 여부를 살펴보았다. 첫 번째 단계에서는 10개월 된 아기를 높은 의자에 앉혀 눈을 동그랗게 뜨고 미소 짓고 있는 엄마의 얼굴을 바라보게 했다. 앞서 말했듯이 아기와 엄마는 거울 신경세포로 상호작용을 한다. 한쪽이 웃자 다른 한쪽도 따라 웃는다. 아기가 손가락으로 어느 지점을 가리키자 엄마는 아기가 가리키는 곳을 바라본다.

연구 방침에 따라 이번에는 엄마가 아기에게 더 이상 반응을 하지 않도록 했다. 엄마는 무표정한 얼굴로 아기를 가만히 바라보기만 한다. 혼란스러워진 아기는 엄마의 반응을 이끌어내려고 다양한 동작을 하며 갖은 애를 쓴다. 그래도 엄마가 아무런 반응을 보이지 않자 좌절한 아기는 울음을 터뜨린다. 이는 원초적인 반응이다. 아기는 잠재의식에서 서로가 생존에 꼭 필요한 존재임을 알고 있기 때문이다. 만약 이들의 생존이 진심으로 공감해줄 수 없는 사람에게 달려 있다면 몹시 힘들 것이다.

이러한 현상은 아기뿐 아니라 성인에게도 해당한다. 슬픔에 빠진 사람에게는 다른 사람의 이해와 공감이 절실히 필요하다. 하지만 정신없이 바쁘게 돌아가는 현대사회에서 슬픔은 절제되고 축소되기 일쑤다. 사랑하는 사람이 세상을 떠났어도 3일 뒤에는 정상 출근을 해야 하고 직장에서도 고통을 겪은 사람이 으레 아무 일 없었다는 듯이 씩씩하게 업무를 수행해주기를 바란다. 다른 누군가가 나의 고통을 목격할 기회는 점점 줄어든다. 이는 고립감으로 이어지기도 한다.

예전에 호주에 갔을 때 만난 한 연구자는 호주 북부 지역 토착민 마을의 삶의 방식을 연구하고 있다며 연구 내용을 내게 들려주었다. 이 토착민 마을에서는 누군가 밤에 죽으면 마을 사람들 모두가 자신의 집에 있던 가구 하나를 옮기거나 마당에 둔다고 한다. 사랑하는 사람을 잃은 다음 날, 유족 입장에서는 세상이 온통 달라 보이기 마련이다. 하지만 이 마을에서는 유족뿐 아니라 마을 주민 모두에게 세상이 달라 보인다. 가구가 옮겨져 있거나 밖으로 나와 있기 때문이다. 이것이 그 공동체가 슬픔을 목격하고 공감하는 방식이다. 마을 주민들은 타인의 죽음을 선명하게 드러낸다. 상실을 눈에 보이는 무언가로 만드는 것이다.

미국에서도 예전에는 사랑하는 사람이 죽으면 공동체 사람들이 유족의 슬픔을 함께 지켜봐주곤 했다. 하지만 요즘 사회에서는 상실의 슬픔에 빠진 사람에게 자신의 세계는 산산조각이 났을지언정 다른 사람들의 세상은 아무것도 변하지 않았다는 사실을 억지로 받아들이게 하려는 분위기가 팽배하다. 애도를 표현하는 의식도 지나치게 적고 애도에 할애되는 시간도 너무 짧다.

슬픔은 결속력의 영역 안에 있어야 한다. 슬픔은 보편적인 경험이다. 몸 어딘가에 질병이 있는 사람과 대화를 할 때 그 사람 말에 귀 기울이고 공감할 순 있지만 그 사람이 아픈 곳을 속속들이 구체적으로 알지는 못한다. 하지만 사랑하는 사람을 잃은 사람과 대화를 할 때는 언젠가 나도 그들과 같은 입장이 될 수 있다는 사실을 잘 알고 있으며, 그래서 그들의 감정을 이해하려고 노력한다. 무언가를 변화시키기 위해서가 아니라 그저 그들의 슬픔을 온전히 이해하기 위해서다. 나 같은 경우에는 고통과 슬픔에 빠진 사람이 내게 마음을 터놓으면 특별한 대접을 받는 기분이 든다. 누군가의 약한 모습을 목격한다면, 그리고 내가 목격한 것에 아무런 판단의 잣대도 들이대지 않는다면 그 사람을 고립감에서 벗어나게 도울 수 있다.

슬픔의 당사자가 아닌 사람들은 상실감에 빠진 사람에게 산 사람은 살아야 한다는 둥, 삶을 포용하라는 둥, 슬픔은 이제 놓아버리라는 둥 너무도 쉽게 말한다. 하지만 슬픔을 판단의 영역에 두어서는 안 된다. 누군가가 겪는 고통을 진심으로 이해하는 사람은 절대로 그 사람의 고통을 판단하지 않는다. 슬픔이 너무 과하다든지 너무 오랫동안 애도한다든지 하는 생각은 하지 않는다. 슬픔은 우리 내면에서 일어나는 작용이지만 애도는 슬픔의 바깥에서 이루어지는 행위다. 슬픔의 내적 작용은 하나의 과정이자 여정이다. 슬픔에는 정해진 수준도, 정해진 기한도 없다.

사람들은 내게 슬픔을 얼마나 더 견뎌야 하냐고 묻곤 한다. 그러면 나는 이렇게 되묻는다. "세상을 떠난 그 사람은 얼마나 오랫동안 이 세상을 떠나 있을까요? 슬픔의 기간도 그 기간만큼입니다. 영원히 고통에 시달릴 거라는 말은 아닙니다. 하지만 사랑했던 그 사람을 영원히 잊지는 못할 거예요. 가슴에 난 그 구멍은 절대로 메워지지 않아요. 저는 조급하게 마무리 지으려는 행위를 '1년의 신화'라고 말하곤 해요. 사람들은 1년 안에 슬픔을 극복하고 완전히 끝내야 한다고 생각하곤 하죠. 하지만 전혀 그렇지 않아요. 사랑하는 사람을 떠나보낸 첫해에는 더 격렬하게 슬프고 비통할 거예요. 그 이후에는 슬픔이 등락을 거듭합니다. 슬픔이 서서히 줄어드는가 싶다가도 어느 날 문득 어떤 계기로 다시 터져 나오죠. 그러면 되돌아와 처음 느꼈던 그 상실의 고통을 그대로 느끼게 돼요. 시간이 흐르면 상처가 조금 더디게 생기고 그 강도도 조금 덜하기는 하죠. 하지만 상처는 영원히 그 자리에 남아 있어요."

이것이 '슬픔의 기한'을 묻는 질문에 대한 최대한 구체적인 대답이다. 하지만 여전히 모호한 점들도 있어서 이 대답이 모든 가능성을 다 말해주지는 않는다. 오랫동안 슬픔과 관련된 일들을 하면서 깨달은 것이 있다. 만약 내가 슬픔에 빠진 한 사람만 본다면 오직 그 한 사람의 슬픔밖에는 헤아리지 못한다는 사실이다. 설령 같은 가족 구성원이라 해도 사람마다 느끼는 슬픔은 다르기에 한 사람의 슬픔을 다른 사람의 슬픔과 비교할 수는 없다. 같은 가족이라도 누구는 많이 울고 누구는 그렇지 않을 수 있다. 슬픔에 짓눌려 괴로워하는 이가 있는가 하면 털고 일어나 일상을 살고 싶어 하는 이도 있다. 어떤 사람은 표현을 많이 하고 또 어떤 사람은 좀처럼 감정을 드러내지 않는다. 감정이 풍부한 사람이 있고 그렇지 않은 사람이 있다. 슬픔을 겪어내는 과정에서 한층 현실적인 사람도 있다. 그런 사람들은 하루빨리 마음을 추스르고 제자리를 찾는다.

우리는 고통을 겉으로 드러내지 않는 사람들이 슬픔을 나누는 모임에 가입해 다른 이들과 만나고 감정을 공유해야 한다고 착각하곤 한다. 하지만 감정을 드러내지 않는 사람은 슬픔 역시 남들에게 드러내지 않는다. 상실감은 사람마다 다른 방식으로 겪는다. 누군가에게 특정 방식을 제안하는 것은 도움이 되지 않는다.

슬픔의 명암

현대사회에서는 온라인을 통해 타인의 슬픔을 볼 때가 많다. 나 또한 소셜 미디어에 슬픔에 관한 글을 올리는데 거기에 다양한 댓글이 달리곤 한다. 만약 내가 치유에 관해 희망적이고 낙천적인 글을 올린다면 많은 이에게 희망을 줄 수는 있겠지만 정작 치유가 필요한 이들의 마음에는 다가갈 수 없다. 어둠 속에 갇혀 있는 사람들은 '희망' 같은 단어를 듣고 싶어 하지 않는다. 이런 사람들은 슬픔의 단계 시작 지점에 있는 경우가 많아서 다른 사람의 감정을 받아들이기에는 몹시 날카롭고 예민하기 마련이다. 그들은 자신의 어두운 슬픔을 누군가 봐주고 이해해주길 바란다. 그들의 눈물은 사랑의 증거이자 세상을 떠난 이가 소중한 사람이었다는 증거다.

만약 내가 이런 글을 올린다고 생각해보자. "고통이 영원히 끝나지 않을 것 같은 하루다." 또는 "온 하늘을 컴컴하게 뒤덮은 먹구름 같은 슬픔이 나를 짓누른다." 아마도 같은 고통을 겪은 이들은 공감할 것이다. 이런 글은 상처 받은 이들의 감정을 반영하며, 현재 처한 상황 속에서 긍정적인 무언가를 찾으라는 말보다 훨씬 더 위로가 된다.

어떤 슬픔에는 어둠이 깃들고 어떤 슬픔에는 빛이 드리우며 또 어떤 슬픔에는 어둠과 빛이 함께 찾아온다. 그건 그 사람이 슬픔의 순환 주기 어디에 위치해 있느냐에 달려 있다. 어떤 슬픔이 다른 슬픔보다 낫다고 말할 수도 없고, 특정 종류의 슬픔이 정답이라고 말할 수도 없다. 그저 다른 종류의 슬픔이고 다른 종류의 감정일 뿐이다. 희망과의 관계도 마찬가지다. 희망은 슬픔에 빠진 사람에게 활력소가 될 수 있다. 하지만 또 다른 누군가에게는, 특히 슬픔의 초기 단계에 있는 사람들에게는 무용한 감정일 뿐이다. "내가 이렇게 슬픈데, 어떻게 나에게 희망을 가지라고 말할 수 있어? 대체 내가 어디에 희망을 가져야 하는데? 내가 희망을 품어야 네가 편할 것 같아서 그래?" 이렇게 반응할 수도 있다.

희망은 모든 면에서 의미와 밀접하게 관련이 있다. 사람마다, 상황마다 의미가 달라지듯 희망도 달라진다. 어떤 때는 슬픔에 빠진 사람에게 이렇게 말하기도 한다. "사랑하는 사람이 세상을 떠났을 때 희망도 같이 사라진 기분일 거예요. 모든 것을 다 잃은 것 같은 기분 이해해요."

그러면 놀랍게도 그들은 생기를 띠며 "네, 맞아요. 정말 그래요." 하고 대답한다.

그들은 자신의 감정을 누군가 알아주고 있다고 느낀다. 나는 주로 이렇게 말하곤 한다. "사랑하는 이의 죽음은 영원하죠. 그게 가슴이 아픈 거고요. 하지만 희망은 아주 잠깐 동안만 사라진 거예요. 당신이 찾기 전까지만 사라진 거예요. 제가 당신을 위해 그 희망을 꼭 잡고 있을게요. 당신의 희망은 제가 잘 가지고 있을게요. 당신의 감정이 헛되이 사라지는 걸 원치 않아요. 죽음이 가지고 있는 힘에 그 이상의 힘을 부여하고 싶지도 않고요. 죽음은 삶의 끝이지만 우리의 관계, 사랑, 희망은 그렇지 않아요."

이따금 상실감에 힘들어하는 이들과 이야기를 나누다 보면 가족들이나 친구들에게 지독히도 듣기 싫은 말을 들었다고 말하는 이들이 있다. 주로 "시간이 약이야"라든지 "사랑하는 사람은 평화로운 곳에 갔으니 이젠 너도 그만 행복해져야지" 같은 말들이다. 이런 말을 듣는 유족들은 타인이 자신의 감정에 공감하지 못한다고 생각한다. 대다수 사람이 뭔가 도움이 될 이야기를 해주고 싶겠지만 적절한 시기와 표현 방식을 찾지 못하는 경우가 많다. 잠시 어두운 곳에 웅크리고 있을 시간이 필요한 사람에게 용기나 희망 같은 말들은 오히려 상처가 된다. 누군가를 위로해주고 싶다면 그 사람의 상태를 정확히 보아야 한다. 상실감은 다른 누군가가 공감해주고 정확히 이해해줄 때 더욱 견디기 쉬워지며 의미 있게 바뀐다.

세상을 떠난 이에 대한 개인적인 생각은 위로와 무관하다는 사실도 명심해야 한다. 이를테면, 지독히도 못된 어머니를 떠나보낸 친구를 보며 친구가 어머니를 위해 슬퍼할 가치가 없다고 생각할 수도 있다. 아니면 평소에 신뢰를 주지 못했던 남편을 잃은 동생이 왜 남편의 죽음을 그토록 슬퍼하는지 의아할 수도 있다. 우리가 어떤 생각을 하든지 간에 그 생각은 슬픔에 빠진 사람의 감정과는 아무 상관이 없으며, 세상을 떠난 누군가가 슬퍼할 가치조차 없는 사람이라는 비판을 듣는 것도 불편하고 달갑지 않을 것이다.

특히 반려동물의 죽음을 슬퍼하는 사람들은 다른 사람들이 그 슬픔을 헤아려주지 못하는 경우가 많다고 말한다. 내 아들이 세상을 떠나고 몇 달 뒤, 내 가장 친한 친구도 나처럼 상실을 경험했다. 소중히 아끼던 반려견이 열여섯 살의 나이로 죽은 것이다. 내가 애도의 말을 건네자 친구는 몹시 당황하며 말했다. "자네 슬픔에 비하면 내 슬픔은 아무것도 아닌걸, 뭐." 물론 내가 친구의 슬픔을 속속들이 헤아릴 수는 없지만 그렇다고 친구가 나보다 덜 고통스럽다든지 의미가 덜한 상실을 겪고 있다고 생각하지 않는다.

모든 상실에는 의미가 있으며 모든 상실은 슬프다. 그러므로 목격되어야 한다. 반려동물을 잃은 이들을 위로할 때 한 가지 원칙이 있다. "만약 그 사랑이 진짜라면 슬픔도 진짜다." 상실의 슬픔은 우리가 사랑의 깊이를 경험하는 방식이며, 사랑은 인생에서 무수히 다양한 형태로 나타난다.

내 동반자인 폴 데니스턴은 '슬픔의 요가'를 가르친다. 이따금 요가 수업 시간에 수강생들과 눈으로 본 것을 형상화하며 상호작용을 하기도 한다. 이를테면 슬픔에 빠진 두 사람을 마주 보게 한 다음 손을 각자 자신의 가슴 위에 얹는다. 그리고 마주한 상대의 눈을 보며 이렇게 말한다. "나는 당신의 슬픔을 봅니다. 나는 당신이 치유되는 걸 봅니다." 타인의 상처를 이렇게 목격하는 것은 치유 효과가 대단히 크다. '슬픔의 요가' 수업에 참여했던 사람들 중 많은 수가 이 과정이 가장 가슴 깊이 남고 도움이 되었던 순간이라고 말한다.

목격되지 않은 슬픔 _____

때론 슬퍼하는 사람 곁에 있기를 힘들어하는 사람들도 있다. 적절하게 해줄 말을 찾지 못할까 봐 두려워서 그럴 수도 있고, 슬픔에 빠진 사람에게 어떤 모습을 보여줘야 할지 몰라서 그럴 수도 있다. 아들 데이비드가 세상을 떠난 뒤 한 친구가 내게 계속 전화를 했고 내가 전화를 받지 않자 몇 주 동안이나 메시지를 남겼다. 마침내 나는 전화를 받았다. 그러자 마리아는 자신이 데이비드의 장례식에 가지 않아 크나큰 죄책감을 느낀다고 말했다. 마리아는 나와 데이비드 둘 다 잘 아는 사이였다. "차마 갈 수가 없더라고. 고통이 너무 클 것 같아서 겁나기도 했고 네 얼굴을 볼 자신도 없었어. 그런데 너와 데이비드 생각이 마음속에서 떠나질 않아. 죄책감이 너무 커."

나는 마음속으로 이렇게 말하고 싶었다. "걱정하지 마. 장례식에 못 온 것이 뭐 그리 큰일이라고." 이런 말로 마리아의 죄책감을 덜어주고 싶었다. 하지만 그건 솔직하지 못한 말이었다. 난 그냥 이렇게 말했다. "보고 싶어."

나중에 나는 마리아가 했던 말을 슬픔의 관점에서뿐 아니라 인생의 관점에서 다시 곰곰이 생각해보았다. 슬픔과 괴로움을 피하려고 들면 가지런히 정렬된 마음의 질서에서 뭔가가 불쑥 튀어나온다. 만약 마리아가 장례식에 왔더라면 지독한 슬픔과 괴로움을 느꼈을 것이다. 하지만 그 고통은 의미 있는 감정이 되었을 것이다. 그 감정에는 삶의 리듬과 함께 움직이며 나온 진정성이 있다. 하지만 장례식에 오지 않은 마리아는 삶의 곳곳에서 죄책감을 느끼고 있었다.

인생은 우리에게 고통을 준다. 우리는 주어진 고통을 겪어내야 한다. 상실감을 회피하면 대가가 따른다. 자신의 고통을 마주하고 타인의 고통을 보는 것은 우리의 몸과 영혼을 위한 아주 훌륭한 치유법이다.

어느 날 강연에서 한 청중이 이렇게 말했다. "제 고객 중에 다른 사람들이 슬퍼하는 모습을 보기가 괴로워 장례식을 가지 못하는 사람이 있어요. 그런 증상을 지칭하는 병명이 있나요?"

의미 수업

나는 대답했다. "이기심이요. 자기중심적 사고요." 나는 사람들이 큰 슬픔을 겪을까 봐 두려워지기 시작하는 시점이 언제인지 궁금했다. 삶에는 오르막과 내리막이 있다. 높은 곳이건 낮은 곳이건 그 자리에 존재하는 것은 우리의 책임이다.

마리아는 장례식에 오지 않았고 나는 상처 받았다. 선의라 할지라도 있어야 할 곳에 있는 법을 모르면 누군가에게 상처를 줄 수 있다. 어떤 사람이 슬픈 이야기를 지겹게 반복한다면 그건 그 사람의 슬픔이 건강한 방식으로 목격되지 않았다는 의미다. 어쩌면 자녀 중 한 명이 그 사람에게 이렇게 말했는지도 모른다. "아버지, 이제 그만하세요. 어머니가 어떻게 돌아가셨는지 우리도 다 알아요. 아버지, 제발 이제는 좀 벗어나세요." 아니면 다른 자녀가 아버지를 위로하려고 이런 말을 했을지도 모른다. "슬퍼하지 마세요. 엄마는 충분히 오래 사셨어요. 이제는 고통 없는 세상에 계실 거예요." 왜 슬픔에 빠진 사람이 그 슬픔에서 벗어나야 하는가? 슬픈 감정에 휩싸인 사람이 했던 말을 하고 또 하는 이유는 무의식중에 더 많은 관심을 원하기 때문인 경우가 많다.

슬픔이 충분히 목격되지 않았을 때 나타나는 또 다른 증상은 다른 사람의 상실감과 자신의 상실감을 비교하는 행위다. "내 남편이 죽었을 때 마사가 자기네 집에서 기르던 개가 죽었을 때의 이야기를 하는 거예요. 저는 그게 상식적으로 납득이 되지 않아요. 그렇지 않나요?" 비교는 누군가 자신을 보아주길 바라는 마음의 한 표현 방식이다. 다시 말하자면 이런 말인 셈이다. "제 말 좀 들어주세요.

마사 이야기 말고 제 이야기에 집중해주세요. 제 고통이 더 크다고 요. 당신이 내 고통을 알아차렸으면 좋겠어요."

비통해하는 사람을 돕는 가장 좋은 방법은 그 사람에게 충분히 관심을 가지고 있음을 보여주는 것이다. 내가 당신의 이야기를 듣고 있으니 당신의 감정을 얼마든지 솔직하게 터놓고 이야기해도 좋다는 확신을 주는 것이다. "얼마나 상심이 크실지 잘 압니다. 남편분은 정말 좋은 사람이었어요. 기억나세요? 그때 우리 모두 다 같이 거기 갔을 때……." 이런 식으로 말문을 열면 상대가 상실감을 터놓고 이야기하는 데 도움이 된다.

슬픔에 냉정한 사람도 있다

내가 호주에서 린디 체임벌린Lindy Chamberlain을 만난 것은 린디가 기나긴 재판 끝에 교도소에 수감되었다가 출소한 지 한참 지난 뒤였다. 린디에게 내가 애도를 표현할 시간은 지극히 짧았다. 상실감을 표현하는 방식으로만 본다면 린디는 세상에서 가장 잘 알려진, '냉정하게 슬퍼하는 사람'일 것이다.

1980년, 린디와 가족들은 호주의 한 오지에서 캠핑을 즐기다 딩고(호주에 주로 서식하는 들개의 한 종류-옮긴이)가 아기를 물고 달아나는 사고를 당했고, 이 일은 호주 전역에 알려졌다. 이 사건은 메릴 스트리프Meryl Streep가 주연을 맡은 영화 〈어둠 속의 외침A Cry in the Dark〉으로도 만들어졌다. 영화에서 메릴 스트리프는 끔찍한 사고를

의미 수업

당한 뒤 "딩고가 제 아기를 물고 갔어요!"라고 진심을 다해 외치고 또 외쳤다. 하지만 대부분의 사람들은 메릴 스트리프가 분한 린디가 아기를 죽인 엄마라고 믿었다. 왜 그랬을까? 겉보기에 린디는 신념이 강해 보였고 사람들 앞에서 울지도 않았기 때문이다. 결국 린디는 살인죄로 유죄판결을 받아 가석방 없는 종신형을 선고받았다. 형을 선고받고 수십 년이 흐른 뒤 DNA 기술이 발전하면서 린디는 무죄를 인정받았고, 2012년 마침내 사람들은 린디가 누명을 썼으며 완전히 무죄라는 사실을 알게 되었다.

자신이 겪는 상실감을 말로 표현하지도, 눈물을 펑펑 흘리지도 않는 사람들이 있다. 이런 사람들은 가능한 한 빨리 '정상적인 상태'로 돌아온다. 린디 같은 사람들은 겉보기엔 대단히 강해 보인다. 어떻게 보면 냉혈한처럼 생각되기도 한다. 혼자 있을 때도, 남들 앞에서도 좀처럼 울지 않는 사람들, 친구들이나 가족들에게 좀처럼 감정을 드러내지 않는 사람들은 종종 오해를 받곤 한다.

드러내는 감정의 정도가 사랑했던 사람에 대한 사랑의 깊이라고 착각하는 경우가 흔하다. 말도 안 되는 소리다. 이런 감정은 '지연된 슬픔delayed grief'일 수 있다. 이 경우에는 해소되지 못한 슬픔, 부인당한 감정이 쌓이고 쌓이다가 어느 날 갑자기 홍수처럼 터져 나오기도 한다. 이렇게 '냉정하게 슬퍼하는 사람'들이 있다. 그들에게 왜 울지 않느냐고 물으면 이렇게 대답할 것이다. "울어서 떠난 사람이 돌아온다면 얼마든지 울겠지요. 하지만 운다고 그 사람이 돌아오는 건 아니잖아요."

슬픔은 있는 그대로 바라보아야 한다. 냉정하게 슬퍼하는 사람들은 세상 모든 사람들이 자신을 변화시키고 고치려 든다며 언짢아할 때가 많다. 현실적이고 냉정한 슬픔은 고쳐야 하는 태도나 방식이 아니다. 그저 그들이 상실감을 대처하는 방식을 있는 그대로 봐주고 존중해주면 된다.

로버트와 조앤은 25년간 결혼 생활을 했다. 어느 날 로버트에게 한 통의 전화가 걸려 왔다. 동생 코리가 갑작스러운 심장 발작으로 사망했다는 소식이었다. 로버트는 부모님과 코리의 아내가 코리에게 무거운 책임감을 혼자 다 짊어지게 했다는 자책감에 크게 상심할까 봐 일단 '필요한 일을 하는' 분위기를 유지하기로 했다. 로버트는 모든 일을 다 도맡아 했다. 동생 코리의 아내는 로버트의 도움이 아니었다면 그 힘든 시기를 어떻게 헤쳐 나갔을지 상상도 할 수 없다고 말했다.

장례식에 모인 사람들은 수군거리기 시작했다. 로버트가 모든 일을 훌륭하게 잘 처리하긴 했지만 정작 우는 모습은 못 봤다는 얘기들이 나왔다. 정말 그가 우는 모습을 본 사람은 아무도 없었다. 가족들은 로버트의 아내인 조앤에게 조용히 가서 물었다. "당신과 있을 때는 로버트가 울던가요?"

조앤 역시 로버트가 우는 모습을 보지 못했다. 조앤은 슬슬 남편이 걱정되기 시작했다. 그렇게 몇 주를 보내면서 조앤은 계속 로버트에게 어떠냐고 물었다.

"로버트, 코리가 그립지?"

"물론이지. 보고 싶어."

"나는 그냥 당신이 좀 슬퍼해도 괜찮다고 생각해."

"나도 알아. 그리고 난 충분히 슬퍼하고 있어."

6주가 지나고 조앤은 남편에게 상담 치료를 받아보라고 권했다. 그 말을 들은 로버트는 화들짝 놀라며 되물었다. "왜 상담을 받으라고 하는 거야? 내게 무슨 문제라도 있어?"

"여보, 코리가 죽었어. 그런데도 당신은 그 사실을 실감하지 못하는 것 같아. 난 당신이 걱정돼."

"나도 충분히 실감하고 있어. 다만 당신처럼 울지 않을 뿐이야. 코리의 죽음이 너무나 애통해서 무슨 말을 해야 할지 모르겠어. 코리는 떠났어. 정말 끔찍한 비극이야. 아마 난 남은 평생 코리를 그리워할 거야. 내가 무슨 말을 한다고 해도 떠난 코리가 돌아오지는 못하겠지."

아홉 달 뒤, 가족들이 연례행사로 가던 낚시 여행 시기가 돌아왔다. 로버트의 집 남자들은 매년 한 번씩 근처 호수로 낚시를 함께 가곤 했다. 조앤은 낚시 모임 날이 다가오자 은근히 기대했다. 올해 모임은 로버트의 동생이 참석하지 못하는 첫 모임이고, 모임에서 늘 중요한 역할을 해왔던 코리였기에 그의 부재가 더욱 크게 와닿을 것이다. 낚시를 하러 모인 가족들은 자연스럽게 코리의 죽음을 이야기할 것이고, 그러다 보면 로버트도 자신의 감정을 살펴볼 기회가 생기리라 생각했기 때문이다.

로버트가 낚시에서 돌아오자 조앤은 물었다.

"남자들끼리 좋은 시간 보냈겠네. 코리의 죽음에 대해 이런저런 이야기도 나누고."

"아무도 코리의 죽음에 대해서는 말하지 않았어."

"아니, 어떻게 그럴 수 있어? 코리는 매년 그 모임에 꼬박꼬박 참석했던 사람이잖아. 작년까지만 해도 참석했던 사람이 올해는 오지 않았어. 그런데 어떻게 코리 이야기가 안 나올 수 있어?"

조앤은 남편 로버트가 마음의 문을 닫았을지도 모른다고 생각해 나를 찾아왔다. 나는 조앤처럼 슬픔을 드러내고 표현하는 것이 정상적인 방식이라 할지라도 로버트처럼 냉정하게 슬픔을 겪는 사람도 있으며, 어쩌면 로버트는 지극히 자연스러운 자신만의 방식으로 죽은 동생을 애도하고 슬퍼하며 상실감을 겪고 있는지도 모른다고 말했다.

나는 조앤에게 만약 다른 사람이 당신에게 "이제 제발 그만 좀 슬퍼해"라거나 "너무 지나치게 슬퍼하고 있어" 하고 말한다면 어떨 것 같냐고 물었다. 그리고 만약 그렇다면 상실감을 겪는 자연스러운 과정이 방해받는 느낌이 들 것이며, 같은 이유로 로버트에게 감정을 더 드러내라고 말하는 것은 로버트가 슬퍼하는 방식을 존중하지 않는 행동이라고 말했다.

조앤은 로버트가 슬퍼하는 방식이 홍수처럼 눈물을 흘리는 것과 똑같은 자연스러운 애도의 방식임을 깨달았다.

가장 사적인 슬픔, 가장 공개적인 슬픔

시몬은 저녁 시간대에 방영하는 텔레비전 프로그램의 유명 인사 섭외 담당자였다. 업계 최고 능력자였던 시몬은 어느 연예인이 언제 새로운 영화 촬영에 들어가는지, 제작 과정에서 어떤 스캔들이 있었는지 등을 훤히 꿰고 있었다. 시몬이 하는 일은 명성이 절정에 달한, 가장 인기 있는 스타들을 섭외하는 것이었다.

직장인으로서의 시몬은 누구나 알았지만 시몬의 사생활을 잘 아는 사람은 없었다. 결혼해서 남편과 다 자란 아이들이 있다는 사실만 알려졌을 뿐이다. 시몬은 사생활에 대해 좀처럼 말을 하지 않았고 언제나 사생활과 직장 생활을 엄격하게 구분하곤 했다.

하루는 시몬이 회의를 하고 있는데 비서가 시몬의 딸에게서 급한 전화가 왔다며 시몬을 불러냈다. 시몬의 남편이 심장마비로 지금 막 사망했다는 전화였다.

"제가 도울 일은 없을까요? 사람들에게는 어떻게 말할까요?" 비서가 시몬에게 물었다.

"그냥 내 남편이 죽었다고 말해주세요. 저는 2주 뒤에 돌아온다고. 그것 말고 다른 말은 할 필요 없어요."

2주 뒤 직장에 복귀한 시몬에게 동료들은 위로의 편지와 꽃을 보냈다. 시몬은 사람들의 애도에 정중하게 감사 인사를 했다. 하지만 동료들이 어떻게 된 일이냐며 자세한 사정을 묻자 그 이상은 말하고 싶지 않다고 선을 그었다. 마치 여긴 일터이니 '일에만 집중

하겠다'는 태도처럼 보였다. 하지만 6개월 뒤 시몬은 회사에 사직서를 제출했다. 시몬의 상사는 시몬이 경쟁 업체에 스카우트된 것이라고 확신했지만 시몬이 사직서를 낸 이유는 그보다 훨씬 복잡했다.

시몬의 남편이 조울증을 앓고 있다는 사실을 아는 사람은 아무도 없었다. 시몬은 몇 년 동안 남편의 정신 건강을 회복시키기 위해 물심양면으로 도왔다. 직장 생활은 직장 생활대로 최대한 열심히 하면서 남편의 치료를 위해 애써왔다. 조울증에는 무수한 오해와 편견이 고착되어 있다는 사실을 잘 알았기에 시몬은 남편에 관해서는 전혀 언급하지 않았고 타고난 인내심으로 철저히 사생활을 지키고 싶어 했다. 직장과 일은 고달픈 가정생활에서 벗어날 수 있는 탈출구이자 남편 문제를 잠시나마 잊을 수 있는 유일한 공간이었다. 하지만 남편이 죽고 난 뒤 시몬은 더 이상 평정심을 유지하기가 어려웠다.

시몬은 직장을 그만둔 지 얼마 되지 않아 나를 찾아왔다. 조울증 문제를 꽁꽁 감추며 남편을 보살피면서 보낸 오랜 세월에 마음이 많이 다친 것 같다고 말했다. 시몬은 그토록 열심이었던 직장 일이 어느 날 갑자기 무의미하게 느껴졌다. 자신이 남편에게 도움을 줄수 있는 부분이 너무도 적었다는 생각에 가슴이 아팠다. 시몬은 세상에서 보다 쓰임새 있는 사람이 되고 싶어 했다. 다시 학교로 돌아가 상담사나 사회복지사가 되는 것은 어떨지도 함께 이야기 나누고 고민해봤지만 시몬의 마음을 결정적으로 바꾸지는 못했다.

의미 수업

다만 직장을 그만두고 시간 여유가 생긴 시몬은 몇 달 시간을 두고 고민을 더 해보기로 했다.

1년 뒤 시몬에게서 전화가 왔다. 예전에 자신이 살던 곳에서 꽤 멀리 떨어진 도시에서 콘퍼런스 연례행사를 하는데 와서 연설을 해줄 수 있냐는 전화였다.

"행사와 관련된 일을 하시나요?" 내가 물었다.

"잠깐만요. 지금 사무실이어서 문 좀 닫고 올게요."

시몬은 남편이 세상을 떠난 뒤에야 자신이 지난 25년간 무력 감에서 벗어나지 못하고 살았다는 사실을 깨달았다. 그래서 시간 을 허비했다는 생각을 극복하는 데 도움이 될 만한 일을 하고 싶었 다. 마침내 시몬은 유명 인사를 섭외하는 일을 그만두고 국제 강연 행사를 개최하는 직장을 찾았고, 그 직장에서 정신 건강 분야에서 가장 중요한 역할을 하는 전문가들을 섭외하는 일을 하고 있었다. "정신 건강 문제로 고통받는 사람들에게 도움이 되는 일을 하고 싶 더라고요. 정신 건강 상담소에서 자원봉사도 하고 있어요."

"정말 멋진데요. 함께 일하는 직장 동료들은 당신이 왜 직업을 바꿔 그 일을 하게 되었는지 알고 있나요?"

"저를 잘 아시잖아요. 저는 사적인 문제에 굉장히 민감한 사람이 에요. 그냥 동료들에게는 뭔가 변화를 주고 싶었다고만 말했어요. 그래서 로스앤젤레스에서 멀리 떨어진 곳으로 이사도 한 거고요."

시몬은 그런 사람이었다. 사생활을 좀처럼 드러내려 하지 않는 사람. 하지만 사생활을 드러내지 않는다고 해서 상실감을 깊이 느끼지 않는 것은 아니다. 또한 의미 있는 일을 추구하며 남편을 기리는 데 아무런 걸림돌도 되지 않는다.

반면 매우 공개적으로 슬퍼하는 사람도 있다. 어느 날 전화가 걸려 와 받아보니 모르는 여성이었다. "조 바이든Joe Biden 부통령이 통화를 원하십니다." 얼마 뒤 의심할 나위 없는 바이든 부통령의 목소리가 들려왔다. "안녕하십니까, 조 바이든입니다. 선생님이 쓰신 책에 감사 인사를 드리고 싶었습니다."

조 바이든 부통령 역시 상실감을 잘 아는 사람이었다. 수년 전, 그가 처음으로 상원 의원이 되어 이제 막 취임을 앞둔 어느 날, 그의 아내 네일라와 딸 나오미가 교통사고로 사망했다. 아내와 딸을 잃고 이틀 뒤 상원 의원으로 취임한 바이든은 뉴올리언스에서 일어난 무차별 총기 난사 사건을 처리해야 했다. 그렇다. 내가 어린 시절에 겪은 바로 그 사건이다. 우리는 그 무렵 기묘하리만치 가깝게 얽혔던 우리의 삶과 상실에 대해 짧게 이야기를 나눴다. 하지만 바이든이 그날 내게 전화를 건 이유는 그보다 훨씬 더 최근에 겪은 죽음에 대해 이야기하고 싶어서였다. 얼마 전 바이든의 아들 보가 뇌종양으로 세상을 떠났다.

바이든이 아들을 떠나보내고서 슬픔에 대처했던 방식은 몹시 놀라웠다. 바이든은 자신의 감정에 대해 솔직하게 털어놓곤 했다. 때로는 대중들 앞에서 눈물도 흘렸다. 한번은 〈오프라 윈프리 쇼〉에서 아들 보가 죽기 직전 또 다른 아들 헌터와 함께 보의 손을 꼭 잡아주었던 장면을 깊이 회상하기도 했다.

의미 수업

시몬이 자신의 감정을 드러내지 않는 사람이라면, 바이든은 감정을 있는 그대로 표현하는 사람이다. 아들 보가 세상을 떠난 뒤 여러 번 감정을 드러내긴 했지만 그런 감정 표출 방식 때문에 이따금 힘들기도 했다. 바이든은 내게 고충을 털어놓았다. "직함이 부통령이다 보니 수많은 장례식장에도 가야 했고 정부 대표로 추모 연설을 해야 할 때도 많았습니다."

심지어 바이든은 아들이 세상을 떠난 뒤에도 그런 일들을 거를 수 없었다. 보가 죽은 지 채 한 달도 되지 않았을 때 그는 사우스캐럴라이나주 찰스턴으로 가서 이매뉴얼 아프리칸 감리교회에서 벌어진 끔찍한 총기 난사 사건의 생존자들을 위로해야 했다. 그의 저서 《조 바이든: 약속해주세요, 아버지Promise Me, Dad: A Year of Hope, Hardship, and Purpose》에는 이런 내용이 있다. "누군가를 위로해주다 보면 항상 기분이 좀 더 나아졌고, 나는 늘 그렇게 나아진 기분을 갈망했다."

하지만 바이든은 자신도 비통함에서 빠져나오지 못한 상태인데 다른 사람들의 장례식에 참석하는 일이 점점 버겁게 느껴진다고 말했다. 장례식에 참석할 때마다 자신의 거대한 상실감과 마주해야 했기 때문이다.

나는 바이든에게 지금껏 견뎌왔을 힘든 시간을 충분히 이해한다고 말했다. 그리고 아들의 죽음을 통해 타인의 고통에 더욱 깊이 공감할 수 있을 것이라고 말해주었다. 바이든은 타인의 고통을 자신에게 투영함으로써 다른 사람의 고통도 매우 중요하다는 사실을 사람들에게 알릴 수 있었다. 이는 바이든 자신이 아들의 죽음에서 의미를 찾는 방법이기도 했다. 나는 내가 했던 말과 바이든이 슬픔에 빠진 이들에게 수차례 이야기했던 그 말이 누군가에게 도움이 되길 바란다. 바이든은 비통함에 잠긴 이들에게 이렇게 말하곤 했다. "추억에 눈시울 붉히는 날들이 지나가면 그 추억에 미소가 번지는 날들이 올 겁니다." 다시 말하면, 고통이 먼저고 의미는 나중이라는 말이다.

사랑하는 사람을 잃고 대중 앞에서 자신의 상실감을 전 세계에 드러낸 사람은 또 있다. 존 F. 케네디J. F. Kennedy 전 대통령이 1963년 댈러스에서 총을 맞아 암살당했을 때 그의 아내 재클린 케네디Jacqueline Kennedy는 케네디 대통령의 피로 얼룩진 분홍색 정장을 갈아입지 않았다. "저들이 무슨 짓을 했는지 그대로 보여줄 겁니다." 재클린 케네디는 말했다. 재클린은 그 폭력에 휘둘리고 싶어 하지 않았다. 자신이 느낀 끔찍한 상실감이 만천하에 고스란히 목도되기를 원했다. 슬픔이 목격된다는 것은 상실감을 현실의 수면 위로 드러낸다는 의미다.

재클린 케네디가 남편을 잃었을 때, 그리고 바이든 부통령이 아들을 잃었을 때 두 사람은 슬픔을 있는 그대로 대중에게 드러냈다. 하지만 원치 않았음에도 비극적인 상실감이 남들에게 그대로 노출되어야 했던 이들도 있다. 내가 맨해튼 출신의 젊은 부부 제이슨 그린과 스테이시 그린Stacy Greene을 만난 것은 매사추세츠주 스톡브리지에 있는 명상 센터 크리팔루Kripalu에서 열린 슬픔 관련 워크숍에서였다. 부부에겐 두 살배기 딸 그레타가 있었다. 어느 날 아침 그레타가 할머니와 함께 맨해튼 어퍼웨스트사이드의 건물 벤치에 앉아 있는데 건물 8층에서 벽돌이 떨어져 그대로 그레타의 머리를 강타했다. 곧장 병원 응급실로 실려 간 그레타는 뇌 수술을 받았지만 깨어나지 못한 채 세상을 떠났다.

처음에는 지역 방송에서 이 비극적인 사고를 보도했고, 이후 급속도로 미국 전역으로 퍼져 〈뉴욕타임스〉와 다른 신문들에 실렸다. 〈데일리뉴스〉에서는 그레타 할머니의 페이스북 타임라인을 신문 전면에 실었다. 그레타의 부모 얼굴이 순식간에 만천하에 공개되었고, 두 사람은 가는 곳마다 말을 걸고 위로를 하고 질문을 하는 낯선 이들을 마주해야 했다. 크나큰 슬픔에 빠져 있던 제이슨과 스테이시에게 낯선 이들의 접근은 무례함으로 느껴졌다. 슬픔을 추스르지 못하고 있던 두 사람에게 다른 이들의 갑작스러운 관심은 당혹스럽고 불편했다. 마치 온 세상이 자신들의 슬픔을 지켜보고 있는 기분이었다.

워크숍 시간에 참가자들은 저마다 편지를 읽고 있었다. 전날 밤 내가 참가자들에게 과제로 낸 편지였다. 그때 뒤쪽에 있던 제이슨이 머뭇거리며 손을 들었다. 그는 떨리는 목소리로 딸에게 쓴 편지를 읽어 내려갔다. 제이슨의 편지는 그곳에 있던 사람 모두에게 큰 울림을 주었다. 그들도 제이슨의 감정을 고스란히 느꼈으리라 생각한다. 나는 제이슨과 스테이시를 앞으로 불러 온갖 부정적인 감정을 죄다 표출하게 했다. "어린 자식을 잃은 부부가 행복하고 근심 없는 다른 가족들을 질투하는 건 전혀 이상한 감정이 아니에요. 슬픔이 분노로 바뀌는 건 지극히 정상입니다. 피한다고 피해지는 것도 아니지요. 슬픔의 단계에는 분노도 한자리 차지하고 있습니다. 그걸 드러내세요."

두 사람이 용기를 내 감정을 모두 드러낼 수 있도록 해주기 위해 나는 그들의 애끓는 심정과 이야기에 최대한 귀를 기울였다. 그리고 분노를 표출하는 도구로 사용하려고 미리 준비해둔 베개를 세차게 치기 시작했다. 이제 두 사람의 고통은 그 방 안에 있었다. 나는 그들을 향해 소리쳤다. 딸을 잃은 형언할 길 없는 애통함과 미칠 것 같은 분노를 다 보여주라고. 사람들 앞에서 내가 거세게 고함을 지르자 제이슨과 스테이시는 처음에는 몹시 놀란 듯 보였지만 이내 자신들의 감정을 밖으로 터뜨렸다. 제이슨이 내면의 분노를 표출하기 시작했고, 나도 그런 제이슨을 거들었다. 나 자신은 제이슨의 분노를 꺼내주기 위한 촉매제 역할이었다.

"행복한 가정들 정말 싫어요!"

제이슨이 베개를 내리칠 때 그 방에 있던 사람들 모두가 제이슨과 한마음이 된 것처럼 보였다. 스테이시는 뒤에서 두 주먹을 꼭 쥔 채 제이슨을 바라보았다. 스테이시는 마음을 풀 곳이 없었다. 스테이시의 상실감과 분노에 미처 공감하지 못했던 나는 마치 중요한 경기의 마지막 몇 분처럼 스테이시에게 다가가서 물었다. "스테이시, 당신은 무엇에 분노하나요?"

스테이시의 억눌린 분노가 고스란히 느껴졌다.

"모르겠어요."

"당신은 어떤 세상에 살고 있나요?" 나는 방에 있는 사람들에게, 그리고 신에게 물었다. "당신 딸의 죽음을 허락한 세상은 도대체 어떤 세상인가요?"

아내와 아내의 슬픔에 방어적인 제이슨이 나를 돌아보며 말했다. "제 아내에게 소리치지 마세요."

스테이시가 입을 열었다. "그 건물은 노인들을 위한 시설이 있는 곳이에요. 그 건물 옆을 지날 때…… 노인들 곁을 지날 때 정말 고통스러웠어요." 스테이시는 잠시 말을 멈추고는 깊이 심호흡을 했다. "그 사람들을 보면 화가 치밀어요. 그런데 제가 뭘 어떻게 해야 하나요? '난 노인들이 싫다'고 말하면서 걸어 다녀야 하나요?"

"당연하죠! 지금 이곳에 있는 사람들은 당신이 하는 말의 의미를 충분히 이해해요. 당신이 사실은 노인들을 싫어하지 않는다는 것도요. 스테이시, 당신은 그들이 누리고 있는 시간이 싫은 거죠. 그레타는 그렇게 짧은 생을 살다 갔는데 노인들은 생을 누릴 만큼 누리는 것이 싫은 거잖아요." 내가 말했다.

스테이시는 차마 말을 하지 못하는 듯 보였다. 그 자리에는 머리가 희끗희끗한 노인들도 있었기 때문이다. 나는 주위를 둘러보며 말했다.

"자, 다 같이 외칩시다. 하나, 둘, 셋, 나는 노인들이 싫다!"

그곳에 있던 사람들은 스테이시의 분노를 매우 진지하게 공감했고 그 분노를 개인적으로 받아들이는 것이 아니라 시간의 불공평함으로 이해했다.

모두들 시간의 불공평함에 공감하는 순간 우린 비로소 그것을 내려놓고 자유로워질 수 있었다. 대단히 심오한 경험이었다. 비단 제이슨과 스테이시만이 아니었다. 그곳에서 두 사람의 슬픔을 목도한 사람들 모두에게 깊은 경험이었다. 나는 이것이 치유의 시작이 되리라는 사실을 잘 알고 있었다.

몇 달 뒤 제이슨에게 전화가 걸려 왔다. "저를 기억하실지 모르겠네요."

나는 그와 그의 딸 그레타를 당연히 기억한다고 말했고 제이슨은 내가 기억하고 있다는 사실에 감동했다. 그는 그때 워크숍에서 보낸 주말이 두 사람에게 전환점이 되었다고 말했다. 그 전까지만 해도 부부는 자신들만이 비극을 겪고 있다고 생각했다. 하지만 자신들처럼 끔찍한 이별을 한 많은 이들과 함께하면서 피해자라는 생각이 많이 줄었다고 했다. 이는 슬픔 워크숍이 이룬 소기의 성과 중 하나라고 생각한다. 고통받는 이들이 다른 이들의 고통을 목격하고 그 고통을 생각하는 시간이 있었기에 가능한 결과다.

함께하는 애도

장례식과 추모식은 중요한 의식이다. 다른 사람이 우리의 슬픔을 보고 듣고 이해할 때 중요한 일이 벌어진다. 애도는 슬픔을 표현하는 방식이다. 슬픔이 드러나지 않은 채 감춰져 있으면 감정은 잘못

의미 수업

된 방향으로 흐른다. 사랑하는 사람을 잃고 그 사람의 장례식을 치르지 않기로 한 이들을 볼 때면 그들이 중요한 것을 놓치고 있다는 생각을 안 할 수가 없다. 장례식은 그곳에 모인 사람들이 가족이 되고 공동체가 되어 상주의 슬픔을 지켜보는 시간이다. 장례식은 죽은 자를 위한 의식이자, 세상을 떠난 이의 생을 기억하고 의미 있게 만드는 의식이자, 우리 자신의 상실감을 위한 의식이다.

사람들은 추모의 시간을 통해 죽은 이가 자신에게 어떤 의미였는지 이야기한다. 슬픈 찬사를 보내기도 하고 재미있었던 일화를 이야기하기도 한다. 그 이야기에 사람들은 울기도 하고 웃기도 하며 더러는 웃다 울기도 한다. 어떤 형태든 사랑했던 사람의 생전 모습을 이야기하는 것은 상을 당한 사람이 죽음을 현실로 받아들이는 데 도움이 된다. 또한 슬픔의 과정을 겪어내는 데도 도움이 된다. 누군가를 떠나보낸 사람은 다른 이들에게서 세상을 떠난 그 사람의 이야기를 들어야 한다. 그래야 다른 관점에서 세상을 보게 된다. 그리고 상실을 겪은 또 다른 누군가에게 자기 자신의 이야기를 들려주어야 한다.

영국 왕세자비였던 다이애나 스펜서Diana Spencer의 남동생 찰스 스펜서Charles Spencer는 추도 연설에서 이렇게 말했다. "비록 신은 그녀의 삶 절반을 거둬 가셨지만, 그래도 오늘은 다이애나가 우리의 삶을 환히 밝혀준 데 대해 감사하다고 말할 기회가 있는 날입니다. 모두 다이애나가 너무도 젊은 나이에 우리 곁을 떠났다는 사실을 믿기 어려울 겁니다. 하지만 우리는 다이애나가 함께해온 시간들에 감사하는 법을 배워야 합니다. 다이애나, 당신이 떠난 이 순간이 되어서야 우린 당신의 부재를 진정으로 받아들이고 있습니다. 당신이 없는 삶은 정말 지독히도 힘든 날들임을 부디 알아주길 바랍니다."

이 지점에서 치유가 시작되고 의미가 만들어진다.

아이들의 고통도 생각해보자. 사람들은 아이들에게는 죽음을 직접 대면하지 않게 해야 덜 고통스러울 것이라고 생각한다. 하지만 사실은 정반대다. 아이들도 어른과 마찬가지로 사랑하는 사람이 떠나면 고통받는다. 고통을 숨기고 덮는 방법은 도움이 되지 않는다. 아이들이 장례식에 참여하는 것은 도움이 된다. 아이들이 겪는 고통을 누군가 보아주고, 아이들 스스로 자신의 고통을 다른 사람들의 감정에 투영해볼 수 있기 때문이다.

어린아이들에게 장례식에 대해 설명해주어야 한다면 나는 이렇게 말할 것이다. "작년에 네 생일 파티를 하려고 할아버지 댁에 갔던 거 기억하니? 다들 〈생일 축하합니다〉 노래를 불렀잖아. 함께 생일 축하 노래를 불러주는 건 너를 사랑한다고 말하는 또 하나의 방법이란다. 지금은 할아버지가 돌아가셔서 할아버지를 위해 장례식에 갈 거야. 할아버지를 기리며 잘 가시라고 작별 인사를 건넬 거야. 할아버지에게 작별 인사를 하는 건 네가 할아버지를 사랑한다고 말하는 또 다른 방법이란다."

장례식은 슬픔을 목도한다는 측면에서 매우 중요하다. 유족은 남은 인생을 홀로 슬퍼하며 살아야 하기 때문이다. 장례식은 사람들과 모여 함께 공식적으로 애도하는 마지막 시간이다. 장례식장에서 사람들은 고인도 남은 이들이 슬퍼하길 원하지 않을 거라고 말하곤 한다. 하지만 나는 늘 궁금했다. 장례식 때조차 슬퍼할 수 없다면 도대체 언제 슬퍼할 수 있단 말인가? 장례식은 본래 음악, 이야기, 시, 기도 등을 통해 다른 이의 슬픔을 지켜봐주는 공동의 시간이다.

사람들은 내게 이런 질문을 자주 한다. "고인의 생을 기리는 것보다 죽음을 애도하는 편이 더 좋은 방법인가요?" 어느 것이 더 낫다고 말할 수는 없다. 두 가지 모두 슬픔을 지켜봐주는 방법이다. 고인의 죽음을 애도하는 의식에서는 고인의 삶을 명예롭게 기릴 뿐 아니라 남은 자들이 겪는 상실의 슬픔을 지켜봐준다. 고인의 삶을 기리는 의식에서는 고인이 생전에 우리에게 어떤 존재였는지를 기리는 데 초점을 둔다. 하지만 나는 늘 사람들에게 말한다. 고인의 생을 기리는 자리라 할지라도 얼마든 울어도 좋다고.

엘런은 여섯 살 때부터 이모할머니 루스를 유난히 잘 따르고 좋아해서 늘 함께 있곤 했다. 그러던 어느 날, 루스가 뇌종양에 걸리면서 병을 치료하기 위해 집으로 돌아갔다. 엘런은 이모할머니가 너무도 그리워서 엄마에게 이모할머니는 어디 있냐고 묻고 또 물었다. "이모할머니는 쉬러 가셨어." 엘런의 엄마는 대답했다. 그 후로도 엘런은 이모할머니가 언제 돌아오는지 계속 물었고, 엘런의 엄마는 "곧 돌아오실 것"이라고 대답해주었다.

그런데 몇 주 뒤 엘런의 엄마는 엘런에게 이모할머니가 세상을 떠났다는 소식을 전해야 했다. 엘런은 엄마 품에 안겨 엉엉 울었다. 하지만 엘런의 엄마는 잠시 뒤 침실로 그냥 들어가버렸다. 장례식 날 엘런의 부모는 루스의 입관식에 참석하러 집을 나섰다. 엘런은 자기도 따라가겠다고 애처롭게 사정했지만, 엘런의 부모는 장례식 은 어른들만 참석하는 것이라며 엘런을 데려가지 않았다.

나는 강연을 하면서 청중에게 이 같은 상황에서 엘런을 데려가 야 했는지 아닌지 물었다. 청중은 하나같이 데려갔어야 했다고 대답했다.

"여러분 중에 장례식에 참석해서 문제가 되거나 상처를 받은 분 있나요?" 내가 물었다. 한두 사람이 손을 들었다. 나는 다시 물었다. "그렇다면 장례식에 참석하지 못해 문제가 되거나 상처를 입거나 트라우마가 생긴 분 있나요?" 그러자 청중의 약 15퍼센트가 손을 들었다.

흔히 아이들은 고통을 직접 대면하지 않는 편이 낫다고들 생각하지만 사실은 그렇지 않다. 아이들도 어른과 마찬가지로 슬픔을 목격해야 한다. 그런 의미에서 장례식은 중요하다. 나는 어릴 적 차를 타고 영구차 뒤를 천천히 따라갔던 경험이 몇 번 있다. 병원이나 집에서 고인을 안치한 관이 실린 검은색 영구차도 몇 번 보았다. 요즘은 영구차가 장례식장에서 묘지까지 가는 짧은 거리에만 이용되곤 한다. 이제는 죽음이 점점 위생적으로 처리되고 시신도 아무 무늬 없는 흰색 밴에 실려 옮겨진다. 도시에서 간혹 보이는 창문 없는 흰색 밴은 주로 영구차다.

많은 이들이 내게 상실감에서 헤어나지 못하겠다는 말을 자주 한다. 예전에는 장례식을 마치면 묘지에 관을 매장하는 방식이 보편적이었다. 그때는 선택이 많지 않았다. 요즘은 화장 문화가 정착되면서 선택의 폭이 넓어졌다. 저마다 언제 어떤 방식으로 추모식이나 장례식을 치를지도 정할 수 있고 유골함을 어디에 어떻게 안치할지도 각자 원하는 방식대로 정할 수 있다. 화장 시점을 늦추지는 않지만 추모식은 늦추기도 한다. 이렇게 선택의 폭이 넓어지면서 장례와 관련된 절차를 늦출 기회가 생겼다.

나는 사랑하는 이를 잃은 사람들에게 추모식이나 고인을 기리는 자리를 어떻게 가졌는지 물어본다. 그러면 대부분 이렇게 대답한다. "따로 치르지 않았어요. 그런 건 그냥 의식일 뿐이잖아요."라거나 "다들 바빴어요. 모두 시간을 맞추려면 6개월은 지나야 할 것 같았어요." 아니면 "이제 와서 추모식을 하기엔 시간이 너무 많이 지나서요." 내지는 "가족 중에 다른 사람도 세상을 떠났어요."라고.

비통함에 잠겨 힘들어하는 이들을 볼 때면 고인의 유골을 어떻게 했냐고 물어보곤 하는데 어떻게 처리해야 할지 몰라서 일단 벽장에 넣어두었다고 대답하는 이들이 꽤 많다.

고인을 기리는 의식은 실용적일 필요도, 수월할 필요도, 완벽한 시점이어야 할 필요도 없다. 사랑했던 사람이 죽었을 때, 바로 그때가 남은 이들의 슬픔이 가장 짙을 때이고, 바로 그때가 누군가 그 슬픔을 봐주어야 할 때다. 슬픔은 완성되거나 종결되지 않지만 마지막 추모식은 고인의 생의 마지막 장이 덮였음을 인정하는 북엔드 같은 의미다. 고인의 생이 추모식 같은 의식으로 정리되지 않는다면 그 사람의 생이 마무리되지 않은 느낌이 들 것이다.

고인을 애도할 때는 공동체가 필요하다. 혼자만 덩그러니 슬픔의 섬에 있는 것은 아니기 때문이다. 사람은 집단에 소속되어 있을 때 치유된다. 누군가를 잃어 슬퍼하는 이에게 고인에 대해 묻고 그 이야기를 진심으로 들어주는 것보다 더 좋은 선물은 없다. 다른 사람의 눈에서 자신의 슬픔을 볼 때, 내 슬픔이 의미 있다고 느끼게 된다. 사랑하는 이를 잃고 힘들어할 때, 나의 슬픔을 보아주는 다른 사람들 덕분에 처음으로 생에 대한 의지가, 미래에 대한 희망이 생길 수도 있다.

3 죽음은 삶을 바라보는 관점이 된다

고통과 죽음 없이는 인간의 삶이 완성될 수 없다.

빅터 프랭클 Victor Frank

슬픔의 전신인 죽음을 논하지 않고는 슬픔을 이야기할 수 없다. 왜 슬픔에 관한 책에서 죽음을 이야기해야 하는가? '죽음이 슬픔의 원인'이 되기 때문이다. 고인의 마지막이 의미 있는 죽음이었다면 남은 자는 덜 괴로울 것이다. 하지만 좋지 않은 마지막을 맞은 고인을 애도할 때는 슬픔의 감정이 매우 복잡해진다. 죽음을 앞둔 이가 있다면 그 사람에게 기울인 정성과 노력이 자기 자신과 죽어가는 이 모두에게 큰 의미가 되기도 한다. 물론 여느 죽음보다 불가피하게 복잡하고 힘든 죽음도 있다. 자살, 약물이나 마약으로 인한 죽음, 어린아이의 죽음, 갑작스러운 죽음, 사랑했지만 관계가 틀어져 버린 누군가의 죽음 등도 있다.

슬픔 관련 수업이나 워크숍에서 자주 하는 프로그램이 있다. 죽은 사람과 그 사람이 죽기 며칠 전으로 되돌아가보는 과정이다. 그 사람이 죽어야 했는가? 그 죽음을 막을 수는 없었나? 내가 그 죽음을 막을 수 있었나? 누군가는 막을 수 있었나? 죽어가던 사람은 당시에 자신에게 일어나는 일을 어떻게 겪었을까? 내가 그 사람의 마지막 길을 좀 더 편안하게 해주기 위해 할 수 있는 일은 없었을까? 죽음과 죽어감 어디에 의미가 있을까?

애니의 절친한 친구 베티는 40대에 암에 걸렸다. 베티에게는 사랑하는 남편과 두 아이가 있었다. 베티는 암과 적극적으로 싸우기로 마음먹고 몇 년 동안 화학요법과 방사선치료를 받아가며 암의 진행을 늦추려 애썼다. 베티와 베티의 남편은 이러한 필사적인 노력이 두 사람의 관계를 더욱 돈독하게 만들어주고 서로와 가족에게 더욱 감사하는 마음을 갖게 해준다고 생각했다. 베티는 문득문득 삶의 어느 순간들이 매우 특별하게 느껴졌고 그럴 때면 아이들에게 다가가 무릎을 꿇고 입맞춤을 하며 "너희들이 내 삶에 있어서 얼마나 감사한지 모른단다"라고 말해주곤 했다.

하지만 베티의 친구 애니는 베티의 삶에서 도무지 좋은 점을 찾을 수 없었다. 애니는 베티가 그런 병에 걸린 것이 얼마나 큰 비극인지, 세상이 얼마나 불공평한지를 토로하곤 했다. "정말 끔찍한 일이야. 베티, 지금 네 삶은 의사들과 화학요법과 암 환자 모임뿐이잖아."

베티는 말했다. "맞아. 하지만 암 환우 모임에서 좋은 사람들을 얼마나 많이 만났는지 몰라. 그리고 내게 남은 날들이 얼마 되지 않는다는 사실을 알지 못했다면 지금처럼 남편과 아이들과 함께하

의미 수업

는 시간이 이토록 소중하다는 것도 몰랐을 거야. 지금 나는 가족들과 소중한 시간을 보내고 있어."

"그래도 너는 계속 아프잖아." 애니가 말했다.

베티는 애니의 손을 잡았다. "하지만 나는 그 모든 시간 속에서 넘치도록 사랑받고 있어."

이 이야기는 같은 상황에 서로 다른 의미를 부여하는 두 사람에 관한 일화다. 베티가 화학요법이나 질병을 즐기게 되었다는 말은 아니다. 베티는 시련이 닥쳤을 때 그 시련이 모든 것을 집어삼켰다고 생각했고 자신은 죽어가고 있으며 남편과 아이들 곁을 떠나야 한다는 사실에 지독히도 괴로웠다. 하지만 베티는 사랑하는 사람들과 함께하는 시간에서 깊은 의미를 발견했다. 암 환자 모임에서도 좋은 사람들과 좋은 인연을 맺었다. 베티는 살면서 자신에게 가장 큰 용기를 준 건 바로 그들이라고 말했다.

애니는 가장 친한 친구가 아프다는 사실이 그저 불공평하다고만 생각했다. 애니는 좋은 사람에게는 나쁜 일이 일어나지 않아야 한다고 믿는 사람으로, 친구 베티에게 일어난 일을 다른 관점에서 볼 수 없었다. 아마도 애니는 자신이 자란 과정과 개인적으로 겪은 상실의 경험대로 삶과 질병에 대한 인생관이 형성되었을 것이다.

이야기에서 의미 찾기

슬픔에 관한 강연이나 수업을 할 때면 "고통은 불가피하지만 괴로움은 선택이다"라는 말을 자주 한다. 강연을 할 때는 '고통'과 '괴로움'이라는 단어를 구분해서 사용한다. 대개 이 두 단어를 맞바꿔 사용할 수 있다고 생각하기 때문이다. 하지만 그렇지 않다. 고통은 사랑하는 사람이 죽었을 때 느끼는 순수한 감정이다. 그 고통은 사랑의 일부다. 반면 괴로움은 그 상실을 두고 마음이 만들어내는 소음, 즉 죽음이 무작위라는 사실을 받아들이지 못해 만들어내는 거짓 이야기다. 죽음이 그냥 일어날 리 없다고, 죽음에는 반드시 이유가 있어야 한다고 생각해서 만들어지는 이야기다.

힘든 일을 겪었을 때 사람의 마음은 원망할 대상을 찾곤 한다. 그 대상은 자기 자신이 될 수도 있고 다른 사람이 될 수도 있다. 사랑하는 사람이 죽은 건 암 때문이 아니라 통증을 덜어주려고 간호사가 주사한 모르핀 때문일 거라고 생각한다. 사랑하는 사람이 세상을 떠난 건 암 말기였기 때문이 아니라 호스피스 병동에 있었기 때문일 거라고 생각한다. 2년 동안 힘겹게 투병 생활을 하다가 세상을 떠난 사랑하는 사람의 죽음을 두고 다른 원망할 대상을 찾는다. 고인과 얽힌 이야기는 치유가 되기도 하고 고통의 수렁에 빠뜨리기도 한다.

어떻게 보면 이야기의 '시작'과 '끝'은 우리가 이끄는 대로 만들어진다. 이야기 만들기는 인간의 원초적인 욕구다. 의미는 사랑했던 이의 죽음에 얽힌 저마다의 이야기에서 시작된다. 누구에게나 자신만의 이야기가 있다. 내가 누구인지, 무슨 생각을 하며 사는지, 꿈은 무엇인지, 무엇을 두려워하는지, 내게 가족은 어떤 의미인지,

지금껏 살아오면서 무엇을 성취했는지 등 저마다 쌓아둔 이야기들이 있다.

누군가에게 자신의 이야기를 들려주는 것은 인간적인 행위다. 우리는 가족에게든 친구에게든 낯선 이에게든 자신의 이야기를 들려준다. 또한 자기 자신에게도 그 이야기를 한다. 그렇게 할 때 감정의 흐름을 바꿀 힘이 생긴다. 나는 슬픔 워크숍이나 강연에서 사랑했던 이의 죽음에 관해 글을 써보는 시간을 갖곤 한다. 텍사스대학교의 사회심리학자 제임스 페니베이커James Pennebaker에게 영감을 받은 방식이다. 페니베이커는 트라우마가 생길 만한 사건을 겪은 사람들이 그렇지 않은 사람들보다 더 우울하고, 정서가 불안정하며, 암이나 심장병으로 사망하는 비율도 높다는 사실을 알았으며, 그것이 당연하다고 생각했다. 하지만 정작 그가 놀랐던 점은 다른 부분에 있었다. 트라우마를 감추고 드러내지 않는 사람들이 트라우마를 드러내고 말하고 다니는 사람들보다 앞서 언급한 문제가 생길 확률이 더 높다는 점이었다.

페니베이커는 비밀로 덮인 트라우마를 수면 위로 드러내는 것이 왜 신체 건강에 도움이 되는지 알아내고자 연구를 시작했다. 그리고 감춰둔 트라우마를 드러내는 방식은 굳이 남들에게 공개적으로 알리는 방식이 아니어도 상관없다는 결론을 얻었다. 그저 어딘가에 자신의 트라우마에 대해 글로 쓰기만 해도 긍정적 효과가 있었다. 페니베이커의 연구에 따르면 트라우마를 어딘가에 발산한 사람들은 병원에 갈 일이 적어지고 혈압도 안정되었으며 심장박동도 정상으로 낮아졌다. 또한 우울감이나 불안감도 낮아졌다.

글쓰기는 다음 세 가지 분야에서 치유에 도움이 된다.

1. 원인과 결과를 성찰하게 된다. 트라우마를 글로 쓴 사람들은 '이해한다', '깨달았다', '왜냐하면', '극복' 같은 단어들을 더 자주 사용했다.

2. 관점을 달리하게 된다. 글을 쓰다 보면 '나'에서 '그' 또는 '그녀'로 관점이 바뀌게 된다. 자기 자신에게서 벗어나 타인의 마음을 들여다보게 된다.

3. 트라우마 상황에서 긍정적 의미를 찾게 된다. 의미를 찾는다고 해서 안 좋은 일을 무시하는 것이 아니라 최악의 상황에서도 긍정적인 무언가를 찾는다.

내 개인적 경험으로도 이것이 얼마나 도움이 되는지 증명할 수 있다. 워크숍이나 강연을 하면서 내 개인적 경험을 자주 언급하다 보니 어머니의 죽음으로 생긴 상처와 슬픔을 극복한 이야기가 내게도 일종의 지침이 되었다. 나는 어머니가 돌아가시고 꽤 오랫동안 슬픔을 떨치지 못했는데 그건 해결되지 않은 분노와 상처가 내 슬픔에 복잡하게 얽혀 있었기 때문이다. 사람들 앞에서 어머니의 죽음에 관해 이야기하고 또 할 때마다 내가 피해자라는 생각이 점점 더 단단하게 굳어갔다. 그러던 중 나는 그 이야기의 가장 중심에 있던 두 사람, 내 아버지와 어머니의 입장에서 글을 써볼 기회를 갖게 되었다.

우선 나는 아버지의 입장에서 글을 썼다. 나는 내 슬픔에 서툴게 대처했던 아버지에 대해 늘 불만이 있었다. 어머니가 돌아가시고 얼마 지나지 않은 어느 날 밤, 나는 침대에서 일어나 아버지 방으로 가서 물었다. "엄마가 여전히 우리 곁에 계실까요? 그럴 수 있을까요?"

"시간이 너무 늦었다. 방에 가서 자려무나."

나는 아버지의 대답이 어떤 의미인지 알지 못했다. '어쩌면 아버지는 나만큼 슬프지 않은가 보다'라고 생각하기도 했다. 아버지는 어머니를 사랑하지 않았을지도 모른다고도 생각했다. 내가 잘못된 질문을 한 건 아닌가 하는 생각도 들었다. 왜 아버지와 내가 어머니 이야기를 못 하는지 이해가 가지 않았다. 어머니 이야기를 좀처럼 꺼내지 못했던 나에게는 덩그렇게 슬픔이 남았다.

지금은 아버지가 감정의 세계를 잘 조율하는 사람이 아니라는 사실을 잘 알고 있다. 아버지가 자신의 슬픔이나 다른 사람의 슬픔에 대해 이야기하는 것을 한 번도 들어본 적 없다. 아버지는 안 좋은 상황이 닥치면 다음 단계로 나아가는 방법을 모색하려 애쓰는, 일종의 문제 해결사였다. 그런 아버지 입장에서 보면 슬픔은 관심을 기울여야 할 문제가 아니었다.

몇 년 뒤 아버지의 입장에서 글을 쓰기로 결심했을 때 머릿속에 가장 먼저 떠오른 것은 사랑하는 아내를 잃고 열세 살 난 아들을 홀로 보살펴야 하는 한 남자의 모습이었다. 어머니는 늘 무엇이든 손

수 챙겨주던 분이었다. 아버지는 부양자였다. 그런 아버지가 모든 일을 도맡아서 처리해야 하는 새로운 역할을 맡게 된 것이다. 당시 상황이 얼마나 아버지를 짓누르고 압도했을지 가늠이 됐다. 슬픔 속에서도 해야 하는 많은 일을 꾸역꾸역 해내면서 기나긴 하루를 끝마치고 잠자리에 누워서도 쉽게 잠들지 못해 뒤척이는데 어린 아들이 와서 낯선 질문을 하니 어떻게 대답해야 할지 몰랐을 것이다. 그렇게 생각하니 아버지에 대한 평가보다는 깊은 연민이 생겼다.

다음에는 어머니의 입장이 되어 글을 썼다. 어머니는 생의 많은 시간을 병원 안팎에서 보냈고 집중 치료실에도 자주 오갔다. 어머니에게 어떤 병이 있었고 어떤 치료를 받았는지 구체적으로 듣지는 못했다. 그저 어머니가 병원에 입원해 이따금 몇 날 며칠을 홀로 보내야 했다는 정도만 알고 있다. 내 관점에서 보면 어머니가 며칠 출장을 간 것과 비슷했다. 지금에 와서야 어머니가 어떤 감정이었을지 생각할 수 있게 되었다. 나는 한 번도 어머니가 마주쳤을 공포에 대해 생각해본 적이 없었다.

어머니가 집에 왔을 때 나는 한 번도 어디 있었는지 묻지 않았고, 어머니도 내게 그런 말은 하지 않았다. 자신이 죽어가고 있으며 남편과 자식을 남겨둔 채 떠나야 한다는 사실을 알고 있던 어머니는 어떤 기분이었을까? 어머니는 얼마나 고통스러웠을까? 이야기의 주인공을 달리하자 처음으로 어머니가 나를 버리지 않았다는 생각이 들기 시작했다. 어머니가 돌아가시고 나서 내가 버려졌다는 생각에 어린 마음이 얼마나 다치고 괴로웠는지 모른다. 어머니의 죽음과 내가 버려졌다는 이야기는 오랜 세월 나를 가둬놓았다. 그 이야기를 부모님의 관점에서 다시 바라보고 쓰면서 어머니의 병과 죽음이 두 사람 모두에게 얼마나 힘들었을지, 두 분이 나를 얼마나 사랑했는지, 나를 상처로부터 지켜주기 위해 얼마나 노력했는지 생각할 수 있었고, 그 순간 나만의 감옥에서 나올 수 있었다. 두 분에게 진심으로 깊은 감사의 마음이 들었다.

경험을 표현하는 언어들은 강력하다. 워크숍에 아내 스테이시와 함께 참석한 제이슨은 딸 그레타가 세상을 떠난 이후 《우리는 다시 한번 별을 보았다》를 썼다. 상실과 치유의 여정에 관한 책이었다. 내게 전화를 걸어 책에 대해 이야기하던 제이슨은 스테이시가 워크숍에 참석하고 얼마 되지 않아 임신을 해 얼마 전 아들을 낳았다는 소식을 전했다. 나는 제이슨에게 책을 쓴 일과 아기가 생긴 일 모두 슬픔의 여파에서 의미를 찾는 멋진 방법인 것 같다고 말했다. 제이슨도 동의했다.

한 인터뷰 자리에서 제이슨은 이렇게 말했다. "저는 글로 사는 사람입니다. 글은 제가 모든 일을 처리하는 방식입니다. 글쓰기는 저를 슬픔에 눈멀지 않게 해주었고 그레타와의 유대감을 계속 지키게 해주었습니다……. 솔직히 말하자면 글쓰기가 저를 살아 있게 해주었다고 생각합니다."

제이슨은 글쓰기를 통해 찾을 수 있었던 의미가 자신을 앞으로 나아가게 해주었다고 믿었다. "그레타는 떠났지만, 여전히 우리 부부 곁에 함께 있습니다. 이 책이 우리의 삶을 더욱 긍정적이고 희망차게 만들어주길 바랍니다. 책을 쓰면서 제가 살아 있을 수 있기 때문입니다. 그 점이 매우 중요하다고 생각합니다."

제이슨의 책은 딸을 기리고 새로 태어난 아들에게 본보기를 보여줄 좋은 방법이 될 것이다. 또한 사랑하는 사람을 잃고 고통스러워하는 이들을 위로해줄 것이며, 그들이 슬픔 속에 외로이 남아 있지 않게 해줄 것이고, 고통에서도 의미를 찾을 수 있다는 걸 알려줄 것이다.

죽음이여, 자만하지 말라

"죽음이여, 자만하지 말라"라는 말은 17세기 영국의 시인 존 던John Donne이 처음 쓴 표현이다. 이 말은 죽음을 영원한 삶으로 가는 관문으로만 여겼던 시대에 조문객들을 위로하는 표현으로 수 세기 동안 사용되었다. 죽음이 인간 앞에서 승리했다며 우쭐대는 것을 허용하지 않겠다는 의지를 표현한 말이다. 죽음에 대한 생각을 다시 정리하고 죽음을 의미로 가는 하나의 관문으로 보기 위해 반드시 사후 세계를 믿어야 하는 것은 아니다.

첫 책《생이 끝나갈 때 준비해야 할 것들》을 쓰면서 깨달은 가장 중요한 교훈은 죽음을 보는 방식이 삶을 보는 방식을 규정한다는 것이다. 만약 죽음이 마지막 순간에 인간 앞에서 우쭐대는 적이라면, 우리를 배신하는 끔찍한 속임수라면 현재의 삶은 아무런 의미도 없다. 흔히 죽음을 이야기할 때 사용하는 언어들은 이러한 관념

의미 수업

을 더욱 강화한다. 현대사회에서는 죽음을 마치 실패처럼, 선택 사항인 것처럼, 힘껏 싸우면 물리칠 수 있는 것처럼 언급하는 경우가 많다. 인간의 사망률이 100퍼센트라는 버젓한 현실이 있음에도 말이다.

의사들은 사망진단서를 작성할 때 죽음의 원인을 '노화'라고 쓰지 못한다. 반드시 다른 이유가 있어야 하며 안타깝게도 그 이유는 일종의 '실패'로 기재되곤 한다. 100세 노인이 기나긴 삶을 충만하게 잘 살다가 어느 날 잠든 뒤 일어나지 못했다면 그의 사인은 '심폐 기능 상실' 또는 '호흡 정지'가 된다.

질병 역시 일종의 '실패' 취급을 받는다. 의학 세계에서는 핸슨 Hanson 부인 같은 사람도 강인한 사람으로 취급해주지 않는다. 핸슨 부인은 교통사고로 남편을 잃자 야간대학을 다니고 자기 사업을 시작했다. 그렇게 세 아이를 키워 모두 대학에 보낸 사람이다. 하지만 병원에서는 '신장 기능 상실' 또는 '302호 환자, 심폐 기능 상실' 등 기능을 상실한 사람 취급을 받는다.

기능을 상실해 실패했다는 어휘가 인간의 삶 마지막 장을 뒤덮는다. 부고를 알리는 기사에서 죽음에 보통 어떤 어휘를 사용하는지 생각해보자. "그녀는 병마에 쓰러지고 말았다. 그는 암과의 전쟁에서 졌다. 아버지는 결국 일어나지 못했다." 등과 같은 표현을 사용한다.

이렇게만 보면 아무리 훌륭한 인생이라 하더라도 결국 실패할 운명이다. 이런 방식으로 삶과 죽음을 이해해야 하는 것은 아니다.

미국 드라마 〈소프라노스The Sopranos〉와 〈너스 재키Nurse Jackie〉로 잘 알려진 배우 에디 팔코Edie Falco가 자신이 겪은 유방암 투병과 관련해 인터뷰를 한 적이 있다. 사회자는 에디에게 이렇게 물었다. "그러니까 에디 당신이 승자네요! 유방암을 이겼군요."

그러자 에디는 이렇게 대답했다. "아니에요. 그냥 운이 좋았을 뿐이죠. 운 좋게 치료가 되는 암에 걸렸던 거예요. 모두가 치료 가능한 암에 걸리는 건 아니에요. 제가 승자로 불리는 것은 원하지 않아요. 그 말은 모두가 참여하고 있는 이 전쟁에서 누군가는 패자가 된다는 의미가 될 수도 있으니까요."

에디 팔코가 승자와 패자로 갈리는 삶의 마지막 단계에 대해 했던 말이 계속 맴돌았다. 현재 나는 암 환자 후원 단체에 가입되어 있으며 '벽장 속의 부기맨Bogeyman in the Closet'이라는 제목의 강연도 하고 있다. 캘리포니아대학교 로스앤젤레스캠퍼스UCLA와 암 환자 후원 단체Cancer Support Community에서 진행하는 강연으로, 실질적인 죽음의 공포인 암 재발의 두려움에 관한 프로그램이다. 강연 제목을 '벽장 속의 부기맨'이라고 한 이유는 아이들이 벽장 속에 부기맨 귀신이 있다고 믿고 두려워할 때 부모들이 대처하는 방식을 이야기하고 싶어서다. 두려움에 질린 아이를 위해 부모는 방에 불을 켜고 벽장문을 활짝 연 다음 그 안에 두려워할 만한 것이 없다는 걸 아이들에게 보여준다. 두려움은 아이들 마음속에 있다.

내가 암 환자들에게 이야기하는 것도 바로 이 부분이다. 나는 환자들에게 두려움이 죽음을 멈추지 못한다는 사실을 늘 환기해주곤

의미 수업

한다. 하지만 두려움은 삶을 멈추게 할 수 있으며, 그렇게 내버려두지 않아야 한다. 의식적으로 죽음과 더불어 살아간다면 우리의 삶이 얼마나 소중한지 이해할 수 있기에 삶이 한층 풍요로워진다. 한 사람이 태어나 꽃처럼 찬란하게 피었다가 때가 되면 시들어 죽는다는 현실을 똑바로 마주한다면 우리는 의미 있는 곳에서 살게 될 것이고, 죽음 역시 의미 있는 방식으로 받아들이며 살 것이다.

가족 중 누군가가 의사에게 불치병 선고를 받으면 나머지 가족들은 이렇게 항변한다. "저 사람을 죽게 둘 수는 없어요. 절대 죽으면 안 돼요." 이런 말 대신 "저 사람의 남은 인생을 위해 우리가 할 수 있는 일은 무엇일까요?"라고 묻는 사람은 드물다. 이 질문은 사랑하는 사람이 더 나은 삶의 마지막을 맞이하고 남은 사람들이 더 나은 슬픔을 경험하도록 이끌어줄 질문이다.

사람들은 죽음을 무시하고 잊어버리고 부인한다. 하지만 죽음은 인간 모두에게 닥친다. 원하든 원하지 않든 죽음은 모든 인간이 겪는 변화다. 죽음을 똑바로 바라보고 언제든 일어날 수 있는 일이라는 사실을 받아들인다면, 즉 죽음의 비가역성을 인정한다면 삶에 새로운 의미가 생길 수 있다.

극작가 손턴 와일더Thornton Wilder의 연극 〈우리 읍내Our Town〉에서 헬렌 헌트Helen Hunt가 연기한 에밀리는 아기를 낳다가 죽지만 살았던 날들 중 단 하루로 돌아갈 기회를 얻는다. 에밀리는 결혼식처럼 특별한 날로 돌아가기를 원했지만 다른 망자들이 에밀리에게 이렇게 말한다. "너의 삶에서 가장 덜 중요한 날로 돌아가. 그날조차도 넘치게 중요한 날일 테니." 에밀리는 열두 번째 생일로 돌아 가기로 했다. 에밀리 기억 속에 열두 살 생일은 작고 평범한 마을 에서 평범한 가족들과 지극히 평범하게 보냈던 날이었다. 하지만 망자가 되어 돌아가보니 그날조차도 특별한 날이었다. 살면서 가 장 평범했던 날조차 얼마나 아름다운 날이었는지를 깨달은 에밀리 는 이렇게 말한다. "너무 빠르게 흘러갔구나. 다른 이들의 삶을 흘 끗거릴 시간이 없었는데…… 그때는 몰랐네. 모든 일이 다 일어나 고 있었는데 우린 정말 몰랐네."

잃어버린 무언가를 자각한 에밀리는 잠시 허락받은 그 하루가 끝나가자 무덤으로 돌아가야 한다는 사실이 너무도 비통했다. 세 상을 떠나기 전 에밀리는 마지막으로 세상을 둘러보며 이렇게 말 한다. "안녕, 세상이여. 안녕, 우리 동네 그로버스 코너스여. 엄마, 아빠…… 그리고 엄마가 기르던 해바라기, 모두 안녕……. 음식과 커피도 안녕. 새로 다림질한 옷과 뜨거운 물 가득한 욕조도…… 잠 들고 일어났던 모든 날들도 안녕. 아, 맞다. 당신은 말로 이루 다할 수 없을 정도로 좋은 사람이었어요." 대사를 한 에밀리는 무대감독 에게 이승에 살아 있는 동안 이런 소중함을 깨달은 사람이 있냐고 묻는다. 그러자 무대감독은 대답한다. "아뇨……, 성자나 시인 정도 라면 혹시 알았을지도……."

딜런 토머스Dylan Thomas의 시가 나오기 수십 년 전에 손턴 와일 더의 〈우리 읍내〉가 먼저 나오긴 했지만, 손턴 와일더는 딜런 토 머스의 시 〈순순히 어두운 밤을 받아들이지 말라Do Not Go Gentle into

That Good Night)를 관통하는 시인의 지혜를 알고 있었는지도 모른다. 토머스가 시에서 "꺼져가는 빛에 분노하고 또 분노하라"라고 말할 때 우리는 모든 생명에는 반드시 끝이 있다는 사실을 자각한 자가 외치는 슬픔의 포효를 듣는다. 하지만 우리 생의 모든 날에 드리운 '빛'을 바라보고 기리라는 목소리 역시 들을 수 있다.

성자들이나 시인들은 일상을 선물로 보는 법을 알고 있었는지 몰라도 평범한 사람들은 대부분 알지 못한다. 사랑하는 사람의 삶이 끝나가는 것을 그저 지켜보기만 해야 할 때 사람들의 삶은 절망감에 황폐해진다. 그런 날들을 감사하지 못하고 살다가 문득 그 소중함을 깨달았을 때는 이미 너무 늦은 경우가 많다. 고통스럽지만 죽음이 가까이 다가올 때 매 순간이 귀중하다는 사실을 잊지 않는다면 새로운 의미의 근원을 발견할 수 있다.

죽음은 삶을 가치 있게 만든다 ————

앞서 언급한 내 동료 제니퍼는 시한부 인생을 선고받았다. 그리고 그 선고를 삶에의 초대로 만들었다. 제니퍼는 내게 자신의 이야기를 들려주었다.

1985년, 내 나이 스물아홉 살 때 호킨지 림프종 진단을 받고 이혼을 했어요. 당시 이런 생각이 들더군요. '도대체 내게 무슨 일이 일어나는 건지 알 수 없지만, 그게 무슨 일이든 간에 진짜 나 자신, 내 본질,

내 정신, 내 영혼은 빼앗기지 않을 거야.' 단 한 번도 '왜 하필 나야?' 이런 생각을 한 적 없어요. 오히려 '자, 괜찮아. 그럼 이제 나는 무얼 해야 하지?' 이렇게 생각하곤 했죠. 병원에서 추천하는 치료를 받았고 잘 이겨냈어요. 그리고 나니 누구에게나 내일이 있지는 않다는 사실을 깨닫게 되었지요.

저는 진심으로 하고 싶은 일이 아니면 동기부여가 잘 안 되는 사람이에요. 그래서 큰 변화를 거의 만들지 않는 편이죠. 늘 대학원에 가고 싶다는 생각은 있었지만 가지 못했어요. 그런데 병이 생기니 이런 생각이 들었어요. '나는 죽어가고 있어. 지금이 아니라도 언젠간 죽겠지. 인생은 제한된 시간 속에서만 머무는 것이고, 언젠가는 인생에서 하차해야겠지.' 죽음은 긴박함을 주더군요. 저는 죽음이 생의 마지막이라는 사실을 잘 알고 있었어요.

제 삶을 돌이켜 보며 이런 생각이 들었죠. '내가 정말 온 힘을 다해 살았나?' 롤러코스터처럼 오르막들과 내리막들이 교차하던 제 삶이 그려지더군요. 저는 제 인생을 무시하고 있었어요. 제게 있어서 삶의 의미는 갈 수 있는 모든 길을 다 가보는 거였어요.

이제부터 제 인생에서 어떤 길로 갈지 곰곰이 생각해보았죠. 그러고는 도서관에 가서 대학원 자료들을 살펴본 뒤 대학원에 지원했어요. 대학원에 합격하고도 여전히 치료 중이었고 몸 상태도 좋지 않았지만 수업을 듣기 시작했어요. 마지막 순간에 굴복한다 해도 죽어가는 것이 변명거리가 되지 않는다는 사실을 깨달았죠. 하지만 저는 죽지 않았어요.

의미 수업

대학원에서 공부를 시작하고 사회복지학과에서 석사 학위도 받았어요. 제가 찾은 중요한 의미는 살면서 단련하고 경험한 것들 덕분에 어려운 상황을 헤쳐 나가고 있는 사람들을 위해 내가 어떤 존재가 되어야 할지 깨달았다는 거예요. 내가 모든 해답을 알고 있는 건 아니지만 그 해답이 어떤 형태인지는 잘 알고 있기에 사람들에게 더 깊이 공감하고 희망을 불어넣는 법을 알았죠. 제가 일하는 암 연구소에서 암 때문에 모든 희망을 잃고 사는 사람들을 만나면 저도 암에서 살아남은 사람이라고 말해줄 거예요. 이런 말을 들은 사람들은 보통 이렇게 말하겠죠. "당신이 암을 이겼군요!" 그러면 저는 이렇게 대답할 거예요. "아뇨, 저는 죽음과 삶에 굴복했어요. 인생의 모든 오르막과 내리막에도 다 항복했어요."라고요.

제니퍼는 병의 경과나 내일 닥칠 일은 통제할 수 없었지만 한 가지는 통제할 수 있었다. 주어진 상황에서 어떻게 대처해야 하는지는 분명 제니퍼의 손아귀에 있었다. 바로 이것이 제니퍼가 의미를 찾을 수 있던 방법이자 빅터 프랭클이 모든 사람이 의미를 찾을 수 있다고 말했던 이유다.

영화배우 파라 포셋Farrah Fawcett 역시 예견된 죽음이 만든 절박함으로 병에 대응했다. 대부분의 사람들이 파라 포셋을 목욕 가운을 입은 포스터 속의 매력적인 미녀로 기억할 것이다. 더러는 영화 〈미녀 삼총사Charlie's Angles〉 속 질 먼로로 나왔던 파라 포셋을 좋아했을 것이다. 연예 채널 〈TV 가이드〉에서 파라 포셋은 항상 최고의 스타 50위 안에 들곤 했다. 파라 포셋은 〈익스트레머티스Extremities〉와 〈버닝 베드The Burning Bed〉와 같은 진지한 영화나 연극 무대에서도 재능을 입증해 보였으며, 다른 영화와 연극에서 다양한 역할을 소화했다. 하지만 자신이 암과 맞서 싸우는 활동가로 살게 되리라고는 꿈에도 생각 못 했다.

암 진단을 받은 파라 포셋은 "왜 하필 나지?"라고 묻지 않았다. 자신이 희생자가 되고 싶어서 된 것이 아님을 분명히 했다. 파라 포셋은 암과 맞서 싸운 것은 물론이고 다른 이들에게 영감을 주기 위해 다큐멘터리도 만들었고, 같은 병으로 고통받는 이들을 돕기 위해 재단도 만들었다. 절친한 친구 애러너 스튜어트Alana Stewart도 파라 포셋의 여정을 도왔다.

다큐멘터리에서 포셋은 이렇게 말한다. "한편으로는 암에 걸린 것이 좋은 일이라는 생각까지 듭니다. 제가 달라질 수 있다는 걸 알았으니까요." 잠시 뒤 포셋은 이렇게 묻는다. "어째서 특정 유형의 암에 관해서는 적극적인 연구가 이루어지지 않는 걸까요? 어째서 우리의 의료 체계는 다른 나라에서 성공 사례가 입증된 대체 치료 요법을 받아들이지 않는 걸까요?" 포셋은 자신이 만든 재단이 이러한 질문들에 해답을 찾을 수 있길 바랐다.

포셋의 다큐멘터리는 다른 사람의 질문에 대답하면서 끝난다. 누군가 포셋에게 묻는다. "어떻게 지내시나요?" 그러자 포셋이 대답한다. "오늘은 제가 암에 걸렸지만, 어쨌든 살아 있어요! 그러니 지금 당장은…… 정말 좋아요. 제 삶은 지속되고 있고 제 싸움도 멈추지 않아요. 그나저나 당신은 어떻게 지내세요? 당신은 무엇과 싸우고 있나요?"

이 배우의 삶은 지속되지 않았지만 그녀가 남긴 선한 영향력은 지속되고 있다. 포셋은 대단히 현명했다. 세상을 떠난 뒤에도 자신의 사진이나 초상화가 영리에 이용되기보다는 좋은 일, 의미 있는 일에 사용되기를 원했다. 그래서 자신의 재산과 어쩌면 가장 큰 자산이자 지속적으로 수익을 낼 수 있을 자신의 사진과 초상화를 재단에 남겼다. 그녀가 세상을 떠난 지 10년이 지났지만 재단에서는 여전히 암을 위한 최첨단 연구와 치료법, 예방법 등을 위한 자금을 지원하고 있다.

나는 파라 포셋을 한 번도 만난 적이 없다. 파라 포셋이 만든 의미는 이 책의 '글을 시작하며'에서도 언급했다. 지금도 나는 파라 포셋 재단의 이사로 자원봉사를 하면서 그녀가 남긴 유산과 초상화가 어떻게 하면 암 환자들에게 가장 유용하게 사용될지를 결정하고 있다. 파라 포셋은 죽어가는 동안에도 의미를 찾으려 노력했고, 찾았으며, 실천했다. 죽은 뒤에는 포셋이 찾은 의미가 크나큰 유산이 되었다. 나는 암으로 고통받는 이들을 돕고 싶다는 그녀의 꿈을 현실로 만들기 위해 여러 방법을 모색하며 노력하고 있다.

의미 있는 일이란 무엇인가?

재단과 영화는 더없이 훌륭한 유산이다. 하지만 의미는 아이스크림을 먹는 지극히 사소한 순간에서도 찾을 수 있다. 로이스는 내게 이런 이야기를 들려주었다.

저는 늘 주문처럼 '의미 있는 일은 무엇일까?'를 묻고 또 묻습니다. 그 질문이 제 길을 이끌어줍니다. 저는 전문 간호사nurse practitioner(미국에서 보통 의사가 하는 일 중 상당 부분을 직접 할 수 있는 간호사-옮긴이)로 신장 및 간 이식 환자들을 대상으로 의료 활동을 하고 있습니다. 환자들을 통해 의미와 죽음을 접하게 되었지요. 출장을 가기 전날 밤에는 늘 환자들에게 연락을 했습니다. 어느 날 밤, 어머니와 통화를 하다가 아버지가 곁에 있냐고 물었습니다. 다음 날이 아버지 70번째 생신이라 축하드린다는 인사를 전하고 싶었거든요.

"이제 막 잠자리에 드셨단다." 어머니가 말했습니다.

"괜찮아요. 깨우지 마세요. 내일 캘리포니아에 도착하면 다시 전화드릴게요."

저는 지금도 그 순간을 후회합니다. 어머니에게 아버지를 바꿔달라고 했어야 했습니다. 비행기가 막 이륙하는 순간 동생에게 전화가 왔습니다. 아버지가 돌아가셨다는 소식이었습니다. 아버지는 워낙 건강하고 활동적인 분이셔서 오래 사실 거라 생각했는데 그날 밤 잠자리에 드신 뒤로 다시는 일어나지 못했습니다. 아버지와 마지막 통화를 했더라면 그 대화가 제게 의미 있는 대화로 남았을 겁니다. 하지만 저는 아버지와 마지막 대화를 나눌 수 있던 그 기회를 놓쳐버렸지요. 그 이후 저는 항상 스스로에게 묻습니다. '가장 의미 있는 일은 무엇일까?' 하고요.

저는 다시는 사랑하는 사람에게 사랑한다고 말할 기회를, 그 사람이 내게 어떤 의미인지 말할 기회를 놓치지 않을 겁니다. 아버지가 돌아가시고 3년 뒤 어머니가 암 진단을 받으셨습니다. 이미 손쓸 수 없을 정도로 암이 진행된 상태라 의사들은 어머니가 생명 연장을 위한 어떤 의료 처치를 받기보다는 통증 관리를 하시는 편이 낫다고 했습니다. 저는 어머니를 우리 집으로 모시고 왔습니다. 그게 우리 두 사람에게 훨씬 더 의미 있는 일이라는 걸 알았으니까요. 어머니는 우리 집에서 말기 환자들을 위한 통증 완화 치료와 보호 치료를 받으셨습니다. 어머니의 침대도 거실로 옮겼습니다. 언제든 정원을 내다보실 수도 있고, 제가 기르던 개들과도 놀 수 있는 공간이었거든요.

그런데 얼마 뒤 제가 맹장염에 걸리는 바람에 맹장 수술을 받게 되었습니다. 그러다 보니 모든 시간을 병을 돌보는 데 써야 했어요. 온갖 걱정과 불안이 머릿속을 맴돌더군요. 그러다 문득 나 자신에게 이 상황에서 '무엇이 의미 있는 일인가?'를 물었습니다. 그리고 깨달았죠. 이건 선물이라는 사실을. 2주 동안 직장을 쉬면서 하루 종일 어머니와 함께할 수 있었으니까요. 우린 매일 저녁 아이스크림을 먹었고, 셀 수 없을 만큼 많은 이야기를 나눴어요. 함께하지 않았더라면 나누지 못할 이야기들이었지요. 정말 좋았어요. 많은 사람이 엎친 데 덮쳤다며 저를 걱정했습니다. 저는 이렇게 말했지요. "그렇지도 않아요. 실은 아주 잘된 일이죠. 어머니와 함께 집에 있을 수 있으니까요."

6주 뒤, 어머니의 건강이 눈에 띄게 악화되었습니다. 어느 일요일 저녁 9시 30분에 어머니가 이렇게 말했어요. "네 동생들을 봐야겠다, 지금 당장."

"네, 어머니." 대답은 했지만 의아했습니다. 어쩌면 어머니는 제가 하지 못했던 그 일에 대해 알고 계셨는지도 모릅니다. 저는 형제들에게 전화를 걸어 밤늦은 시간이긴 하지만 우리 집으로 와달라고 말했습니다. 동생 하나가 제게 "지금 시간이 몇 시인데 가긴 어딜 가?"라고 했지요.

아버지와 대화를 할 수 있던 마지막 기회를 놓친 제 과거의 경험이 떠올라 저는 동생의 거절을 용납하지 않았습니다. "지금 어머니가 널 보고 싶어 하셔. 어머니의 바람을 무시하지 않았으면 좋겠어. 어머니가 원하는 걸 해드리자." 동생에게 이렇게 말했죠.

형제들이 모두 왔습니다. 형제들 여덟아홉 명 정도가 모이자 어머니가 제게 이렇게 말했습니다. "소스 찍어 먹을 과자 좀 있니?"

일요일 밤 10시인데 '어머니가 정말 과자랑 소스를 원하시는 건가?' 하는 생각이 들었지만 과자와 소스가 있다고 말씀드렸어요. 그리고 가족이 함께 둘러앉아 과자를 소스에 찍어 먹었습니다. 5일 뒤 어머니가 돌아가셨습니다. 그리고 우리가 둘러앉아 과자를 먹던 그 순간은 어머니가 돌아가시기 전 마지막으로 모두가 함께한 시간이 되었지요.

나는 로이스의 처신에 감명을 받았다. 그저 무엇이 의미 있는 일인가를 묻기만 해도 죽음이 임박한 순간 우리의 기억과 경험이 바뀔 수 있다. 이 질문은 로이스의 경험뿐 아니라 우리의 삶도 바꿀 수 있다. 하지만 대다수 사람에게 삶의 마지막 순간이 가장 좋은 순간 또는 가장 중요한 순간이 되는 경우는 드물다. 대부분 마지막 순간은 인생에서 '버려지는' 무의미한 시간이라고 생각한다. 그 귀중한 시간을 인간관계를 정리하고 사랑을 표현하는 데 사용하기보다는 온갖 의료 처치에 장악당한 채 가망 없는 치료법을 미친 듯이 찾아 헤매는 데 뒤덮이도록 방치한다. 사랑하는 사람이 저무는 해처럼 평화롭게 떠나가는 모습을 가만히 지켜보는 법을 알지 못한다. 우리는 스스로 물어보아야 한다. 생의 마지막 장을 의미 있게 만들려면 무엇을 해야 할지.

프랜은 엄격한 어머니 밑에서 자랐다. 프랜의 어머니는 단 한 번도 다정했던 적이 없었다. 성인이 된 프랜은 어머니에게 말했다. "엄마, 사랑해요. 이 말을 한 번도 입 밖으로 꺼낸 적 없지만 제가 엄마를 사랑한다는 걸 알아주셨으면 해요."

그러자 프랜의 어머니가 어리둥절한 표정을 지으며 말했다. "내게서 그 말을 듣고 싶은 거니?"

"아휴, 아녜요. 분위기만 어색하죠. 우린 엄마와 딸 사이잖아요. 서로 사랑하는 건 당연하죠."

몇 년 뒤 96세가 된 프랜의 어머니는 프랜의 집에서 출퇴근 간병인의 보살핌을 받으며 서서히 생명이 꺼져가고 있었다. 어느 날 밤, 프랜의 어머니가 의식과 무의식을 오가며 사경을 헤매게 되었고 프랜은 곁에서 어머니를 지켜보고 있었다. 간병인이 프랜에게 말했다. "손과 발을 마사지해드리면 어머니 기분이 한결 좋아지실 거예요."

프랜이 말했다. "아, 우리 엄마를 몰라서 하시는 말씀이에요. 저는 평생 살면서 엄마를 안아본 적도 없어요."

그러자 간병인이 말했다. "사람들은 마지막 순간에 변해요. 생의 맨 첫 순간과 마지막 순간에는 누구나 더 많은 따스함과 사랑이 필요하죠."

프랜은 잠깐 생각하다가 간병인의 충고대로 해보기로 했다. 먼저 어머니의 손을 살며시 쥐고서 부드럽게 주무르기 시작했다. 그러자 놀랍게도 어머니의 얼굴에 엷은 미소가 번졌다. 오랜 세월 한 번도 본 적 없는 미소였다. 프랜은 어머니의 손을 계속 문지르며 간병인을 돌아보았다. "세상에! 평생 제가 이렇게 만지지도 못하게 하셨는데. 엄마를 이렇게 만질 수 있다니 정말 뭉클하네요."

어머니가 돌아가시고 나서 프랜은 어머니를 쓰다듬었던 그 순간이 모녀로 보낸 오랜 시간 중 가장 의미 있는 순간이었노라고 말했다. 때론 지극히 사소한 것에서 뜻밖의 의미를 찾을 때도 있는 법이다.

살다 보면 사랑하는 이의 마지막 순간을 함께하지 못할 수도 있다. 브렌다는 세 살 난 딸 제니를 키우고 있었다. 남편이 이라크로 파병을 나가는 바람에 주변 친구들이며 이웃들의 도움을 받아 아이를 키웠다. 직업이 컨설턴트였기에 집에서도 일을 할 수 있었다.

하루는 고객을 만나러 시내로 외출을 해야 해서 몇 시간 동안 집을 비우게 되었다. 브렌다는 제니를 평소 돌봐주곤 하던 이웃에게 맡겼다. 이웃이 갈퀴로 정원을 손질하는 동안 제니는 조금 떨어진 곳에서 공놀이를 하고 있었다. 그때 갑자기 차 한 대가 이웃의 마당으로 돌진해왔다. 운전자가 발작을 일으키며 중심을 잃은 차는 제니를 치었고 제니는 그대로 도로로 튕겨 나갔다. 때마침 근처에 있던 경찰관이 재빨리 사고 현장으로 달려와 차를 멈춰 세우고는 제니가 다른 차에 치이지 않도록 차들을 막아 세웠다. 경찰관은 서둘러 구급차를 부른 뒤 제니를 품에 안아 올렸다. 구급차가 도착했을 때 제니는 막 호흡이 멈춘 상태였다. 구조대원들은 제니에게 심폐 소생술을 했다.

병원에서는 이 끔찍한 사고 소식을 전하기 위해 제니 어머니에게 다급하게 연락했지만 연결이 되지 않았다. 아무것도 모른 채 집으로 돌아온 브렌다는 이웃에게 제니의 사고 소식을 듣고는 곧장 병원으로 달려갔다. 병원에 도착한 브렌다에게 의사는 제니의 생명을 구하지 못했다는 비보를 전했다. 사고 발생 네 시간 뒤 간호사와 사회복지사, 목회자 들이 작은 대기실에 모여 브렌다를 위로하며 제니를 살리기 위해 할 수 있는 모든 노력을 다했노라고 말해주었다.

가족들과 친구들이 하나둘 병원으로 모였고 상상도 못 할 충격에 휩싸인 브렌다를 조금 더 큰 방으로 데리고 갔다. 응급실을 지나는데 사고 현장을 최초로 목격했던 경찰관이 브렌다에게 와서 말했다. "마지막 순간에 따님이 혼자가 아니었다는 사실을 말씀드리고 싶어요."

몇 달 뒤, 브렌다와 브렌다의 남편에게는 딸이 세상을 떠나는 마지막 순간에 누군가의 보살핌을 받으며 혼자가 아니었다는 사실이 유일한 의미가 되었다. 비록 그 사람이 낯선 이라 할지라도.

사랑은 사라지지 않는다

살아 있는 모든 것은 반드시 죽는다. 하지만 생명은 사라져도 사랑은 사라지지 않는다. 사랑하는 사람의 마지막 날들이 저물어갈 때 어쩌면 우리는 '죽음의 빛에 맞서 분노'하고 싶은 욕구가 강렬하게 치밀어 오를 수도 있다. 하지만 태양이 뜨고 지는 것은 지구가 태양 주위를 돌기 때문이라는 사실을 생각해볼 필요가 있다. 태양은 다시 뜨고 우리는 또 다른 하루를 시작한다. 지구가 다시 제자리로 돌아오면 우리는 또 다른 하루를 새롭게 시작하게 될 것이다. 사랑했던 이들도 마찬가지 아닐까?

물론 이 질문의 대답은 각자의 종교관이나 영적인 세계관에 따라 다를 것이다. 사후 세계를 믿는다면 사랑했던 사람이 다시 이 세상에서 살아가게 되리라고 믿을 것이다. 마음을 평안하게 해주는 어떤 신념도 없는 사람이라 할지라도, 사랑하는 이의 죽음이 관계의 끝은 아니다. 그 사람과의 사랑은 계속 남아 있기 때문이다. 내 어머니는 돌아가셨지만 반세기가 흐른 지금도 어머니와 나와의 관계는 계속 남아 있다. 사랑을 그대로 유지하고만 있는 것이 아니라 그 사랑을 무럭무럭 키워나갈 수 있는 잠재력은 누구에게나 있다.

가족을 잃은 사람과 상담을 할 때면 나는 남은 가족들을 나란히 앉게 한 뒤 이렇게 묻는다. "가족 중 누군가가 잠든 모습을 지켜본 분 있나요?"

보통 그렇다고 대답한다.

그러면 나는 사랑하는 이가 잠든 침실에서 무얼 하느냐고 묻는다. 그러면 거의 모든 사람이 똑같은 대답을 한다. "그냥 가만히 앉아서 지켜봤어요."

나는 이렇게 제안한다. "다음에 그 사람과 함께 있을 때 그 사람이 잠들면 의자를 가져다가 등지고 앉으세요."

우리는 사랑하는 사람과 정신적으로나 육체적으로도 접하지만 영적으로도 접하기 때문이다. 일상을 살아가다 보면 육체적인 부분에만 의존하기 마련이다. 사랑하는 사람이 이곳에 있다는 사실을 아는 건 그 사람을 보고 만지고 목소리를 들을 수 있기 때문이다. 하지만 다섯 가지 감각 중 어느 한 감각이 소실되면 나머지 감각들이 더 예민해진다. 이를테면 시력을 잃은 사람이 갑자기 청력이 예리하게 좋아지는 경우가 있다. 육체의 능력이 거의 소멸할 때가 되면 정신적·영적 능력이 더욱 강해진다. 그래서 침대를 등지고 의자를 두어 침대에 누운 사람을 보지 않은 상태에서 다른 형태의 지각 방식을 통해 존재의 충만함을 느껴볼 것을 제안한다.

죽음은 궁극적 변화이자 궁극적 끝이다. 이해할 수 없는 변화이자 마지막이며 누구도 거기서 살아남을 수 없다. 하지만 원하건 원하지 않건 죽음이라고 하는 변화를 받아들이고 인정한다면 자유로워질 수 있으며 다른 무언가의 서막으로 만들 수도 있다.

요양 병원이나 요양 시설에 가보면 벽에 나비들이 그려져 있는 경우가 많은데 사람들은 대부분 왜 그런 그림이 그려져 있는지 모른다. 제2차 세계대전이 끝나고 얼마 지나지 않았을 때 엘리자베스 퀴블러 로스는 강제수용소들을 방문했다. 그리고 방문한 수용소 벽마다 나비들이 그려져 있는 것을 보았다. 그녀는 죽어가는 사람들이 왜 벽에 나비를 그렸는지 의아해했다. 그리고 몇 년 뒤 병으로 시한부 삶을 사는 어린아이들을 찾았을 때 그 아이들 역시 나비를 그리는 모습을 보았다. 그제야 퀴블러 로스는 이유를 알 수 있었다. 죽어가는 이들에게 나비는 죽음이 아니라 변화의 상징이자 지속되는 생명의 상징이었던 것이다.

사랑하는 사람이 죽고 나면 그 사람과의 관계는 바뀐다. 하지만 바뀐다고 해서 사라지는 것은 아니며 남은 날들에도 계속 지속된다. 그 관계를 어떻게 의미 있게 만드느냐는 남은 자들의 과제다.

의미 찾기의 첫 번째 단계

4

> 한겨울이 되어서야 나는 비로소 내 안에 꺾이지 않는 여름이 도사리고 있음을 깨달았다.
>
> 알베르 카뮈Albert Camus

의미 찾기의 첫 번째 단계는 슬픔의 다섯 번째 단계인 수용이다. 상실을 좋아하는 사람은 없다. 상실은 결코 괜찮다고 말할 수 있는 일이 아니지만 그래도 누구나 이를 받아들여야 한다. 겪을 당시에는 아무리 잔인하고 애통한 현실이어도, 그 상실을 현실로 인정해야 한다.

수용의 과정은 어느 날 갑자기 한꺼번에 이루어지지 않는다. 장례식을 준비하다 보면 사랑하는 사람이 죽었다는 현실을 어느 정도는 받아들이게 된다. 하지만 이때 받아들이는 것은 지극히 일부에 불과하다. 죽음은 여전히 현실로 받아들여지지 않는다. 서서히 시간이 흐르면서 슬픔의 여러 단계 사이를 왔다 갔다 하게 되며, 한 단계에서 몇 달씩 머물기도 하고 며칠 만에 다른 단계로 가기도 한다. 수용은 그렇게 우리 내면에서 천천히 무르익는다.

내 아들이 죽고 나서 처음 몇 달 동안 나는 매일 아들의 무덤을 찾아가 통곡했다. "앞으로 나는 남은 생을 이렇게 네 무덤 앞에 서서 보내겠구나." 그러다 하늘을 보며 신에게 묻기도 했다. "어떻게 제가 이런 일을 겪도록 내버려두시는 겁니까?" 나는 지독히 상처받았고, 슬픔에 짓눌렸으며, 미친 듯이 분노했다.

마음속으로 앞으로 살아야 할 날들이 스쳐 지나갔다. 영원히 이 슬픔에 빠져, 여전히 내 아들 데이비드를 그리워하면서, 영원히 끝나지 않을 고통 속에 사는 내 모습이 그려졌다. 나는 하늘을 노려보기도 하고, 이리저리 서성거리기도 하며 말했다. "데이비드, 정말 그런 거니? 신이시여, 정말 그런 겁니까? 이제 영원히 이렇게 살아야 하는 겁니까?"

처음에는 이것이 수용인 줄 알았다. 무덤을 찾아가 아이의 죽음을 받아들이는 것. 이렇게 제한된 수용을 했던 이유는 내가 아이의 육신이 땅에 있다고 생각했기 때문이다. 또 한편으로는 데이비드의 죽음이 믿기지 않기도 했다. 하지만 이런 초반의 수용은 분노와 뒤섞여 있었고, 분노 속에는 앞으로도 어마어마한 고통이 끊이지 않을 것이라는 두려움도 담겨 있었다.

그리고 3년 뒤, 이런 내 모습은 많이 바뀌었다. 어느 날 나는 데이비드의 무덤 앞에 조용히 서서 무덤가의 풀들을 내려다보기도 하고 하늘을 올려다보기도 하며 이렇게 말했다. "이런 거구나, 데이비드. 사는 게 다 이런 거야." 내게는 그 순간이 깊은 수용의 순

의미 수업

간이었다. 많은 이들의 도움과 지지 덕분에 나는 분노에서 벗어나 조금씩 평화를 찾아갔다.

평화를 찾는 도중에도 수용의 단계에서 겪어야 할 여러 어려움을 건너뛸 수는 없다. 슬픔의 단계 초기에 있는 사람들은 주로 여러 단계를 건너뛰고 곧장 성숙한 의미 찾기의 단계로 들어가려 한다. 목적을 빨리 이루어야 한다며 조바심을 내기도 한다. 또는 사랑했던 사람이 얼마나 중요했는지를 증명하려 하기도 하고 그 결과물인 재단을 만들기도 한다. 사랑했던 이의 죽음에 대해 경각심을 고취하기도 한다. 그러나 이런 사람들은 강연도 하고 재단을 만들기도 하다가 1년쯤 지나면 새로운 슬픔에 압도되는 경우가 많다. 그러고는 내가 데이비드의 무덤 앞에서 했던 것과 비슷한 말을 한다. "그래, 이제 내 인생은 이렇게 흘러가는 건가? 강연을 하고 재단을 운영하면서? 이게 다인가?"

이런 사람들은 슬픔을 다시 성찰해보아야 한다. 나는 그 사람들에게 이렇게 말한다. "이렇게 털고 일어나 이토록 큰 의미를 찾을 수 있게 되었다니 정말 다행입니다. 하지만 되돌아가서 슬픔의 초기 단계들을 다시 곰곰이 되짚어보아야 합니다. 분노나 수용, 또는 둘 다 다시 들여다보아야 합니다."

대부분의 사람들에게 상실의 고통에서 의미를 찾는 첫 단계는 슬픔의 모든 단계를 낱낱이 다 경험하는 것이다. 고통의 깊은 바닥을 온전히 느끼며 일정 시간 그곳에 머물러야 한다는 의미다. 그 고통의 현실을 겪었을 때 더욱 평화로운 수용의 공간을 찾을 수 있고 의미도 더 단단히 뿌리내리기 시작한다. 다른 상황에서도 천천히 수용하는 법을 찾아가지만 고통스러운 순간들을 남겨둔 채 힘든 시간을 보내야 한다.

워크숍을 할 때면 참가자들에게 사랑하는 이의 죽음에서 무엇을 수용했는지, 그리고 무엇을 수용하지 못했는지 적어보라고 한다. 적어 내려가다 보면 아직 해소되지 않은 슬픔의 영역에 도달하게 된다. 또한 여전히 표현하지 못한 감정들도 마주하게 된다. 바로 그 지점에, 그 감정들 속에 해야 할 일과 치유가 있다.

내가 좋아하는 문구가 있다. "다시 한번 이 삶을 살 수 있다면 당신을 더 빨리 찾아낼 거예요. 더 오래 사랑할 수 있도록." 누가 한 말인지는 모르겠지만 이 말은 수용의 단계에서 죽음이라고 하는 비가역적 상황을 이해하고 한 말이다.

한번은 남편이 세상을 떠난 뒤 괴로워하며 사는 여성이 아픔을 토로한 적이 있다. 나는 그 여성의 말을 끝까지 다 들었고 그 사람이 느끼는 고통도 인지했다. 하지만 그 밖에 다른 무언가도 있었다. 그 사람은 이렇게 말했다. "이 고통은 영원히 끝나지 않을 거예요." 이 말을 듣자 그녀가 왜 그토록 괴로워하는지 이해가 됐다. "당신의 고통이 영원히 지금 같지는 않을 겁니다. 고통도 달라질 거예요." 이는 비탄에 잠긴 사람들에게 필요한 메시지다. 이 말을 하면 듣는 사람에게서 어떤 변화가 느껴지곤 한다. 그들은 나를 보고서 이렇게 묻는다. "정말 그럴까요?" 그러고는 표정이 한결 밝아진다.

강연이나 워크숍에서 청중 한 사람을 앞으로 불러 이렇게 말해주면 상황을 지켜보던 나머지 청중들이 그 사람의 확연한 변화를 보고 깜짝 놀라곤 한다. 그러고는 무엇 때문에 이런 변화가 생겼는지 궁금해한다. 그건 상실의 고통은 피할 수 없지만 괴로워하는 것은 자신의 선택임을 알려주었기 때문이다. 나는 사람들에게 이렇게 말한다. "고통을 없애드릴 수는 없습니다. 그건 제가 할 수 있는 일이 아니에요. 당신의 고통은 온전히 당신 몫입니다. 그 고통도 사랑의 일부이지요. 제가 할 수 있는 일은 당신이 의미를 찾을 수 있는지, 고통이 달라질지, 괴로움이 끝날지를 알게 해주는 것뿐이에요."

마음속에서 지금 느끼는 감정이 영원히 지속될 것이라는 속삭임을 듣는 이들에게 내가 해줄 수 있는 것은 그 소리를 차단하고 그 감정에서 벗어나 다른 미래로 갈 수도 있다고, 의미 찾기를 할 수 있다고 속삭여주는 것이다.

사람의 마음은 혹독한 슬픔에 잠기기도 한다. 강제수용소 생존자들은 당시 그들이 견뎌야 했던 끔찍한 순간들을 이야기하곤 한다. 그들이 겪은 신체적 고통은 인간이 감당하기 힘든 수준이었다. 하지만 그들은 미래가 없는 상황이 주는 가혹한 정신적 고통에 대해서도 자주 이야기한다. 언제 수용소에서 나갈 수 있을지 알지 못하는 데서 오는 정신적 고통은 온갖 고문과 힘겨운 육체적 고통 못지않게 그들을 괴롭혔다. 수용소에서 해방될 날을 알지 못하는 암담한 미래는 그들의 모든 목적의식을 강탈했고 현재의 끔찍한 상황에만 침잠하게 만들었다. 하지만 지금 살아 있는 사람이라면, 미래가 있는 사람이라면 현재의 고통에서 벗어날 가능성이 얼마든지 있다.

나는 이 개념을 우리의 삶에 적용하기 위해 치유 프로그램을 시작하는 첫날 사람들에게 과거의 자신에게 편지를 쓰라고 말한다. 사람들은 주로 사랑하는 사람이 살아 있었을 때 자신들의 삶이 얼마나 아름다웠는지, 그리고 그 사람이 세상을 떠나고 나서 삶이 얼마나 고통스러운지를 쓰곤 한다. 과거의 상실감, 어제의 끔찍한 상처, 살면서 겪은 모든 상실에 대해 쓴다.

둘째 날에는 사람들에게 미래의 자신에게 편지를 써보라고 한다. 그러면 사람들은 대부분 "여전히 그렇게 고통 속에 살고 있구나" 등과 같이 연민의 시선으로 편지를 쓴다. 편지를 다 쓰고 나면 나는 사람들과 함께 미래의 삶은 지금 상상하는 삶과 많이 다를 것이라는 이야기를 나눈다. 지금 당장은 그렇게 생각하기 힘들지만, 미래가 지금 생각하는 것처럼 고통스러울 필요도, 또 고통스러워서도 안 된다는 이야기를 하는 것이다.

마지막 날에는 사람들에게 미래의 자신에게 또 다른 편지를 써보라고 한다. 이번에는 글 맨 위에 대문자로 '나의 미래'라고 제목을 먼저 쓰게 한다. 그리고 자리에 앉는다. 사람들은 내가 다른 지침을 줄 때까지 어색하게 기다린다. 내가 계속 침묵하고 있으면 결국 누군가 이렇게 묻는다. "어떤 글을 어떻게 써야 할지 말씀해주실 건가요?"

그러면 나는 대답한다. "물론입니다. 각자 종이를 보세요. 뭐가 보이나요?"

누군가 말한다. "빈 종이요."

"맞습니다. 그게 여러분의 미래입니다. 텅 빈 여백. 여러분의 미래는 아직 채워지지 않았습니다. 여러분 자신이 작가입니다. 과거나 상실, 죽음이 작가가 아닙니다. 바로 당신이 작가입니다. 여러분의 미래를 만드는 것은 여러분 자신입니다. 여러분의 마음이 다른 이야기를 채우게 내버려두지 마세요. 여러분의 미래는 지금 비어 있습니다. 과거가 미래를 결정짓게 하지 마세요."

생각이 의미를 만든다

마음은 어떻게 미래를 만드는가? 생각은 어떤 역할을 하는가? 사별 후 마음과 다른 모든 부분에 통제력을 가질 수 있는가? 겪은 일에 의미를 만들기 위해 할 수 있는 일이 있는가?

그렇다. 통제할 수 있다. 생각은 의미를 만든다. 의미는 마음속에서 이야기를 만들어나간다. 그 이야기는 다른 사람들에게 들려주는 이야기이자 자기 자신에게 들려주는 이야기다. 나는 회복 중인가, 갇혀 있는가? 다시는 예전처럼 살지 못할 것인가? 사랑하는 사람을 기리는 삶을 살 것인가?

데이비드가 세상을 떠나고 몇 달 뒤 나는 뉴욕에 사는 친구를 만났다. 그 전해에 호주에서 팔을 다치는 바람에 깁스를 하고 있던 나를 보며 친구는 이렇게 말했다. "너는 늘 다쳐 있구나. 처음에는 마음이, 그리고 지금은 몸이."

나는 친구에게 대답했다. "아니야. 너를 볼 때마다 나는 늘 회복 중이야."

자신에게 어떤 이야기를 계속 반복해주면 그 이야기가 의미가 된다. 오랜 세월 어머니의 죽음에 대해 내가 스스로에게 했던 이야 기는 나를 고통 속에 가뒀다. 그리고 다른 관점에서 내게 그 이야 기를 들려주기 시작하면서 나는 비로소 자유로워졌다. 그러므로 미래에 대해 자신에게 들려주는 이야기는 고통을 놓아주는 길이 된다.

스스로 만든 이야기를 해석할 때는 미래와 과거에 대한 생각과 현재의 분위기를 잘 살펴보아야 한다. 다음을 보고 이야기에서 만 들어낼 의미를 생각해보자.

본래 의미	새로운 의미
내게 이 죽음이 닥쳤다.	죽음이 일어났다.
나는 희생자다.	이 상실을 딛고 일어섰으므로 나는 승리자다.
이 죽음은 형벌이다.	죽음은 무작위로 찾아온다.
왜 내게 이런 일이 일어났는가?	누구나 살면서 고비를 겪는다.
그것(특정 원인) 때문에 이런 일이 벌어졌다.	내가 할 수 있는 일은 없었다.
내 이야기가 가장 슬프다.	내 이야기에는 슬픈 부분도 있다.

사람들과 각자의 이야기를 나누고 인식하는 훈련을 하면서 나는 두 단어를 삭제하라고 말한다. 바로 '절대'와 '항상'이다. 자신이 절대 행복해지지 못할 거라고 말하는 사람들을 볼 때마다 나는 어쩌면 그럴 수도 있지만 반드시 그렇게 되지 않을 수도 있다고 말한다. 덧붙여 이를 보여주는 연구도 있다고 알려준다. 그러면 그들은 대체로 이렇게 대꾸한다. "이 끔찍한 일이 일어난 뒤로는 절대 행복해질 수 없어요."

나는 그들에게 몇 년 전 〈성격과 사회심리학 저널〉에 실린 논문을 이야기해준다. 로또에 당첨된 사람들과 사고로 장애를 입은 사람들을 비교하는 논문인데, 논문은 행복에 대한 인간의 내면적 토대를 보여준다. 장기적 관점에서 로또에 당첨된 사람들은 사람들이 흔히 생각하는 것만큼 행복해지지 않는다. 또 끔찍한 사고를 당한 사람들은 다른 사람들이 생각하는 것만큼 불행해지지 않는다. 어떤 일을 겪고 나면 그 이후의 삶이 이전과 같지 않겠지만 여전히 행복할 수는 있다. 절대 행복하지 않을 것이라는 말은 미래에 대한 선언이다. 하지만 아무도 미래를 장담 못 한다. 그들이 확실히 알 수 있는 것은 오늘 불행하다는 사실뿐이다. 그러므로 "나는 오늘은 불행하다"라고 말함으로써 미래에 여지를 남겨두는 편이 훨씬 도움이 된다.

내가 이끄는 모임들 중 한 모임에 몇 년 전 불의의 사고로 아들을 잃은 사람이 참석한 적이 있다. 그 사람은 영안실에 누워 있던 아들의 모습을 생각하면 걷잡을 수 없이 슬퍼진다고 했다. 당시 우리는 트라우마가 아닌 슬픔을 주제로 대화를 나누고 있었기에 나는 그 사람에게 지금 하는 생각들이 끔찍한 순간을 떠올리게 하는 것이기 때문에 오히려 생각을 바꿀 수 있다고 말했다.

"제 마음대로 되는 게 아니에요." 그 사람이 말했다.

"하지만 우리는 슬픔의 개념에 대해 질문을 해봐야 합니다. 정말로 생각을 바꿀 수 없다고 생각하나요? 우리는 매일 수많은 생각을 선택하며 살아갑니다. 사회에 소속되어 살아가기에 그걸 잘 인지하지 못할 뿐이죠. 우리 마음속에서 만들어지는 생각을 마음대로 할 수 없다는 믿음을 떨쳐야 합니다."

그 사람이 내 말을 끊었다. "어떤 장면들이 그냥 불쑥 떠오르고, 그게 저를 너무 슬프게 하는 거예요."

"물론 그렇죠. 그런 생각들은 제 마음도 산산이 부숴버리곤 합니다. 하지만 한번 시도해보세요. 잠시만 눈을 감아보시겠어요? 그리고 커다란 보라색 코끼리를 상상해보세요. 코끼리 모습이 다 그려지면 손을 들어주세요."

조금 뒤 그 자리에 있던 사람들 모두가 손을 들었다. 나는 모두 눈을 뜨라고 말했다. "저는 지금 막 여러분의 생각을 바꿨습니다. 이 방에 있는 사람들 모두가 보라색 코끼리를 생각하게 만들었죠. 우리에겐 생각을 바꿀 힘이 얼마든지 있습니다." 지극히 단순한 훈련이지만 이 훈련은 마음을 다스리는 법을 일깨워준다. 마음속에서 강물처럼 흐르는 생각들은 점점 커진다. 마음속으로 끔찍한 장면을 생각하면, 그리고 그 장면을 계속 떠올리면서 그런 생각이 드

의미 수업

는 것을 멈출 수 없다고 말하면, 그 장면은 점점 더 강렬해진다.

"어떤 장면이 떠오르면 자신에게 이렇게 말할 수 있습니다. '이런, 영안실에 누워 있는 아들이 떠오르네. 하지만 지금 나는 그 아이 다섯 살 생일 파티 때 얼마나 행복하고 즐거웠는지도 떠올릴 수 있어.' 긍정적인 이미지를 볼 때, 그 장면을 천천히 반복할 때, 그 장면을 생생하게 만들어줄 세세한 장면을 덧붙일 때, 고인이 된 사람의 생전 모습에서 정말 좋았던 순간들도 보이게 됩니다. 생각은 흐르는 물과 같아서 흐르는 대로 길이 나고 길이 난 곳이 점점 넓어집니다. 가장 의미 있는 추억들에 집중할 수 있는 힘은 바로 여러분 자신에게 있습니다."

이런 수업을 할 때는 내 말을 오해하지 말라는 당부도 덧붙인다. 안 좋은 기억을 애써 검열해 삭제하려 들지 말고 솔직하게 이야기를 하는 것이 중요하다. 처음에는 자신의 이야기를 이해하고 진행시키기 위해 다시 한번 그 이야기를 구성하는 과정이 필요하다. 이렇게 하다 보면 전체 이야기 흐름에서 고통스러운 기억만 따로 분리해 끊임없이 반복하지 않고 전체적인 맥락 안에 그 기억을 넣을 수 있게 된다. 사랑했던 사람의 삶이 최악의 순간들만이 아닌 훨씬 더 큰 맥락으로 확장되는 것이다.

슬픔의 트라우마를 겪는 사람들, 끔찍한 기억이 계속 떠올라 괴로운 사람들에게 나는 아직 다른 생각들을 배치할 마음의 여유가 없기 때문이라고 말해준다. 우리의 마음은 컴퓨터와 같아서 다른 생각들이 담긴 파일을 아직 생성하지 못한 것이라고 말이다. 생각들을 하나의 파일에 담기 전까지는 생각의 편린들이 계속 마음을 떠돌아다니며 반복되기 마련이다.

상실의 바깥세상

고통을 느낄 만큼 충분히 다 느끼고 받아들인 뒤에는 고통 밖으로 나가야 할 때가 찾아온다. 다른 사람들은 저마다의 상실에서 어떤 의미를 어떻게 만들고 있는지를 다른 관점에서 보아야 한다. 고통을 겪는 사람은 나 혼자만이 아니다.

젠은 몇 달 전 아버지를 잃었다. 내가 젠을 만났을 때 그의 내면에서는 혼란스러운 소용돌이가 치고 있었다. 젠은 자신이 쌓아온 고통 자체를 부인하려 애쓰기보다는 받아들이기 위해 노력하고 있다고 말했다. 하지만 이제는 그 고통을 생각하기가 너무 지친다고 했다.

"어쩌면 이제는 거울을 내려놓고 망원경을 들여다보아야 할 시기인지도 모르겠군요." 내가 제안했다.

젠의 눈동자가 희미하게 반짝였다. 예전에 젠이 이 세상에 더 이상 아버지가 존재하지 않는다는 사실이 견디기 힘들다며 마음을 털어놓았던 적이 있다. 그때 젠은 생전에 더 넓은 세상을 보고 싶어 했던 아버지가 생각나 슬픔이 더욱 아프게 사무친다고 말했다. 나는 젠에게 그때 이야기를 했다. 그리고 아버지가 그토록 보고 싶어 했던 그 세상은 여전히 이곳에 존재하며 어쩌면 젠이 그 세상의 일부를 더 많이 보며 살 수 있을 거라고 말했다.

"어떻게 하면 되는지 모르겠어요." 젠이 말했다.

"친구에게 전화해서 뭔가 특별한 계획을 세워보는 건 어때요?" 내가 제안했다.

"그럴 수는 없어요. 그렇게는 못 해요. 제겐 혼자만의 시간이 필요해요."

젠은 아직 다른 사람을 만나고 싶어 하지 않았지만 어쩌면 공연장이나 극장에 가서 다른 사람들이 사는 모습도 보고 세상에 한 걸음 가까이 발을 내디딜 수도 있겠다는 생각이 들어 그렇게 제안했다. 젠도 내 생각을 듣고는 괜찮을 것 같다고 했다.

한 달 뒤, 나는 젠의 상태를 확인했다. 그사이 젠은 각종 공연이며 영화를 자주 보러 다녔고 바깥세상에 나가서 다른 사람들을 보면서 기분 상태도 훨씬 좋아졌다. 젠과 비슷한 처지에 있는 사람들은 웃음으로 상황을 극복하기도 하지만 젠은 그렇지 않았다. 젠은 코미디물은 보지 않는다고 강조했다. 젠이 주로 보는 공연이나 영화는 힘든 상황에 처한 사람들의 이야기였다.

"다른 사람의 고통을 보면 도움이 돼요. 극장에 앉아 있노라면 다른 사람의 사랑과 고통이 제게 밀려오는 것 같아요. 그런 작품에 무척 감동을 받았어요. 극장에서 다양한 종류의 인생을 봤어요. 내가 거대한 휴먼 드라마에 나오는 인물이라고 생각하니 기분이 한결 나아지더라고요. 상실감이 가슴을 찢어놓았지만 다른 사람들의 상실감도 볼 수 있었어요. 제가 보고 있는 영화 속 등장인물들을 유심히 들여다보기 시작했죠. 그러다 보니 그들에게 일어난 일에도 관심이 가게 되었어요. 사랑을 느꼈죠. 공감도 느꼈고요. 어느새 재미있는 장면이 나오면 저도 모르게 웃고 있더라고요. '방금 웃은 게 나였어?', '이래도 괜찮은가?' 이런 생각이 들었습니다. 하지만 울음이 삶의 일부라면 웃음도 마찬가지 아니겠어요? 서로 연결된 제 삶의 가닥들이 보이기 시작했어요. 저 스스로가 다시 삶을 딛고 일어서는 기분이 들더군요. 자신과의 유대감은 무척 중요합니다. 그리고 바깥세상에 있는 다른 이들과 다시 유대를 맺는 일도 못지 않게 중요하죠. 제 바깥세상이 넓어지기 시작했어요. 이제는 일부러 다른 사람들과 함께 시간을 보내요. 그 사람들과 함께 있을 때 제 마음과 제 존재 전체가 오롯이 함께하니까요."

젠은 이런 방식으로 슬픔의 고통을 치유했다. 여기서 한 가지 주의할 점이 있다. 바깥세상에 나가기로 한 것은 젠의 선택이고 그 과정 역시 젠이 정한 것이다. 대다수 사람이 슬픔의 초기 단계에는 오직 자신의 내면에만 집중한다. 또 그래야만 하는 시기이기도 하다. 세상 밖에 좀 나가보라고 강요한다고 해서 쉽게 바뀌지 않는다. 하지만 젠은 세상으로 다시 돌아가는 과정에서 느낀 감정을 이렇게 말했다.

"오롯이 고통을 느끼는 것과 상처를 후벼 파는 칼을 그저 바라만 보고 있는 것은 엄연히 다릅니다. 저는 내면을 응시했고, 고통을 느꼈고, 그 안으로 깊숙이 들어갔습니다. 조금도 피하지 않았어요. 오히려 내면의 상처를 점점 더 파고들기 시작했죠. 그러자 제 고통이 점점 특별해지더군요. 이상하게 들리겠지만 제 모든 관심은 온통 상처에 집중되어 있었어요. 고통이 점점 확장되는 듯 보였습니다. 그때 뭔가 다른 조치를 취해야겠다는 생각이 들었어요. 이제는 내면이 아닌 바깥세상을 보아야겠다는 생각이요."

의미 바꾸기

인생 최악의 시기를 견디는 사람들에게 의미 찾기가 어떤 도움이 될까? 겪은 일에 대해 솔직해지고 치유의 과정에 들어가려면 자기 자신에게 어떤 이야기를 들려주어야 할까?

나의 동료 두에인Duane은 끔찍한 상황을 겪고 슬픔이 트라우마로 각인된 사람들을 대상으로 일을 한다. 나는 두에인에게 그런 경험을 한 사람들이 어떻게 의미를 찾도록 도와주느냐고 물었다. "그 사람이 일어난 일에 부여하는 의미를 보려고 노력하지요. 그리고 그들이 일어난 일이 아니라 의미를 바꾸는 데 집중하도록 도와줍니다. 일어난 일은 달라지지 않지만 의미는 달라질 수 있어요. 이것이 상실감에 대처하는 데 도움이 됩니다."

어떤 일에 부여된 의미를 바꾼다는 것은 쉽지 않으며 혼자서 하기엔 어려운 경우가 많다. 때론 친구들이나 전문 상담사, 치료사의 도움이 필요하다.

나는 두에인에게 사례를 들려달라고 부탁했다.

정말 끔찍했던 사례가 기억나네요. 한 여성의 딸이 무려 20년 동안 이나 실종되었고, 아무도 그 딸을 보지 못했습니다. 마을에는 흉흉한 소문이 돌기 시작했어요. 그 마을에 사는 농부와 그의 두 아들이 그 여성의 딸을 살해해 키우던 돼지들에게 먹이로 주었다는 소문이었어요. 딸의 어머니는 독실한 기독교인이었어요. 사방으로 도움을 구했지만 아무도 그 여성을 돕지 못했죠. 그 어머니는 딸이 살았는지 죽었는지조차 알지 못했지만 신념을 버리지 않았어요. 마음 한구석에서는 그 소문이 사실일지 모른다는 생각도 들었지요. 저와 상담을 하면서 그 여성은 잔인한 장면을 머릿속에서 지울 수 없다고 했어요. 저는 이렇게 말했죠. "만약 당신의 딸이 자신의 몸에 일어난 일을 지켜보고 있었다면 무슨 생각을 했을까요?"

그러자 그 여성은 나를 미친 사람 보듯 바라보며 따져 묻더군요. "도대체 무슨 말씀을 하시는 거예요?"

저는 다시 말했습니다. "그 말이 사실이라고 칩시다. 그렇다면 따님은 사지가 절단되기 전에 죽었을 거예요. 이미 천국에 가 있었겠죠. 저는 이미 천국에 가 있는 따님이 자신의 육체를 보며 무슨 생각을 했을지 궁금한 거예요."

제 말은 그 여성의 관점을 완전히 바꿔놓았어요. 그 여성은 딸이 상상도 못 할 고통 속에서 죽는 장면만 계속 떠올리고 있었으니까요. 독실한 기독교인이었지만 딸이 그 순간 고통 속에 있지 않고 육신은 남겨둔 채 영혼이 어디론가 갔을지도 모른다는 생각은 한 번도 하지 못한 거죠. 마음속에서 잔혹한 장면에 부여된 의미를 바꾸자 그 여성을 지배하던 생각도 떨칠 수 있었습니다.

이 이야기는 극단적인 사례처럼 들리지만 슬픔에 빠진 많은 이들에게 해당되는 말이다. 사랑하는 이를 잃고 실의에 빠진 사람들과 이야기를 하다 보면 사랑하는 사람이 추운 날씨에 있을까 봐, 눈 속에 있을까 봐, 빗물에 잠겨 있을까 봐 걱정하는 경우를 종종 본다. 또는 고인이 생전에 밀실 공포증이 심했는데 관에 담겨 시멘트로 덮여 있을 생각을 하면 마음이 너무 아프다고 말하는 이도 있다. 이런 생각들은 슬픔에 괴로운 시나리오를 더해 고통을 더욱 복잡하게 만든다. 그런 이들에게는 육체와 영혼이 분리되어 있다고 생각하도록 도와주면 큰 도움이 된다.

현실에서 하나의 사건을 두고 두 사람이 완전히 동일한 방식으로 대응하는 경우는 없다. 거기에 대응하는 방식은 그 사건에서 어떤 의미를 찾느냐에 달려 있다. 그리고 의미를 지각하는 과정은 다른 의미 지각 과정과 마찬가지로 사건 자체뿐 아니라 그 사람의 문화적 배경, 가족, 종교, 기질, 삶의 경험 등이 영향을 끼친다. 의미는 지금 나 자신을 이루고 있는 모든 것들로부터 생겨난다.

두에인과 나는 험한 일로 트라우마가 남은 이들에게 이렇게 묻곤 한다. "당신이 사랑했던 그 사람은 '지금' 어디에 있습니까?"

처음에는 실없는 질문처럼 들릴 수도 있다. 사람들은 대부분 이 질문의 의도를 이해하지 못하며, 이 질문의 대답을 통해 사랑했던 사람이 이 순간 더 이상 존재하지 않는다는 사실을 인정하는 데 도움이 된다는 것도 잘 알지 못한다. 사후 세계를 믿는 사람이라면 사랑했던 사람이 천국이나 다른 좋은 곳에서 평온하게 지내는 모습을 상상할 수 있다. 사후 세계를 믿지 않는 사람이라 할지라도 사랑했던 이의 고통은 이제 다 지나갔다는 생각에서 위안을 얻을 수 있다.

'언제'라는 질문은 세상을 떠난 사람뿐 아니라 현재 비탄에 잠긴 이들에게도 적용된다. 심리 치료사들을 교육할 때 나는 지금까지 우리가 슬픔에 빠진 이들이 '어떻게' 행동하는지에만 역점을 두었다고 말한다. 그렇다면 그들에게 이렇게 물어보면 어떨까? "당신은 '언제'에 있습니까?"

심리 치료사 워크숍에서 나는 이 질문의 뜻을 좀 더 자세히 전달하고자 사람들에게 이야기 하나를 들려주겠다고 말하면서 차분한 목소리로 이렇게 이야기했다. "5년 전에 바로 이 콘퍼런스 센터에서 공격을 당했는데, 이곳에 다시 오니 기분이 묘하네요. 와, 그 일이 바로 엊그제 같아요. 살면서 그렇게 무서웠던 적이 없었습니다. 그때 저는 꼼짝없이 죽는 줄로만 알았어요."

그러고는 사람들에게 물었다. "지금 저는 언제에 머물러 있습니까?"

사람들이 대답했다. "지금이요."

"맞습니다. 저는 5년 전을 회상하면서 지금에 있습니다. 만약 제가 이 콘퍼런스 센터에 들어오면서 여러분에게 이렇게 소리친다면 어떨까요? '이곳은 안전하지 않습니다. 5년 전 저는 이곳에서 공격을 당했어요. 다들 문을 잘 살펴봐주세요. 누군가 우리를 또다시 공격할 수 있어요!'" 나는 격앙된 목소리로 과장된 몸짓을 섞어가며 말했다.

"이런 저는 언제에 머물러 있습니까?" 나는 사람들에게 다시 물었다.

사람들이 대답했다. "5년 전이요."

"맞습니다. 5년 전의 감정을 오늘 이 순간 느끼고 있죠. 이것이 외상 후 스트레스 장애입니다." 그러고는 그곳에 모인 심리 치료사들에게 물었다. "여기 모인 치료사분들은 제 마음을 차분하게 가라앉혀주기 위해 어떤 조치를 취하실 겁니까?"

"일단 깊이 심호흡을 하라고 하겠어요." 누군가 대답했다.

"훌륭합니다. 왜죠?"

"감정을 가라앉혀야 하니까요."

깊은 심호흡은 신체를 편안하게 이완해 지금 현재에 집중하게 해준다.

다른 치료사가 또 다른 제안을 했다. "이곳에 있는 것들 중 다섯 개를 말해보라고 하겠어요."

"좋습니다! 먼저 바닥에 깔린 갈색 무늬 카펫이 보이는군요. 사람들이 앉아 있는 의자들이 많이 보이고요. 천장 조명과 벽 양쪽에 난 커다란 창문이 보입니다. 콘퍼런스룸 뒤편의 문도 보입니다. 다섯 가지를 다 말했네요. 저에게 왜 이렇게 하라고 했죠?"

치료사들은 나를 지금 현재, 지금 이 순간에 머물게 하기 위해서라고 입을 모아 대답했다. 5년 전에 머물러 있던 나를 현재로 오도록 도와준 것이다.

내가 하는 일도 바로 이것이다. 나는 그들에게 묻는다. "당신은 아직도 사랑했던 사람의 임종 순간에 머물러 있습니까?", "당신은 아직도 안 좋은 소식을 듣던 순간에 있습니까?", "당신은 여전히 장례식장에 있습니까?", "당신은 어디에 있습니까? 당신은 언제에 있나요?" 나는 그들이 이야기가 시작되는 그 지점으로 다시 돌아가되 그때의 슬픔에 매몰되거나 영원히 과거의 고통을 느끼며 살지 않도록 도와주고 싶다.

슬픔에 빠져 있다 보면 과거와 현재와 미래가 뒤엉키는 경우가 많다. 지금으로 돌아와야 과거가 아닌 현재에서 의미를 구하게 된다. 그렇게 되면 마음가짐이 달라지고 사랑했던 사람이 더 이상 죽음이나 고통에 머물러 있지 않다는 사실을 깨닫는다. 고인의 고통은 과거에 있다. 그리고 고인이 평생 살아온 날들은 생의 마지막 며칠 동안 받았던 고통보다 훨씬 더 큰 가치가 있다.

지금 이 지점에서 생각해야 한다. 사랑했던 사람이 죽어가던 그 공간에 머물러 있지 말아야 한다. 과거에서 나와 현재로 돌아와 미래를 향해 걸어가야 한다. 나는 비탄에 잠긴 이들에게 고인이 세상을 떠난 뒤 무슨 일이 있었는지 묻는다. 물론 대답을 바라는 것이 아니라 그들이 질문의 의미를 생각해봤으면 하는 마음에서 던지는 질문이다. "세상을 떠난 그 사람은 지금 어디에 있습니까?", "그들은 무엇을 하고 있습니까?"

내 동료 두에인과 마찬가지로 나 역시 남아 있는 사람들과 세상을 떠난 이들이 괴로웠던 순간을 흘려보내고 미래가 있는 삶을 살기를 원한다. 그렇게 되면 남아 있는 사람들은 이렇게 말할 것이다. 사랑했던 사람은 이제 신의 곁에서 자신들을 지켜보고 있다고. 또는 사후 세계에서 다른 망자들에게 무언가를 배우거나 다른 이들을 도와주며 그렇게 지내고 있다고.

트라우마 전문가 야나나 피셔Janina Fisher는 환자들에게 이렇게 말한다. "한동안은 그 어떤 희망도 보이지 않을 거예요. 희망은 당신이 더 편안해지고 안정적인 기분이 들고 난 다음에 찾아옵니다." 미래에서 희망을 찾는 일은 슬픔에서 매우 중요하다. 안 좋았던 기억들을 끊임없이 떠올리는 사람들은 과거에 매몰된 이들이다.

슬프고 괴롭더라도 과거에 집착하며 살아가는 편이 사랑했던 사람이 없는 세상을 잘 살아가는 것보다 더 쉽고 편해 보일 수도 있다. 이러한 부정적 태도와 심리는 익숙함이 주는 편안함과 그곳에서 빠져나오는 것에 대한 두려움 때문이다. 내가 너무 잘 살면 사랑했던 사람을 한 번이 아니라 두 번 잃는 것 같은 기분이 들기 때문이다. 게다가 알지 못하는 세계로, 그 사람이 없는 전혀 다른 세상으로 발을 내디딘다는 생각 때문에 두려움은 더욱 커진다. 깊은 상실을 경험한 사람이 새로운 삶을 꾸리기를 거부하는 모습을 많이 본다. 더러는 고인의 유품에 집착하고 고인의 침실을 신성한 사당처럼 여겨 물건 하나 손대지 않고 그대로 두고, 그 사람과 함께했던 오래된 일상을 그대로 지키며 살기도 한다. 모두 건강하지 못한 행동들이다.

사랑하는 사람이 죽은 뒤의 세상, 알지 못하는 그 세상으로 천천히 들어가야 한다. 새로운 세상에서 살기를, 다시 사랑하기를 거부하며 웅크리고 있는 것은 두려움 때문이다. 차라리 고통이 안전해 보이기 때문이다. 존 셰드John A. Shedd는 이렇게 말했다. "항구에 정박한 배는 안전하다. 하지만 본래 배는 항구에 묶어두려고 만든 것이 아니다."

슬픔에 빠진 사람은 그 슬픔의 항구에 머물고 싶어 한다. 한동안은 그곳이 편하게 느껴진다. 그곳은 다시 연료를 채우고, 고치고, 수리하는 곳이다. 배가 항해를 목적으로 만들어진 것과 마찬가지로 인간 역시 안전한 항구를 떠나 다시 누군가를 사랑하는 위험도 무릅쓰고, 새로운 모험도 하고, 상실 이후의 삶도 살고, 어쩌면 다른 누군가를 돕는 항로를 찾아야 한다.

긴 수저 우화

나는 슬픔에서 헤어나지 못하는 사람들에게 앞으로 나아가는 길은 슬픔에 빠진 또 다른 누군가를 돕는 것이라는 말을 자주 한다. 부처님은 "다른 이를 위해 등불을 밝혀주면 네가 가는 길도 밝아질 것이다"라고 했다. 자신의 감정에 매몰된 사람들은 "그런데 제 슬픔을 견딜 수 있어야 다른 사람도 도울 수 있는 거 아닌가요?"라거나 "다른 사람의 슬픔은 중요하지 않아요. 제 슬픔이 진짜 슬픔이라고요."라는 말을 자주 한다.

대단한 일을 하라는 것이 아니다. 이제 막 사별한 누군가에게 온라인에서 따뜻한 댓글 한 줄 달아주는 일, 유족에게 맛있는 음식을 요리해 가져다주는 일, 자연재해를 겪은 이들을 위해 자선단체에 기부하는 일 등 단순한 일도 많다. 누군가 치유되는 데 도움이 된다면 할 수 있는 일을 성심성의껏 하면 된다.

메리앤 윌리엄슨은 인간의 몸에서 세포가 제대로 기능을 하지 못하게 되는 사례를 들려준다. "세포가 다른 건강한 세포들과 협력해 전체적으로 건강하게 기능을 수행하던 본래의 역할을 잊고 협력하던 세포들을 떠나 제멋대로 다른 일을 하게 된다. 이것이 인간의 몸과 마음에 악영향을 끼치는 암이다."

인간의 DNA에는 더 좋은 것을 위해 협동하려는 기질이 내재되어 있다. 1년 내내 슬픔에 빠져 지내면서 최악의 고통이 어떤 느낌인지 아는 사람이라면 사랑의 언어나 몸짓이 주는 따스함도 잘 알 것이다. 자신에게서 누군가에게 줄 사랑을 찾는다면 사랑을 받는 사람과 주는 사람 모두에게 도움이 된다. 게다가 자신도 모르게 어느새 슬픔의 구덩이에서 빠져나오게 된다.

많이들 알고 있는 긴 수저 우화는 이 교훈과 일맥상통한다. 한 사람이 지옥을 통과하게 되었는데, 막상 지옥에 가보니 놀랍게도 금이 엄청나게 많이 쌓여 있었다. 대단히 아름답게 세공된 금들 너머로는 드넓은 초원이 펼쳐져 있었다. 그는 놀라움을 감추지 못하며 말했다. "정말 아름답구나. 저 초원이며 산 좀 봐. 나무에서는 새들이 지저귀고 꽃향기가 가득하구나. 어떻게 이런 곳이 지옥일 수가 있지?"

어디선가 맛있는 음식 냄새가 풍겼다. 냄새를 따라가보니 커다란 식당이었다. 식당에는 커다란 식탁들이 줄지어 있었고 식탁마다 온갖 진귀한 요리들이 그득했다. 그런데 식탁에 둘러앉은 사람들 모습은 기이하게도 창백하고 수척했으며, 다들 굶주림에 신음하고 있었다. 가까이 가서 보니 사람들이 저마다 수저를 들고 있었는데 수저가 너무 길어 제 입으로 음식을 떠 넣을 수가 없었다. 모두 굶주림과 분노에 소리 지르고 신음하는, 그야말로 아비규환이었다.

이번에는 지옥에서 보았던 것과 똑같이 아름다운 다른 장소에 도착했다. 그곳은 천국이었다. 천국에도 역시 훌륭한 음식들과 긴 수저가 있었다. 그런데 천국의 식탁에 둘러앉은 사람들은 모두 유쾌하게 웃으며 이야기를 나누고 음식을 먹고 있었다. 긴 수저로 음식을 떠서 건너편 사람에게 서로 먹여주고 있었던 것이다.

천국과 지옥의 환경이나 조건은 같다. 다른 점은 그곳 사람들이 서로를 대하는 방식이다. 친절은 또 다른 친절을 낳는다. 이기심은 이기심을 낳는다.

다시 살아가리라는 결정

5

> 결국엔 모든 것이 너무도 일찍 죽지 않던가?
> 말해보라, 너의 계획이 무엇인지. 자유분방하고 소중한 네 삶을
> 걸어도 좋은 그 계획은 무엇인가?
>
> 메리 올리버Mary Oliver

누구나 상실의 아픔을 치유하는 방식을 선택할 결정권이 있다. 이때 결정을 하지 않는 것도 결정이라는 사실을 명심해야 한다. 치유에는 중립이 없다. 치유는 수동적인 과정이 아니라 능동적인 과정이다. 상실을 겪은 사람은 다시 활기차게 살고 싶은지 그렇지 않은지를 결정해야 한다. 그 결정은 어렵지만 강력하다. 사는 것과 생존하는 것은 다르다. 어찌어찌 생존한다고 해서 온전한 삶을 사는 것은 아니다.

테레사 수녀가 세상을 떠나기 몇 년 전, 나는 운 좋게도 테레사 수녀가 인도에 만든 '죽어가는 이들을 위한 집'에 잠시 머물렀던 적이 있다. 테레사 수녀는 비록 나이 들고 쇠약해졌지만 내가 만난

사람들 중 가장 행복해 보였다. 테레사 수녀는 내게 "인생은 성취"라고 말했다. 무력감에 빠진 사람들에게 이 말을 들려주면 그들은 꾸준히 활기찬 삶을 살기로 결정함으로써 힘과 의미를 찾을 수 있다는 사실을 깨닫는다.

슬픔에 빠진 사람들을 위한 모임을 찾은 사람들에게 나는 모임의 목적을 먼저 말한다. 내가 이 자리에 있는 이유는 여러분이 슬픔을 딛고 활기찬 삶을 살 수 있도록 도와주기 위해서라고. 와주어서 감사하다는 인사를 한 뒤 그들이 이곳의 문을 열고 들어오기까지 얼마나 많은 용기가 필요했을지 충분히 이해한다고 말한다. 그러면 그들은 이렇게 대답한다. "그래도 상처가 너무 커요. 사는 게 너무 힘들어요." 나는 사람들에게 의미를 찾는 과정이 고통에 대응하는 데 도움이 되며 그 의미는 어느 곳에나 있다는 점을 이야기한다.

깊은 고통에 맞서 어떻게 살지 결정할 자유는 본인에게 달려 있다. 빅터 프랭클은 강제수용소에 수감된 동료들이 그 끔찍한 상황에서 저마다 어떻게 대처하는지를 지켜보았다. 그들이 처한 잔혹한 상황을 생각하면 선택의 자유를 생각할 여유는커녕 작은 기쁨조차 없었을 것만 같았다. 하지만 그렇지 않았다. 빅터 프랭클과 다른 수감자들은 이 강제수용소에서 저 강제수용소로 이감되었다. 그 과정에 관해 남긴 글에는 이런 내용이 있다. "만약 누군가 아우슈비츠 수용소에서 바이에른 수용소로 이송되는 호송 열차 안 비좁은 창살 너머로 석양에 붉게 물든 산 정상을 바라보는 우리들의 얼굴을 보았다면, 그 얼굴이 삶과 자유에 대한 모든 희망을 체념한 사람들의 얼굴이라고는 생각지 못했을 것이다. 그런 상황에도 불구하고, 아니 어쩌면 그런 상황이었기에 우리는 자연의 숭고함에 도취될 수 있었는지도 모른다."

온전한 삶을 살겠다는 결정은 지금 아무리 힘들어도 현재에 충실하겠다는 의미다. 내게 일어난 일이 아니라 나를 이루는 것들에 집중하겠다는 뜻이다.

아들을 잃은 뒤 내게도 삶의 결단이 필요했다. 내 삶에 찬성이든 반대든 표를 던져야 했다. 여러 가지 길이 있었다. 아들을 보낸 지 몇 달 만에 일터로 복귀하기로 한 결정은 결코 쉽지 않은 선택이었다. 그 이후로도 다른 일들이 많이 있었다. 하루는 페이스북에 사진 한 장을 올렸다. 그것은 내가 일에 복귀했다는 일종의 선언 같은 의미였다. 사람들은 괜찮아진 내 모습을 보게 되어 다행이라며 댓글을 남겼다.

데이비드가 죽고 6개월 뒤 사랑하는 반려견 에인절도 무지개다리를 건넜다. 온 세상이 텅 빈 것 같았다. 에인절이 죽고 난 뒤 우리는 다른 개를 한 마리 데려오기로 했다. 사랑스러운 개를 데려와 함께 잘 지내다가 15년쯤 지나면 그 개 역시 우리 곁을 떠나리라는 사실을 잘 알고 있었다. 아들 데이비드와 반려견 에인절과 생이별을 하고 고통스러운 날들을 보내면서도 나는 또다시 연을 맺으려 하고 있었다. 설령 또 다른 이별의 아픔을 겪을지라도. 어떻게 보면 그 상실의 아픔은 피할 수도 있다. 굳이 개를 또다시 가족으로 들이지 않아도 괜찮았다. 하지만 나는 의도적으로 내 가정에 사랑을 꽃피우기로 결정했다. 너무 많이 잃었으니 이제는 뭔가를 더해야 할 시기라는 생각이 들었다.

놀랍게도 상실은 선택이다. 상실이 없는 삶을 원한다면 사랑하는 사람도, 배우자나 연인도, 아이도, 친구도, 반려동물도 없는 삶을 살아야 할 것이다. 겪게 될 상실을 피한다는 것은 삶의 기쁨도 피한다는 의미다. C. S. 루이스C. S. Lewis의 저서 《고통의 문제》에 이런 구절이 나온다. "자연의 섭리이자 자유의지에 수반되는 고통을 피하며 살다 보면 삶 자체를 피했다는 사실을 깨닫게 될 것이다."

데이비드가 세상을 떠나고서 나는 매일 나의 안팎을 살펴보았다. 머리칼도 계속 자라고, 손톱과 발톱도 길어졌으며, 심장도 여전히 뛰었다. 거기에는 분명 이유가 있다고 생각한 나는 그저 목숨만 유지하며 사는 것이 아니라 정말 제대로 살아야겠다고 결심했다.

지금도 워크숍을 진행할 때나 누군가 내게 자신의 존재 이유를 모르겠다고 말할 때면 그 사람의 손을 잡아 자신의 맥박을 느껴보게 한다. 그리고 말한다. "당신은 여전히 살아 있습니다. 그럼 이제 어떻게 할까요? 그냥 살아만 있을 겁니까, 아니면 제대로 잘 살 겁니까?" 사람들은 대부분 이 질문에 반드시 대답해야 한다는 걸 깨닫는다.

이 책을 쓰게 된 것도 제대로 된 삶으로 돌아가자는 내 결심의 일부다. 다시 제대로 살 방법을 찾아야 한다고 생각했던 순간들이 많았지만 내 삶의 진정성뿐 아니라 이 책의 진정성을 위해서도 그렇게 해야만 했다.

아마 많은 사람이 이렇게 생각할지도 모른다. "너무 늦었어. 다시 삶을 시작하기엔 때를 놓쳤어." 중국 속담에 이런 말이 있다. "나무를 심기 가장 좋은 때는 언제인가? 20년 전이다. 그렇다면 그다음으로 좋은 때는 언제인가? 바로 지금이다." 사람들은 종종 "저도 노력 중이에요"라고 말하곤 한다. 나는 그런 말을 하는 이들에게 이렇게 말한다. "노력은 없습니다. 다시 삶을 사는 것은 결정입니다. 선언이고요. 제대로 다시 살겠다는 의지가 행동과 결과보다 선행되어야 합니다."

케네디 대통령이 인류가 달에 갈 것이라고 말하기 몇 년 전까지만 해도 사람들은 그런 일이 일어나리라고 생각하지 못했다. 루이스 헤이는 어떤 결심을 행동으로 옮기기 위해 우리의 말이 얼마나 중요한지를 말한 적 있다. 헤이는 그냥 아침에 눈을 떠 오늘 하루가 결심을 실천할 날인지 아닌지 판단할 수 없다고 말했다. 영화 〈스타워즈〉에서 요다가 했던 말이 옳았다. "하거나 말거나 둘 중하나야. 한번 해보겠다는 정신으론 안 돼." 아무리 사소한 결정도 결과를 다르게 만든다.

학습된 무력감

이따금 도움이 멀게 느껴질 때가 있다. 내 페이스북에 한 여성이 죽은 아들에 관한 글을 올린 적이 있다. 그 여성은 4년 동안 괴로워하며 살았고 도움을 찾을 수도 없었다고 했다. "늘 그래왔어요. 심지어 제가 아주 어렸을 때도 안 좋은 일이 일어나면 아무에게도 도움을 청하지 못했어요."

나는 그 여성이 그냥 자신의 경험을 들려주고 싶은 건지, 아니면 도움을 요청하는 건지 판단이 서질 않아 물어보았다. 그러자 그 여성은 이렇게 대답했다. "이 고통은 견딜 수 없는 고통이에요. 아무것도 도움이 되지 않을 거예요."

"어디 사세요?" 나는 혹시 그 여성이 도움의 손길을 전혀 받을 수 없는 외딴곳 작은 마을에 살지는 않나 싶어 물었다. 하지만 그 여성은 대도시에 살고 있었다. 나는 여성에게 인터넷 주소를 링크 걸어주며 말했다. "제가 보내드린 링크는 Grief.com입니다. 이곳 말고도 지금 사시는 지역에 무료로 도움을 줄 수 있는 단체가 꽤 있습니다."

그러자 그 여성은 이렇게 댓글을 남겼다. "저는 모임 같은 데 나가지 않아요."

"알겠습니다. 그러면 사시는 곳과 가까운 상담사 링크를 보내드릴게요."

"갈 수 없어요."

"혹시 몸이 불편하신가요?"

"아뇨. 슬픔이 너무 커서 견디기 힘들어요."

"집 밖으로는 전혀 안 나가시나요?"

"그냥 직장하고 마트 정도만 가요. 가끔 스타벅스도 가고요."

"온라인으로 진행되는 워크숍과 모임도 있습니다. 아마 도움이 될 겁니다. 페이스북으로 개인 메시지를 주시면 자세한 사항을 알려드리겠습니다."

그 여성은 바로 메시지를 보내왔다. "혹시 비용이 드나요? 그럴 형편은 되지 않아요."

"비용을 지불하실 형편이 되지 않는다면 기꺼이 무상으로 해드리겠습니다."

그녀도 알겠다고 대답했다. 나는 그 여성을 온라인 워크숍과 모임에 참가시키기 위해 이메일 주소를 물었다.

"이메일 주소를 드리긴 좀 불편하네요. 제 개인 신상 정보를 드러내는 건 별로 내키지 않습니다."

"이메일 주소가 그래서 있는 거 아닌가요? 개인 신상 정보를 줄 필요가 없으니까요."

"그래도 드리지 않겠습니다."

내가 줄 수 있는 도움은 다 주었고 이제 그 도움을 받을지 말지는 전적으로 그 여성에게 달려 있다는 생각이 들었다. 누구에게도 도움을 받으라고 강요할 수는 없는 법이다.

그 사람이 처한 상황을 정확히 알지는 못하지만 분명한 건 과거의 상처가 현재에 도움을 받으려는 의지조차 막아버린다는 사실이다. 과거의 상처가 우리 안에서 무력함이 되어 도움을 거부하게 만든다. 슬픔에 빠진 사람들과 이 개념을 이야기하다 보면 그들은 내가 얼마나 크게 공감하고 있는지 이해하며 마음을 놓는다. 그들은 자신들이 살아온 과거가 지금 빠져 있는 슬픔에 어떤 영향을 끼쳤는지 더욱 알고 싶어 한다.

이 개념을 이해하기 위해 학습된 무력감 learned helplessness에 관해 1960년대부터 진행된 몇몇 실험을 살펴볼 필요가 있다. 동물 애호가인 나는 이 실험들을 용인할 수 없으며 오늘날에는 더 이상 이런 실험이 진행되지 않기를 바란다. 그럼에도 이 실험 결과들은 과거의 상처가 현재까지 어떻게 진행되는지를 잘 보여준다. 심리학 연구자들은 개들을 세 집단으로 나누어 실험을 진행했다.

첫 번째 집단: 개들에게 전기 충격을 주고 그 충격을 피할 방법이 없도록 했다.

두 번째 집단: 개들에게 전기 충격을 주고 코로 버튼을 누르면 그 충격을 피할 수 있도록 했다.

세 번째 집단: 개들에게 아무 충격도 주지 않았다.

첫 실험을 마친 뒤 개들을 모두 한 공간에 두었는데, 가운데 낮은 장벽을 두어 이 장벽만 넘으면 전기 충격을 피할 수 있도록 했다. 그리고 모든 개들에게 다시 전기 충격을 가했다. 첫 번째 집단에 있던 개들은 고스란히 전기 충격을 받으면서도 낮은 장벽을 넘어 옆 칸으로 탈출할 시도조차 하지 않았다. 무력감을 느끼는 상황을 겪은 개들은 전기 충격을 그냥 견뎠다. 하지만 두 번째와 세 번째 집단의 개들은 장벽을 넘었다. 수동적으로 고통을 받아들여야 한다고 가르치는 상황이나 조건은 없었다.

이러한 현상은 코끼리를 훈련할 때도 똑같이 적용된다. 코끼리 조련사들은 코끼리가 아직 어릴 때 한쪽 다리를 기둥에 묶어둔다. 그러면 아기 코끼리는 묶인 다리를 풀고 그곳을 벗어나려고 몇 시간 동안 또는 며칠 동안 갖은 애를 쓴다. 그러다가 마침내 코끼리는 더 이상 버둥거리지 않고 제한된 공간에서 제한된 움직임만 해야 하는 상황을 받아들인다. 이 코끼리들이 성장하면 얼마든지 다리에 묶인 끈을 풀 수 있을 정도로 힘이 세지지만 벗어나려는 노력이 소용없었던 기억이 학습되어 더 이상 속박에서 벗어나려 하지 않는다.

많은 사람이 험난한 상황을 겪으며 자라고 필요할 때 도움을 받지 못한 채 그 상황을 견딘다. 그렇게 견딘 고통스러운 어린 시절이 성인이 되어서 걸림돌이 된다. 이런 사람들은 누군가를 잃었을 때 자신도 다시는 제대로 살 수 없다고 믿어버린다.

하지만 이들이 할 수 있는 일은 분명히 있다. 개 실험에서 과학자들은 개들로 하여금 전기 충격이 없는 공간으로 이동하게 하려고 어떤 도움을 주었을까? 고통에서 벗어날 수 있다는 사실을 학습시키기 위해 아주 약간의 노력만 더했다. 작은 첫걸음이면 충분했다. 배우자를 잃고 상실감에 빠진 언니의 이야기를 들려준 사람의 말을 들어보겠다. "형부가 돌아가신 지 벌써 2년이 지났어요. 그런데 언니는 아직도 집 밖으로 나가질 않아요. 집에 틀어박혀서 다 소용없다고만 말해요."

내가 물었다. "그래서 언니에게 뭐라고 말해주었나요?"

"일을 해. 아니면 자원봉사를 하든지, 하다못해 여행이라도 가!"

내가 말했다. "만약 언니가 좀처럼 집 밖으로 나가지 않는다면 그런 일들이 너무 크게만 느껴질 거예요. 주말에 커피 한 잔 사 들고 언니 집에 찾아가는 건 어때요? 그렇게 몇 주 가다가 이렇게 말해보는 거죠. '밖에 나가서 커피나 한잔하자.' 보통은 첫걸음 떼기가 너무 크고 막막하게 느껴질 때 무력감이 학습돼요. 아주 작고 쉬운 걸음부터 떼야 해요."

어느 한순간에 확 결단을 내리는 사람도 있지만 이런 사람들은 많지 않으며 대부분의 사람들에게는 결정도 하나의 큰 과정이다. 이를 잊지 말아야 한다. 만약 사랑하는 누군가를 잃고서 사망진단서를 기다리고 있는 사람에게 이제는 당신의 삶을 살라고 말한다면, 그건 때가 너무 이르다. 하지만 시간이 흐르면 그들도 그 말을 다시 곰곰이 생각해보기 시작할 수 있다.

50대의 노마는 남편과 함께 저녁 준비를 하고 있었는데 갑자기 남편이 심장마비를 일으켰다. 남편은 그대로 마룻바닥에 쓰러졌고 노마는 구급차를 불렀지만 남편은 그 자리에서 사망하고 말았다. 남편이 세상을 떠났다는 사실에 너무나도 큰 충격을 받은 노마는 1년이 지난 뒤에도 여전히 자신이 제대로 살아갈 수 있을지, 그걸 원하기는 하는지 확신이 서지 않은 채 비통함에 잠겨 지냈다. 나는 노마가 느끼는 고통의 깊이에 대해 대화를 나눴다. 노마가 말했다. "이제 뭘 어떻게 해야 할지 모르겠어요."

"다시 제대로 살고 싶은 건지 아닌지는 결정했나요?" 내가 노마에게 물었다.

"아직 결정하지 않았어요." 노마가 대답했다.

나는 노마에게 본인의 몸과 행동, 그리고 바깥세상에 집중해보라고 했다. 그리고 그런 것들의 움직임을 느껴보라고 조언했다.

그러자 노마가 물었다. "어떤 걸 말씀하시는 거예요?"

"뭐든지요. 소화기관에 세심하게 관심을 쏟아도 좋고, 길 위를 지나치는 자동차들, 바람 같은 것들에 집중해도 좋아요."

어느 정도 시간이 흐른 뒤 노마에게 전화가 걸려 왔다. "데이비드, 느껴져요. 모든 것들이 활기차게 돌아가고 있고 살아 있어요. 저만 빼고요. 요즘은 거미집을 채집하기도 하고, 여기저기 돌아다니기도 해요. 제가 다시 활동한다고 해서 남편이 죽었다는 사실이 달라지는 것도 아니고, 그렇다고 해서 제가 남편을 잊겠다는 의미도 아니에요. 다만 보이지 않는 바람과 싸우는 건 이제 그만하고 싶어요."

노마는 아무런 결단도 내리지 않는 자신이 자연의 순리를 거스르는 것처럼 느껴졌다고 말했다. 마침내 노마는 그런 무력함에 맞서 싸우기로 결단을 내린 것이다.

새로운 삶에 대한 불신

다시 활기찬 삶으로 돌아간다고 해서 남편을 잊는다는 의미는 아니라고 했던 노마의 말은 또 다른 고민의 영역을 제시한다. 이는 부부 관계나 오랜 인간관계를 맺어온 사람들에게서도 자주 볼 수 있는 문제다. 부부였거나 오랜 인연을 유지했던 사람을 잃은 이들은 다시 연애를 하거나 새로운 어떤 일을 하는 것이 사랑했던 사람을 배신하는 행위가 아닐까 걱정한다. 그들에게는 소중한 누군가가 죽은 이후 자신의 삶을 즐기는 것이 마치 그 사람을 진정으로 사랑하지 않았다는 의미라는 암묵적 믿음이 존재한다.

이러한 불편함은 대다수 사람이 애도 기간을 충분히 갖지 못했기 때문이라고 생각한다. 상을 당하면 1년이나 그 이상 상복을 입었던 시절을 생각해보자. 그때는 상을 당한 해 내내 유족의 의무를 다해야 했고 관습이 정한 기간이 지난 뒤에야 상복을 벗고 다시 새로운 삶을 살 수 있었다. 이러한 관행이 오히려 고인에 대한 신의를 저버리는 것과 같다는 개념은 없었다. 고인에 대한 신의 때문에 걱정하는 사람을 볼 때면 나는 그 사람들에게 결혼 서약의 마지막 부분이 "죽음이 우리를 갈라놓을 때까지"라는 점을 이야기하곤 한다. 결혼 관계는 죽음에서 종결된다. 그 관계가 다한 것이다. 사후까지 맹세하는 서약은 없다.

때로는 자신이 떠난 뒤에도 배우자가 현실에서의 삶을 잘 살 수 있도록 길을 마련해주는 경우도 있다. 몇 년 전 호스피스에서 일할 때 마저리라는 이름의 여성을 알게 되었다. 마저리는 죽어가는 남편 루크 곁에 앉아 이렇게 말했다. "당신이 죽으면 난 어떻게 해야 할지 모르겠어. 어떻게 다시 살아가야 할까?" 그러자 루크가 말했

의미 수업

다. "나를 기억해줘. 하지만 다시 사랑하길 바라." 루크의 말에 마저리는 이렇게 대답했다. "내가 어떻게 다시 사랑을 해? 당신을 향한 이 모든 사랑을 어떻게 해야 할지 모르겠는걸." 루크가 말했다. "다른 사람들에게 줘. 친구에게, 가족에게 나눠 줘. 혹시 다른 사람을 만나게 되면 그 사람에게도 줘. 당신의 사랑을 이렇게 오래 누리며 살 수 있어서 영광이었어. 그 사랑의 일부만 가져갈게."

내 사촌 제프리는 유명한 텔레비전 코믹 드라마 작가였다. 제프리는 아내와 함께 〈못 말리는 유모The Nanny〉와 〈솔로몬 가족은 외계인Third Rock from the Sun〉 등 유명한 작품의 대본을 썼다. 이들 부부가 40대가 되었을 때 제프리가 백혈병 진단을 받았다. 제프리는 암과 싸우는 와중에도 유머와 지혜를 잃지 않았다. 하지만 의료진이 골수 시술을 준비하는 동안 제프리는 큰 뇌출혈을 일으켜 사망했다. 그때까지만 해도 병을 잘 이겨내고 있었기에 제프리의 죽음은 무척 뜻밖이었다. 하지만 제프리는 자기의 죽음을 대비해두었다.

제프리가 세상을 떠난 뒤 유품을 정리하던 그의 아내는 편지 한 통을 발견했다. 제프리가 혹시 자신이 잘못될 때를 대비해 써둔 편지였다. 제프리는 자신의 아내가 언젠가 다시 다른 남자를 만날 때 주저하리라는 사실을 알았고, 그런 상황에 대한 자신의 의견을 아내에게 알려주고 싶었던 것이다. 그의 편지에는 이런 말이 있었다.

사랑하는 당신이 지금 겪은 일에 비추어 보면 미친 소리 같겠지만 당신은 무슨 수를 써서라도 이번 생에서 행복해져야 해. 당신이 어떻게 생각할지 몰라도, 당신은 행복해질 가치가 충분히 있는 사람이야. 만약 언젠가 누군가를 만나게 된다면, 그 사람이 누구든, 그 사람이 당신을 행복하게 해준다면 나는 더 이상 바랄 게 없어. 당신 앞에는 아직도 살아야 할 날들이 펼쳐져 있어. 그날들을 행복하게 살길 바라. 나는 그랬어.

- 당신의 영원한 사랑, 제프리

깊이 사랑했던 사람을 떠나보낸 사람 모두가 이런 방식으로 이해나 허락을 받아야 하는 것은 아니다. 사랑에 빠진 연인들은 둘 중 어느 한 사람을 다른 사람으로 대체한다는 것을 상상도 하기 어려울 수 있다. 내 친구의 약혼녀는 스물두 살의 나이에 교통사고로 사망했다. 당시 내 친구는 스물네 살이었고, 비통함에 잠겨 다시는 사랑하지 않겠노라고 맹세했다. 그는 그렇게 몇 년을 약혼녀를 애도하며 보냈다.

하루는 그 친구와 점심을 먹었는데 친구가 이렇게 말했다. "쟤년을 사랑했던 것처럼 다른 사람을 사랑하지는 못했어. 그런데 이제 몇 년 뒤면 나도 서른 살이 된다고 생각하니 내가 남은 평생을 지금처럼 살 각오가 되어 있는지 잘 모르겠어."

나는 친구에게 쟤년은 무얼 원했을 것 같냐고 물었다.

"아마 쟤년이라면 내가 다른 사람과 다른 사랑을 하는 걸 싫어했겠지."

기대한 대답은 아니었지만 조금 뒤 나는 이렇게 말했다. "사후 세계를 믿어?"

"응."

"네가 슬픈 일을 겪으면서 그만큼 지혜도 깊어졌다고 생각해. 아마 너는 싱그럽고 순진했던 스물두 살의 섀년을 생각하며 대답했겠지. 난 섀년의 죽음이 너를 더 성숙하고 현명하게 만들어주었다고 생각해. 그리고 섀년도 마찬가지일 거라고 믿어. 그때보다 더 지혜로워진 섀년이 이 세상이 아닌 사후 세계에 살고 있다면 아마 전혀 다른 생각을 하지 않을까? 섀년이 어디 있든지, 무얼 하든지, 너는 섀년의 사랑을 기원해줄 거라고 생각해. 그런데 정작 너는 왜 섀년이 너처럼 관대하지 않을 거라고 생각하는 거야?"

다시 활기차게 살아가기를 주저하는 또 다른 이유는 마지막 작별 인사를 원하지 않기 때문이기도 하다. 때로는 누군가에게 마지막 작별 인사를 하고 가슴에 묻는 결정을 내릴 때 도움을 받아야 하기도 한다.

내가 진행하는 모임에 참석한 티나는 약혼자 에번을 잃고 실의에 빠져 있었다. 에번은 아프가니스탄 전쟁에 참전해 목숨을 잃었다. 티나는 모임에 참석한 그날이 약혼 기념일이라고 했다. "그날, 아침 일찍 은행에 갔어요. 은행에 있는 제 개인 금고에서 약혼반지를 꺼내려고요. 그 사람이 그렇게 떠난 지 9년이 지났지만, 여전히 문득문득 견디기 힘들게 아플 때가 있어요. 오늘 같은 날도 그렇고요. 마치 무거운 돌로 맞은 듯 아파요."

나는 티나에게 이 모임에 나온 목적을 물었다.

"평화를 찾고 마음껏 슬퍼하려고요. 그래야 제가 앞으로 나아갈 수 있을 것 같아요."

"다시 온전한 삶을 살게 되면 뭘 하고 싶나요?"

"사랑이요. 다시 사랑에 빠지고 싶어요. 도대체 뭐가 문제인지 모르겠어요. 9년이나 지났는데 아직도 에번을 못 잊겠어요."

"티나, 당신의 삶에 다른 사람을 받아들인다고 해서 꼭 에번을 잊어야 하는 건 아니에요. 에번을 잊으라는 게 아니라, 놓아주어야 한다는 거죠."

"제가 에번을 놓아주지 않았다고 생각하는 이유가 뭔가요?"

"티나, 제게 이따금 사랑에 빠지고 싶다고 말했죠. 그리고 오늘 아침에 금고에서 약혼반지를 찾아왔다는 말도 했고요. 그게 당신이 아직 과거를 놓지 못했다는 의미 아닐까요?"

티나가 웃음을 터뜨리더니 반박했다. "그게 지금 제 연애와 무슨 상관이 있죠?"

"그 반지가 새로운 인연을 만나는 데 어떤 걸림돌 같은 걸 상징한다고 생각하지 않으세요?"

"그냥 반지를 껴보려던 것뿐이에요. 그게 전부예요. 평소엔 그 반지 안 끼고 다녀요. 혼수품을 놔두던 상자가 있는데 거기에 그 사람 물건을 두었어요. 그 사람이 입던 유니폼과 훈장, 그 사람이 전쟁터에서 무사히 돌아오기를 바라며 묶었던 노란 리본, 그가 타지에 나가 있는 동안 모았던 신문 같은 것들이요. 그 상자는 다락방에 두었어요. 만약 내가 또 다른 누군가를 만나기로 마음먹었을 때 그 상자가 제 침실에 있으면 도움이 되지 않을 것 같아서요. 하지만 깃발만은 그대로 거실에 두었어요."

"무슨 깃발이요?"

"에번의 관을 덮었던 깃발이요. 그 깃발이 에번을 기억하는 것과 나 자신을 위한 또 다른 삶을 만드는 데 균형이 된다고 생각해요."

"티나, 저는 조국을 위해 숭고한 희생을 한 에번을 진심으로 존경합니다. 당신이 그 사람의 명예를 기리고 싶은 마음도 충분히 이해합니다. 제 어머니 관에도 깃발이 덮여 있었어요. 연안 경비대로 일하신 적이 있거든요. 그 깃발은 제가 소중하게 간직하는 어머니의 다른 유품들과 함께 벽장 안에 고이 보관해뒀어요. 어머니에 대한 추억은 몇몇 사진들만 제외하고는 거실이 아닌 제 가슴속 공간에 자리를 마련했어요. 티나, 당신은 에번의 죽음을 맨 앞에, 그리고 중심에 두고 기리기 위해 거실에 공간을 만들었잖아요. 그게 잘못되었다는 뜻은 아니에요. 하지만 어느 날 당신의 연인이 그 공간에 오게 된다면 그 사람 기분이 신경 쓰이지 않겠어요?"

"제가 뭘 어떻게 해야 하죠?"

"에번의 관을 덮었던 깃발을 없애라는 건 아니에요. 다만 눈에 덜 띄는 곳에 옮겨두는 게 좋다고 생각해요. 언젠가 데이트를 하게 되더라도 새로운 연인에게 죽은 병사의 영역을 침범하는 느낌을 주지 않는 곳으로요. 아니면 다른 유품들과 함께 혼수품 상자에 보관해두는 것도 방법이에요. 정말 그리울 때면 언제든 꺼내 볼 수 있도록요."

"괜찮은 제안이네요. 한번 생각해볼게요." 티나가 대답했다.

"한 가지 더요. 만약 두 사람의 입장이 바뀌어 당신이 죽은 사람이고 에번이 남은 사람이라고 생각해봐요. 에번이 새 연인을 집에 초대해서 저녁 식사를 하는데 그곳에 당신의 깃발을 두었다면 어떤 충고를 해줄 것 같아요?"

"저라면 그 여자분에게 기회를 주어야 한다고 말할 거예요. 깃발을 당장 치우라고요. 깃발은 내가 아니라고 말할 거예요. 깃발을 보지 않아도 매일 나를 생각할 수 있지 않냐고 말할 거예요." 티나는 말을 멈추고 고개를 숙이더니 이렇게 말했다. "알겠어요, 알겠어. 어쩌면 아직도 제가 에번에게 집착하고 있나 봐요."

고인을 애도하는 다른 사람들과 마찬가지로 티나도 앞으로 나아가기 위해 여러 수용 단계를 거치고 있었다. 만약 티나가 나를 찾아온 것이 에번을 떠나보내고 1~2년쯤 되었던 때라면 나는 눈에 잘 띄는 곳에 에번의 유품을 둔 티나에게 유품을 다른 곳으로 옮기라고 충고하지 않았을 것이다. 하지만 티나와 내가 대화를 나눈 것은 에번이 떠난 지 9년이 지난 시점이었고, 새로운 연인을 만나고 싶다는 티나의 의지를 분명히 확인한 때였다. 아마도 에번은 티나가 평생토록 외롭게 살기를 바라지 않았을 것이다. 물론 에번도 티나에게 기억되길 바랐을 것이다. 아마 모든 이들이 그러하듯이. 그렇다고 해서 티나가 자신의 마음에, 그리고 집에 다른 연인을 들일 공간이 없다는 의미는 아니다.

아무리 오랜 기간을 함께했어도 사랑하기에 충분히 긴 시간은 없다. 하지만 사람은 가도 사랑은 가지 않는다. 사랑은 가슴에 남아 우리의 일부가 된다. 누군가와 나눴던 사랑은 새로운 사랑으로 파괴될 수도, 대체될 수도 없다. 그 사랑은 고유의 시간 속에서, 고유의 방식으로 우리의 가슴속에 영원히 존재한다. 하지만 원한다면 더 많은 사랑도 할 수 있다. 우리의 가슴은 평생 나눌 사랑을 많이 담을 수 있다. 과거의 사랑을 없애지 않고도 그 마음의 토양에서 새로운 사랑이 얼마든지 싹트고 자랄 수 있다. 남은 자에게는 남은 생이 있다. 이 새로운 삶은 준비하지도, 생각하지도 않았던 삶이다. 하지만 기꺼이 가볼 만한 가치가 충분히 있다. 우리의 인생 이야기는 여전히 만들어지고 있으며 우리가 발견해주기만을 기다리고 있다.

내 바람이 있다면 과거의 모든 경험, 모든 사랑이 새로운 이야기를 찾아가는 길에 초석이 되는 것이다. 삶이라는 여정에서 또 다른 동반자를 찾든 혼자 살든 이는 전적으로 자신의 판단이고 몫이다. 어느 쪽이든 아름답고 충만한 삶이 될 수 있다. 하지만 티나처럼 새로운 사랑을 원하는 사람이라면, 그 길로 마음의 문을 열어야 그 사랑이 나타났을 때 반갑게 맞이할 수 있다.

더러는 새로운 사랑이, 더러는 새로운 삶이 넘기 어려운 문턱이 될 때가 있다. 내 강연을 들으러 온 40대 후반의 한 남성이 내게 이런 말을 했다. "우리 가족이 저보고 선생님과 이야기를 나눠보라고 하네요. 5년 전 아내가 세상을 떠난 이후 저는 가정을 전혀 신경 쓰지 않고 있어요."

나는 그에게 좀 더 구체적으로 말해달라고 했다.

"가족들 결혼식에 완전히 관심을 끊고 살아요. 우리 애들이나 손주들 일도 신경을 쓰지 않고 있어요."

"혹시 생전에 아내분이 아이들 양육이나 가족 경조사에 신경을 많이 쓰셨나요?"

"네. 아주 많이 썼지요."

"만약 아내분이 지금 가족 그 누구에게도 신경 쓰지 않기로 결정한 당신을 보았다면 어떻게 생각했을까요?"

그가 내 말을 막았다. "제가 그런 결정을 내린 게 아니에요!"

나는 그에게 지금 그가 했던 일들을 현실적으로 생각해보라고 말했다.

열심히 살겠다는 결정에는 적극적인 실천이 반드시 수반된다는 사실을 모르는 경우가 많다. 슬픔을 털고 다시 새로운 삶을 살아갈 엄두조차 나지 않을 만큼 고통스러운 시기도 있을 것이다. 그러다가 어느 날 문득, 그래도 삶은 지속된다는 사실을 깨닫고 소스라치게 놀라는 순간이 온다. 자신을 둘러싼 모든 세상이 계속 돌아가고 있는 것이다. 그때가 되면 끊임없이 돌아가는 그 세상에 발을 내디딜 것인지 아닌지를 적극적으로 결정해야 한다. 인간의 사랑은 생각보다 훨씬 크며, 살면서 사랑을 할 수 있는 시간도 생각보다 훨씬 많다.

자식을 앞세운 부모인 나 역시도 아들에게 신의를 지키지 못했다는 생각에 괴로웠다. 데이비드가 세상을 떠난 뒤 내가 유일하게 웃을 수 있던 순간은 데이비드와 관련된 즐거운 추억을 이야기할 때뿐이었다. 작은 미소건 큰 웃음이건 데이비드와 관련된 것이라면 괜찮았지만 다른 순간에는 웃는 것조차 죄책감이 들었다. 그러다가 정확히 언제부터였는지, 무슨 일 때문이었는지는 기억나지 않지만 어느 시점에 내가 어떤 일에 웃고 있었다. 나는 화들짝 놀랐다. 데이비드와 상관없는 일에 내가 웃음을 터뜨린 것은 그때가 처음이었기 때문이다. 나는 곧 엄청난 죄책감에 휩싸여 나 자신을 혹독하게 비판했다. 세상에 어떤 부모가 자식을 앞세우고 다시 웃을 수 있단 말인가? 감히 상상도 못 했던 일을 지금 내가 버젓이 하고 있자니 잘못을 저지른 사람처럼 괴로웠다.

나는 한동안 갈피를 잡지 못했다. 나를 둘러싼 세상은 그때도 여전히 돌아가고 있었다. 다른 사람들에게 집중하는 것이 도움이 되었다. 또 다른 아들 리처드는 여전히 미소를 간직하고 있었다. 아직 내게는 또 다른 아들이 있었고, 그 아들은 뭔가 재미있는 일이 생기면 여전히 잘 웃었다. 그렇게 하루가 지나고 이틀이 지나면서 나는 다시 새로운 삶을 사는 것이 죽은 데이비드에 대한 신의를 저버리는 것이라는 신념이 조금씩 사라졌다. 데이비드와의 신의를 지키는 삶이 어떤 삶인지를 다시 그려야 했다. 신의를 지킨다는 것은 충만한 삶을 사는 것이고, 영원히 잊지 않되 그 사람에 대한 사랑을 내가 하는 모든 행동, 나를 이루는 모든 것에 녹이는 것이다.

깨진 꽃병

스티븐 조셉Stephen Joseph은 심리학자이자 영국의 노팅엄대학교 교육학과 교수로 '깨진 꽃병The Shattered Vase' 이야기를 들려준다. "만약 당신이 실수로 아주 진귀하고 값비싼 꽃병을 깨뜨려 산산조각 냈다면 어떻게 할 것인가? 꽃병을 다시 조각조각 붙여 원상복구를 시도해볼 수는 있지만 이전과 똑같아지지는 않을 것이다. 다른 시도도 해볼 수 있다. 아름다운 색이나 무늬가 들어간 파편들을 골라 새로운 무언가를 만드는 것이다. 어쩌면 다채로운 색상의 모자이크 작품이 만들어질 수도 있다."

사랑하는 사람이 떠나면서 부서진 삶이 깨진 꽃병이라면 어떻게 하겠는가? 그 사람이 떠나기 전의 삶으로 되돌리려고 애를 쓸수는 있지만 깨진 자리는 여전히 남아 있으며 언제든 다시 깨질 수 있다. 상처를 받아들이고 새로운 삶을 만드는 사람은 열린 마음으로 보다 활기차게 새로운 삶의 방식에 적응할 수 있다. "부러진 크레파스로도 여전히 색을 칠할 수 있다"라는 말이 있다. 지금은 산산이 부서진 삶처럼 느껴질지라도 여전히 아름다운 삶을 만들 수있는 가능성은 충분하다.

영국의 인디 록 밴드 바스틸Bastille의 노래 〈폼페이〉에는 이런 가사가 있다. "이 상황에서 내가 어떻게 낙관주의자가 될 수 있을까?" 데이비드가 죽은 뒤 줄곧 내 머릿속에 맴돌던 주제다. 이는 상실을 겪은 이들이 마주하는 가장 큰 질문이다.

낙관주의자가 되라는 것이 아니다. 물이 절반 담긴 컵을 보고 '아직도 절반이나 남았구나' 생각하라는 의미가 아니다. 사랑하는 사람이 떠난 세상은 아직도 물이 절반이나 남았다며 낙관할 수 없는 세상이다. 내 말은 미래를 낙관하라는 뜻이다. 여전히 의미 있고 소중한 삶을 만들 수 있다는 희망을 가지라는 이야기다. 지금 이 책을 읽고 있는 여러분 중에는 아직 그 단계에 도달하지 않은 사람도 있을 것이다. 나도 이 책을 쓰기 시작했을 때에는 그곳에 도달하지 않았었다. 하지만 지금 이 책을 읽고 있다는 바로 그 사실이 희망의 작은 서문이다.

데이비드가 떠난 뒤 나는 어디에 발을 디뎌야 할지 몰랐다. 단단한 땅에 발을 딛고 있는 것이 아니라 아득한 고통의 심연으로 끝도 없이 추락하는 것만 같았다. 하지만 어머니와 아버지를 잃은 경험뿐 아니라 슬픔에 빠진 무수한 사람들과 함께하는 특권을 얻은 덕분에 많은 교훈을 얻었다. 작게 팬 고통의 구덩이가 내 인생의 새로운 기반을 다지기 위한 콘크리트를 붓는 공간이 될 수 있다는 사실을 깨달았다. 이미 일어난 일을 없던 일로 할 수는 없다. 데이비드의 죽음은 영원히 괜찮지 않을 것이고, 나는 영원히 데이비드를 그리워할 것이다. 내가 그 아이의 죽음이 괜찮아지거나 그 아이를 잊는 일은 결코 일어나지 않을 것이다. 하지만 미래의 내 삶을 만들 수 있다는 희망은 있으며, 적어도 그 희망에는 낙관적이다.

FINDING MEANING

제2부

슬픔을 겪으며 만나는 일들

6   '왜'라는 질문에서 의미 찾기

> 새로운 시작은 흔히 고통스러운 결말로 위장된다.
>
> 노자

살다 보면 '왜'라는 질문을 셀 수 없이 많이 맞닥뜨린다. 왜 내 아이가 죽어야 했지? 왜 사랑하는 사람이 무참히 살해당해야 했지? 왜 결혼식 다음 날 남편이 교통사고로 죽어야 했지? 왜 우리에게 이런 비극이 찾아왔지? 왜 그 사람이지? 왜 하필 그들이지? 분명 이유가 있을 것이다. 인생이 이토록 잔인하고 무작위일 수는 없으니까.

수많은 사람이 몇 년 동안 이렇게 '왜'라는 질문에 답을 찾지만 답을 구하지는 못한다. 사랑했던 연인이 당신을 속인 이유에는 만족할 만한 답이 없다. 왜 이혼을 했는지, 왜 죽었는지도 마찬가지다. 하지만 여전히 의미는 찾을 수 있다. 사랑하는 사람이 이 세상에 살았던 이유에서 의미를 찾을 수 있다. 그 사람은 이 세상에서 무엇을 얻었는가? 나는 사랑하는 그 사람을 알게 되어 무엇을 얻었는가? 그 사람과의 관계에서 좋은 것이 남았는가? 그럼 그 사람의 죽음에서는 좋은 그 무엇이 남았는가?

　이런 질문을 하면 사람들은 거의 자동 반사로 펄쩍 뛰며 상실이 남긴 좋은 점은 전혀 없다고 말한다. 그렇지 않다. 어쩌면 상실을 겪은 이후 당신은 타인에게 더 깊이 공감하는 사람이 되었는지도 모른다. 어쩌면 그 비극을 겪은 덕분에 상실의 슬픔에 고통받는 이들을 대하는 방식이 달라졌는지도 모른다. 어쩌면 사랑하는 사람의 죽음이 잔인한 폭력에 한 줄기 빛을 드리웠을 수도 있고, 치명적인 질병에 많은 이들이 관심을 갖도록 해주었는지도 모른다. 아무리 최악의 비극에서도 사람들은 놀라울 정도로 좋은 무언가를 발견한다.

　'왜 나인가?' 하는 질문도 생각해볼 필요가 있다. 슬픔에 빠진 사람들을 대상으로 일을 하다 보면 이 질문을 무척 많이 듣는다. 아마 이 질문에 답은 찾기 어려울 것이다. 워크숍을 진행할 때는 둘째 날까지 이 질문에 대해 이야기를 하지 않는다. 답이 너무 어렵기 때문이다. 나는 사람들에게 그 대답으로 가는 길을 서서히 알려준다.

　가장 먼저 하는 일은 고인에게 일어났던 안 좋은 일을 이야기하는 것이다. 워크숍을 찾은 사람들 모두가 상실의 경험 때문에 온 것은 아니다. 다른 안 좋은 일로 온 사람들도 있다. 온갖 종류의 대답이 나올 수 있다. 어떤 사람은 따돌림을 당한 경험을 이야기했고, 또 어떤 사람은 성폭행을 당한 경험을 이야기했다. 어릴 적에 형을 잃은 사람도 있었고, 집이 무너진 사람도 있었다. 어린 시절 성희

롱 경험으로 괴로워하는 사람도 있었고, 알코올 의존증에 걸린 아버지 때문에 또는 조울증을 앓는 어머니 때문에 온 사람도 있었다. 상실과 슬픔에 관한 이야기는 죽음이나 누군가의 배신, 실패부터 만성질환에 이르기까지 모든 분야에 걸쳐 진행된다.

사람들이 각자 경험담을 마치면 나는 이렇게 말한다. "누구에게나 아픈 사연이 있습니다. 여기 모인 여러분은 단순한 어떤 일 한 가지만 겪은 게 아닐 겁니다. 아무 일 없이 무탈하게 살았던 분 있나요? 지금까지 인생이 완벽했던 분 있나요? 아무도 잃어본 적 없고, 아무 아픔도 없이 살았던 분 있나요?"

아무도 손을 들지 않는다.

"과거가 완벽했던 분은 없군요. 그렇다면 앞으로 펼쳐질 미래에 아무런 아픔이나 상실이 없을 거라고 생각하는 분 있나요?"

역시 아무도 손을 들지 않는다.

그다음에는 다른 사람들의 상실 경험담을 듣고 무엇을 얻었는지 묻는다. 타인의 경험에서 얻은 것이 '왜 나인가?'라는 질문에 영향을 주었는지 묻는다. 그러면 이런 대답이 나온다. "제 생각에 진짜 중요한 점은 '왜 나라고 아니겠어?'인 것 같아요. 왜 내가 이 삶을 아픔이나 슬픔, 고통 없이 살 것이라 생각했는가가 문제인 것 같아요."

인생에서는 좋은 일도 나쁜 일도 두루 겪어야 한다. 영원히 좋은 일만 생기는 사람도, 영원히 나쁜 일만 겪는 사람도 없다. 우리가 해야 할 일은 비극적인 상황에서 수많은 질문에 답을 구하고 의미를 찾는 것이다. 1장에서 나는 어머니가 돌아가신 뒤 비행기를 추락시킬까 봐 두려워했던 어린 시절 이야기를 했다. 뒷날 내가 적십자 항공 재난관리 팀에서 자원봉사를 하면서 그 공포에서 의미를 찾으려 했던 것도 지극히 당연한 수순이었는지 모른다.

적십자 활동을 하면서 처음 맞닥뜨린 항공 사고는 2000년, 싱가포르항공 보잉 747기 사고였다. 타이베이를 출발해 로스앤젤레스를 향해 이륙을 준비하던 비행기가 공사 중인 활주로를 활주하다 공사 차량인 불도저를 들이받으며 화염에 휩싸이게 된 사고였다. 이 사고로 100명에 가까운 승객과 승무원이 산 채로 불에 타는 끔찍한 참사가 벌어졌다.

보통 항공사고가 나면 세 곳에서 구조 활동을 벌인다.

1. 비행기 이륙 지점
2. 비행기 착륙 예정 지점
3. 충돌 지점

나는 착륙 예정 지점인 로스앤젤레스 국제공항에 파견되었다. 싱가포르항공의 도착 예정지였던 로스앤젤레스 국제공항에는 비행기 탑승객들의 가족이 애타게 탑승객들을 기다리고 있었다. 처음 몇 시간 동안에는 생존자 상황도 불투명했고 불확실함만이 고문처럼 공항을 뒤덮고 있었다. 텔레비전 뉴스며 실시간 방송들이 항공사보다 빨리 새로운 소식을 전달하기에 이 고문의 시간은 더욱 공포감을 준다. 유일하게 빨리 밝혀지지 않은 것은 탑승자 명단이다.

일단 생존자가 파악되면 우리 적십자 항공 재난관리 팀에서는 유족을 찾아야 한다. 우리가 할 일은 울부짖고, 실신하고, 무릎 꿇으며 넋을 놓는 유족들을 안전하게 보호하는 것이다. 한 사람의 고통이 그 공간에 있는 모든 사람에게 번진다. 구조 요원으로 활동할 때만 경험하는 지극히 인간적인 순간이다. "자, 물 좀 드시고 이쪽으로 앉으세요." 내가 할 수 있는 것은 이런 말뿐이다. 최대한 부드러운 어조로 이 상황에서 그들이 할 수 있는 대처 방안을 말해준다. 다음 단계는 연락이다. 지인들에게 연락을 취해야 한다. 일단 피해자 가족이 준비되면 "전화로 알려야 할 사람이 있나요? 지금 이 상황을 함께해줄 사람은요?" 하고 묻는다.

우리 팀은 생존한 탑승객들을 위한 조치도 취했다. 끔찍한 사고를 겪고서 다시 비행기를 타고 로스앤젤레스에 도착한 이들을 위한 도움도 필요했기 때문이다. 그 비행기에 탑승했던 생존자들도 만났다. 그중 사업가인 댄이 유독 내 기억에 남는다.

나는 비행기에서 내린 댄을 맞았다. 댄은 로스앤젤레스 공항에 차를 주차해두어서 마중 나온 사람이 아무도 없었다. 나는 몇 분간 그와 이야기를 나누면서 일단 최초의 충격이 가시면 나타날 수 있는 증상들을 이야기해주고, 어떻게 대처해야 하는지 알려주었다. 그리고 각종 언론을 피해 조용히 공항을 빠져나갈 수 있는 통로도 가르쳐주었다. 그는 언론사들이 왜 자신에게 관심을 가지는지 의아해했다. 나는 댄에게 언론들이 일제히 화염에 휩싸인 비행기 모

의미 수업

습을 전파로 내보냈고, 그 장면을 본 사람들이 비행기 탑승객들이 불구덩이 속에서 죽어가고 있다는 생각에 공포에 질려 있다고 설명해주었다.

"제가 목격자라서 관심들을 가지는 건가요?" 댄이 물었다.

"그런 이유도 있지요."

"그들이 궁금해하는 게 뭔데요?"

"댄, 당신은 살아남았잖아요! 생존자라는 사실만으로도 뉴스가 되지요."

재앙에서 살아남았다는 사실도 놀랍지만 씩씩하게 살아남았다는 사실은 더더욱 놀랍다. 그야말로 테레사 수녀가 내게 말했던 '성취'다.

사람들에게 왜 아침에 일어나느냐고 물으면 대부분 내 질문의 의도를 모르겠다는 반응을 보인다. 그래도 사람들은 아침에 일어나는 여러 이유를 성실하게 대답해준다. 알람 시계 소리에, 햇살 때문에, 개가 침대로 뛰어 올라와서 등등. 그러면 나는 이렇게 말한다. "아침에 해가 떴을 때 일어나지 못하는 사람도 많습니다. 세계 곳곳에는 아침 알람이 울려도 듣지 못하는 사람도 많습니다. 죽은 이들이지요. 침대로 껑충 뛰어 올라온 개가 주인이 죽어 있는 걸 발견하는 경우도 많습니다. 여러분이 아침에 일어난 이유는 그저 아침이라 일어나는 것이 아닙니다. 일어난 이유가 있습니다. 그 이유는 바로 삶에서 의미를 찾는 목적을 다하기 위해서죠."

살면서 만들 수 있는 삶의 의미를 찾기 위해 시간을 들여 노력하는 사람은 드물다. 물론 소아마비 백신을 찾은 사람이라면, 삶의 의미도 명백하겠지만 대부분 그렇게 세계를 깜짝 놀라게 할 기여를 하지 못하고 산다. 그렇게 산 사람도 있다. 미국의 의학자이자 바이러스학자인 조너스 소크Jonas Salk는 최초로 소아마비 백신을 발견한 사람 중 한 명이다. 어렸을 때 소크의 업적을 다룬 뉴스를 본 적이 있는데 한 기자가 그에게 물었다. "이 백신으로 특허만 얻으면 이제 당신은 세계에서 가장 큰 갑부가 되겠군요."

그러자 소크가 대답했다. "백신 특허권은 제 소유가 아닙니다. 모든 인류의 소유입니다."

그의 대담한 발상과 영웅 같은 관대함에 나는 큰 충격을 받았다. 어린 나이에 나는 언젠가 혹시라도 그런 질문을 받을 기회가 온다면 조너스 소크처럼 훌륭한 모습을 보여줄 수 있기를 바랐다.

20년 뒤 나는 워싱턴 DC 보건복지위원회에서 일해달라는 요청을 받았다. 당시 나는 위원회 구성원이 누구인지 몰랐다. 위원회 회의에 참석해 커다란 탁자에 둘러앉은 사람들을 보다 보니 점잖은 노신사 한 명이 눈에 띄었다. 낯이 익었다. 그의 앞에는 '조너스 소크'라는 이름표가 놓여 있었다. 믿을 수 없었다. 삶의 위대한 스승인 그가 실제로 일하는 모습을 보고 있자니 가슴이 설렜다.

지루한 회의 시간 내내 마치 가시밭에 있는 기분이었다. 처리해야 할 건강 관련 안건들이 너무도 많았기 때문이다. 나는 일단 굵직한 안건부터 빨리 처리하고 싶었다. 그런데 내가 존경해 마지않는 조너스 소크는 커다란 문제들에 필요한 아주 작은 사항들 하나

의미 수업

하나를 꼼꼼하게 짚고 확인하느라 여념이 없었다. 지극히 세밀한 사항들에 깊이 몰두한 그의 모습을 보면서 문득 내 잘못된 점을 깨달았다. 나는 항상 내가 돋보일 수 있는 중요한 순간들만을 바랐다. 그런데 그는 큰 순간들뿐 아니라 작은 순간들에도 충실하게 임하고 있었다.

삶의 의미를 찾으려고 고민하는 사람들은 큰 계기가 있어야만 한다고 생각한다. 하지만 모든 순간에서 의미를 찾을 수 있다. 가치 있는 대의명분을 만들기 위해 거액을 기부하건, 상점 점원에게 따뜻하고 친절하게 대하건, 지역 무료 급식소에서 자원봉사를 하건, 내 차 앞에 끼어들려는 차에 선뜻 양보를 하건 모든 순간 모든 일들에 의미를 찾을 수 있는 기회가 있다.

언젠가 데이비드의 건강보험 가입 문제로 아들과 함께 상담을 받은 적이 있다. 데이비드는 보험 가입에 전혀 관심이 없었지만 나는 그래도 보험을 들어줘야겠다고 생각하고 있었다. 데이비드는 보험 상담을 하러 가는 것조차 귀찮아했다. 당연히 상담 분위기가 냉랭할 것이라 생각했다. 보험 설계사가 내놓는 모든 제안에 시큰둥하게 굴 데이비드의 모습이 그려졌기 때문이다. 하지만 상담 분위기는 내 예상과 전혀 달랐다.

보험 설계사 탤리는 내가 아는 사람이 아니었다. 지역 정보지를 보고 찾은 사람이었기에 상담이 어떤 분위기로 흘러갈지 전혀 예측할 수 없었다. 그런데 막상 상담을 시작해보니 그 사람은 지금껏 내가 겪어온 여느 설계사들과 달랐다. 상담실에 들어서는 탤리의 모습은 마치 무대에 오르는 배우 같았다. 짧은 금발에 분홍색으로 한 가닥 블리치 염색을 한 모습은 매우 경쾌하고 세련돼 보였다. 탤리는 재미있고 냉소적이었으며 어떤 면에서는 거침이 없었다. 하지만 보험 상품을 팔기 위해 특별히 애를 쓰지는 않았다. 탤리에게 이 상담은 그저 또 하나의 업무였고, 우린 수많은 고객 중 두 사람에 불과했으며, 탤리는 있는 그대로의 모습으로 편하게 우릴 대했다. 그런 탤리의 모습과 특유의 소통 방식은 어떻게 보면 불편하거나 불쾌한 느낌을 줄 수도 있었다. 하지만 상담을 마친 데이비드는 손을 내밀어 탤리에게 악수를 청하며 고맙다는 말까지 했다. 상담실을 나오면서 우리는 든든한 보험을 하나 들었다는 생각에 몹시 흐뭇했다. 우린 탤리와 가볍게 포옹하며 작별 인사를 나눴다. 이 만남이 데이비드의 살아 있는 모습을 보았던 마지막 시간이었다.

탤리는 내 삶에서 영원히 의미 있는 존재로 남을 것이다. 내가 평생토록 소중하게 간직할 값진 기억을 남겨주었기 때문이다. 당연히 탤리는 그 상담이 내가 마지막으로 아들과 함께하는 시간이 되리라는 사실을 알지 못했다. 유난스럽게 그 순간을 중요한 순간으로 만들려고 노력하지 않았지만 그래도 탤리 덕분에 지극히 평범한 보험 상담 시간이 내겐 영원히 유의미한 순간으로 남게 되었다. 인생이란 늘 이런 식이다. 있는 그대로의 모습으로 살았을 뿐인데 자기도 모르는 사이 누군가에게 영향을 끼치기도 하는 게 인생이다.

산 자의 죄책감

살아 있다는 죄책감을 느끼는 사람도 있다. 더러는 자기가 죽고 그 사람이 살았어야 한다고 생각하기도 한다. 사랑하는 사람이 죽어 갈 때 자기가 뭔가 했어야 한다고 생각하기도 한다. 물론 살아남은 사람이 죽음을 막기 위해 뭔가 할 수 있었을 수도 있다. 젊은 사람이 죽고 나이 든 사람이 살아남은 경우 나이 든 사람은 늙은 내가 먼저 죽는 것이 자연의 순리인데 이를 거슬렀다며 자책하기도 한다. 살아남았다는 죄책감 뒤에는 벌을 받아 마땅하다는 생각이 따라온다. 그래서 남은 사람들은 자기에게 스스로 벌을 가하거나 벌을 가해줄 다른 사람들을 끌어들이기도 한다.

캘리포니아 북부에 있는 에솔렌에서 어느 주말, 슬픔을 주제로 한 모임을 진행하면서 치유의 과정 시간에 한 여성을 앞으로 나오게 했다. 그러자 그 여성은 남편도 같이 나가도 되냐고 물었다. 슬픔에 빠진 두 사람이 한꺼번에 나오면 자칫 치유 과정이 어려워질 수도 있지만 순간 그렇게 하는 것이 좋겠다는 생각이 들어 남편도 함께 나오라고 했다.

조와 샌드라가 내 옆에 앉았다. 나는 두 사람에게 왜 이곳에 나왔는지 물었다. 샌드라는 스물네 살이던 아들이 오토바이를 타다가 노인 운전자가 브레이크 대신 가속페달을 밟는 바람에 그 차에 치여 사망했다고 말했다.

나는 샌드라의 고통이 충분히 공감되었다. 샌드라의 찢긴 마음과 괴로움이 고스란히 와닿았다. 나는 샌드라에게 물었다. "아드님에게 일어난 비극에서 최악이라고 생각하는 일이 있나요?"

"다 제 잘못이에요." 샌드라가 말했다.

"왜 그렇게 생각하죠?"

"아들이 오토바이 타는 것을 말리고 싶었어요. 너무 위험하니까요. 남편 조에게도 아이가 오토바이를 못 타게 좀 말려보라고 말했어요. 그랬더니 남편은 '그게 말린다고 되는 일이 아니야'라고 말하더군요. 하지만 말릴 수 있었을 것 같아요. 제가 말렸더라면 아이의 생명을 구할 수 있었을 거예요."

"사고를 낸 운전자는 어떻게 됐습니까?" 내가 물었다.

"운전면허 취소되고 보호관찰 처분을 받았어요."

"그런 처분에 어떤 기분이 들었나요?"

"그 운전자는 80대였어요. 어떻게 그 사람을 비난하겠어요. 그저 노인이 실수한 건데요."

"비난할 수 있습니다." 나는 샌드라에게 말한 뒤 이번에는 남편에게 물었다.

"이 문제에 대해 어떻게 생각하세요?"

"정말 끔찍한 일이었죠. 제 모든 삶이 황폐해졌어요. 하지만 그렇다고 해서 그 노인 운전자나 제 아내나 저 자신을 탓하지는 않을 거예요."

나는 다시 샌드라에게 말했다. "누군가는 대가를 치러야죠."

그러자 샌드라가 곧장 나를 쏘아보며 말했다. "맞아요. 누군가는

　　　　　　　　　　　　　　　　　　의미 수업

반드시 대가를 치러야 해요."

"그게 당신이고요?" 내가 물었다.

"네. 제가 대가를 치러야 해요. 제 잘못이니까요." 샌드라가 눈물을 흘리며 말했다.

"그래서 스스로 감옥에 가두실 건가요?"

샌드라가 고개를 푹 숙이며 대답했다. "네."

"당신 자신에게 얼마나 자주 죄를 묻죠?"

"매일요."

"매일이라고요? 아닐걸요. 매 순간이겠죠. 지금 이 순간에도 자신을 향한 단죄를 하고 또 하고 있지 않나요?"

"맞아요. 아주 많이 해요. 하루에 열두 번도 더 해요." 샌드라가 대답했다.

나는 샌드라의 손을 꼭 잡았다. "지금 이 상황을 몇몇 다른 관점에서 보도록 하죠. 재판은 받았나요?"

"뭐라고요?"

"재판은 해봤냐고 물었습니다."

"무슨 말씀인지 잘 모르겠어요."

"정말 당신이 유죄인지 무죄인지 알려면 재판을 해봐야죠. 그냥 재판도 없이 스스로 감옥에 들어가 감옥 열쇠를 던져버린 것 아닌가요?"

"저를 가둔 건 저 자신이에요. 전 유죄예요."

"샌드라, 당신과 같은 처지에 있는 사람들을 늘 만납니다. 당신 말은, 만약 당신이 오토바이를 못 타게 아들을 말렸더라면 아들이 살아 있을 거라는 거죠. 항상 아들을 전적으로 통제할 수 있었나요? 아들이 항상 당신 말을 듣던가요?"

"아뇨."

"물론 아들에게 오토바이를 타지 말라고 말했을 수도 있어요. 그래도 아들은 오토바이를 탔을 수도 있고요. 그렇죠?"

샌드라가 고개를 끄덕였다.

"자신이 어떤 상황에 개입해서 그 상황을 바꾼 사람들도 봤습니다. 그들도 아들에게 오토바이를 타지 말라고 했죠. 그런데 어떤 일이 벌어졌는지 아세요? 부모의 말을 듣고 아들은 버스를 탔는데 그 버스가 다른 차량과 사고가 났습니다. 만약 부모가 개입하지 않았더라면 그 아이는 살 수 있었겠죠."

이 말을 하고 나자 목이 메어왔다. 나는 샌드라의 등을 토닥였다. "아드님의 죽음을 진심으로 애도합니다. 해야 할 모든 일을 다 올바르게 했음에도 자식을 떠나보낸 부모들을 많이 봐왔습니다. 지금 당신의 아들은 이 세상에 없습니다. 그게 비통한 현실입니다." 눈물이 걷잡을 수 없이 흘러 내 얼굴을 타고 내려왔고 그 방에 있는 모든 사람이 눈물을 흘리기 시작했다.

만약 이 순간, 내 아들이 살아 있었다면 샌드라의 고통이 내 고통처럼 느껴지지는 않았을 것이다. 하지만 나는 진심으로 타인의 고통에 공감했고, 타인의 고통이 내 고통처럼 선명하게 느껴졌다. 그 방에는 고통이 가득했다.

"당신의 아픔에 깊이 공감합니다. 아드님 일은 정말 너무너무 안타깝습니다. 두 분의 모습도 너무 안타깝습니다." 나는 샌드라의 눈을 바라보며 말했다. "하지만 당신 잘못이 아니에요."

남편 조가 동의의 표시로 고개를 끄덕였다.

나는 이 장면을 지켜보고 있는 수백 명의 사람을 향해 돌아섰다. "지금 우리는 배심원단으로 이 재판을 지켜보고 있습니다. 모든 이야기를 다 들었습니다. 이런 일이 벌어진 것이 샌드라의 잘못인가요?" 나는 사람들에게 물었다.

사람들은 일제히 큰 소리로 대답했다. "아니요!"

"들으셨습니까?" 나는 샌드라에게 물었다.

"네."

"우리 배심원단은 당신의 사건을 모두 살펴보았습니다. 그리고 당신이 억울하게 유죄판결을 받았다는 사실을 발견했습니다. 오늘부터 당신은 자유의 몸이 될 수 있습니다. 감옥에서 나오고 싶은가요?"

"네. 하지만 제 상담사는 제가 만든 감옥에 필요한 만큼 있으라고 했어요."

"여기 모인 모든 사람이 당신의 무죄를 확인했는데도 여전히 감옥에 있을 필요가 있나요?"

샌드라가 고개를 들어 사람들을 바라보았다. "아뇨. 이젠 나갈 수 있어요."

"그렇다면 이제 걸어 나오세요." 내가 말했다.

샌드라는 의자에서 일어나 내 팔에 기대어 펑펑 울었다. 남편 조도 자리에서 일어나 샌드라를 따뜻하게 안아주었다.

"아내분을 데리고 이 감옥에서 나갈 준비가 되었나요?" 나는 조에게 물었다.

"네."

"두 분은 아드님과 항상 함께 있을 겁니다. 하지만 고통과 함께 있을 필요는 없습니다. 아드님을 향한 사랑과 함께하세요."

조는 샌드라를 데리고 자리로 돌아갔다. 샌드라는 자신이 만든 이야기로 마음 깊숙한 곳에 구덩이를 파고 있었다. 힘껏 올라오지 않으면 자꾸 떨어질 수밖에 없는 구덩이를. 그 구덩이에서 고집스럽게 버티는 이유는 거기에 반복해서 갇히면서 샌드라의 마음속에 아예 깊숙하게 자리를 잡았기 때문이다. 친구들과 가족들이 이제 스스로를 그만 책망하라고 말할 때, 그렇게 할 수 없다고 말하는 것도 진심일 것이다.

1949년 캐나다의 신경심리학자 도널드 헵Donald Hebb이 최초로 제안한 개념이 있다. "같이 활성화되는 신경세포들끼리 연결된다"라는 개념이다. 신경세포들이 동시에 자극을 받아 더 자주 활성화될수록 전달하는 메시지가 더욱 강해진다는 의미다. 이 개념을 보다 일반적인 개념으로 바꾸어 설명하자면 인간의 뇌에 있는 경로들은 숲에 난 오솔길과 같다고 할 수 있다. 사람들이 자주 다니는 길은 더 넓어지고 더 많이 다져져서 눈에 더 잘 띄게 되며 점점 더 익숙한 길이 된다. 걷는 데 방해가 되는 것들이 길에서 점점 없어

의미 수업

질 테고, 사람들이 더 선호하는 길이 되어 나중에는 다들 자연스럽게 그 길로 다닐 것이다. 우리의 마음에 난 슬픔의 길은 샌드라가 그러했듯, '다 내 탓이야' 또는 '다 그 사람 탓이야' 하며 자책인 원망의 길로 이어지는 경우가 많다.

자책이나 원망의 길로 가게 되는 또 다른 이유도 있다. 앞서도 잠시 언급했는데, 우리는 살면서 일어나는 일들을 이해하려고 노력한다. 인간은 생물학적으로 패턴, 연결, 원인과 결과 등을 파악하려는 본능이 있다. 다른 말로 하자면 자기 자신에게 해줄 이야기가 필요하다는 말이다. 이런 본능은 인간의 생존 방식이기도 하다. 만약 인과관계를 파악하지 못했다면 동료들을 잡아먹은 사자가 바로 옆에 있어도 도망쳐야 한다는 사실을 인지하지 못했을 것이다.

이야기는 무작위로 진행되는 일에도 어떤 형태를 부여하기 때문에 우리는 일방적인 무작위성을 받아들이기 어려워한다. 사랑하는 사람의 죽음처럼 큰일이 생기면 그것이 그저 우연이 아니라 반드시 어떤 이유가 있으리라 생각한다. 우리가 헤아릴 수도 없는 어떤 일들에 이야기를 부여한다. 설령 그 이야기가 자신에게 더 큰 상처를 내고 자신을 파괴한다고 할지라도.

신의 역할

간혹 '왜'라는 질문을 하지 않고 그 단계를 뛰어넘어 이른바 '신의 역할'을 하는 사람도 있다. 자기 자신에게 "내가 그 죽음을 막을 수도 있었는데"라든지 "내가 그 일을 당했어야 했어"라고 말한다. 이 말에는 자신에게 있지 않은 어떤 권능이 부여되어 있다. 우리에겐 살 사람과 죽을 사람을 선택할 권한이 없다.

아키는 약 1년 전 암 투병을 하던 아내 스텔라를 잃었다. 처음 만났을 때 아키는 여전히 슬픔에 잠겨 있었지만 그에게서는 지독한 고통이나 살아남은 자의 죄책감이 전혀 보이지 않았다. 아키는 내게 스텔라와 만나 사랑에 빠진 이야기를 들려주었다.

한 번 결혼을 했던 스텔라에게는 멋진 아들 제이크가 있었다. 나중에 두 사람은 결혼을 하고 아들 닉을 낳았다. 닉을 임신했을 때 스텔라는 가슴에 멍울이 잡히는 걸 느꼈다. 의사는 모유 수유를 준비하느라 유선이 부푼 것이니 걱정하지 않아도 된다고 말했고 스텔라도 안심했다. 그런데 닉을 출산하자마자 계획에 없던 임신이 되었고, 스텔라는 또다시 임신 기간을 거쳐야 했다. 그런데 이번에도 가슴에 멍울이 잡혔다. 의사는 임신 기간에 일어날 수 있는 현상이니 걱정하지 않아도 된다고 안심시켰다. 무사히 두 번째 아들 타일러가 태어났고 모든 일이 순조롭게 흘러가는 듯했다. 큰아들 제이크는 어린 두 동생을 무척 아꼈다. 아키와 스텔라는 이제야 완전한 가정을 이룬 것 같아 행복했다.

하지만 얼마 뒤 스텔라가 건강검진을 받았고 가슴에 잡히던 멍울이 암 덩어리라는 결과가 나왔다. 이미 암은 4기에 접어든 상태였다. 신앙심이 굳건했던 스텔라의 가족은 암이 무사히 치유되리라 믿었다. 하지만 몇 년에 걸쳐 화학요법을 했음에도 암은 계속 진행되었고 더 이상 가망이 없다는 선고를 받았다. 어느 날 저녁, 세 살이 된 막내아들 타일러가 부부의 침대로 올라왔다. 스텔라가 타일러의 머리를 쓰다듬고 있는데 아키가 말했다. "내 동료가 그러는데 이건 신이 뭔가 잘못하신 거래." 그러자 스텔라가 아키를 보며 말했다. "우리가 신 흉내를 낼 수는 없어."

타일러가 잠든 뒤 아키가 말을 이었다. "여보, 만약 내가 당신한테 검사를 다시 받아보자고 했더라면 지금 당신은 건강했을 거야."

스텔라가 말했다. "내가 확실히 알 수 있는 건, 그때 다시 암 검사를 받았다면 암이 발견되었을 거고, 그랬다면 화학요법을 받아야 했겠지. 그때 화학요법을 받았다면 지금 이 아이들은 태어나지 못했을 거야. 사랑스러운 우리 아가, 타일러도 닉도 이 세상에 없었겠지."

아키도 수긍했지만 그래도 암을 좀 더 일찍 발견했더라면 하는 미련을 떨칠 수 없었다. 스텔라는 아키의 손을 잡고 말했다. "여보, 내가 한 일에 아무런 후회도 하지 않아. 덕분에 두 아이가 생겼으니까. 내가 지금 이 이야기를 당신에게 하는 건 당신이 일말의 죄책감이라도 갖지 않기를 바라는 마음에서야. 신을 원망하지도 말았으면 해. 신이 어떤 기준으로 살 사람과 죽을 사람을 정하는지는 나도 몰라. 만약 삶과 죽음이 무작위로 일어나는 거라면 그 무작위인 세상에 신도 우리와 함께 계실 거라고 믿어. 당신도 이 세상이 내게 의미 있는 곳이라는 걸 알아줬으면 해. 만약 내가 이 세상을 떠나야 한다면 내 아이들이 평생 서로를 의지하며 살게 되리라는 사실을, 당신은 그런 아이들을 의지하며 살 것이라는 사실을 알고 떠나는 거야."

스텔라의 현명한 조언 덕분에 아키는 살아남은 자의 죄책감과 신에 대한 원망 모두를 떨칠 수 있었다. 치유를 시작하려면 모든 권능을 신에게, 세상에, 운명에 또는 자신이 믿는 어떤 대상에 돌려주어야 한다. 신을 향한 분노와 원망을 인정하는 것부터가 시작일 수도 있다. 내가 믿는 신은 우리의 분노와 원망을 충분히 감당할 수 있는 분이다. 때로는 정신적 스승에게 이야기를 터놓거나, 차 안에서 소리를 지르거나, 요가를 하며 마음을 가라앉히거나, 베개를 마구 때리거나, 그것도 아니면 정서적으로나 심리적으로 위안을 받을 만한 무언가를 찾아야 하기도 한다. 사랑하는 사람은 죽었는데 나만 살아 있다는 생각에 짓눌려 있다면 분노를 풀어놓는 순간 내가 죽었어야 한다는 생각이 틀렸음을 깨닫기 시작할 것이다.

혹자는 그걸 어떻게 아냐고 물을 것이다. 만약 내가 죽었어야 했다면 그렇게 되었을 것이다. 내가 살아 있다면 그 삶을 어떤 목적을 가지고 살아야 할지 생각해야 한다. '왜'라는 질문의 답은 '왜 사랑하는 사람이 죽었는가'가 아니라 '왜 내가 살아 있는가'에 초점을 두어야 한다. 왜 나는 이곳에 있는가? 남은 삶을 어떤 의미로 채워가며 살 것인가? 살아 있는 다른 사람들의 삶에서는 어떤 의미를 찾을 수 있는가?

무용한 후회

나는 종종 휴대전화로 솔리테어 게임(혼자서 하는 카드놀이-옮긴이)을 한다. 게임에서 지면 왜 졌는지 알고 싶어서 '게임 재생' 버튼을 누른다. 그러면 휴대전화 화면에 조금 전 내가 했던 게임이 똑같이 재생된다. 재생되는 게임을 보면서 카드를 어떻게 옮겼어야 더 나은 결과가 나올 수 있었는지 파악한다. 하지만 어떨 때는 내가 아무리 해도 이길 수 없는 판도 있다. 그럴 때는 재생 버튼을 누르면 화면에 이런 메시지가 뜬다. "게임을 마칠 수 있는 유용한 방법이 없습니다."

이 메시지는 슬픔에 빠진 사람들이 자주 떠올리는 '만약 ~했더라면'이라는 생각에도 적용할 수 있다. 누군가를 떠나보내고 만약 자신이 어떤 행동이나 말을 다르게 했더라면 사랑하는 사람이 죽지 않고 지금 살아 있을 텐데 하는 생각이 들 때 "게임을 마칠 수 있는 유용한 방법이 없습니다"라는 메시지를 떠올려라. 그러면 딱히 내가 할 수 있는 일이 없었다는 사실을, 지나간 일을 곱씹으며 마음속으로 재생하는 일이 헛되다는 사실을 깨달을 수 있다. 우리에게 남은 유용한 방법은 과거에서 배운 것을 현재와 미래에 적용할 수 있는 것들이다. 그것들을 의미 있게 만드는 것은 우리 몫이다.

과거에 벌어진 일은 과거에 다 끝났다. 하지만 살아남은 이들의 미래에는 아직도 무수한 가능성이 있다. 생존자의 죄책감으로 고통받는 이들을 상담할 때는 지극히 사소한 순간들에서 이야기를 시작하곤 한다. 살아남은 이들은 자신이 죽었어야 한다고 생각한다. 나는 그런 그들을 지금 바로 이 순간으로 오게 한 뒤 이렇게 말한다. "하지만 당신도 알다시피 지금 당신은 이곳에 있잖아요. 당신과 내가 이야기를 나누고 있는 바로 이 순간, 당신의 고통에 대해 이야기하는 지금 이 순간이 의미 있는 순간이에요. 누군가와 고통을 나누는 것은 늘 의미가 있지요."

누군가의 죽음을 이해할 수는 없지만 적어도 '왜'라는 질문에서 작은 부분이라도 자신을 조절하는 방법을 발견하도록 돕는 것이 나의 일이다.

나는 그들에게 이렇게 묻는다.

- 세상을 떠난 그 사람을 어떻게 명예롭게 할 수 있는가?
- 그 사람들을 포용하면서도 지금과는 다른 삶을 꾸리려면 어떻게 해야 하는가?
- 다른 사람들을 돕기 위해 자신의 경험을 어떻게 활용해야 하는가?

매일의 일상에서 의미를 찾는 것은 전적으로 자신의 몫이다. 하루하루를 살아가면서 우리는 여전히 사랑하고, 웃고, 성장하고, 기도하고, 미소 짓고, 울고, 살고, 주고, 감사하고, 그 순간에 머물 수 있다. 다가올 또 다른 시간도 그렇게 그 순간에 머물 수 있다. 그렇게 보내는 순간들이 의미가 있다. 결국에는 상실감 속에서 아무리 힘

의미 수업

들어도 의미를 찾으려고만 한다면 찾을 수 있으며 치유가 된다.

하지만 의미를 찾을 수 없을 때는 어떻게 해야 하는가? 린 마누엘 미란다Lin-Manuel Miranda의 뮤지컬 〈해밀턴Hamilton〉에 나오는 아름다운 노래들 중 〈기다리겠어Wait for It〉를 듣다보면 누구에게나 죽음이 오지만, 그 죽음이 닥치기 전까지는 그저 살아갈 뿐이라는 사실을 되새기게 된다. 우리가 아직 살아 있는 데는 그만한 이유가 있다. "나를 사랑했던 사람들은 모두 죽었지만 나는 기꺼이 기다리겠어."

우리는 아마 왜 사랑하는 사람이 죽고 우리는 남아 있는지 그 이유를 영원히 알지 못할지도 모른다. 하지만 그것이 현실이다. 세상을 떠난 그 사람의 삶이 값지고 소중했듯, 앞으로 살아야 할 날들이 있는 우리의 삶 역시 소중하지 않겠는가?

드러낼 수 없는 슬픔, 자살

> 자살은 누군가의 명성에 남은 흠이 아니다. 그저 비극일 뿐이다.
>
> 케이 레드필드 제이미슨Kay Redfield Jamison

자책의 괴로움이나 '만약에'라는 후회의 고통이 아무리 크다 해도 자살의 후폭풍처럼 거세지는 않다. 누군가의 자살이 개인적으로 연관이 있다 해도 보통은 그 죽음에 대해 말을 아낀다. 해결되지 않은 감정이 짓누르고 너무도 고통스러워 언급조차 금기시되곤 한다. 그래서 누군가의 자살에 대해 언급하는 경우는 주로 우리의 삶 속에서 벌어진 죽음이 아니라 텔레비전이나 영화에서 다루어지는 경우가 많다.

예를 들어 미국 드라마 〈루머의 루머의 루머13Reasons Why〉는 동명의 소설을 원작으로 하는데 자살로 생을 마감한 어느 고등학생의 이야기다. 유명세를 떨친 브로드웨이 뮤지컬 〈디어 에반 한센 Dear Evan Hansen〉 역시 고등학생의 자살을 다루고 있다. 둘 다 한 사람의 자살 이후에 남겨진 가족들과 친구들의 감정을 다루고 있는

데 그런 감정들이 대단히 복잡하다는 점에서 깊이 생각해보아야할 주제다.

여기서 한 가지 분명하게 짚고 넘어가야 할 부분이 있다. 이 장은 누군가의 자살을 겪은 뒤 슬픔에 빠진 이들을 돕기 위한 글이지, 결코 자살을 생각하는 이들을 위한 장이 아니다.

만약에

자살로 생을 마감한 사람을 애도하다 보면 그 사람의 죽음을 막지 못했다는 자책감이 불가피하게 뒤따라온다. 사랑하는 사람이 자살로 세상을 떠난 뒤 고통스러워하는 수많은 이들과 대화를 나누고 나서 내가 할 수 있는 말은, 남은 자들의 마음이 지독히도 비통하다는 사실이다. 무수한 생각이 우리를 배신하고 가슴을 내려친다. 하지만 작정하고 스스로에게 해를 입히려 한 사람을 막기에는 우리가 너무나 무력할 때가 많다. 보통 자살은 충동적 행위이며 절망의 나락에서 이루어진다. 수년에 걸친 심리 치료와 항우울제 복용, 병원 입원, 심지어 충격요법까지 받은 뒤 자살을 실행하는 경우도 있다. 최근 유명 인사들의 죽음도 이러한 점을 잘 보여준다.

그래도 여전히 우리의 마음은 '만약 ~했더라면' 상태로 초기화된다. 언젠가 내 친구 비비언에게서 전화가 걸려 왔다. 비비언의 아버지가 70세의 나이에 자살로 생을 마감한 뒤였다. 비비언의 아버지는 몇 년 동안 알코올의존증 치료를 받으려고 노력했지만 치료

되지 못했고 이런 비극도 어느 정도는 예견했던 일이었다. 하지만 비비언의 머릿속에는 계속 같은 생각이 맴돌았다. '만약 내가 그날 아버지 집에 갔더라면.', '만약 내가 아버지를 데리고 다른 병원에 갔더라면.', '만약 내가 아버지가 술 드시는 걸 막았더라면.' 이런 생각들은 죄책감의 산물이지만 다른 한편으로는 통제할 수 없는 상황을 통제하려 드는 마음의 방식이기도 하다.

자살로 인한 죽음은 이기적 행위가 아니며 선택은 더더욱 아니다. 자살은 도움을 갈구하는 마음의 징표다. 안 좋은 상황에서 벌어지는 비극적이고 끔찍한 결과다. 자살을 시도했다가 살아남은 수많은 이들이 사실은 자신들도 죽음을 원하지 않았다고 말하는 경우가 많다. 그들은 그저 지독한 고통 속에서 삶을 지속할 수 없었던 것이다. 물론 어마어마한 빚이나 가장 사랑했던 사람을 잃었을 때, 또는 중증 만성질환을 앓고 있거나 법적인 다툼을 벌이고 있을 때, 약물 남용 문제가 있을 때 등 외부적 요인으로 자살을 시도하기도 한다. 하지만 자살로 생을 내려놓은 사람들 중 상당수는 겉보기에 이상적인 삶을 산 경우도 많다. 사랑하는 가족들과 친구들이 있었고, 돈도 많았으며, 근사한 집에 좋은 직장을 가졌지만 괴로워했던 이들도 많다. 그렇다면 왜 이런 사람들이 자살을 하는 걸까?

자살 성향이 없는 사람으로서는 자살 성향을 지닌 사람이 어떤 심정일지 헤아리기란 거의 불가능하다고 생각한다. 만성 우울은 그 자체가 자살로 이어질 수 있는 심각한 질병이다. 미국 질병통제예방센터CDC의 최근 연구 자료에 따르면, 자살이 미국 내 사망 원인 중 상위에 있고, 지난 몇 년간 자살률이 급격하게 증가했음에도 일반인들은 여전히 그 이유를 충분히 알지 못한다. 우울증이나 다른 정신 건강 관련 질환들도 분명 영향을 끼치지만 자살이 오직 한 가지 원인 때문에 일어나는 경우는 드물다. 자살한 사람의 상당수는 사망할 당시 어떤 정신 건강 상태였는지가 제대로 밝혀지지 않는다. 정신 질환 관련 보고서가 적기도 하고 오진 탓도 있긴 하지만 그래도 자살한 사람들 대다수는 사망 당시 정신 건강 상태가 제대로 알려지지 않는 경우가 많다.

자살 원인에 대해 알 수 있는 부분은 지극히 적으며 어떻게 하면 자살을 막을 수 있는지에 관한 지식도 지극히 제한적이다. 사람들은 내게 이렇게 말한다. "아녜요, 당신은 이해 못 해요. 그 사람을 한 번 도와준 적이 있는데, 또 도와줬어야 해요." 또는 "그 사람이 자살할 걸 알았다면 제가 정말 막을 수 있었어요." 이렇게 말하는 이들에게 이런 이야기를 들려주고 싶다.

새로 병원을 지을 때 정신과 병동은 해당 분야 전문 건축가가 특수한 목적에 맞게 설계한다. 이러한 병동을 지을 때 가장 중요하게 고려하는 부분은 자살 방지다. 문은 물론이고 문에 달린 경첩, 화장실의 각종 부착물, 조명, 캐비닛, 서랍, 날카롭게 깨지지 않는 유리창 등 모든 요소가 무수한 고민 끝에 만들어진다. 병원 건축이 끝나면 정신과 의사, 정신과 간호사, 자살을 막는 데 특화된 훈련을 받은 전문가 등이 병동에 배치된다. 하지만 모든 요소를 고려해 설계하고, 전문가들을 배치하고, 환자 개인 소지품을 철저히 검사하고, 사생활을 침해해서라도 환자를 끊임없이 감시해도 이런 시설 안에서 누군가는 여전히 자살을 한다.

죄책감에 시달리는 이들, '만약 내가 ~했더라면' 하는 생각을 끊임없이 되풀이하는 이들에게 나는 이렇게 말한다. "어쩌면 그 순간 당신이 어떤 일을 했을 수도 있어요. 하지만 죽으려고 작정한 사람들이라면, 마음이 지옥처럼 괴로웠던 이들이라면 당신이 없을 때 또 다른 순간에 자살을 시도했을 거예요." 누군가의 자살을 겪은 사람들은 이제 자신을 그만 탓해야 한다. 그리고 죽은 이도 그만 탓해야 한다.

자살에 씌워진 오명 ────────────

우리는 자살이라는 말에 담긴 힘을 잘 알지 못한다. 영어권에서는 자살을 표현할 때 "He/She committed suicide"라고 말한다. 직역하자면 "그 사람은 자살을 했다"라는 표현이다. 그런데 여기서 'commit'는 보통 범죄에서 사용되는 용어로, '(범죄 등을) 저지르다'라는 의미다. 즉 자살을 저질렀다는 의미가 함축되어 있다. 마음이 다친 건 비극이지 범죄가 아니다. '자살 시도 성공'이라는 말은 마치 자살로 인한 죽음이 일종의 성공으로 느껴지기도 한다. "그 사람 자살이래"라는 말은 그 사람의 사망 원인을 그 사람의 정체성으로 표현하는 것이다. 나는 단 한 번도 자살한 누군가를 말할 때 "그 사람 심장병이었대"라든지 "암 말기였대"라고 말하는 걸 듣지 못했다. '그 사람'은 '자살'이 아니다. 그 사람은 자살로 사망한 누군가다.

자살한 이들에 대한 동정이나 연민이 있다 해도 여전히 '자살'이라는 말에는 오명이 남아 있다. 평범한 대화에서 또는 이야기의 주요한 주제로 자살이 직접 언급되기는 어렵다. 암이나 질병의 원인에 관한 정보를 얻기 위해서는 병원에 쉽게 가지만, 자살의 원인을 알기 위해 병원을 찾는 일은 드물다.

사랑하는 누군가가 자살로 세상을 떠났을 때, 사람들은 좋은 가족이 있었다면 또는 좋은 사람들이 곁에 있었다면 그 사람이 떠나지 않았을 거라고 생각한다. 자살은 좀처럼 일어나지 않는 드문 일이고 부끄러운 일이라 여겨 쉬쉬하며 드러내지 않으려 한다. 하지만 일단 그 이야기를 꺼내놓기 시작하면 같은 일을 겪은 다른 이들을 만나게 된다. 자살은 미국에서 가장 흔한 사망 원인 10위 안에 들기 때문이다. 어쩌면 사랑하는 이를 자살로 잃은 지인들이 너무 많아서 충격을 받을지도 모른다.

그럼에도 오명은 사라지지 않는다. 자살로 세상을 떠난 가족이 있는 가정은 암으로 사랑하는 가족을 잃은 가정보다 격려와 위로를 덜 받는다는 연구 자료들이 있다. 자살한 사람의 장례식에는 조문객도 더 적게 오고 위로의 전화도 더 적게 걸려 온다. 사망한 사람이 자초한 죽음이기에 애도할 가치가 없다는 잘못된 믿음 탓이다. 가족들 역시 그런 믿음을 가지고 있기는 마찬가지다. 상실감 한편에 자리 잡은 수치심 때문에 갑작스럽게 심장마비가 왔다든지 뇌출혈이 왔다든지 거짓 이야기를 꾸며내 죽음의 진짜 이유를 감추기도 한다.

대부분 종교에서는 자살을 큰 죄라고 생각하기 때문에 자살을 강하게 비난한다. 일부 개혁적인 성직자들이 이런 관점을 바꾸기 시작하고는 있지만 여전히 대다수 종교는 자살을 대단히 회의적 시선으로 바라본다. 내가 자살에 관한 강연을 한 적이 있었는데 강연이 끝나고 한 남자가 내게 오더니 이렇게 말했다. "선생님 말씀이 정말이었으면 좋겠네요."

"혹시 주위에 자살한 분이 있나요?" 내가 물었다.

그는 눈물을 흘리며 말했다. "어머니가 정신 질환이 있으셨어요. 조현병 진단을 받고 자살로 생을 마감하셨어요. 그런데 제가 다니는 교회 목사님께서 어머니는 천국에 가지 못할 거라고 하셨어요."

나는 남자를 바라보았다. 60대쯤 되어 보이는 남자는 불쌍한 어머니가 잠긴 천국 문 앞에서 들어가지 못하고 영원히 고통받을 것이라는 생각에 눈물이 그렁그렁 맺힌 채 애달픈 표정을 짓고 서 있었다. 아무도 말기 암 환자를 보고 암에 걸렸다는 이유로 비난하거나 그 사람이 말기 암 환자이기 때문에 천국에 입성하지 못하리라고 생각하지 않는다. 그렇다면 말기 양극성 장애나 말기 조현병 환자는 어떤가? 그 질병들은 비난받고 배척되어 마땅한가? 정신 질환에 대한 오래된 고정관념부터 바꿔야 한다.

그렇다면 자살을 막기 위해 더 많이 노력해야 하는가? 당연하다. 밤낮으로 사람들에게 자살에 관한 교육을 해야 하는가? 그렇다. 정신 질환에 대한 경각심을 일깨우고 그러한 질환이 사람의 마음을 어떻게 바꾸는지 알아야 하는가? 두말할 필요 없다. 만약 여러분이 사랑하는 누군가가 자살로 세상을 떠났다면 이런 일들이 여러분 삶의 의미를 찾는 방법이 될 수 있다.

자유로 가는 길

자살에서 의미를 찾기란 불가능해 보인다. 스스로 목숨을 거둔 누군가가 있으면 남은 사람들도 어마어마한 절망에 휩싸인다. 자살로 생을 마감한 가족이나 친구, 지인을 둔 사람을 상담할 때면 나는 고통과 괴로움을 분리하는 것이 중요하다고 말한다. 고통은 죽음에 대한 자연스러운 반응이다. 그 죽음이 자살 때문이건 다른 이유 때문이건 마찬가지다. 하지만 괴로움은 우리 마음이 만들어낸다. 슬픔에 빠진 사람들에게 이 이야기를 자주 하지만 특히 자살과 같은 상황에서는 고통과 괴로움을 나누어 생각하는 것이 정말 중요하다. 누군가의 자살을 겪은 이들은 그 자살의 이유를 자신에게서 찾아 자신에게 상처를 내고 자신을 탓하는 방향으로 마음이 급속하게 흘러가기 때문이다.

마음이 만드는 괴로움에서 벗어나는 방법은 의미를 찾는 것이다. 쉽지는 않다. 자살로 인한 죽음은 무의미한 죽음으로 치부되는 경우가 많지만 그렇지 않다. 누군가의 자살로 충격과 실의에 빠진 사람들은 자신만의 시간에서 의미를 찾기도 한다. 자살 관련 교육 모임이나 단체에 참가하는 것도 한 가지 방법이다. 사실 대부분 자살 예방 단체들은 자살로 누군가를 떠나보낸 사람이 의미를 찾기 바라는 마음에서 만든 경우가 많다.

몇 년 전, 자살 관련 교육 과정에서 강연을 한 적이 있는데 나 외에 다른 강연자 중에 다큐멘터리 영화제작자 리사 클라인Lisa Klein도 있었다. 리사는 그곳에 모인 사람들과 자신이 개인적으로 관심 깊은 주제를 이야기했다. 리사는 아버지와 오빠가 세상을 떠난 뒤 깊은 분노에 휩싸인 적이 있었다. 아버지가 자살로 목숨을 끊고 몇 달 뒤 오빠도 자살로 생을 내려놓았고 그 이후 리사의 집에서는 두 사람의 죽음이 금기어가 되었다. 리사는 강연장에 온 사람들에게 〈더 에스 워드The S Word〉라는 제목의 다큐멘터리를 이야기했다. 〈더 에스 워드〉는 리사가 직접 감독을 맡은 영화로, 자살을 시도했다가 살아남은 사람이 자살에 경각심을 갖게 되어 자신과 같은 처지의 사람들을 찾아다니며 그들의 이야기를 듣는 내용이다.

리사는 이미 조울증에 관한 다큐멘터리를 만든 적이 있다. 정신 질환이라는 화두가 이제는 덜 우울한 주제가 되어야 한다는 생각에서 이 다큐멘터리를 제작했고, 이후 자신의 가족이 지독한 악마와 마주 보고 있다는 사실을 깨달았다. 리사는 한 인터뷰에서 이렇게 말했다. "수많은 가족이 견디고 있는 고통을 막기 위해 일하는 것은 전혀 우울하지 않습니다. 가장 우울한 일이 있다면 침묵하며 이런 영화를 만들지 않는 것이겠지요." 아버지와 오빠의 죽음에서 의미를 찾기 위해 노력하던 리사는 마침내 자살 예방을 위한 영화

의미 수업

를 만들었다. 영화에서는 자살을 시도했던 사람들이 다른 사람을 도우며 살아가는 이야기가 소개된다. 용기와 지혜, 유머로 가득한 그들의 치열한 삶을 들려주는 영화다.

의미를 찾는 길은 무수히 많다. 찾으려고만 한다면 찾을 수 있다. 내가 진행하는 프로그램에 참석한 조앤이라는 여성은 우리에게 10년도 훨씬 전에 자살로 세상을 떠난 자신의 어머니 이야기를 들려주었다. 조앤의 상처는 깊어 보였다. 우리에게 이야기를 털어 놓는 중에도 슬픔이 생생하게 느껴졌다. 오랜 세월이 흘렀지만 시간이 조앤의 모든 고통을 다 희석해주지는 않은 듯 보였다.

"의미를 찾는 일이 결코 쉽지는 않아요. 우리가 사는 세상은 자살이라는 문제를 편하게 툭 터놓을 수 없는 곳이니까요. 지난 2년 동안 저는 스스로에게 묻고 또 물었어요. '대체 이 고통은 뭐지? 내가 이 고통으로 무얼 할 수 있지? 내가 어떻게 의미를 만들 수 있지?' 제 어머니는 성폭력에 대해 사람들이 쉬쉬하던 시대를 사셨던 분이에요. 하지만 그런 일이 자신에게 일어나자 어머니는 극복하지 못하셨죠. 저는 아직도 이런 이야기를 꺼내기가 망설여져요. 너무 무겁고 어두운 주제니까요. 어머니는 어렸을 적에 어머니의 아버지에게 성폭력을 당했고 강간으로 생긴 트라우마를 제대로 치료받지 못한 채 사셨어요."

조앤의 어머니가 트라우마에 시달리며 살았다는 이야기는 너무도 당연하다. 자살하는 사람들 대다수가 신체적 트라우마와 정서적 트라우마를 비롯해 정신 질환, 중독 등의 현상을 복합적으로 겪는다. 조앤의 어머니는 어릴 적 겪은 성폭력이 평생에 걸쳐 악영향을 끼쳤다.

어머니는 늘 제게 물었어요. "왜 나는 사랑받지 못할까? 왜 아버지는 나를 성폭행했을까?" 어머니는 다섯 살 때부터 열두 살 때까지 성폭행을 당했고 어머니의 아버지는 어머니에게 권총을 들이대며 다른 사람에게 말하면 죽인다고 위협을 했어요. 어머니는 극심한 트라우마 때문에 아예 입을 닫아버렸어요. 어머니가 말을 하지 않자 어머니의 아버지는 어머니를 정신병원에 데리고 갔어요. 그 당시만 해도 정신병원에서는 트라우마를 어떻게 치료해야 하는지 알지 못했죠. 외상 후 스트레스 장애PTSD조차 진단되지 않았던 때니까요.

어머니는 몇 년 동안 정신병원에 다녔고 병원에서는 어머니에게 강도 높은 전기충격요법을 썼어요. 의사들은 어머니를 아버지와 직접 대면하게 했지요. 어머니의 아버지는 어머니와 대면하자 이렇게 말했어요. "넌 미쳤어. 네 뇌를 전기로 지졌으니 아무것도 기억하지 못할 거야." 아버지와 직접 대면하는 치료 방법으로 상황은 더욱 악화되었어요. 상처는 더욱 곪게 되었지요.

마침내 어머니는 종업원으로 일하던 식당에서 제 아버지를 만났어요. 두 사람이 결혼하고 이듬해 제가 태어났고요. 저를 낳자마자 어머니는 새로운 책임감이 생기면서 극심한 스트레스를 받았고 아버지도 어머니가 심상치 않다고 느꼈죠. 아버지는 어머니가 정신적으로 심각한 문제가 있다는 사실을 알게 되었어요. 어머니는 평생을 이

의미 수업

식당 저 식당에서 종업원으로 일했고 월마트에서 손님들을 맞는 일도 하며 사셨어요. 식당과 월마트에서는 어머니한테 성격이 쾌활하고 밝아 매니저로 승진할 수도 있겠다고 말했죠. 하지만 어머니는 승진하고 싶은 의욕이 없었고, 어쩌다 승진하려고 시도는 해봤지만 결과는 안 좋았어요. 한번은 제가 어머니에게 왜 그런 일들만 하느냐고 물었어요. 그랬더니 어머니는 사람들에게 환영받는다는 느낌을 주고 싶었다고 말하더군요.

몇 년 뒤 어머니는 우울증과 조현병 진단을 받았어요. 성폭력 피해자에게 적절한 조치나 치료를 아무것도 받지 못한 채 오직 그 후폭풍이 어머니의 삶을 황폐하게 망가뜨렸죠. 한동안 어머니는 그런 삶을 너무도 견디기 힘들어했어요. 그러다가 여러 약물을 한꺼번에 먹고는 그길로 세상을 떠나셨어요. 어머니가 남긴 유서에는 이렇게 적혀 있었어요. "더는 견딜 수 없다."

조앤은 어머니가 살아온 이야기가 이렇게 결말지어지길 원치 않았다. 어머니의 비극적인 삶에서 의미를 찾아야 했다. 조앤은 자신이 어머니를 도울 수 없었다는 건 인정했지만 그래도 어머니의 끔찍한 고통에 조금이라도 도움이 될 방법을 찾고 싶었다. 어머니의 아픔을 의미로 바꾸고 싶었다. 변호사였던 조앤은 자신의 능력을 다른 성폭력 피해자들의 삶을 바꾸는 데 쓸 수 있게 되었다. 몇 년 뒤 성폭행으로 기소된 한 남자의 공개재판이 조앤의 관심을 끌었고 마침내 구체적인 행동을 하는 촉발제가 되었다.

"저는 무슨 일이 일어났는지 보았습니다. 캐나다 음악가이자 라디오 진행자로 잘 알려진 지안 고메쉬Jian Ghomeshi가 최소한 세 명의 여성을 성폭행한 혐의로 재판을 받게 되었죠. 그는 무죄판결을 받았습니다. 담당 변호사가 성폭행을 당한 여성의 진술에서 아주 사소한 부분들이 일치하지 않는다는 점과 성폭행을 당한 여성들 중 몇몇이 성폭행을 당한 이후에도 가해자와 지속적인 관계를 유지했다는 점을 집요하게 물고 늘어졌기 때문입니다. 실제로 성폭행을 당한 피해자들 중 일부는 이후 가해자와 지속적인 관계를 유지하는 행동을 보이기도 합니다. 판사는 이 사건을 피고 측이 제시한 근거를 토대로 원고 측의 고소가 '전적인 속임수에 의한 거짓'이라고 결론지었습니다. 하지만 저는 압니다. 피고 측 변호사가 지적했던 일관되지 않은 진술은 트라우마를 겪은 여성들에게서 충분히 나타날 수 있는 전형적인 현상이라는 사실을요. 피해자들은 당시 경험을 그렇게 세세하게 기억하지 못하는 경우도 많습니다. 저는 다른 변호사들과 함께 판사들이 성폭력과 트라우마에 대혜 교육을 받도록 캐나다 법을 바꿨습니다. 어머니의 삶을 짓밟은 폭력에 대해 법조계 사람들을 교육받게 함으로써 긍정적이고도 꼭 필요한 기여를 했다고 생각합니다. 그런 생각이 제 고통을 줄여주고 제 어머니가 남긴 유산을 긍정적으로 만들어주었습니다."

슬픔에 잠긴 이들에게 자주 물어보는 질문이 있다. 세상을 떠난 그 사람과 마지막으로 대화를 할 수 있다면 무슨 이야기를 할 것인가? 이 질문은 특히 자살로 생을 마감한 이를 그리워하는 사람들의 감정을 움직인다. 슬픔은 주로 죄책감과 분노가 섞여 있는 경우가 많기 때문이다. 어쩌면 조앤은 어머니에게 일어났던 일에서 의미를 찾았기 때문에 감정이 그렇게 복잡하게 얽히지 않았는지도 모른다. 조앤은 그 감정을 오로지 사랑으로만 가득 채웠다.

"어머니가 당신의 삶을 실패한 인생이라고 여기게 하고 싶지 않았어요. 어머니는 어마어마하게 거대한 벽과 맞닥뜨려야 했어요. 만약 제가 어머니와 마지막 대화를 나눌 수 있다면 어머니가 남긴 마지막 말, '더는 견딜 수 없다'라는 말에 제가 어머니의 죽음을 원망하지 않는다고 말해주고 싶어요. 어떤 상황이어도 무조건 사랑한다고 말해주고 싶어요."

일곱 살 먹은 어린이들도 자살을 생각한다는 보고서가 있다. 사람들은 얼마나 많은 어린 영혼이 자살로 생을 마감하는지 잘 모른다. 그런 죽음은 주로 친구와의 관계 단절, 괴롭힘, 트라우마, 기타 다양한 요인이 원인이다. 젊은 나이에는 충동적이기 쉽다.

내 워크숍에 참석한 제프는 이런 이야기를 들려주었다.

제 나이 열여섯 살, 그러니까 고등학교에 다닐 때였어요. 저는 팀이란 아이와 무척 친했어요. 팀은 열네 살이었고 8학년이었죠. 어느 날 팀이 스스로 목숨을 끊었어요. 팀과 저는 유치원 시절부터 줄곧 함께해온 동네 친구였어요. 저는 부모님이 맞벌이를 하셔서 유치원에서 오전 시간을 보내고 유치원이 끝나면 오후엔 팀네 집에 갔어요. 나머지 오후 시간은 팀의 어머니가 저를 돌봐주셨죠.

팀과 저는 무척 친했어요. 복도에서 마주치면 늘 "안녕!" 하고 인사를 나누곤 했죠. 그런데 우린 나이가 달랐어요. 어린 나이에는 그게 왜 그렇게 중요했는지. 그래서인지 저는 팀에 대해 그렇게 잘 알지 못했던 것 같아요. 제 주변에서 누군가 자살로 세상을 떠난 건 팀이 처음이었어요. 팀의 죽음으로 학교가 발칵 뒤집혔죠. 팀은 인기가 아주 많은 아이였고 늘 행복해 보였거든요. 팀은 축구부 주장이나 뛰어난 운동선수는 아니었지만 늘 잘 웃고, 다정하고, 친절한 아이였어요. 도무지 스스로 세상을 저버릴 아이로는 보이지 않았기에 모두 큰 충격을 받았어요.

저는 팀처럼 겉으로 보기엔 괜찮은 것 같지만 실제로는 행복하지 않은 친구들이 또 있지 않을까 생각했어요. 그래서 친구들과 이야기를 좀 더 많이 나눠 조금이라도 깊이 알려고 노력했죠. 친구들과 마주칠 때마다 늘 "안녕, 요즘 잘 지내?" 하고 안부를 묻곤 했어요. 누구라도 우울한 친구가 있다면 저에게 그 우울한 속내를 털어놓고 말할 수 있기를 바라는 마음에서였죠.

고등학교를 졸업하자마자 다니던 교회에서 청소년 사목 프로그램으로 자원봉사를 했어요. 사회복지사 자격증도 따고 그 이후 줄곧 상담 일을 해왔죠. 어려움에 처한 것으로 보이는 아이들, 특히 자기에게 일어나는 일을 아무에게도 털어놓지 못한다고 생각해 침묵하며 고통받는 아이들을 도와주려고 할 때마다 늘 팀의 이야기를 하곤 해요. 도움이 필요한 아이들에게 도움을 받을 수 있다는 확신을 주고 싶어서요. 아이들에게 이런저런 질문을 하고, 그 아이들의 이야기를 귀담

의미 수업

아듣고, 처해 있는 어려운 상황을 잘 이겨내도록 도와주려고 노력합니다.

제 사무실 책상 서랍에는 팀의 사진이 한 장 있어요. 이따금 상담하러 오는 친구들에게 그 사진을 보여주며 말하죠. "이 어린아이는 내 친구였단다. 큰 괴로움에 빠져서 스스로 목숨을 끊었어." 아이들이 저를 자신들과 비슷한 문제를 겪은 누군가의 친구였다는 걸 알아줬으면 하는 마음에서요. 또한 자살을 생각하더라도 그걸로 사람을 평가하고 판단하지 않는다는 점도 알아주길 바라는 마음도 있고요. "네가 잘 지내고 있는지 알고 싶어. 내가 이 일을 하는 건 너 같은 친구들을 돕고 싶어서야. 그러니 혼자 끙끙 속앓이를 하지 않아도 돼."

누군가가 자살한 뒤 남겨진 아이들을 대상으로도 상담을 무척 많이 하고 있어요. 그 아이들의 부서진 세상을 다시 조각조각 끼워 맞춰주려고 노력하죠. 몇 년 전 한 어린 친구는 가장 친한 친구를 잃었어요. 자살로 세상을 떠났죠. 둘 다 중학생이고 동갑내기 친구였는데 저를 찾아오기 3년 전 친구가 스스로 목숨을 끊은 거예요. 남은 아이는 깊은 절망감에 빠졌어요. 나는 그 아이에게 팀의 사진을 보여주며 제 이야기를 들려주고 상실감에 어떻게 대처해야 하는지 말해줬어요. 그 아이에게는 무척 중요한 순간이라는 걸 알 수 있었어요. 아이가 자기가 겪은 일을 진심으로 이해해주는 사람과 이야기를 하는 기분이라고 말했거든요. 그 순간이 아이에게는 치유로 넘어가는 전환점이었던 것 같아요.

몇 년 전에 팀의 어머니에게 페이스북으로 메시지를 보냈어요. 몇 년 동안 어머니에게 소식을 전할까 말까 고민하다가 마침내 연락을 드린 거죠. "안녕하세요, 어머니. 그저 어머니에게 제 사는 이야기를 전해드리고 싶었어요. 물론 어떤 부담이나 고통도 드리고 싶지 않습니다. 어떤 상처는 평생이 가도록 완전히 아물지 않더라고요. 그래서 저는 제 삶을 팀과 같은 아이들을 찾아 상황이 더 나아지도록 돕는 데 매진하고 있습니다." 이렇게 메시지를 보냈어요.

제프의 연락을 받은 팀의 어머니는 곧장 전화를 걸어왔다. "네 소식을 받고 무척 반가웠다, 제프. 나도 여전히 팀이 그립구나. 아들이 그렇게 떠나간 뒤 나는 줄곧 고통 속에서 몸부림치며 살고 있어." 팀의 어머니는 잠시 말을 잇지 못하고 흐느꼈다. 제프는 묵묵히 전화기 너머 어머니의 말소리를 들었다. "팀의 죽음이 네 삶에 어떤 목적을 주었다니 위로가 되는구나. 네가 비슷한 상황에 처한 아이들을 돕는다니 얼마나 좋은지 모르겠다, 제프."

제프는 팀의 어머니를 돕기 위해 두 가지 일을 했다. 첫째, 어머니의 슬픔을 목격했다. 몇 년의 세월이 흐른 뒤였지만 팀의 어머니에게는 아들의 삶과 죽음이 여전히 세상에서 가장 중요한 문제였기에 누군가 그 아픔을 목격해주는 일이 절실했다. 둘째, 제프는 상실에서 의미를 찾는 법을 어머니와 나눴다. 어머니에게도 그것은 의미가 될 것이다.

사람들은 대부분 자살로 목숨을 버린 이들이 어떤 심정으로 그런 결정을 내렸는지 헤아리지 못한다. 어쩌면 우울증이나 정신적 문제로 고통받지 않는 건강한 마음으로 그들을 바라보기 때문인지도 모른다. 나는 오랜 기간 자살에 관해 기록해오고 있다. 누군가를 자살에 이르게 할 수도 있는 고통의 종류를 들여다보고 성찰하는 데 큰 도움이 된다. 비통함에 빠진 누군가가 마음을 털어놓을 때, 그 사람 마음이 잘 이해가 가지 않는다면 다음 편지가 그들을 이해하는 데 도움이 될 수도 있다.

사랑하는 엄마, 아빠, 그레고리에게

만약 제가 이번에 이 일을 성공한다면, 무엇보다도 죄송하다고 말씀드리고 싶어요. 하지만 제겐 더 이상 희망이 없어요. 지금 저는 삶의 바큇자국 가장 깊숙한 곳에 깔린 기분이에요. 저 스스로 만든 이 끔찍한 모든 상황에서 그저 자유로워지고 싶어요. 저는 인생에서 제 자신과 제 영혼, 삶의 의미를 영원히 잃어버렸어요. 이젠 뭐가 옳은 건지도 모르겠어요.

날마다 암울한 생각을 하는 것도 이 고문 같은 상황에서 풀려나지 못하는 현실도 이젠 너무 지쳤어요. 다른 사람들 곁에 있기도 너무 겁나요. 수도 없이 자살 생각을 했지만 그때마다 늘 엄마, 아빠, 그레고리를 생각하며 제게 있는 모든 힘을 끌어모아 자살 생각과 맞서 싸웠어요. 때론 제게도 희망이 있는 것 같다가도 스스로에게 의심이 들기 시작해요.

이 방법이 아마 가장 나약한 방법일 거예요. 하지만 저는 정말 상처받았어요. 그 누구의 잘못도 아니에요. 오로지 제 탓이에요. 엄마, 아빠, 그레고리, 모두를 힘들게 해서 정말 미안해요. 어쩌면 제가 저지른 일이 공평한 일도, 존중받을 만한 일도 아닐 거예요. 하지만 저는 나약한 사람이고 그게 어떻게 극복이 될 것 같지 않네요. 제가 이 일을 해낸다면 아마 신은 저를 이해해주실 거예요. 제게 가장 최악의 상실은 가족들을 잃는 거지만 그래도 이보다 더 나은 방법을 정말 모르겠어요. 세상 모든 것에 구역질이 나요. 그런데도 제 안의 감정들을 바꿀 수가 없어요. 엄마, 정말 미안해요. 모두 정말 사랑해요. 이제는 제가 이곳을 떠나야 할 때인 것 같아요. 제 스스로 가한 고문, 가족들에게 가한 고문에서 이제는 제 영혼을 자유롭게 놓아주어야 할 것 같아요. 제 마음을 그대로 표현할 수 있으면 좋을 텐데…… 이 분노, 이 고통, 제 마음에 닿지 못하는, 아니 더 낫게 만들어주지 못하는 이 무능함.

제가 원하는 건 사랑뿐이에요. 적어도 지금 제 기분은 그래요. 제 안에는 더 이상 사랑이 없어요. 제가 제 자신조차 사랑하지 않는 사람이라는 사실이 끔찍해요. 이건 제가 아니에요. 제가 누구인지조차 모르겠어요. 하지만 제가 엄마와 아빠와 그레고리를 얼마나 사랑하는지 보여줄 수 있다면 그렇게 한다고 약속할게요. 다만, 이 문제에서만큼은 그러지 못하겠어요. 영혼이 되어서 보여줄게요. 신이 저를 보살펴주시기를, 저를 이해해주시고 용서해주시길 바라요. 아마도 가족들이 너무 그리울 거예요. 이 세상에 남아서 이 문제를 해결해보고 싶을 만큼. 하지만 저는 그렇게 못해요. 이렇게 흘러가는 걸 막을 수도 없는데, 신도 도움이 되질 않네요. 갇혀버린 기분이에요. 제 인생에서 아무것도 하지 못했다는 사실에 너무 화가 나요. 공부도 형편없었죠. 미안해요. 사랑해요. 제발 절 용서해주세요. 그 누구의 잘못도 아니에요. 다 제 탓이에요.

 - 사랑하는 로버트 올림

로버트는 이 유서를 남기고 자살했다. 그의 유서에는 그를 자살로 이끌었을 무수한 고통이 고스란히 드러나 있다. 로버트는 바라던 인간상이 있었으나 그 이상향에 도달하지 못했다. 악전고투했던 삶, 자괴감, 좌절감은 그의 삶을 그가 바라던 방향으로 이끌어주지 않았다. 희망의 부재와 사랑하는 사람들에 대한 죄책감이 그의 편지 전체를 관통한다. 로버트는 대다수 사람들이 1년 동안 마주칠 절망보다 더 많은 절망을 하루 동안 겪으며 싸웠다. 그가 바랐던 것은 결국 그 고통을 끝내는 것뿐이었다. 하지만 로버트는 남은 이들에게 결코 그들의 잘못이 아님을 분명히 하고 떠났다. 그가 남긴 유서는 남은 이들에게 그를 죽음으로 몰고 간 고통을 이해시키고 남은 이들이 할 수 있는 일도, 하지 않았던 일도 없음을 알려주었다.

로버트의 부모는 형언할 길 없는 관대함으로 그의 유서를 우리에게 공유해주었고, 덕분에 그가 남긴 말들이 자살로 세상을 떠난 이 뒤에 남은 사람들에게 큰 도움을 주었다. 사랑하는 사람이 세상을 떠난 것은 남은 이들의 잘못이 아님을 알려주었다. 로버트는 크나큰 상실을 겪은 가족이 그의 죽음에서 의미를 찾을 수 있도록 선물을 남겨주었다.

의미는 가장 있을 것 같지 않은 길들에 찾아온다. 다음은 완다가 들려준 이야기다. 기르던 고양이 사만다가 비강암 진단을 받으며 이야기가 시작된다.

우리는 전문 동물병원에서 수의사를 만났어요. 의사는 그동안 사만다가 잘 버텨왔지만 암세포가 공격적이라 전이되었다고 설명했죠. 평소에는 남편과 같이 사만다를 데리고 병원에 다녔는데 마지막으로 병원을 찾은 그날은 저 혼자였어요. 병원에서는 안락사가 사만다를 위한 최선의 방법이라고 했죠. 가슴이 무너져 내리더군요.

고맙게도 수의사 크리스틴이 안락사 전 저와 오랜 시간을 함께해 주었어요. 힘든 결정을 내리는 데 많은 도움을 주었고, 그 이후로도 저를 많이 도와주었지요. 의사의 따뜻함이 제겐 큰 힘이 되었어요. 하지만 사만다가 죽고 몇 달간은 제 자신을 추스를 수 없을 정도로 힘들더군요. 저도 그렇게까지 괴로울 줄은 몰랐어요. 그나마 위안이 되었던 건 크리스틴의 따스한 마음이었어요. 그래서 저는 사회복지사 석사과정을 마친 뒤 동물들과 동물들의 보호자들에게 도움을 주는 수의학 관련 자격증을 취득하기로 했어요.

2년 뒤 저는 크리스틴을 다시 만나고 싶었어요. 너무도 다정하고 따스했던 그분이 제게 큰 영감을 주었으니까요. 그런데 병원을 찾아갔더니 직원이 크리스틴은 더 이상 그곳에서 일하지 않는다고 하더군요.

"지금은 어디에 계시죠? 그 선생님과 연락을 하고 싶은데요." 저는

의미 수업

직원에게 물었어요.

병원에서는 수의사 개인 정보를 줄 수 없다고 말했어요. 그런데 직원들 반응이 뭔가 이상했어요. 그래서 자초지종을 이야기하고, 제게 큰 힘을 주셨던 분이어서 꼭 만나 뵙고 싶다고 다시 부탁했죠. 그랬더니 직원들이 눈물을 흘리며 말하더군요. "보통은 보호자분들에게 이런 말씀을 드리진 않는데 크리스틴 선생님은 작년에 자살하셨어요." 그 소리에 저는 큰 충격을 받았어요. 하지만 직원들 말로는 수의사들이 자살하는 건 흔히 있는 일이라고 하더군요.

그 말을 듣고서 자료를 조사해보니 미국에서 활발하게 활동하는 수의사 1만 명을 대상으로 한 연구에서 여섯 명에 한 명꼴로(남성 수의사 14.4퍼센트, 여성 수의사 19.1퍼센트) 자살을 생각해본 적이 있다는 결과가 있었습니다. 미국인 평균보다 3배나 많은 수치였죠. 미국 의료계에서 일하는 의사들도 수의사들과 비슷한 수준으로 자살을 고려한다는 결과도 알게 되었습니다. 수의사나 의사에게 환자가 고통받다 죽는 모습을 지켜보는 게 무척이나 힘든 일이라는 사실을 보여주는 결과였어요.

저는 그들에게 도움이 될 만한 일을 하고 싶었어요. 그래서 지역 수의사들을 위한 단체를 만들어 운영했어요. 동물병원에 들러 수의사들과 잠시 이야기도 나누고 혼자 지내기보다는 다른 수의사들과 서로 소통하며 지낼 수 있도록 독려해주었죠. 그리고 그들이 하는 일이 얼마나 소중한 일인지도 말해주었어요. 이 일은 제 삶의 의미이자 크리스틴 수의사에게 주는 선물이에요.

이 이야기에서 우리는 냉엄한 현실을 알 수 있다. 자살하는 사람들은 우리가 한 일 때문에 또는 하지 않은 일 때문에 목숨을 끊는 것이 아니라는 사실이다. 그들이 스스로 목숨을 끊는 이유는 정신적인 면역 작용이 제대로 이루어지지 않아서다. 괴로운 생각들이 그들에게 지독한 고통에서 벗어나는 유일한 길은 달아나는 것뿐이라고 끊임없이 속삭인다.

우리는 그렇게 세상을 떠난 이들의 명예를 기리며 살 수도 있고 그들의 힘겨운 싸움에 희망을 가져다줄 수도 있다. 모든 삶은 의미가 있다. 그 끝이 어떠할지라도.

8 어려운 인간관계

> 누구를 만나든 따뜻하게 대해주라. 다들 당신이 모르는 치열한 전
> 투를 벌이는 중이니까.
>
> 익명

슬픔에 잠겨 있다 보면 가까운 친구들이나 가족들이 자신의 감정을 섬세하게 알아주고, 자신의 슬픔을 헤아려주길 바라게 된다. 그리고 많은 이들이 그렇게 한다. 더러는 늘 실망시키는 사람도 있다. 그들을 비난할 수도 있고, 있는 그대로 받아들일 수도 있다. 두 가지 방법 모두 괜찮다고 생각한다. 하지만 그들이 달라질 것이라고 기대한다면 불만만 더욱 커질 뿐이다.

자신은 비탄에 잠겨 있는데 누군가 자신에게 부적절한 말과 행동을 하거나 무뚝뚝하게 대해 상처 받았다는 이야기를 들을 때면 나는 늘 이렇게 묻는다. "그들이 그런 식으로 행동한 게 이번이 처음인가요?" 거의 대답은 "평소에도 늘 그랬다"이다. 사람은 늘 하던 대로 행동하기 마련이다. 자기애가 강한 어머니는 누군가를 잃

은 상황을 오직 자신의 입장에서만 보고 생각한다. 경쟁심이 강한 친구는 자신의 상실감이 더 크다고 생각한다. 지배 욕구가 강한 형제나 자매는 늘 고쳐야 할 점을 지적한다. 이 복잡한 인간관계에서 우리가 하는 일은 다른 사람을 있는 그대로 바라보고 조금 떨어진 관점에서 어떻게 대응할지를 차분하게 결정하도록 돕는 일이다.

나와 상담을 했던 조이는 언니의 죽음을 겪고 비탄에 잠겨 있던 자신에게 한 친구가 정말 한심한 말을 하는 바람에 지금은 그 친구와 연락을 끊었다고 했다.

"그 친구가 어떻게 했는데요?" 내가 물었다.

"제 언니가 죽고 나서 친구가 이렇게 말하는 거예요. '이제는 더이상 언니 그늘에 가려져 살지 않아도 되겠네.'"

저 말만으로는 너무 뜬금없게 들려 자초지종을 물었다. "그 친구에게 언니의 그늘에 가려 살았던 속내를 터놓은 적이 있나요?"

"그렇죠. 그 문제는 언니와 평생 겪어온 일이니까요."

"그렇다면 그 친구가 이전에도 그렇게 한심한 말을 한 적이 있나요?"

"네. 입만 열면 늘 멍청한 소리를 해요."

"혹시 누군가 죽었을 때만이라도 그 친구가 멍청한 소리를 하지 않기를 기대했었나요?"

"그런 것 같아요. 최소한 누군가 죽었을 때는……."

"그런데 누구나 즉흥적으로 굴 때가 있죠?"

조이가 웃음을 터뜨렸다. 나도 따라 웃었다. 조이는 핵심을 잘 알고 있었다. 사람은 본래 모습을 늘 유지하는 경향이 있으며, 그러지 않아야 할 상황에서도 이 성향은 쉽게 바뀌지 않는다. 그들이 정말 중요한 사람이라면 그런 무심함을 너그럽게 이해해줄 것이다. 하지만 그렇게 중요한 사람이 아니라면 인연을 끊는 방법을 생각하기도 한다.

물론 선택할 수 없는 관계도 있다. 부모 자식 간의 관계가 그렇다. 아이가 어려운 상황을 잘 대처해나가길 바라는 것이 부모 마음이지만 때론 실망하기도 한다. 그럴 때면 아이가 현재 겪고 있는 상황을 이해해주려 노력해야 한다. 막내딸을 잃은 부부와 상담을 한 적이 있다. 그 부부는 래프팅 사고로 딸을 잃었다. 막내딸 위로 10대인 딸 브룩이 있었다. 어머니는 내게 브룩이 침울해한다고 말했고 아버지는 브룩이 지나치게 반항적이라고 말했다. 두 사람은 내게 브룩의 이야기를 들려주었다.

집에서 막내딸의 장례식을 치르는데 갑자기 브룩이 침실로 올라가겠다고 했다. 30분쯤 지나 아버지가 딸의 상태를 살피러 가보았는데 브룩은 방에 없었다. 찾아보니 브룩은 밖에서 담배를 피우며 친구와 전화 통화를 하고 있었다. 브룩의 아버지는 분노가 치솟았다. 장례식을 마친 뒤에도 브룩은 3일 동안 매일 밤 몰래 집을 빠져나갔다가 다음 날 아침에 돌아와 침대에 누워 있었다. 이후로도 몇 주 동안 브룩의 거짓과 기만은 계속되었고 부부는 딸의 행동에 충격을 받았다. 부부는 브룩이 동생의 죽음에 저토록 아무렇지 않아 한다는 사실이 믿기 어려웠고, 가족에게 무관심한 태도 역시 받아들이기 힘들었다.

그 집 막내딸이 세상을 떠나고 두 달 뒤 나는 한 모임에서 그들 부부를 만났다. 모임에 온 부부는 브룩의 태도에 자신들이 얼마나 화가 났는지 토로했다. 나는 부부에게 혹시 동생이 죽기 전에도 브룩이 줄곧 그런 행동을 보였냐고 물었다. 부부는 그렇다고 대답했다. 하지만 부부는 가족에게 일어난 엄청난 변화로 가족끼리 유대감이 돈독해지고 브룩이 좀 더 따뜻한 아이가 되길 바랐다고 말했다. 나는 두 사람에게 이렇게 말했다.

"따님의 죽음을 계기로 가족끼리 유대감이 더욱 돈독해지기를 바라셨겠죠. 보통 그런 환상을 많이 품습니다. 사람들은 흔히 누군가의 죽음이 인간적으로 성장을 돕는 촉매가 된다고 오해하곤 해요. 그 죽음을 계기로 더 좋은 사람이 되고, 더 단합되고 더 결속력이 강해질 거라고 잘못된 생각을 하죠. 물론 누군가의 죽음을 계기로 인격이 성숙해지는 사람도 더러 있기는 해요. 하지만 많은 경우에 죽음은 정서적으로 큰 변화를 일으켜 오히려 인격의 미성숙함을 두드러지게 합니다. 10대들은 이런 현상이 더 심하죠. 일부 어른들도 그렇고 10대들도 그렇고 감정을 어떻게 다스려야 할지 갈피를 잡지 못합니다. 브룩처럼 감정이 복잡하게 얽히는 경우가 다반사예요. 어쩌면 브룩은 슬픔을 드러내는 법을 알지 못해서 오직 분노로만 그 슬픔을 표현했는지도 몰라요. 늘 함께해오던 자매 관계가 사라지면서 일종의 죄책감을 느끼게 되었을 수도 있죠. 아니면 친구들에게 지금 자신이 상처 받았다는 사실을 드러내고 싶지 않았는지도 모르고요. 아무것도 변하지 않길 바라는 마음에 그저 10대다운 행동들을 하고 싶었던 건지도 몰라요. 어쩌면 부모님이 자신의 상처는 몰라주고 오직 동생의 죽음에만 몰두하는 상황에 화가 났을 수도 있습니다. 친구들과 즐거운 시간을 보내다 보면 슬픈 기분이 나아지고 다른 수백만 가지의 가능성이 생길 수 있다고 판단했을 수도 있어요. 상실감은 폭풍우처럼 강력하게 휘몰아쳐서 스치는 모든 것들을 집어삼킵니다. 그런 상황에서 사람들은 보통 더 큰 사랑과 공감을 바라죠. 하지만 상실감이라고 하는 거센 폭풍우는 분노, 권력, 사랑과는 거리가 먼 행동에도 똑같이 어마어마한 영향을 끼쳐요. 슬픔에 빠진 사람들은 좋은 성향과 나쁜 성향 모두에 휩쓸리기 마련입니다."

마무리하기

생이 끝나기 전, 살면서 생긴 모든 문제가 해소되고 더불어 모든 인간관계도 유종의 미를 거둘 수 있다면 참 좋을 것이다. 하지만 안타깝게도 현실은 그렇지 않다. 엘리자베스 퀴블러 로스는 이를 두고 "마무리하기"라고 말한다. 사랑하는 사람을 떠나보내고 나면 마무리되지 않은 일들이 남곤 한다. 분노, 죄책감, 후회, 질책 등의 감정이 뒤엉킨 채 그대로 남는다. 이런 감정들은 엊그제 있었던 일에서 비롯될 수도 있고, 오래전으로 거슬러 올라가 어린 시절에 있었던 일들에서 생긴 것일 수도 있다. 그 사람과의 관계가 한때 소원했을 수도 있고 평생을 불편했을 수도 있다.

사람이 떠난 뒤에는 관계를 회복할 방법이 없다. 마무리 짓지 않은 일이 마무리되지 않은 채 남아 있는 것이다. 하지만 이렇게 복잡한 관계였던 누군가가 죽어가고 있다는 사실을 알게 된다면 어떨까? 그렇다면 이러지도 저러지도 못하는 딜레마에도 대처할 수 있고 관계를 회복할 기회도 잡을 수 있다. 과거에 관계를 소원하게 만들었던 문제들이 있음에도 그 사람을 위해 관계를 회복하는 자리에 가겠는가? 아니면 여전히 거리를 두고 싶은가? 만약 그 사람을 찾아간다고 해도 그 사람이 나를 반겨주기는 할까?

어린 시절부터 관계가 좋지 않았던 자매가 있다. 로셸은 공부도 잘하고 모든 면에서 모범생이었지만 동생 리사는 성적도 좋지 않았고 늘 부모님에게 대들기 일쑤였으며 이런저런 문제도 자주 일으켰다. 로셸과 리사는 얼굴만 마주치면 싸웠고 로셸은 동생이 가족들의 삶을 힘들게 한다고 생각해 늘 리사에게 화가 나 있었다. 10대 시절, 로셸이 세차해둔 차를 리사가 허락도 없이 끌고 나갔다가 사고를 내서 차가 파손된 적도 있다. 둘은 물과 기름처럼 안 맞았고 늘 다퉜다.

로셸은 의대에 들어가 의과 대학원까지 진학했으며, 그곳에서 남편을 만나 부부 모두 의사가 되었고 자녀도 셋을 낳았다. 로셸은 부모님 집과 멀지 않은 곳에 집을 사서 가족과 가깝게 지냈으며 지역공동체 활동에도 적극적으로 참여했다. 리사는 대학에 진학하지 않았다. 배우가 꿈이었던 리사는 브로드웨이 무대에 서고 싶다는

의미 수업

꿈을 안고 뉴욕에 갔다. 무대를 꿈꾸는 수많은 배우 지망생이 그러하듯 리사도 식당 종업원 일을 하며 홀로 생계를 꾸려나갔다. 그러던 어느 날 종업원 일자리를 잃고 부모님에게 돈을 빌려달라고 부탁했다. 로셸은 부모님에게 그 이야기를 전해 듣고는 리사에게 돈을 주지 말아야 어른답게 성장할 수 있다며 재정 지원을 반대했다.

자매는 어느덧 30대의 나이가 되었다. 로셸은 성공한 의사가 되었고 리사는 브로드웨이에서 단역배우가 되었다. 어떻게 보면 리사도 배우가 되고 싶다는 꿈에 발을 내디딘 듯했다. 하지만 두 사람이 저마다 원하는 일을 찾아서 하고 있다는 사실도 냉랭한 자매 사이를 해결하는 데 도움이 되지는 않았다. 크리스마스나 추수감사절에 부모님 집에서 모일 때면 로셸은 리사가 너무 이기적이라고 생각했고, 리사는 로셸이 너무 엄격하고 신경질적이라고 생각했다. 두 사람 모두 가족 모임에서라도 평화롭게 지내고 싶어 했지만 그래도 두 사람이 함께 있는 자리에는 늘 긴장감이 감돌았다.

그러던 중 리사가 브로드웨이 무대에서 주인공 역할을 맡게 되었다. 배우로 날개를 펼치는 첫 순간을 맞은 것이다. 그런데 같은 시기에 로셸 머리에서 종양이 발견되었다. 화학요법을 받았지만 로셸이 살날은 얼마 남지 않았고 로셸도 이 사실을 알았다. 로셸이 암 진단을 받은 뒤 리사가 로셸과 함께 시간을 보내려고 찾아왔다. 자매가 함께 지내던 어느 날 리사가 말했다. "언니가 얼른 낫길 바라. 애들한테도 엄마가 필요하잖아. 언니 환자들도 언니를 믿고 좋아해. 얼른 회복해서 건강해지면 내 공연도 보러 오고."

말이 채 끝나기도 전에 로셸이 날카롭게 대꾸했다. "넌 항상 너만 중요하지. 늘 기승전 '너' 아냐?"

리사는 그 말에 큰 상처를 받았다. 리사는 로셸이 대학을 졸업할 때도, 의과 대학원을 마칠 때도, 병원을 개원할 때도 늘 그 자리에 있었다. 로셸 아이들의 생일도 축하해주며 함께 보냈다. 그동안 고생만 하다가 마침내 자기 인생에도 좋은 일이 생겼다고 생각한 리사는 그 기쁨을 언니와 나누고 싶었지만 로셸은 리사의 일에 관심이 없었다. 그럼에도 공연이 막을 내리자마자 리사는 하루가 다르게 건강이 악화되는 로셸을 도와주러 로셸의 집을 찾았다. 리사는 매일 로셸의 아이들을 돌보고 로셸을 데리고 병원에 가는 일을 했다.

로셸이 리사에게 왜 이렇게 도와주는지 묻자 리사는 이렇게 대답했다. "내 언니잖아." 로셸은 여덟 달 뒤 세상을 떠났다. 로셸이 죽고 몇 달 뒤 로셸의 자녀 중 한 명이 뉴욕에 사는 리사를 찾아왔다. 그러면서 엄마와 이모 사이가 늘 좋지 않은 모습을 보며 자라서 두 사람이 잘 맞지 않는다는 사실을 알고 있었다고 말했다. 그리고 도대체 무엇 때문에 두 사람이 그렇게 앙숙이었는지 궁금해했다. 리사는 조카에게 이렇게 대답해주었다. "나는 로셸 언니가 다른 사람처럼 되기를 바란 적이 한 번도 없었어. 그런데 언니는 늘 내가 다른 사람처럼 되길 원했어. 언니 눈에는 내가 엇나가는 것처럼 보였겠지만, 난 그냥 좀 창의적인 아이였을 뿐이야."

리사의 조카는 두 사람의 관계에 언제나 좋지 않은 기류가 흘렀음에도 이모 리사가 집에 찾아와 엄마를 보살펴주는 모습을 보고 무척 놀라고 감명을 받았다. "이모는 어떻게 엄마를 정성껏 돌봐주어야겠다는 마음이 생겼어요?"

"그냥 내 일을 했을 뿐이야. 인생을 살면서, 그리고 배우로 일하면서 많은 점을 배웠어. 특히 배우로 지내면서 내 성격에 대해 많이 생각하게 되더라고. 배우라는 직업은 다양한 상황과 사람들에 대응하는 방법을 찾아가는 일이거든. 사람들이 어떤 캐릭터로 어떤 연기를 하는지는 내가 평가하고 판단할 문제가 아니라고 생각해. 내 캐릭터와 하나뿐인 이 직업은 오직 나만의 캐릭터야. 나는 그저 언니에게 가고 싶어서 간 것뿐이야."

그날 조카와 대화를 나누면서 리사는 가장 어렵고 복잡하게 꼬인 인간관계에서 할 수 있는 일은 결국 각자의 영역에서 책임을 다하는 것뿐이라는 사실을 깨달았다. 로셸이 어떻게 했는지는 리사가 통제하거나 판단할 부분이 아니었다. 리사가 어떻게 행동할지는 전적으로 리사에게 달려 있었으며, 리사는 언니 곁을 지켜주는 방법을 선택했다.

나는 리사의 결정이 깊은 지혜에서 나왔다고 생각한다. 어렵고 괴로운 인간관계를 겪을 때 얼마나 많은 사람이 상대의 반응에만 집중하는가? 내가 상대를 위해 이만큼 해줬는데 상대가 고마워해야 하는 거 아닌가? 뭔가 보답을 해줘야 하는 거 아닌가? 또는 상대가 내 호의를 거절해서 내가 상처 받으면 어떡하지? 등과 같은 생각을 한다. 누군가에게 호의를 베풀 때는 아무 기대도 하지 말고 베풀어야 한다. 기대는 분노를 차곡차곡 쌓는다.

어려운 인간관계에 어떻게 대처할지는 각자의 선택이며 관계가 어려우면 선택도 어려워진다. 죽음이 다가오면 그 선택은 더더욱 어려워진다. 선택지가 명확할 때는 선택이 더 쉬워지기도 한다. 트리샤의 경우가 그렇다. 트리샤는 어머니와 사이가 틀어진 채 오랜 세월을 보냈다.

특수학교 교사인 트리샤는 정신적으로 질환이 있는 어머니 밑에서 어린 시절을 힘들게 보냈다. 트리샤의 어머니는 아이를 잘 기르고 싶었지만 정신적인 문제 때문에 그럴 수 없었다. 트리샤는 당시를 이렇게 회상했다. "지금에 와서 돌이켜 보면 어머니는 조울증이었어요. 하지만 당시만 해도 어머니가 왜 그러는지 아무도 몰랐죠. 어머니한테 조울증이 시작된 건 제가 여섯 살쯤 되었을 때부터였어요. 그 시절 어머니는 저를 무척이나 미워하셔서 저한테는 옷 한 벌을 안 사주셨어요. 옷을 사도 늘 오빠 옷만 샀죠. 그래서 저는 언제나 지저분하고 꾀죄죄했어요. 한번은 친척이 우리 집에 왔다가 저를 보고는 데리고 나가서 옷도 사주고 미용실에서 머리도 깔끔하게 다듬어주었죠. 어머니는 저를 방치만 한 게 아니었어요. 아무 이유 없이 저를 때리기도 했어요. 이런 이야기를 들으면 제가 무슨 잘못을 했을 거라고 생각하실 테죠."

나는 트리샤에게 그런 어린 시절을 어떻게 극복했는지 물었다.

"잘 극복 못 했어요. 자연스럽게 열세 살 때부터 술을 마시고 대마초도 피웠으니까요. 그냥 모든 것에 둔감해지고 싶었어요. 천만

다행으로 더 큰 문제는 일으키지 않고 10대 시절을 보냈어요. 그러다가 마침내 스물두 살에 독립해서 다시는 집으로 돌아가지 않았어요. 딱 한 번 잠깐 들른 적이 있긴 하지만요."

"독립한다고 하니 어머니가 화를 내셨나요?" 내가 물었다.

"그랬죠. 어머니가 노발대발하셔서 저도 무척 힘들었어요. 하지만 어머니는 제게 너무도 파괴적인 사람이었기에 어머니와 있는 시간을 최소한으로 줄여야만 제가 나름대로 의미 있는 인생을 살 수 있다고 생각해서 내린 결정이었어요. 한동안은 1년에 한 번씩은 어머니를 찾아갔는데 한번은 집에 찾아온 저를 보고 면전에서 문을 쾅 닫고는 집으로 들이지 않으셨어요. 결국 집에는 못 들어갔죠. 나중에 전화했더니 제가 끔찍하게 싫다며 어머니가 고래고래 소리를 지르시더라고요. 그날 이후로 제 인생에 아예 어머니가 없다고 생각하며 살기로 했어요. 사람들은 제가 어머니를 찾아가지 않는 걸 보고 이러쿵저러쿵 판단하지만 그 사람들은 제가 어떻게 살아왔는지 모르잖아요. 저는 그 순간을 기점으로 어머니와의 모든 인연을 끊었어요."

"어머니와는 전혀 연락을 안 하나요?" 내가 물었다.

"해마다 크리스마스카드는 보내요. 그냥 그렇게 하고 싶어서요. 그건 저를 위한 일이에요."

리사와 마찬가지로 트리샤도 자신의 행동에 책임을 졌다. 어머니가 자신을 어떻게 대하더라도, 어떤 좋은 영향을 주지 않았더라도 그렇게 하기로 선택했다.

트리샤는 계속 말을 이어나갔다. "어머니와 제 관계가 멀어져 있는 사이 가족들이 제게 어머니가 자해를 해서 병원에 입원했다는 소식을 전해줬어요. 가족들이 어머니를 발견했을 때는 의식불명 상태였는데 나중에 의식을 찾으셨죠. 의식을 회복한 어머니는 종교에 매달리셨어요. 아마 종교에서 어떤 의미를 찾으셨던 모양이에요. 어머니가 다니던 교회도 어머니를 잘 받아주었고요. 하지만 어머니와 저의 관계를 회복하고 싶은 마음은 전혀 없었어요. 그동안 너무도 고통스러웠으니까요. 그렇게 20년 넘게 어머니와 단절하고 지내다가 어머니가 악성 암에 걸렸다는 소식을 들었어요. 당시 저는 매사추세츠주에 살면서 여름학교에서 아이들을 가르치고 있었어요. 숱하게 많이 고민한 끝에 어머니가 사는 위스콘신주로 가서 임종을 지키기로 결심했죠. 제가 갔을 때는 이미 암이 온몸에 전이되었고 뇌까지 퍼진 상태였어요. 그 주 내내 어머니와 함께 지내면서도 왜 우리가 그토록 오랜 세월 단절하고 살았는지 한마디도 하지 않았어요. 그저 날마다 어머니 곁에 있었죠. 어머니는 일주일 뒤 아침 7시 무렵에 돌아가셨어요. 어머니 침상에는 저 말고는 아무도 없었어요. 저는 어머니 손을 잡아 그 손으로 제 머리를 쓰다듬었어요."

"그때 기분이 어땠나요?" 내가 물었다.

"굉장히 평화로웠어요. 어머니가 세상을 떠날 때, 마지막 순간에 함께 있었다는 사실이 제겐 의미 있게 느껴졌어요. 20년 동안 어머니와 한마디도 하지 않고 지낸 결정에 아무런 후회도 없어요. 하지만 어머니가 돌아가시는 그 순간 사랑을 느꼈죠. 비록 정신적으로 아픈 분이었지만 아마 최선을 다해 어머니의 역할을 하셨을 거예요. 어머니가 돌아가실 무렵에는 저도 철이 들었죠. 조울증 때문에 어찌할 도리가 없었던 어머니의 상태를 이해해야 한다는 생각이 들 정도로요. 그리고 어머니가 제게 했던 일들은 나 때문이 아니라 병 때문이라는 사실도 이해하게 되었고요."

용서에 대하여

용서는 참으로 어려운 영역이다. 우리는 살아온 날들만큼 주위에 벽을 쌓는다. 그리고 그 벽은 슬픔에 대처하기에는 참으로 고약하다. 일단 모두가 용서를 받을 수 있는 건 아니다. 평생을 살아도 죽일 수 없는 거대한 괴물들도 있다. 하지만 용서는 우울과 슬픔에 짓눌린 사람과 타인을 향한 분노가 가득한 사람에게 더없이 멋진 선물이다.

용서에는 여러 유형이 있다. 나는 용서를 이야기할 때 주로 다음 세 가지 유형을 다룬다.

1. **간접적 용서:** 모든 용서를 자신의 마음속에서 한다.
2. **직접적 용서:** 용서를 구하러 오는 사람을 용서한다. 다만 누군가 용서를 구하러 오는 일은 지극히 드물다.
3. **조건적 용서:** 누군가 용서를 구하면 용서를 해주기도 하고 안 해

주기도 한다. 용서에 여러 가지 요소를 고려한다. '저 사람이 진심으로 용서를 구하고 있나?', '적절한 시점인가?', '자신들이 저지른 잘못으로 내가 고통받은 사실을 충분히 알고 있는가?'

이 세 가지 유형의 용서 중 내가 가장 자주 언급하는 용서는 간접적 용서다. 간접적 용서에는 산 사람이든 죽은 사람이든 누구도 필요하지 않다. 누군가의 언행이 우리를 규정하지 않는다는 생각만 있으면 자기 자신은 물론 상처를 준 사람도 용서할 수 있다. 살인자를 용서하는 일도 아주 드물기는 하지만 가끔 있다.

10년 전 여동생이 살해당했던 한 여성이 있다. 그 사건은 그녀의 온 삶을 짓밟았다. 살인자는 남은 인생을 교도소에 수감되어 살게 되었지만, 그 여성 역시 평생을 마음의 감옥에서 살아야 했다. 그녀는 고통에서 벗어날 방법을 찾고 싶어 했다. 나는 그녀에게 살인자를 용서해줄 가능성이 있는지 물었다. 그러자 그녀가 대답했다. "절대 없어요! 죽어도 그럴 일은 없어요."

나는 그녀에게 살인자가 저지른 짓을 용서하라는 의미가 아니라고 설명했다.

"절대로 용서 못 해요. 용서라는 말조차 끔찍해요." 그녀가 대답했다.

이런 일을 겪은 사람에게는 '용서'라는 단어 자체가 부정적으로 느껴질 수 있다. 이런 경우에는 '용서' 대신 '놓아주기'라는 말을 사용하기도 한다.

나는 그녀에게 말했다. "그자가 두 사람의 삶을 없앴으니 무척 안타깝습니다."

"아뇨, 죽은 건 제 동생 한 명이에요."

"그렇죠. 하지만 그자는 당신의 삶도 가져간 거나 다름없습니다. 그 사람을 용서하지 못하겠다면 그냥 놓아주는 건 어떤가요? 그자는 당신의 영혼과 정신까지 앗아 갈 가치가 없는 사람입니다. 평생 교도소에 살면서 의미 있는 기부도 못 하고 집세도 한번 제 손으로 못 내보겠죠. 그런 자는 당신의 삶에서 조금이라도 자리를 차지할 가치가 없습니다."

"그렇게는 한 번도 생각 안 해봤어요."

"혹시 '용서'라는 단어가 단절을 의미한다면 어때요? 용서라는 말이 그자가 저지른 만행으로부터 단절된다는 의미라면요? 당신은 생의 단 한 순간도 그자에게 내줄 필요가 없습니다. 그자에게서 벗어나 자유롭게 살 가치가 충분히 있습니다." 내가 말했다.

그 여성은 오랜 시간 침묵했다. 그러더니 아까와는 달라진 어조로 말했다. "그 말이 제 모든 것을 바꿨네요."

우리가 분노라고 하는 감옥에 갇혀 있을 때 용서는 그 문을 열어준다. 그 감옥에서는 옳게 살 수는 있어도 결코 행복해질 수는 없다.

이 여성보다는 덜하지만 가족이나 친구에게 당한 피해를 떠올리며 내가 말한 용서의 개념에 동의하지 않는 사람도 있을 것이다. "당신은 그들이 내게 어떻게 했는지 모르잖아요. 도저히 용서할 수 없는 사람들이에요." 용서할 의지가 없다는 것은 자기 자신에게 끔찍한 일이 될 수도 있다. 매일 독약을 한 숟갈씩 삼키는 것 같은 쓰라림을 맛보게 된다. 결국 독약이 한 숟갈, 한 숟갈 쌓여 온몸과 마음에 해악이 된다. 과거에 자신을 묶어둔 상태에서는 건강해질 수도, 자유로워질 수도 없다.

여기서 용서의 네 가지 방법을 제안한다.

1. 상대가 아기였을 때를 상상한다. 그들도 순수하게 태어났던 때가 있다.
2. 그들이 자라면서 어떤 일로 상처를 받았다고 생각한다. 상처 입은 사람이 다른 사람에게 상처를 준다. 누군가 당신에게 상처를 주었다면 그 사람이 상처를 배우며 살았기 때문이다.
3. 상대를 용서할 수는 있지만 행동으로 할 필요는 없다. 장례식장에서 누군가 내뱉은 경솔하고 한심한 말은 용서되지 않을지도 모른다.
4. 늘 "나 역시 완벽하지 않다"라는 말을 잊지 않으려고 노력한다.

나는 위에 언급한 방법 중 특히 4번을 자주 사용한다. 한 친구가 내게 자신이 일하는 국가기관에서 강연을 해달라고 부탁한 적이 있다. 그런데 그 친구와 저녁을 먹으며 요즘 어떻게 지내냐고 물었더니 친구가 이렇게 말했다. "요즘 영 힘들어." 그 친구는 암 투병 중이었다.

"치료 잘 받고 있다고 들어서 그런 줄 알았는데." 내가 말했다.

"그래, 데이비드, 너와 통화할 때만 해도 그렇게 말했었지. 하지만 네가 다시 전화하겠다고 해놓고 다시는 전화를 안 했잖아."

친구의 말만 놓고 보면 맞는 말이었다. 그리고 어떤 상황이었는지도 짐작할 수 있었다. 친구에게서 암에 걸렸다는 전화를 받았을 때 당시 나는 아마 공항 보안 검색대를 통과 중이었거나 전화를 받기 곤란한 장소에 있었던 것으로 기억된다. 결국 다시 전화하겠다는 말을 해놓고 시간이 훌쩍 지나버렸고 다른 전화들과 이메일을 받느라 친구에게 전화해야 한다는 사실을 깜박 잊은 것이다.

나는 진심으로 친구에게 사과했다. 본래는 암에 걸린 친구의 전화를 받고 다시 전화를 해야 한다는 사실을 잊어버리거나 하지 않는데, 그때는 무슨 일이었는지 그만 잊어버리고 말았다. 나도 사람이고 실수를 하기에 다른 사람의 실수를 용서할 수 있다.

우리는 다른 사람들도 모두 주어진 그 순간에는 최선을 다하며 산다는 사실을 잊지 말아야 한다. 아침마다 거울을 보며 "오늘 하루는 정말 한심하게 보낼 거야"라고 다짐하는 사람은 없다.

사람은 자신이 이해하고, 지각하고, 아는 만큼 행동할 수 있다. 그렇다고 해서 잘못한 사람의 행동이 그럴 만하다거나 핑계가 될 수 있다는 의미는 아니다. 일어난 일은 이미 일어났다. 어쩌면 오래전에 끝난 일일 수도 있다. '상대'를 위한 용서는 드물다. 용서는 자기 자신을 위해 하는 것임을 기억한다면 도움이 될 것이다.

설령 자신을 위한 용서라 해도 반드시 용서할 마음이 있어야 한다. 하지만 모두에게 그 마음이 있는 것은 아니다. 킴 골드먼Kim Goldman은 안타깝게도 형 론 골드먼Ron Goldman이 O. J. 심슨O. J. Simpson에게 살해되는 참담한 일을 겪었다. 살인범은 재판에서 무죄판결을 받았고, 이후 민사소송에서는 패소해 벌금형을 선고받았다. 이후 심슨은 '내가 그 일을 저질렀다면'이라는 제목의 책을 출간하려고도 했다.

나는 킴 골드먼과 그 잔혹하고 공개적인 죽음에 대해 이야기를 나눴다. 따스하고 다정한 성품의 킴은 그 모든 일을 겪고도 강인하고 행복하고 분별력 있게 살고 있었다. 우리는 용서라는 주제로 대화를 나눴다. 가족이 살해당하는 끔찍한 일을 겪은 다른 사람들과 마찬가지로 킴 역시 용서에 대한 압박을 강하게 느꼈다. 사람들은 킴에게 무자비한 그 사람을 용서할 건지 물었다.

내가 킴과 만나 슬픔에 관해 이야기를 나눴다고 하면 이렇게 말하는 사람도 있다. "킴도 이제 용서해야죠. 그리고 자기 삶을 살아야죠."

나는 그런 사람들에게 이렇게 묻곤 한다. "사랑하는 가족이 살해당한 뒤 그렇게 하는 게 도움이 됐나요?"

그러면 사람들은 이렇게 말한다. "아뇨. 제 가족은 살해당하지 않았어요."

"그럼 어떻게 돌아가셨는데요?"

내 질문에 사람들은 거의 항상 재빨리 대답한다. "아, 아직 죽은 가족은 없어요. 그저 용서에 대한 믿음이 있어서 하는 말이에요."

이럴 때 나는 그들에게 나도 그런 믿음은 있지만 용서는 말처럼 쉽지 않다고 말한다. 상대의 입장이 되어 보지 않은 사람들이나 살인이라고 하는 잔인한 죽음을 그저 멀리서 관망해온 사람들은 쉽게 말한다. "하지만 그 사람은 다시 행복해질 거고, 잘 극복할 거예요."

킴은 행복하게 살고 있고 멋진 가족도 있지만 여전히 오빠를 그리워한다. 그리고 용서는 가치가 없다고 생각한다. 킴은 이렇게 말했다. "그 일을 다시 되돌아보지도, 매달리지도 않아요. 그리고 용서도 하지 않고요."

모순적이게도 킴은 살인범을 용서해야 한다는 내용이 담긴 혐오 이메일을 셀 수 없이 많이 받는다.

슬픔의 크기에 비례하는 위험

관계가 원만하지 않았던 사람이 갑자기 세상을 떠나면 그 사람과 있었던 문제들을 해결할 기회도, 그 사람에게 사랑을 표현할 기회도 사라진다. 슬픔의 단계에서 이 문제는 특히 극복하기 어렵다. 샐리라는 여성이 내게 자신의 이야기를 들려주었다.

샐리는 오빠를 무척 좋아했지만 다툼이 잦아서 관계가 쉽지 않았다. 어릴 때부터 툭하면 싸웠고 어른이 되어서도 한번 싸우고 나면 며칠씩 서로에게 전화도 하지 않았다. 하루는 평소처럼 의견 충돌이 있었는데 샐리는 3일 동안 오빠의 전화를 받지 않았다. 전화를 받지 않은 것은 여느 사람들처럼 또 다른 의견 충돌이었을 뿐,

샐리는 곧 오빠와 화해를 하고 또 아무렇지 않게 지내게 되리라는 사실을 잘 알고 있었다. 3일이 지나 오빠에게서 전화가 걸려 왔다. 하지만 전화를 건 사람은 오빠가 아니었다. 다른 사람이 전화를 걸어 샐리의 오빠가 심장마비로 사망했다는 소식을 전했다. 샐리는 모든 상황이 너무도 갑작스러웠다. 3일 동안 오빠의 전화를 받지 않은 것이 살면서 한 최악의 행동이 된 것이다. 마음 한구석에서 자신이 너무 화를 내서 오빠가 충격으로 죽었을지도 모른다는 생각도 들었다.

누구나 내 생각과 감정이 외부 세계에 영향을 끼쳤을지도 모른다는 생각에 매몰될 때가 있다. 하지만 나는 샐리에게 좀 더 합리적으로 생각해보라고 제안했다. 이전에도 많이 다뤘지만 어느 누구도 샐리의 오빠를 죽이지 않았다는 사실을 생각해보라고 말했다. 샐리는 자신과 오빠의 심장마비는 아무 상관이 없다는 사실은 인정했다. 그렇다고 해서 후회가 없어지는 것은 아니다. 오빠에게 마지막으로 한 말이 불쾌한 말들이었다는 사실은 두고두고 후회로 남을 것이다.

나는 샐리에게 오빠와 있었던 다른 추억들을 물었다. 샐리는 두 사람이 무척 가까웠던 이야기며 함께했던 좋은 시간에 대한 이야기를 많이 들려주었다. 샐리의 오빠는 이혼 후 힘들어하는 샐리를 가족 크루즈 여행에 초대하기도 했다. "세상을 잃은 기분이었는데, 오빠는 크루즈 여행이 이런 제 기분을 바꾸는 데 큰 도움이 되리라고 생각했던 거죠." 샐리는 좋았던 다른 추억들을 떠올리면서 마지

의미 수업

막에 싸웠던 기억을 오랜 세월, 무수했던 추억들 중 하나로 생각하게 되었다. 궁극적으로 오빠와 자신이 서로를 깊이 아껴주는 가족이었다는 사실도 반추하게 되었다.

캐럴의 사연도 있다. 캐럴은 10대인 딸 문제로 나와 이야기를 나눴다. 어느 날 세탁기가 고장 나는 바람에 캐럴은 딸과 함께 동네 빨래방을 찾았다. 여느 10대들이 그러하듯 캐럴의 딸도 황금 같은 주말에 엄마와 빨래방에 가야 하냐며 볼멘소리를 했다. 어릴 적 검소하게 자랐던 캐럴은 집에 세탁기도 건조기도 없어서 손으로 빨래를 해가며 10대 시절을 보냈다. 그런 캐럴의 눈에는 딸의 퉁명스러운 행동이 버릇없이 느껴졌고 계속 투덜대는 딸에게 마침내 인내심을 잃었다.

캐럴은 딸에게 소리를 질렀다. "나라고 빨래방에 있고 싶어서 있는 줄 알아? 네가 보기엔 엄마가 지금 재밌어서 이러는 것 같아? 어디서 배운 버르장머리야?"

캐럴은 딸의 불만을 무시하고 넘길 수도 있었다. 공공장소에서 딸의 잘잘못을 지적하고 무안을 주지 않고 참을 수도 있었다. 하지만 캐럴은 화가 폭발하고 말았다. 딸 역시 폭발했다.

"그만해. 나 갈래." 딸은 빨래방 문을 벌컥 열고 나가버렸다. 여기까지는 10대 아이를 둔 여느 가정의 이야기와 다르지 않다. 시간이 지나면 딸은 살금살금 집에 들어오고 엄마는 적당히 훈계를 하는 것으로 마무리되는 흔한 풍경처럼 보인다. 하지만 캐럴의 이야기는 그렇지 않다. 빨래방을 나간 딸이 친구들과 함께 차를 타고 어디론가 가다가 교통사고로 그만 사망한 것이다.

사고 이후 캐럴은 자신을 자책하고 또 자책했다. "그때 왜 딸의 행동을 참지 못했을까? 왜 나는 10대 아이들은 그럴 때도 있다는 걸 몰랐을까? 왜 나는 사람들 많은 곳에서 아이에게 창피를 주었을까? 내가 화만 내지 않았어도 딸은 지금 잘 살아 있을 텐데."

샐리와 캐럴의 이야기 모두 관계가 좋아지기 전에 한쪽이 갑작스러운 죽음을 맞게 되어 죄책감을 느끼는 사례다. 이런 관계는 종종 비난으로 이어지곤 한다. 나는 이런 일을 겪은 이들에게 '오컴의 면도날'을 생각해보라고 말하곤 한다. 인과관계를 생각할 때는 "가장 단순한 답이 가장 옳은 답인 경우가 많다"라는 것으로, 대단히 과학적이면서도 철학적인 법칙이다.

'만약'이라고 하는 가정들이 지나치게 많다는 것은 그 상황에 대한 진실에서 멀어지고 있다는 징표다. 사람들이 단순하고 진정한 이유를 납득하도록 돕는 것도 내가 하는 일 중 하나다. '만약'에서 출발하는 지나치게 복잡한 이유들은 피해야 한다. 전화를 받지 않아서 누군가 심장마비로 죽은 것이 아니다. 이것이 단순한 진실이다. 자신이 누군가의 죽음을 야기하지 않았다는 사실을 깨닫는다 해도 풀지 못한 채 끝난 관계에 대한 죄책감은 여전히 남는다. 나는 이런 상황에서 죄책감으로 괴로워하는 사람들에게 두 가지 방법을 제안한다.

먼저 눈을 감고 사랑하는 사람이 더 건강하고 행복했던 시절을 그려보라. 그리고 그 사람과 다정했던 순간을 떠올려보라. 이어

의미 수업

서 마음속으로 그 사람에게 진심을 말해보라. 이를테면 샐리는 오빠에게 이렇게 말할 수도 있다. "전화 안 받아서 미안해. 내가 오빠 많이 아끼는 거 알지? 상처 주거나 무시하려고 했던 게 아니야." 캐럴은 딸에게 이렇게 말할 수도 있다. "빨래방에서 큰 소리로 화낸 거 미안해, 딸. 엄마는 너를 사랑해. 절대 창피 주려고 그런 거 아니야." 마음속으로 진심을 담아 이렇게 말한다면, 사랑하던 사람도 그 마음을 느낄 수 있으리라 믿는다.

풀지 못한 관계에서 비롯되는 죄책감을 덜어주는 또 다른 방법은 '살면서 고치기'다. '그때 내가 그랬더라면' 하고 바랐던 행동을 다른 이들에게 하며 살아가는 것이다.

다음은 '살면서 고치기'에 적용할 수 있는 구체적인 예시다. [ ]에 자신한테 적당한 말을 넣어 곱씹어보면 도움이 된다.

[어머니, 형제, 남편 등]을 위해 내가 살면서 고칠 수 있는 부분은 [어떤 행동]을 하는 것/하지 않는 것이다. 이것이 앞으로 내가 살면서 고칠 부분이며 내 깊은 속죄가 될 것이다.

예를 들어 샐리라면 이렇게 말할 수 있을 것이다. "오빠를 위해 내가 살면서 고칠 수 있는 부분은 그 누구와 다투더라도 전화는 반드시 받는 것이다. 이것이 앞으로 내가 살면서 고칠 부분이며 내 깊은 속죄가 될 것이다." 캐럴이라면 이렇게 말할 수 있다. "딸을 위해 내가 살면서 고칠 수 있는 부분은 다시는 그 누구에게도 공공장소에서 고함을 지르지 않는 것이다. 이것이 앞으로 내가 살면서 고칠 부분이며 내 깊은 속죄가 될 것이다."

사랑하는 사람에게 사랑한다는 말을 한 번도 하지 못했는데, 그 사람이 세상을 떠났다면 이렇게 말할 수 있다. "그 사람을 위해 내가 살면서 고칠 수 있는 부분은 사랑하는 사람에게 언제든 사랑한다고 말하는 것이다. 이것이 앞으로 내가 살면서 고칠 부분이며 내 깊은 속죄가 될 것이다." 죄책감을 떨쳐내고 살면서 고칠 부분을 정하고 나면 비로소 세상을 떠난 그 사람을 위한 온전한 애도를 시작할 수 있다.

부고와 추도 연설: 진심을 담기

현대사회에 들어서면서 중요한 의식과 절차가 점점 줄어들고 있다. 하지만 장례식은 무수히 여러 겹의 관계를 맺었던 누군가에게 마지막으로 공개적인 작별 인사를 하는 의식이다. 보통 세상을 떠난 사람은 이상적으로 그려지기 마련이다. 이를테면 전혀 열정적이고 다정하지 않았던 어머니에 대해 열정적이고 다정했던 사람으로 추모글을 쓰려고 애쓰는 사람도 있다. 전혀 알지 못하는 이의 장례식을 집도하는 성직자들도 자주 보았다. 프랭크가 세상을 떠났을 때 그의 아내는 아름다운 장례식이었노라고 말하며 다만 장례식 추모사가 프랭크와 아무 관련이 없었다는 사실이 무척 안타까울 뿐이라고 덧붙였다.

가장 감명 깊고 여운이 남는 장례식은 고인의 좋은 점을 최대한 많이 언급하고 안 좋았던 부분은 되도록 최소한으로만 언급한다. 하지만 고인의 고집, 아집, 오만함, 화려함, 충격적인 결정, 반항적인 모습, 법을 위반한 일화 등도 그 사람을 특별하고 독창적인 이로 만들어주는 요소들이다. 최고의 추도문은 고인을 세상 더없이 좋은 천사로 묘사하기보다는 고인의 이런저런 모습을 다양하게 이야기하는 것이다.

부고도 마찬가지다. 내 친구 한 명은 35년 동안 한결같이 아버지를 괴물이라고 지칭했다. 그 친구가 하는 이야기를 들어보면 그의 아버지는 그렇게 불릴 만한 이유가 충분했다. 하지만 친구는 아버지와 인연을 끊지는 않았다. 늘 주기적으로 아버지를 만났고 아버지의 임종도 지켰다. 아버지가 돌아가신 뒤 친구는 아버지를 대단히 활기 넘치고 모험심 강하게 평생을 살았던 사람으로 정말 근사하게 묘사했다. 그리고 아버지가 대단히 까다로운 성격이었다는 점도 언급했다. 그 성격이 실제 그 아버지의 모습이며 아버지가 그렇게 산 데 영향을 끼쳤다. 이러한 진정성은 애도에 깊은 울림을 준다. 진정성 있는 말이나 글은 그 사람, 그 사람의 복잡하고 다양한 면모, 현실적인 인간관계 등을 보여준다. 내 친구는 부고가 한 인간의 어두운 모습을 완전히 도려내지 않고 다양한 모습을 보여주고 기리는 데 그 목적이 있다고 생각했다.

언젠가 보았던 어느 가족의 풍경도 생각난다. 온 가족이 식탁에 둘러앉아 사랑했던 이의 부고를 작성하면서 고인을 압축해서 표현할 수 있는 말을 고심하고 있었다. 시시했던 농담은 언급하면 안되나? 아니면 아이들을 끔찍하게 싫어해서 아이를 낳지 않고 살았던 건? 일종의 인간관계 목록을 만들고는 최근 그 사람 언행에 따라 그 사람을 목록에 새로 올리거나 지웠다는 이야기는? 등과 같은 내용을 두고 고민했다.

고인만의 독특한 개성을 잘 담아내면 부고도 기억에 남는 글이 될 수 있다. 예를 들어 〈뉴욕타임스〉에 실렸던 배우 이바 위더스Iva Withers의 부고는 다음과 같았다. "최고의 대역 배우에게 주는 상이 있었다면 30년 가까이 브로드웨이 무대에 섰던 이바 위더스는 매년 토니상(미국 브로드웨이에서 연극 및 뮤지컬 분야에 탁월한 업적이 있는 사람에게 수여하는 상-옮긴이) 수상자가 되었을 것이다. 이바 위더스는 브로드웨이에 진출해 〈캐러셀〉, 〈오클라호마!〉, 〈아가씨와 건달들〉 등과 같은 무대에 섰지만 주연은 한 번도 맡지 못했다."

이 부고는 이어서 위더스가 하루에 두 개의 히트 작품에서 연기한 최초의 배우라는 점도 언급했다. 위더스는 오후에는 〈캐러셀〉, 저녁에는 〈오클라호마!〉 무대에 올라 무사히 연기를 보여주었다.

유머 역시 한 사람의 삶과 죽음을 따뜻하게 기억할 수 있게 해준다. 내가 가장 좋아하는 부고는 스콧이라는 한 남자의 부고다. 그 글에서 스콧에 대한 묘사는 이렇게 시작된다. "재미있는 걸 좋아하고, 다정하며 상냥한 남자." 스콧의 가족은 이어서 약간의 유머를 가미한 부고 글을 썼다.

부고에서 스콧은 평생 풋볼 팬으로 묘사된다. 그가 클리블랜드 브라운스 팀을 좋아했다는 점을 언급하면서 부고에 이런 내용도 실었다. "스콧은 자신이 가는 마지막 길을 클리블랜드 브라운스와 함께할 수 있도록 클리블랜드 브라운스 선수들에게 자신의 관을 운구해달라고 정중히 부탁했다." 이 부고는 가족들과 친구들이 클리블랜드 브라운스 팀 유니폼을 입고 그의 관을 운구하기로 했다는 글로 마무리된다.

다행히도 아직 신문과 온라인에 부고 문화가 남아 있긴 하지만 요즘 부고들은 천편일률적인 글을 소셜 미디어에 올리거나 "삼가 고인의 명복을 빈다"라는 짤막한 글만 올리는 일이 다반사다. 고인에 대한 기억은 거의 배제된 글들이다.

한 여성은 친구가 소셜 미디어에 올렸던 사진들과 그 친구가 정성껏 찍어서 올린 음식 사진들 아래에 댓글로 달리는 "삼가 고인의 명복을 빕니다"라는 글귀는 부적절하고 진정성이 없어 보인다고 했다. 상실감을 겪을 때, 그 죽음이 우리에게서 가져간 큰 자리는 어떤 말로도 설명할 수 없다. 이 사실을 늘 마음속에 담아두고 단조롭고 평범한 인사말보다는 진심과 존중을 전해야 할 것이다.

자식을 먼저 떠나보낸다는 것

> 남편을 잃은 아내를 과부라고 부른다. 아내를 잃은 남편을 홀아
> 비라고 부른다. 부모를 잃은 아이를 고아라고 부른다. 하지만 자
> 식을 잃은 부모를 지칭하는 단어는 없다. 자식을 잃은 사람에게
> 는…… 아무것도 없기 때문이다.
>
> **테너시 윌리엄스**Tennessee Williams

미국 전 대통령의 부인이자 또 다른 미국 대통령의 어머니인 바버
라 부시Barbara Bush는 죽음이 두렵지 않다고 말한 적이 있다. 이런
말을 할 수 있는 이유는 어쩌면 젊은 나이에 심각한 심장질환을 겪
으며 죽음을 가까이에서 직면했기 때문인지도 모른다. 1953년, 바
버라 부시와 조지 허버트 워커 부시George H. W. Bush가 텍사스주 미
들랜드로 이사를 한 지 얼마 되지 않았을 때였다. 세 살 난 어린 딸
이 피곤하다며 투덜거렸다. 부시 집안에서 유일한 여자아이로 귀
여움을 독차지하던 폴린 로빈슨 로빈 부시는 평소 오빠 조지 W.
부시와 남동생 잽 못지않게 활발하게 놀던 아이였기에 부시 부부

는 아이가 몸이 좋지 않다는 말에 걱정스러웠다. 바버라는 로빈을 데리고 소아과를 찾았고 소아과 의사는 몇 가지 검사를 해보자고 했다.

며칠 뒤 의사에게서 연락이 왔다. 검사 결과는 충격적이었다. 로빈이 급성 백혈병이라는 것이다. 바버라 부시는 1994년 회고록에서 당시 의사의 충고를 이렇게 기억했다. "아무에게도 말하지 말고 집에 가세요. 로빈이 아프다는 사실도 잊어버리세요. 최대한 로빈을 편하게 해주시고 많이 사랑해주세요. 아마 병이 아주 빠르게 진행될 겁니다." 7개월 뒤 로빈은 부모님이 지켜보는 가운데 세상을 떠났다. 바버라는 어린 딸의 머리를 마지막으로 빗겨주고는 딸의 손을 꼭 잡아주었다.

부시 부부는 코네티컷주 그리니치에 있는 가족묘에 로빈을 묻어주었다. 그리고 2000년 딸의 묘를 텍사스주에 있는 조지 허버트 워커 부시 도서관 뜰로 이장했다. 부시 부부 역시 그곳에 안장되었다. 65년 동안 로빈은 바버라 부시의 이야기에서 늘 중심에 있었다. 바버라 부시는 임종의 순간에도 딸 로빈과 다시 만나고 싶다는 말을 남겼다. 바버라에게는 끔찍이도 사랑했던 다섯 자녀와 열네 명의 손주, 일곱 명의 증손주와 73년 이상을 함께한 남편이 있었지만 잃어버린 딸 한 명은 결코 마음에서 멀어진 적이 없었다.

사람이 살면서 자식을 먼저 보내는 것만큼 고통스러운 경험도 없다. 데이비드가 세상을 떠나고 나서 나는 내가 위로하고 애도했던 모든 부모들이 생각났다. 데이비드를 보내기 전에도 나는 그들이 겪은 고문과도 같은 상실감 이야기에 눈물을 흘렸고, 그런 어마어마한 고통을 겪고도 꿋꿋하게 앞으로 나아갈 길을 찾은 그들의 용기를 진심으로 존경했다. 그들과 마주 앉아 그 아픈 이야기를 들을 때면 그들의 입장을 충분히 이해한다고 생각했다. 하지만 막상 내가 아들을 떠나보내는 상처를 겪게 되자 그동안 내가 만났던 이들에게 "죄송합니다. 그 상처가 얼마나 컸는지 미처 잘 몰랐습니다."라고 일일이 편지를 쓰고 싶은 심정이었다.

내 친구 앤은 아들 짐을 잃은 뒤 나를 찾아와 마음을 털어놓았다. 스무 살이었던 짐은 크리스마스 연휴에 집에 왔다가 건강이 나빠졌고 학교에 돌아가야 하는 날까지도 회복되지 않았다.

당시 나는 병원에서 근무하고 있었는데 집에 가보니 짐이 머리가 너무 아프다고 그러는 거야. 짐에게 두통 증상을 좀 더 자세히 말해달라고 했지만 짐은 정말 너무너무 아프다는 말만 계속 되풀이했어. 나는 짐에게 진통제 한 알을 주고 상태가 어떻게 진행되는지 지켜보기로 했지. 그때까지만 해도 그냥 우리 남편한테 감기를 옮았으려니 하고 대수롭지 않게 생각했어.

다음 날 밤, 자기 방에서 풋볼 경기를 보던 짐이 토하는 소리가 들리는 거야. 짐 방으로 가봤더니 발작 증세를 보이고 있더라고. 그래서 얼른 911을 불러 병원으로 갔어. 짐은 가는 도중에 의식을 잃기 시작했고 병원에 도착했을 때는 산소호흡기를 씌워야 했지. 의사들이 짐의 뇌를 촬영해보더니 뇌 하단에서 출혈이 있다고 말했어. 손쓸 방법이 없다고 했지. 짐의 뇌 기능은 그렇게 멈췄어. 짐의 동공을 보며 뇌가 멈췄다는 사실을 알 수 있었지.

의사들은 짐의 뇌 촬영 영상과 검사 결과를 보여주며 말했어. 짐은 이미 사망했다고. 우리가 할 수 있는 일은 연명장치로 숨만 연명하는 것뿐이라고. 짐이 떠나던 날 간호사가 내게 물었어. 마지막으로 아들을 한번 안아보겠냐고. 나는 짐의 침상으로 올라가 아이의 가슴에 얼굴을 묻고 심장 소리를 들었어. 아이 임신 초기에 초음파로 들어본 이후 처음 듣는 심장 소리였어. 그 따뜻한 심장 소리에 주체할 수 없이 눈물이 나더라. 짐이 그렇게 죽은 뒤 우리는 짐이 생전에 동의한 대로 장기를 기증했어.

11개월 뒤, 여전히 아들을 그리워하며 살고 있는데 시카고에서 데릭이라는 남자가 편지를 보내왔어. 선천성 심장병인 심근증을 앓던 남자였는데, 심장 기능이 악화되어 짐의 심장과 폐를 이식받았다고 하더라고. 데릭은 새 생명을 선물해준 데 대해 우리에게 감사의 인사를 하고 싶었다며 주소를 보냈어. 우린 몇 차례 편지를 주고받다가 마침내 서로 만나기로 했지.

데릭을 만나러 가면서 청진기를 가지고 갔어. 그리고 데릭에게 물었지. 짐의 심장 소리를 들어봐도 괜찮겠냐고. 비록 다른 사람의 몸에서 뛰고 있긴 하지만 그래도 아들의 심장 소리를 다시 들을 수 있다고 생각하니 그것만으로도 큰 위안이 되더라. 남편과 나한테는 얼마나 큰 위로가 되었는지 몰라. 짐의 생명이 다른 사람의 몸속에서 계속 이어지고 있다고 생각하니 정말 마음이 형언할 수 없이 좋았어.

짐은 장기를 기증함으로써 자신만의 방식으로 세상을 달라지게 한 거야.

지금도 매년 크리스마스 때면 데릭이 우리 부부를 생각한다며 편지를 보내와. 나는 이 이야기를 아이를 잃고 가슴이 찢어진 다른 부모들에게 들려주곤 해. 사람들은 내가 짐을 잃고도 무너지지 않고 의연하게 사는 이유를 궁금해했지. 나는 이렇게 말해. 비록 내 아들의 생은 너무도 짧았고, 지금 이곳에 더 이상 있지 않지만 그럼에도 그의 삶은 충분히 의미 있었다고. 아들이 세상을 떠나던 순간에 함께할 수 있었다는 점도 감사하고. 덕분에 신을 믿는 법도 배웠고 신의 권능과 신실함도 믿게 되었어.

내 가슴에는 영영 아물지 않는 커다란 상처가 있을 거야. 이따금 아들의 머리를 쓰다듬어주고 싶어 미칠 것 같기도 해. 어떨 때는 아이가 살아 있었다면 어떻게 자랐을까 궁금하기도 하고. 하지만 그런 생각들은 그냥 스쳐 가게 내버려둬. 짐은 사람을 늘 있는 그대로 받아들이던 아이였어. 다른 이들을 위해 봉사했던 아이고, 기억력도 아주 좋은 아이였지. 이 지독한 상실감을 겪으면서 나를 위한 길은 없다고 생각했지만, 계속 걸어가다 보니 인생에는 내가 알고 있는 것보다 더 많은 길이 있더라고. 자식을 잃고 모든 삶을 꽁꽁 걸어 잠근 사람들도 많지만 나는 그렇게 하지 않으려고 해. 짐이 원하지 않을 테니까.

내 친구 샌디 스콧은 에이즈AIDS 환자들을 대상으로 일을 했다. 환자 대부분이 젊은 사람들이었고 다들 인생에서 가장 어려운 고비를 넘고 있었다. 샌디는 젊은 친구들이 스러지는 모습을 볼 때마다 "푸른 잎이 진다"라며 힘들어했다. 역사적으로 수많은 젊은이가 목숨을 잃었던 때가 있다. 전쟁은 젊은이들의 생명을 앗아 가는 가장 큰 주범이다. 최근 몇십 년간은 AIDS와 헤로인, 갖가지 마취 약물 등이 수많은 젊은이의 목숨을 앗아가고 있다. 젊은 사람의 죽음은 늘 받아들이기 힘들다. 어떤 아이도 부모보다 먼저 죽어서는 안 된다. 자식이 부모보다 앞서가야 하는 좋은 이유는 단 한 가지도 없다. 왜 우리는 젊은 사람들이 죽는 세상에 살아야 하는가? 이 얼마나 잔인한 일이란 말인가?

가끔 종교에서 이에 대한 대답을 들려주려 노력하기도 한다. 달라이 라마는 어려서 일찍 죽는 아이들은 우리에게 인생의 덧없음을 알려주러 온 스승이라고 말한다. 나도 그 말이 옳길 바란다. 하지만 그런 교훈이라면 좀 덜 아픈 방식으로 배웠으면 좋겠다.

실패의 문제

사람들은 항상 죽음의 이유를 알고 싶어 한다. 자신에게 그 이유를 들려주면 죽음을 납득하는 데 더 도움이 될 것 같다고 생각한다. 죽음의 이유를 알고 싶은 욕망 가운데는 그 죽음을 일으킨 직접적인 원인을 알고 싶다는 생각도 포함되어 있다. 무엇 때문에 그 죽음이 일어났는지를 알면 미래의 어느 날 다시 그런 일이 일어났을 때 죽음을 막을 수 있다는 생각이 어느 정도 있기 때문이다.

나는 몇 년 전 응급실에서 일하면서 이 부분에 대해 생각해볼 기회가 있었다. 응급실에 교통사고로 치명상을 입은 환자가 들어오면 의사와 간호사는 늘 이렇게 묻는다. "사고 당시 안전벨트는 하셨나요?" 아마 교통사고를 당할 때 안전벨트를 하지 않았다면 안전벨트를 하지 않아서 죽을 수도 있다는 생각을 하게 될 것이고, 안전벨트를 했다면 자신을 안전하게 지킬 수 있다는 믿음이 사고 당사자의 무의식에 깔려 있으리라고 생각한다. 죽음이 아무 때나 우리에게 덤빌 수는 없다고 생각한다. 하지만 안타깝게도 죽음은 아무 때나 찾아온다.

슬픔과 관련된 일을 하다 보면 처참한 재난을 겪은 이들에게서 전화를 많이 받는다. 그리고 그런 재난으로 사랑하는 이를 잃은 사람들은 그 사람이 죽은 이유를 알고 싶어 하거나 탓할 대상을 찾고 싶어 한다. 재난 상황에서 상담을 진행하다 보면 종종 '타이태닉호' 침몰 사고를 예로 들곤 한다.

타이태닉호의 침몰 원인은 한 가지가 아니다. 배가 침몰하기까지 많은 요인이 연쇄적으로 얽혀 있었다. 당시 타이태닉호는 대서양을 가로지르는 시간을 단축하려고 속력을 높이고 있었다. 만약 배의 속력을 좀 더 늦췄더라면 사고를 피할 시간을 충분히 벌었을지도 모른다. 조타실에 반드시 비치되어야 하는 쌍안경도 없었다. 쌍안경이 제자리에 있었다면 계절에 맞지 않게 생겨난 거대한 빙산들을 선원이 미리 발견했을지도 모른다. 빙산의 수가 좀 더 적었더라면 그 빙산들 중 하나에 배가 충돌하지 않았을 수도 있다. 화

의미 수업

물칸에 천장이 있었다면 침수된 물이 그 안에 갇혀 있었을 수도 있다. 무엇보다도 구명보트가 충분히 있었다면 많은 이들이 생명을 구할 수 있었을 것이다. 만약 언급한 요인들 중 무엇 하나라도 달랐더라면 어쩌면, 탑승자 전원이 생존했을 수도 있다.

원망의 문제는 주로 자기 원망으로 귀결되는 경우가 많으며, 어린아이가 죽었을 때는 그 강도가 더욱 극렬해진다. 부모는 아이에게 일어난 모든 일에 깊은 책임감을 느낀다. 자식을 잃은 부모는 죄책감을 짊어진 채 밤이 깊도록 잠들지 못하고 같은 생각을 반복한다. 부모들 대부분이 '내가 좀 더 잘했더라면 아이가 살아 있을 텐데' 하는 생각에 가슴을 치고 또 친다. 하지만 자신을 원망하며 가슴을 치는 이들 99퍼센트는 더할 나위 없이 훌륭한 부모다. 그런데도 이들은 자신들이 해야 할 일에 최선을 다하지 못했다고 생각한다. 그들은 아주 작은 조짐이라도 알아차렸어야 했다고, 아이를 좀 더 빨리 의사에게 데려갔어야 했다고, 또는 아이의 병을 낫게 해줄 기적의 약을 찾았어야 했다고 자신을 탓하고 또 탓한다.

아이가 자살로 세상을 떠났거나 약물중독 문제가 있었을 경우 그 부모는 아마 할 수 있는 모든 일을 다 했을 것이다. 상담 치료, 약물 치료, 중독 치료, 재활 시설 입원까지 모든 방법을 동원해 몇 년이고 아이의 문제를 해결하려고 온갖 노력을 다했을 것이다. 하지만 그런데도 아이가 떠나고 나면 자신들이 더 잘했어야 한다고 스스로를 원망한다.

어린 생명이 일찍 떠나기도 한다는 사실은 받아들이기 참 힘들다. 하지만 우리가 아무리 부인하려 해도 그런 일은 일어난다. 남부러울 것 없는 부부의 아이가 일찍 세상을 떠났을 때, 그건 누구의 잘못도 아니다. 하지만 부모들은 으레 아이에게 일어나는 모든 일에 책임을 지는 데 익숙하기에 뭔가 다른 노력을 들였더라면 결과가 달라졌으리라는 생각을 떨치기가 어렵다. 이 문제는 만족할 만한 해답을 영영 찾지 못할 것이다.

자식을 먼저 보낸 부모라도 자신의 삶을 살면서 상실감에 잠식되지 않고 아이의 삶을 기릴 수 있다. 비통함과 슬픔의 세상에서 나와 배우자와 다른 자녀와 다른 가족 구성원이나 친구들과의 관계를 재정립하는 데 온 사랑을 다 쏟을 수도 있다. 그러고 나서 가슴속 깊은 곳을 들여다보며 상실감에서 의미를 찾는 방법을 찾아볼 수 있다. 이는 비탄에 빠져 있던 수많은 부모들이 내게 살아남을 수 있었던 방법이라며 들려준 이야기이자 나 자신이 직접 체험한 방법이기도 하다.

더러는 상실감에서 의미를 찾는 것조차 원하지 않는다고 말하기도 한다. 그들은 그저 비극은 비극이라고 여기며 살고 싶어 한다. 비극에서 의미를 찾는 것은 빛 좋은 개살구일 뿐이며 굳이 그렇게 하고 싶지 않다고 말한다. 나는 그렇게 말하는 이유가 두려움 때문이라고 생각한다. 혹시라도 고통을 놓아버리면 사랑했던 사람과의 연결 고리마저 끊어질까 봐 걱정하는 마음이라고 생각한다. 나는 그런 이들에게 고통은 오롯이 자신의 몫이며, 아무도 그 고통을 가져가지는 못한다는 점을 상기시켜주곤 한다. 하지만 의미를 찾아

의미 수업

가는 과정에서 고통을 놓아줄 방법을 찾는다고 해도 여전히 사랑하는 자식과의 깊은 유대는 사라지지 않는다. 그 유대는 사랑으로 이어져 있기 때문이다. 부러진 뼈가 아물면 더 튼튼해지듯, 사랑 역시 더욱 견고해진다.

자식의 죽음과 결혼 생활

자식의 죽음은 가슴을 갈기갈기 찢는 아픔이며 감히 상상조차 하기 힘든 고통이다. 그 아픔은 결혼 생활마저 종지부를 찍게 만들기도 한다. 통계자료로도 자녀를 잃은 뒤 결혼 생활이 파탄 난 가정이 대단히 많다는 사실을 확인할 수 있다. 하지만 나는 아이의 죽음이 결혼 생활을 끝나게 했다고 생각하지 않는다. 결혼 생활이 끝난 이유는 감정을 판단하는 방식과 그 감정을 드러내는 방식이 같지 않기 때문이라고 생각한다.

함께 결혼 생활을 한 부부는 서로에 대해 누구보다도 잘 알기에 이런 문제가 생기면 더욱 혼란스럽다. 부부로 지내다 보면 자신이 슬퍼하는 방식을 상대편이 잘 알 것이라고 확신하기 때문에 그 기대와 맞지 않는 행동이나 생각을 맞닥뜨리면 충격에 빠지곤 한다. 어쩌면 슬픔의 기간이 너무 오래되었기 때문일 수도 있고 너무 짧았기 때문일 수도 있다. 어쩌면 아이에 대해 오랜 시간 이야기를 나눴어야 했을 수도 있고 아이의 죽음에 대해 일절 언급하고 싶지 않았을 수도 있다. 부부 중 어느 한쪽은 비슷한 처지의 다른 부모

모임에서 위로를 받는 반면 다른 한쪽은 자신의 슬픔에 너무 압도
된 나머지 다른 이들의 슬픔은 알고 싶지 않을 수도 있다.

　그런 문제를 안고 있는 부부를 만날 때면 지금 이 순간은 각자
자신의 슬픔에 대처해야 할 때라는 사실을 강조한다. 아무리 서로
를 잘 안다 해도 배우자가 슬픔에 대처하는 법과 자신이 대처하는
법을 구분하기는 어렵다. 그럴 땐 슬픔은 내면적이고 애도는 외연
적이라는 사실을 기억하면 도움이 된다. 주변에서 아무리 최선을
다해 도와주고 싶어도 사람의 내면에서 일어나는 일은 그 사람만
이 대처할 수 있다. 부모라 할지라도 자녀들과 서로 다른 방식으로
관계를 맺고 다른 감정을 갖게 되며 슬픔에 대한 경험도 다르다.
슬픔을 다루는 데 덜 좋은 방식은 없다.

　조앤은 내게 2년 6개월 동안 암 투병을 하다 세상을 떠난 아들
마티 이야기를 들려주었다. 마티는 암 치료를 위해 집에 머물다가
스물여섯 살의 나이로 사망했다. "2년 반 동안 아들에게 바깥바람
도 좀 쐬고 어디든 가자고 했지만 마티는 그냥 집에만 있고 싶어
했어요. 지금도 그게 그렇게 사무쳐요."

　조앤의 남편 래리가 말을 막았다. "그만해, 여보. 마티를 편안하
게 해주려고 우리가 할 수 있는 일은 모두 다 했잖아. 그 아이가 있
는 곳이면 어디든 함께했어. 집에만 있겠다고 한 건 마티였어."

　조앤은 아들 마티가 투병하는 동안 자신이 제대로 못 해줬다는
생각에 자신의 행동 하나하나를 원망하며 스스로를 고문하고 있었
고, 그런 조앤의 모습을 래리는 이해하지 못하고 있었다. 조앤은 아

무리 남편이 반대했더라도 자기가 더 나은 엄마가 될 수도 있었으며, 아들 마티가 삶의 마지막 몇 년을 집에만 틀어박혀 텔레비전이나 보고 컴퓨터게임만 하면서 허비(여기서 '허비'라는 표현은 조앤의 관점이다)하지 않도록 할 수 있었다고 굳게 믿었다. 래리는 조앤과는 전혀 다른 입장이었다. 그는 아내가 훌륭하고 좋은 엄마라고 생각했다. 그래서 아내에게 자신을 고문하는 일은 제발 그만하라고 몇 번이고 말했다.

나는 조앤에게 아들 마티는 전형적인 스물세 살의 청년이었으며 아픈 와중에도 자기가 원하는 일을 하고 싶었을 거라고 말해주었다. 엄마가 마련해준 아늑하고 편한 집, 자신만의 공간에서 또래 아이들이 좋아하는 일을 하는 것이 마티가 가장 바라던 일이었을 거라고 말이다. 그리고 조앤은 정말 훌륭한 엄마였을 거라는 말도 덧붙였다. 조앤은 그 말에 다소 위안을 받는 듯 보였다. 하지만 조앤과 래리 사이의 단절감에는 분명 문제가 있었다. 나는 부부가 서로를 더 이해하도록 돕고 싶었다.

"이제 래리 이야기를 해보죠. 조앤, 래리가 '이제 그만해'라고 말할 때 어떤 생각이 드나요?"

"나만 홀로 슬픔 속에 버려진 기분이에요."

"래리, 당신이 아내에게 버려진 기분이 들게 했다는 사실을 지금 알게 되었을 텐데요, 그럴 의도로 그런 말을 한 건가요?"

"아뇨." 래리가 대답했다.

"물론 아닐 겁니다. 하지만 당신은 조앤이 겪고 있는 고통을 인정하지 않았고, 자기 자신을 이제 그만 좀 괴롭히라고만 했죠. 조앤의 고통이 얼마나 큰 문제인지는 간과한 거예요. 조앤은 버려진 기분이 들었고요. 래리, 아들이 죽었어요. 아마 당신도 조앤만큼 가슴이 찢어질 거라고 생각해요. 조앤의 모든 감정이 오직 마티에게만 집중되어 있었으니 당신 역시 버려진 기분이 들었을지도 모르고요. 사람 사는 게 그래요. 의도하지 않은 상처를 주곤 하죠. 하지만 두 사람 중 누가 옳고 누가 그르다고 말할 수는 없어요. 당신의 마음도, 조앤의 마음도 모두 텅 빈 상태니까요. 그런 비통함 속에서 서로를 치유해줄 수 있다고 기대하면 안 돼요. 상대편의 슬픔을 판단하려 해서도 안 되고요."

이 부부에게는 서로를 지지해주는 시스템이 필요했다. 나는 두 사람이 그 시스템을 만드는 데 필요한 몇 가지 질문을 했다. 친구들 중에 비슷한 일을 겪어서 두 사람을 진심으로 이해해줄 사람이 있는지, 부부가 그런 일을 겪었을 때 누가 위로해주었는지, 유독 가까운 친구가 있는지, 각자 마음을 터놓을 직장 동료가 있는지, 전문 상담을 받고 싶은지, 도움을 받을 종교 모임에서 활동하는지, 아니면 소소하게 카드 게임이라도 함께 즐기는 모임이 있는지, 함께 요가 수업을 받는 사람은 있는지 등을 물었다.

"어떤 편견이나 판단도 없어야 해요. 원하는 모임 아무 곳에나 참여하세요. 그리고 두 분이 함께 참석하는 모임이 있다면 그 모임을 통해 서로의 슬픔을 나누세요. 단, 절대 상대편을 고치려 들지 말아야 합니다."

성생활 문제도 슬픔에 빠진 부부에겐 종종 갈등의 원인이 된다. 상실을 겪은 뒤 어느 정도 시간이 흐르고 나면 한쪽은 이제 성생활을 해도 괜찮은 시점이라고 생각하는 반면, 다른 한쪽은 너무 이르다고 생각하거나 의욕을 느끼지 못하는 경우가 있다. 리베카는 아이가 세상을 떠난 지 일주일 만에 섹스를 원하는 남편 팀에게 충격을 받았다. "지금 우리 아이는 차가운 땅속에 있는데 당신은 쾌락을 원한다고?"

부부는 내가 주도하는 모임에 나왔고 팀이 상황을 설명했다. 팀의 말인즉슨 단지 쾌락을 원해서 그런 것은 아니었다고 했다. 간절히 필요할 때 아내의 사랑을 느낄 수 있고 부부간의 유대감을 쌓을 수 있는 방법이라 제안했다는 것이 팀의 입장이었다. 하지만 리베카의 입장에서는 그 어떤 쾌락도 느껴서는 안 된다고 생각했다. 리베카는 그저 함께 있는 것만으로도 유대감을 느낀다고 생각했다.

또 다른 한 여성은 남편의 어머니가 세상을 떠난 뒤 남편과 섹스를 했는데 그 순간 남편이 처음으로 감정을 터뜨리며 울었다는 이야기를 들려주었다. 부부 관계가 남편의 내면에 억눌려 있던 무거운 감정을 분출시켜 큰 위안을 주었다고 했다. 사람마다 다르게 받아들이는 섹스를 일반화해서 말할 수는 없다. 누군가에게는 사랑이고, 또 누군가에게는 창조이며, 더러는 쾌락이고 더러는 유대감이고, 또 다른 누군가에게는 해방이다. 모두가 섹스를 다르게 받아들이는 데다 상실감처럼 격렬한 감정을 통과할 때는 섹스에 대한 정서가 어제 다르고 오늘 다를 수 있다.

부부간 소통 문제가 깊은 나락에 빠진 듯 보이는 부부와 상담을 한 적이 있다. 그 부부의 아내는 아이가 세상을 떠난 뒤 결혼 생활에서 지독한 외로움을 느낀다고 털어놓았다. 아내는 성생활을 원했지만 남편이 거절했다고 말했다.

"그건 아니지." 그때 남편이 아내의 말을 가로챘다. "한 달 반 전에 당신하고 잠자리를 하려고 했었는데 당신이 미친 듯이 화를 냈잖아."

"그때는 시기가 너무 빨랐어." 아내가 다시 남편의 말을 막았다.

나는 부부에게 일단 한 사람씩 따로 나와 이야기를 해보자고 제안했다. 먼저 나는 아내에게 아이를 잃은 뒤 섹스를 해도 괜찮은 건지 혼란스러울 수 있으며, 남편은 언제가 적절한 시점인지 잘 몰랐을 수 있다고 이야기했다. "당신에게는 한 달 반 전이 너무 빠른 시기였고 지금은 남편분에게 너무 늦은 시기처럼 생각될 수 있어요." 아내는 화내지 않고 감정을 좀 더 솔직하게 드러냈어야 했다. 그래야 이런 오해를 피할 수 있다. 나는 남편에게도 비슷한 조언을 했다. 지금 아내분은 당장이라도 섹스를 할 준비가 되어 있지만 다음에는 아닐 수도 있으며, 그건 남편의 문제가 아니라 두 사람이 서로 다른 슬픔의 공간에 있기 때문이라고 설명했다.

그러고는 두 사람을 다시 같은 공간에 불러서 이야기했다. 한 사람이 성생활에 주도권을 쥐고 부정적 반응을 보이면 두 사람 모두 상처 받은 채 각자의 영역으로 물러나 웅크리게 된다고 말했다. 하지만 내가 보기에 두 사람은 다시 앞으로 나아갈 준비가 된

의미 수업

듯했다.

"두 사람 사이에서 부부 관계가 화두에 올랐다는 것은 두 분이 다시 가까워질 수 있다는 의미입니다. 비록 서로 의견이 맞지는 않았지만 얼마든지 조율할 수 있죠. 가장 근본적인 원칙은 한 사람은 섹스를 원하는데 한 사람은 원하지 않을 때는 이렇게 말하는 거예요. '지금은 못 하겠어. 지금은 너무 괴롭고 슬퍼. 하지만 당신을 사랑해.' 두 사람 모두 물러나기보다는 지금 이 순간 공존하는 데 합의해야 해요. 매 순간 서로 공존하며 서로가 유대감을 유지하고 서로에게 편안함과 사랑을 줄 수 있어요. 이런 방식으로 슬픔 속에서도 진정한 친밀감을 느끼게 되죠. 그러다 어느 시점이 되면 무슨 일이 생기는지 아세요? 예전처럼 다시 원만하게 부부 관계를 하게 됩니다."

부모라는 이름은 영원하다

부모가 되면 늘 아이들 이야기를 한다. 자랑도 하고 불평도 하면서 삶의 거의 모든 부분이 아이에게 초점이 맞춰진다. 너무나 안타깝게도 아이가 세상을 떠났을 때에도 부모는 아이 이야기를 하고 싶어 하며 아이를 잃어서 생긴 슬픔을 이야기하고 싶어 한다. 친구들이나 가족들은 그 이야기를 한 달, 세 달, 또는 1년 내내 들어주지만 어느 시점이 지나면 대부분 이제 그만 놓아주라고 이야기하곤 한다.

부모가 아이를 차마 놓아주지 못하는 이유는 아이를 또다시 영원히 잃는 것 같은 기분이 들기 때문이다. 슬픔에 정해진 기간이 어디 있겠는가? 그 기간은 아무도 정할 수 없다. 자식을 잃은 부모들은 상실 이후 얼마나 무수한 지뢰들이 있는지 알지 못한다.

간혹 이렇게 묻는 이들도 있다. "자녀가 몇인가요?"

이 질문에 어떻게 대답한단 말인가? 두 아이 중 한 명이 세상을 떠나고 한 명만 남았다면, 그 부모에겐 자녀가 몇 명인가? 외동인 자녀가 죽었다면, 그래도 여전히 부모라 불릴 수 있을까? 대답은 '그렇다'이다. 부모라는 이름은 영원히 사라지지 않으며 끝나지도 않는다. 설령 아이가 떠나고 없다고 해도. 누군가 죽은 뒤에도 관계는 지속된다. 하지만 주위 사람들은 다르게 생각할 수도 있다. 그래서 유족은 더욱 고립감을 느끼고 외로워지기도 한다. 이런 상실감을 이해해줄 사람들과 만나 이야기를 할 공간이 필요한 것도 이런 이유다.

아픔을 공감하는 사람들 모임에 있으면 세상을 떠난 아이가 영원히 함께 있을 것이라는 감정을 이해하기에 서로 유대감을 나눌 수 있다. 내 온라인 모임에는 아이의 사진이 자주 올라온다. 사진을 올린 날이 아이의 생일일 수도 있고 기일일 수도 있다. 아니면 특별한 이유 없이 그냥 사진을 올리고 싶어서 올리기도 한다. 이 모임 밖에서는 이런 사진들이 잘 올라오지 않는다. 어버이날이 되면 이따금 수십 년 전 돌아가신 어머니 사진이나 군복을 입은 아버지의 젊은 시절 사진을 올리는 경우는 있어도 세상을 떠난 아이의 사진을 올리는 경우는 드물다. 자식을 보낸 부모는 주변 사람들에게 이제는 그만 놓아줄 때라는 소리를 귀에 못이 박히도록 듣다 보니 슬픔도, 아이 사진도 그저 속으로만 삭이고 간직하곤 한다. 슬플 권리를 위해 사회와 싸워야 하는 지독히도 슬픈 현실이다.

아이를 잃고 나면 의미 찾기의 여섯 번째 단계인 '성장'이 도저히 불가능한 과정처럼 느껴진다. 하지만 우리의 몸과 영혼과 정신은 다시금 살아가게끔 되어 있다. 노스캐롤라이나대학교의 리처드 테데스키Richard Tedeschi와 로렌스 캘훈Lawrence Calhoun은 1990년대 중반, '외상 후 성장PTG'이라는 용어를 만들었다. "우리는 약 10년간 아이를 잃은 부모들을 대상으로 연구를 했다. 나는 그들이 아이를 잃은 또 다른 부모들과 서로를 얼마나 많이 도와주는지, 서로에게 얼마나 깊은 연민을 품고 공감하는지, 비통함 속에서 아이가 죽었을 때 상황을 얼마나 간절하게 바꾸고 싶어 하는지를 지켜보았다. 이는 비단 자기만족을 위한 것이 아니라 아이를 보내면서 자신들이 겪은 고통을 다른 가족은 덜 겪게 해주려는 노력이었다. 그들은 삶의 우선순위를 명확히 세운 훌륭한 이들이었다."

테데스키와 캘훈은 비극을 겪은 사람들이 그 이후 성장할 수 있는 구체적인 방법 다섯 가지를 제안했다.

1. 인간관계가 더욱 돈독해진다.
2. 삶의 새로운 목표를 발견한다.
3. 트라우마로 인해 내면의 힘을 발견한다.

4. 영적으로 깊어진다.

5. 삶에서 감사할 점들을 새로이 찾는다.

아이의 사진을 들여다보며 아이의 생전 모습을 이야기하면서 오직 부모만이 느낄 수 있는 아이와의 유대감이 깊고 견고하게 유지된다는 점도 매우 중요한 개념이다. 추억은 부드러운 쿠션과 같아서 기댈 곳이 필요할 때마다 편안한 의지가 된다. 내 마음속에서도 아들이 수시로 불쑥불쑥 튀어나온다. 그럴 때면 나는 영화를 보듯 아이와의 추억을 가만히 들여다본다. 그 추억들을 몇 번이고 반복해서 돌려보고 보석처럼 소중히 아낀다. 비극적인 일이었지만 나는 여전히 희망을 꿈꾸고 의미를 찾고 내일 올지도 모르는 빛나는 날을 기대한다.

보이지 않는 상실, 유산流産

> 나는 스튜디오로 들어가 내 생에 가장 슬픈 곡을 썼다.
>
> 비욘세Beyoncé

미국 전 대통령 영부인 미셸 오바마Michelle Obama는 유산의 아픔을 겪은 뒤 공개 석상에서 '상실과 외로움'에 대해 이야기했다. "마치 제 자신이 실패한 기분이었어요. 유산에 대해서는 다들 말을 아끼기 때문에 얼마나 많은 여성이 얼마나 빈번하게 유산을 겪는지조차 잘 모릅니다." 미셸 오바마는 20년 전에 유산을 했는데, 그때나 지금이나 상황은 별반 달라지지 않았다. 우리는 유산에 씌워진 오명을 벗기려는 노력을 거의 하지 않았다. 심지어 일부 사전은 유산의 뜻을 정의하면서 '실패failure'라는 표현을 사용하기도 한다.

자기 비난을 끝내는 한 가지 방법은 유산도 여느 다른 죽음과 마찬가지로 누군가의 잘못이 아니라는 사실을 인지하는 것이다. 미셸 오바마는 이렇게 말했다. "우리는 고통 속에 앉아서 자신이 망가졌다고 생각합니다. 같은 여성으로서 우리 몸의 진실이 무엇인지, 우리 몸이 어떻게 돌아가는지 공유하려 하지 않는 것이야말로 최악의 일이라고 생각합니다."

유산과 영아 사망은 축소되는 경우가 많다. 생명이 언제 실제로 시작되는지에 대한 믿음은 대단히 다양해서 이러한 상실은 임신 중 유산이나 사산, 영아 사망에 대한 사회적 관점에 따라 복잡하게 달라진다. 감정 차원에서 보면 어머니는 임신을 인지하는 순간부터, 어쩌면 임신을 '예상'하는 순간부터 태어나지 않은 아기와의 유대감이 생기기 시작한다. 아버지에게도 같은 감정적 유대가 생긴다. 아이가 잘못되면 부모는 현실적인 상실감에 직면한다. 첫인사도 못 건넸는데 어떻게 마지막 인사를 건넬 수 있는가? 부모는 세상에 나올 수도 있었던 아이를 생각하며 슬픔에 빠진다. 하지만 주변 사람들은 이들이 겪는 깊은 감정에 무감각한 경우가 많다.

모린은 유산에 대해서는 한 번도 생각해본 적이 없었다. 첫째 아들을 순산했으니 이후 또 임신을 했을 때도 별일 없이 아이를 낳을 것이라고 생각했다. 모린은 내게 이렇게 말했다.

첫째 아들 지미가 세 살 때 우리에게 또 다른 아가가 찾아왔다는 사실을 알고는 무척 설레고 기뻤어요. 늘 생리 주기를 꼼꼼히 확인하고 있던 터라 임신했다는 걸 금방 알아차렸죠. 첫 3개월 동안은 첫째 아이와 다르지 않았어요. 그런데 8~9주가 지난 뒤 아침마다 늘 편두통이 일어나더니 피가 비치더라고요.

의사에게 전화로 물어봤더니 병원에 와서 초음파검사를 받아보라고

　　　　　　　　　　　　　　　　의미 수업

하더군요. 그냥 아이 상태를 확인해보자면서요. 그래서 혼자 병원에 갔어요. 지금 생각해보니 혼자 간 것이 그다지 좋은 판단은 아니었던 것 같아요. 의사가 아기 심장박동 소리가 들리지 않는다고 말했을 때, 세상이 무너지는 기분이었어요. 이미 아기와 유대감을 느끼고 있었던 터라 하염없이 눈물만 흘렸죠. 초음파검사를 해주던 담당자도 할 말을 잃고 어쩔 줄 몰라 했어요. 초음파검사를 시작할 때만 해도 아기 이야기를 하며 이런저런 농담을 주고받았는데 화면을 보던 담당자가 갑자기 침묵하더군요.

검사를 마치고 산부인과에 딸린 작은 수술실로 들어갔어요. 간호사가 들어와 제 이름과 생년월일을 확인하고는 다시 나갔죠. 간호사도 산부인과에서 이런저런 경험을 했을 테고 저 같은 일을 겪은 산모들을 많이 봤을 텐데도 무슨 말을 어떻게 해야 할지 모르는 것 같았어요.

계속 울고 있는데 또 다른 간호사가 들어왔어요. "어떻게 해야 할지 모르겠어요. 아기를 묻어줘야 하나요? 다음엔 어떻게 되는 거죠?" 간호사에게 물었죠.

"아직은 작은 세포 덩어리예요." 간호사는 지극히 사무적으로 대답하더군요.

끔찍했어요. 이 아이를 위해 방을 정성껏 꾸미고, 이 아이로 인해 제 삶이 바뀌고 있었는데. 내 안에 있던, 사랑하는 아이였는데. 간호사가 제게 이런저런 절차가 진행될 거라고 말하기에 다시 물었죠. "아기는 어떻게 되나요?"

"보통 의료 폐기물로 처리돼요."

가슴이 찢어지는 아픔을 겪고 나서도 아무에게도 말하지 않았어요. 다들 제 임신 사실을 알고 있었지만 말하지 못했어요. 나중에 아들을 친구 생일 파티에 데려다주면서 그 자리에 내 친구들도 올 테고 그러면 유산 사실을 알려야 한다는 생각이 들었죠. 친구들이 이 소식을 어떻게 받아들일지 모르겠더라고요. 아이들끼리 놀게 하고 친구들과 방에 모였는데 갑자기 울음이 나왔어요. 친구들은 다들 하던 말을 멈추고 제게 무슨 일이냐고 물었죠.

친구들에게 유산했다고 말했어요. 내가 뭘 잘못해서 그런 일이 생겼는지 모르겠다고 말하자 친구들은 내 잘못이 아니라고 말해주었죠. 그냥 그렇게 된 거라고. 알고 보니 친구들 중 몇몇은 유산을 경험했더라고요. 나만 이런 일을 겪은 것이 아니라는 사실이 위안이 됐어요. 그러면서도 왜 아무도 그런 이야기를 하지 않았는지 궁금했죠. 왜 나는 그런 사실을 전혀 몰랐을까요?

한 친구가 말했어요. "네가 그 이야기를 꺼내기 전까지는 아무도 그 얘길 하지 않았어." 그때 '우리가 이런 일들을 좀 더 솔직하게 이야기했더라면 더 좋지 않았을까?' 하는 생각이 들었어요.

모린이 친구들에게 유산 이야기를 한 것은 매우 의미 깊은 일이다. 그 일에 담긴 의미와 더불어 친구들과의 유대감도 깊어졌기 때문이다. "그렇게 끔찍한 상실로 말미암아 우리가 서로에게 더욱 견고한 유대감을 느꼈다니, 참 기막힌 일이죠." 모린이 말했다. 하지만 모린은 이제 남편은 물론 친구들과도 더욱 가까워졌다.

말할 수 없는 상실

어린 생명을 잃었다는 슬픔만도 가늠할 수 없는 아픔인데 유산을 둘러싼 비밀과 침묵은 그렇지 않아도 아픈 상황을 더욱 견디기 힘든 고통으로 만든다. 언젠가 도나 슈우먼Donna Schuurman 박사와 이야기를 나누면서 큰 교훈을 얻은 적이 있다. 도나 슈우먼은 오리건주에 있는 '포틀랜드 지역의 슬픔에 빠진 아동과 가족을 위한 더기 센터'의 아동과 가족 지원부서 선임 이사이자 전직 상무다.

도나는 이런 말로 대화를 시작했다. "1991년부터 더기 센터에서 일하기 시작했어요. 그곳 사람들이 항상 제게 물었죠. '이 일을 하게 된 계기가 혹시 상실의 경험이 있어서인가요?' 이렇게 슬픔에 빠진 사람들을 지지하고 도와주는 단체를 이끄는 사람들은 개인적으로 큰 비극을 겪은 뒤 이쪽 분야의 일을 시작하는 경우가 많은데 저는 그렇지 않았어요. 제가 자발적으로 이 일을 하게 된 이유는 일의 명분이 좋은 것도 있었고 이전에 있던 선임 이사가 그만두면서 공석이 되어 제가 그 자리에 오르게 된 것도 있었어요. 결과만 놓고 보면 좋은 곳에 취직을 하게 된 셈이죠. 이곳에서 10년간 일하면서 제 개인적인 가족사에서 슬픔이나 상실에 대해서는 한 번도 생각해본 적이 없어요. 본래 제 위로 언니가 하나 더 있었는데 아기 때 죽었다고 듣기는 했지만 가족 누구에게도 그 아기에 대해 물어보거나 언급해서는 안 된다고 배웠거든요."

그러던 중 어느 날 도나는 왜 그랬는지는 모르겠지만 어머니에게 전화를 걸어 그 아기에 대해 물었다.

어디서 그런 용기가 났는지 모르겠어요. 그런데 그 이야기를 정말 듣고 싶었어요. 아일랜드 사람이었던 어머니는 무척 강인한 분이었어요. "어서 일어나. 남들 앞에서 치부 드러내는 거 아니다. 본래 인생은 힘든 거야." 이런 분위기의 가정에서 자라셨죠. 저는 두려운 마음을 안고 어머니에게 전화를 걸었어요. 어머니가 전화를 끊지는 않을까 하는 생각도 들었지만 한편으로는 "잘 기억나지 않는구나. 하도 오래 전 일이라." 하고 말할지도 모르겠다는 생각도 들었지요.

전화를 걸어 이렇게 말했어요. "엄마, 저예요. 요즘 계속 엄마가 살아온 삶을 생각하게 되네요. 엄마가 이 이야기를 하고 싶어 하실지 모르겠지만, 혹시라도 하시고 싶다면 제 언니 이야기를 듣고 싶어요. 엄마가 가졌던 첫아이 이야기요."

전화를 끊었을 때는 세 시간 정도가 훌쩍 지나 있었어요. 어머니는 그 이야기를 세 시간에 걸쳐 들려주셨죠. 알고 보니 아무도 어머니에게 그 이야기를 묻지 않았던 거예요. 수치심 같은 감정도 많이 얽혀 있었고요. 어머니 나이 열여덟, 아버지 나이 열아홉에 첫째 아이를 낳았대요. 그런데 심장이 몸 밖에 나온 채로 태어난 아기는 5일 뒤 죽었어요. 아이가 죽고 외할아버지가 우리 부모님에게 이렇게 말했대요. "우리가 다 알아서 하마."

오늘날까지도 어머니는 그 이후 일이 어떻게 처리되었는지 전혀 모르셨어요. 태어난 지 5일 된 아기를 묻어주었는지 화장했는지 어머

의미 수업

니는 전혀 알지 못했죠. 어머니 말에 따르면, 아버지는 그날 이후 평생 그 첫째 아이 이야기를 꺼내지 않았다고 해요. 이후 제 위로 오빠 둘이 태어나고 제가 태어났죠.

어머니와 나눈 대화는 우리 모녀 사이에 대화뿐 아니라 뭐라 설명할 수 없는 소통의 문을 열어주었어요. 우리 안에 있던 뭔가가 풀려난 기분이 들면서 더욱 가까워졌죠. 어머니를 단순히 제 어머니로가 아니라 상처 받기 쉬운 한 인간으로 보게 되었다는 사실이 무척 뜻깊었어요. 아기를 잃고 비탄에 잠긴 채 아무에게도 그 이야기를 하지 못하고, 누구의 위로도 받지 못했던 열여덟 살 소녀의 모습이 그려졌지요. 그 대화는 어머니의 마음속에 있던 어떤 문도 연 것 같았어요. 지금 어머니는 큰오빠 집과 가까운 아파트에 사시는데 아흔 살이 되어서야 첫째 아이 이야기를 자주 하시곤 해요. 어머니는 만약 첫째 딸 린이 살아 있었다면 제가 이 세상에 없었을지도 모른다고 생각하셨대요. 어머니는 제 존재에서 의미를 찾고 괴로움을 덜기 위해 노력하셨죠.

부모님은 40년의 결혼 생활을 끝으로 이혼하셨어요. 어머니에게 언제 결혼 생활이 끝났다는 걸 알았는지 묻자 어머니는 제게 이렇게 되물었어요. "정말 사실을 알고 싶니?"

"네, 알고 싶어요."

"아기를 잃고 병원에서 집으로 왔을 때, 그리고 서로 그 이야기에 입을 닫았을 때 이미 결혼 생활은 끝났단다."

어머니는 그 아기의 출생신고서도 한번 못 만져본 채 사망신고서를 써야 했죠. 마치 아기가 세상에 태어나지 않은 것 같은 기분이었고 어머니는 수치심을 느꼈어요. "그때 내 나이 열여덟이었어. 젊고 건강한 나이였지. 기형아를 낳는다는 건 상상도 못 했어. 그게 그렇게 부끄럽더라고. 꼭 내가 무슨 잘못을 해서 그렇게 된 것 같아서."

도나의 이야기는 어린 생명을 잃고도 쉬쉬하며 사는 가족의 울타리 안에 얼마나 큰 고통이 숨어 있는지, 그리고 그로 인해 서로 얼마나 큰 상처를 입는지를 잘 보여준다. 또한 상실감을 달래주는 가족 공동의 의식이나 절차가 없을 때 어떤 결과가 나오는지도 알 수 있다.

또 다른 여성 엘리제는 내게 20년 전 유산의 고통을 털어놓았다. 엘리제는 20년이 지난 지금까지도 자기 몸에 임신의 흔적을 증명할 그 무엇도 남아 있지 않다는 사실을 무척 힘들어했다. 특히 아이와 관련된 흔적이 전혀 없다는 사실을 괴로워했다. 아기를 잃고 난 뒤 심각한 자궁내막증이 발견되어 자궁 적출 수술을 받아야 했고 다시는 임신을 할 수 없게 되었기 때문이다. 도나의 어머니와 마찬가지로 엘리제 역시 아이 출생신고서를 손에 쥐어보지 못했다. 심지어 사망신고서도 작성할 수 없었다. "그때는 아이가 숨을 쉬지 않으면 살아 있는 생명으로 취급받지 못했어요. 비록 유산되기는 했어도 아이에 대해 뭔가 남기고 싶었지만 신문에 부고조차 실을 수 없더라고요."

초음파 사진 한 장 말고는 아기가 존재했었다는 증거는 그 어디에도 없었다. 하지만 엘리제에게는 또 다른 증거인 아기의 무덤이 있었다. 언제든 찾아갈 수 있는 무덤이었다. "다행히도, 당시 제가 있던 인디애나주 병원에서 20주 이상 된 아기들은 매장을 해주었어요. 칸이 나뉜 공동 관에 아기들을 한 칸씩 담아서 묻었지요. 공동묘지에 가서 제프가 묻힌 곳도 보고 저와 같은 일을 겪고 힘들어하는 다른 여자들도 봤어요. 그 사람들에게 뭐라 형언할 수 없는 연민과 공감이 생기더라고요. 그들에게 도움을 주고 우리가 겪은 일을 함께 이야기하면서 공동의 상실감에 커다란 의미와 유대감이 생겼어요."

유산을 하거나 어린 아기를 잃은 여성들과 이야기를 나누다 보면 엘리제와 비슷한 이야기를 자주 듣는다. 아이를 잃은 여성들은 아이와 얼마나 깊은 유대감을 느꼈는지, 그 유대감을 지탱해준 것은 무엇이었는지 늘 언급하곤 한다. 자궁 적출로 다시는 아이를 갖지 못하게 된 엘리제에게 어버이날은 매년 견디기 괴로운 날이다. "'나는 엄마인가, 엄마가 아닌가?' 제 자신에게 이렇게 물을 때면 '그래. 나는 엄마야. 살아 있었다면 이제 열아홉 살이 되었을 한 아이의 엄마야.' 하고 대답하게 되더군요." 엘리제는 남은 날들을 아이가 거쳤을 과정들을 생각하며 지냈다. 첫걸음마, 처음으로 말을 하는 순간, 유치원에 입학하는 날, 초등학교에 들어가고 중학교에 들어가고, 운전을 배우고……. "어휴, 벌써 고등학교를 졸업할 나이가 되었겠네요! 가슴속에서 아이를 키운다는 생각이 들어요."

내 동료인 멜로 가르시아는 조산을 했다. 24주 만에 아이가 태어

낳는데 당시 몸무게는 860그램밖에 되지 않았다. 멜로 역시 아이와 깊은 유대감을 느꼈으며 클로에라는 이름도 지어주었다. 클로에가 신생아 집중 치료실에 있는 동안 멜로와 멜로의 남편은 딸에 대해 점점 더 잘 알아가고 있고 딸도 그러하다는 느낌을 받았다.

"클로에는 지금껏 살면서 느낀 모든 사랑 중에 가장 큰 사랑을 느끼게 해주었어요. 필사적으로 살려고 애쓰는 아이의 모습을 지켜보기만 해야 한다는 사실에 가슴이 무너졌지만, 생명이 얼마나 귀하고 소중한지 다시 깨닫는 큰 계기가 되었죠. 아이 아빠나 내가 치료실에 들어가면 아이의 심장박동이 빨라지곤 했어요. 특히 아빠의 목소리를 듣거나 아빠의 모습을 볼 때면 심장박동이 빨라졌죠. 아이가 세상을 떠나던 날, 아빠가 만지자 그 작은 심장이 평소보다 훨씬 빠르게 뛰었어요. 아이가 얼마나 간절하게 우리와 함께 있고 싶어 하는지 느낄 수 있었어요. 아이는 우릴 사랑했고, 우리도 클로에를 사랑했어요."

너무도 짧은 기간이었지만 이 깊고도 의미 있는 관계는 멜로의 삶을 바꾸어놓았다. "내게 주어진 삶을 함부로 살 수는 없다는 사실을 깨달았어요. 더 이상 제 인생을 가볍게 여기지 않게 되었지요. 어린 클로에가 아빠의 품에서 죽어갈 때, 아이에게 약속했어요. 최선을 다해 살겠노라고. 너의 삶을 기리기 위해 할 수 있는 모든 일을 다 하며 살겠다고. 요즘은 지금 주어진 삶이 선물이라는 사실을 사람들에게 다시금 일깨워주려고 노력하고 있어요. 누구나 자기 인생을 즐겨야 해요. 생이 끝나면 정말 다 끝나는 거니까요. 그 끝

의미 수업

이 언제일지는 아무도 모르죠. 다시 되풀이해서 살 수도 없어요. 그러니 지금 이 순간에 감사하며 살아야겠죠. 이후 '클로에'의 이름을 딴 재단을 만들었어요. '상실 이후 길 찾기'가 단체의 사명이에요. 상실을 슬퍼하지 말아야 한다는 의미가 아니에요. 상실에서 뭔가를 빼버리자는 의미도 아니고요. 남은 사랑을 명예롭게 기리고 최선을 다해 주어진 삶을 살자는 의미죠. 이 사명은 제가 하는 모든 일의 기본 토대가 되었어요."

일에서 의미 찾기

전문가들을 대상으로 교육 프로그램을 진행하고 있을 때였다. 한 청년이 내 강의를 빼곡하게 받아 적고 있었다. 그의 이름은 니컬러스였다. 점심시간에 니컬러스에게 무슨 일을 하느냐고 묻자 이렇게 대답했다.

"장례 지도사예요. 장례 전문학교를 이제 막 졸업했어요."

"졸업 축하해요. 오늘 강연에서 어떤 걸 배우고 싶어요?" 내가 물었다.

"슬픔과 상실에 대해 최대한 많이 알고 싶어요."

"어떤 계기로 그 분야에서 일하게 되었나요?"

"대학교에 다닐 때 장례업체에서 일했어요. 그때는 그냥 아르바이트였죠. 공대에 다니고 있어서 그쪽 분야의 일을 하려고 했어요. 그러다가 진로를 바꿨죠."

"공과대학에서 장례 전문학교로 가다니 진로를 정말 크게 바꾸었네요. 무슨 일이 있었나요?"

"임신 중이던 아내가 유산을 했어요." 니컬러스의 눈에 눈물이 맺혔다.

"무척 힘들었겠네요."

"저에게 그런 말을 해준 사람은 거의 없어요. 오늘 이 강의를 듣고 싶었던 이유도 그 때문이에요. 선생님이 방금 말씀하신 그런 말을 해주는 사람이 거의 없거든요."

"힘들었겠다는 말을요?"

"네. 사람들은 대부분 아이 엄마가 힘들 거라고는 생각하지만 아빠는 괜찮을 거라고 여겨요. 아내는 제가 아이를 얼마나 원했는지 잘 알아요. 그래서 사람들이 저는 그냥 지나치고 아내에게 위로의 말을 할 때면 아내가 제 손을 꼭 잡아줘요. 그러고는 '우리 둘 모두' 무척 힘든 시간을 보내고 있다고 힘주어 말하곤 했죠."

"참 좋은 아내네요."

"맞아요. 우리는 슬픔을 함께 나눴어요. 아기를 잃은 것이 얼마나 고통스러운지 서로 잘 이해하죠. 그래서 제가 지금 이 일을 하는 거고요."

"정확히는 어떤 일이죠?"

"조산을 해서 아이를 잃었거나 영아를 잃은 부모들을 대상으로 일하고 있어요. 주로 장례 준비에 관련된 일이죠. 많은 시간을 들여 아기들이 최대한 예뻐 보이게 해요. 부모들이 아기의 마지막을 좋은 모습으로 기억하게끔요. 제가 할 수 있는 일이 무척 많아요. 대부분의 부모들이 아기와 너무 짧은 시간을 보냈기 때문에 마지막 기억을 최대한 아름답게 해주고 싶어요. 제가 부모들에게 아기 옷 있으면 가져다달라고 말하면 깜짝 놀라며 물어요. '우리 아기한테 옷을 입힐 수 있을까요? 조산을 해서 아기가 너무 작은데 옷이 크지 않을까요?' 그러면 저는 옷만 가져다주면 아기 몸에 맞추어주겠다고 대답하죠."

"무척 중요한 일을 하시는군요. 그런 부모들을 위해 다른 도움도 주나요?" 내가 물었다.

"아기의 손도장, 발도장도 찍어요. 부모들이 간직할 수 있도록이요. 아주 작은 증거이긴 하지만 한때 그 아기가 존재했었다는 걸 남길 수 있으니까요."

유산의 아픔을 겪은 니컬러스는 아기를 잃은 부모들이 물리적 흔적에 남은 기억에서 의미를 찾을 수 있다는 사실을 충분히 이해하고 있었다.

변화하는 의료계

부모가 아기와 유대를 맺는 일이 얼마나 중요한지 잘 아는 사람은 많지 않으며, 심지어 의료계 종사자들도 잘 모르는 경우가 허다하다. 하지만 최근 들어 이러한 흐름이 변하고 있다. 내 강연을 들으러 온 간호사 나오미는 최근 병원에서 출산이 가까운 상태에서의 유산, 사산, 영아 사망 등에 대처하는 방식이 달라지고 있다고 했다. 예전에는 사산아나 사망한 아기 시체는 최대한 빨리 치우곤 했다. 부모가 아이를 빨리 잊을수록 좋다는 판단에서였다. 하지만 요즘에는 부모가 죽은 아이와 몇 시간 또는 며칠까지도 시간을 보낼수 있도록 해준다. 아이와 추억을 쌓도록 해주기 위해서다. 이러한방식이 다소 기이하게 보일지도 모른다. 하지만 부모에게 이 세상에 잠시나마 존재했던 아이의 흔적이 전혀 없다면 슬픔을 견디는과정이 훨씬 더 어려워진다. 진통실과 분만실, 신생아 집중 치료실등 모든 곳에 카메라를 비치해 부모가 언제든 아이의 사진을 찍을수 있도록 한다.

문제는 아기들 시신은 성인보다 부패가 훨씬 빨리 진행된다는점이다. 예전에는 아기가 사망하면 영안실에 안치했다가 부모에게보여줄 때 영안실에서 꺼내서 보여주는 방식이었다. 지금은 상황이 크게 달라졌다. 아기의 시신을 안정적으로 보존할 수 있는 아기요람 장치에 아기 시신을 안치한다. 작은 크기의 요람에는 냉각장치가 달려 있어서 부모와 가족이 보기에는 아기가 아름다운 요람에서 잠든 것 같은 모습이다. 영안실에서 데려온 시신이 아닌 요람에서 잠든 천사 같은 아기를 볼 수 있게 된 것이다.

나오미는 최근 쌍둥이 엄마인 해나를 돕고 있다. 해나는 임신한지 28주 만에 쌍둥이 윌리엄과 딜런을 출산했는데 윌리엄만 살아남았고 딜런은 살지 못했다. 기쁨과 슬픔이 공존하면 감정도 복잡해진다. 윌리엄은 태어나자마자 신생아 집중 치료실에 들어갔다.

의미 수업

그곳에서 윌리엄은 퇴원해도 될 만큼 몸이 튼튼해질 때까지 집중 치료와 보호를 받는다. 하지만 딜런은 해나와 함께 분만실에서 나왔다. 해나는 아기 딜런을 씻기고 옷을 입혀주고 싶었지만 남편 노아의 눈에는 그런 해나의 모습이 매우 이상하게 보였다.

해나가 아기를 매만지는 모습을 지켜보던 노아는 결국 화를 내며 말했다. "살아 있는 아이한테 집중해. 이 아이는 이제 그만 생각하라고."

"그만 생각하라고? 당신은 그렇게 생각해? 눈물은 머리가 아니라 가슴에서 나오는 거야. 이건 머리로 생각해서 하는 게 아니야. 내가 해야 하는 일이야." 결국 해나는 울음을 터뜨렸다. 병원 직원들이 와서 남편에게 아이를 잃은 해나가 감정을 표현하는 일이 얼마나 중요한지 가르쳐주었다.

나오미는 이렇게 말했다. "많은 엄마들이 아기를 안고 살을 부비고 하는 행위에 큰 의미를 두고 있어요. 죽은 아이에게 옷을 입히거나 목욕을 시키는 행위는 부모로서 아이에게 해줄 수 있는 유일한 일이지요." 아기를 잃은 부모에게는 그 순간만이 아이의 모습을 기억에 간직할 수 있는 유일한 시간이다. 출산의 기적을 겪은 어머니에게는 그런 기억의 시간이 필요하다. 이제 그만 놓아주라고 재촉하기 전에 부모들에게 그런 시간을 주어야 한다.

이 대화 덕분에 노아는 아내의 반응을 이해하게 되었지만 그래도 아기방에 미리 준비해둔 두 개의 아기 침대 중 하나는 없애서 앞으로 해나가 겪을 고통을 조금이라도 덜어주고 싶었다. 노아는 해나가 병원에서 퇴원해 집으로 오기 전에 아기 침대 하나를 치울 생각이었지만 병원 측에서 서류 접수를 하는 데 보호자도 반드시 함께 있어야 한다고 해서 미처 집에 먼저 가 침대를 치울 새가 없었다. 결국 두 사람은 함께 집으로 왔고 노아가 침대 하나를 치우려 하자 해나는 마음이 내킬 때 치우겠다며 지금은 치우지 말라고 했다. 해나는 여전히 쌍둥이의 엄마이고 싶어 했다.

그렇게 여러 날이 흐르고 나서 노아가 해나에게 물었다. "이제 침대를 하나 치워도 될까?"

"아직은 안 돼. 며칠만 더."

윌리엄은 여전히 신생아 집중 치료실에 있었기에 윌리엄을 보러 병원에 간 노아가 의사와 간호사들에게 집에 아직도 아기 침대가 두 개 그대로 있다며 하소연을 했다. 하지만 의사와 간호사들은 노아에게 해나가 그 침대를 치우지 못하는 이유는 아직 작별 인사를 할 준비가 되지 않아서라고 설명해주었다. 노아는 언제까지 빈 아기 침대를 보고만 있어야 하는지 답답했다. 그에게 그 침대는 상처를 떠올리게 하는 물건에 불과했기 때문이다.

그런데 매우 뜻밖의 방식으로, 그것도 의미 있는 방향으로 그 침대를 치우게 된 일이 일어났다. 신생아 집중 치료실에 있던 어느 날 해나는 간호사와 어느 여성이 이야기하는 걸 우연히 들었다. 그 여성 역시 해나처럼 조산을 해서 아기가 집중 치료실에서 치료를 받았고, 무사히 치료를 마쳐 이제 퇴원을 해야 하는데 형편이 넉넉지 않아 아직 아기 침대를 마련하지 못했다는 요지의 대화였다.

해나는 그 여성에게 말했다. "제게 남는 아기 침대가 하나 있어요. 아마 제 남편이 기꺼이 댁으로 배달해드릴 거예요." 물론 노아는 기분 좋게 침대를 그 여성에게 배달해주었다.

11 마음의 병: 정신적 문제와 중독

> 내 마음은 나쁜 이웃이다. 되도록 혼자서는 그곳에 들어가지 않으
> 려 노력한다.
>
> 앤 라모트Anne Lamott

이 장에서 정신적 문제와 중독을 함께 언급하는 이유가 있다. 둘 다 마음에서 생기는 병이며 한 사람에게서 두 가지가 모두 발생하는 경우가 많기 때문이다. 정확히 말하자면 중독자 모두가 정신적으로 문제가 있는 것은 아니며, 정신적 문제가 있는 사람 모두가 중독자가 되는 것도 아니다. 하지만 미국 국립약물남용연구소National Institute on Drug Abuse의 연구에 따르면, 이 둘은 본질적인 상관관계가 있다. 정신적으로 문제가 있는 사람이 약물 남용 등의 문제가 생기는 경우가 그렇지 않은 사람보다 두 배가량 높다. 의학적 용어로는 '이중 진단(특정 대상이나 행위에 중독된 사람의 핵심 문제가 중독인지, 아니면 다른 정신 건강 문제인지를 판정하는 과정-옮긴이)'이라고 한다. 중독과 정신적 문제는 명백히 다른 문제이지만 제대로 치료를 받

지 않으면 증세가 악화되어 최악의 경우에는 죽음까지도 초래할
수 있다.

누군가 정신 질환으로 자살하거나 각종 중독 등의 문제로 사망
하면 사람들은 그 사람에게 잣대를 들이대곤 한다. 신체적 질병으
로 죽은 사람에게는 죽음의 적절성 여부를 판단하지 않지만 중독
이나 정신적 문제로 죽은 이들에게는 그 사람의 선택이 부적절했
다는 말을 하곤 한다. 다음 사례를 살펴보자.

정신 질환이나 중독으로 고통받는 사람들이 듣는 말	신체적 질환으로 고통받는 사람들이 듣는 말
비난한다.	배려한다.
"극복해봐."	"힘내. 응원할게."
"네 문제는 네가 책임을 져야지."	"너무 네 탓을 하지 마."
"관심 끌려는 짓 좀 그만해."	"도움이 필요하면 언제든 말해."
나약하다거나 게으르다는 비판을 듣는다.	강하고 용기 있다는 칭찬을 듣는다.
"제멋대로 굴지 마."	"누구에게나 힘든 일이야. 네 자신을 좀 더 따뜻하게 대해줘."
"그건 네 선택이잖아."	"어쩔 수 없는 일이었어."

중독이나 정신적 문제로 힘들어하는 사람에게 흔히 하는 위의 말
들은 모두 잘못된 언어다. 정신 질환이 있는 사람은 머릿속에서
끊임없이 들리는, 자기 자신을 해치라든지 다른 사람을 해하라는
목소리를 차단할 수만 있다면 기꺼이 그렇게 할 것이다. 중독자는

약물이나 알코올을 끊을 수만 있다면 정말 그렇게 할 것이다. 자신들이 겪는 문제가 죽음에까지 이를 수 있을 만큼 치명적이라는 사실을 잘 알고 있기에 정말 끊을 수만 있다면 당장이라도 끊을 것이다.

얼마 전에 있었던 한 강연에서 누군가 "중독은 선택이다"라는 말을 했다. 흔히 듣는 말이다.

나는 약물중독이나 알코올의존증이 담배의 니코틴중독처럼 선택의 문제라는 말을 믿지 않는다. 우리는 폐암에 걸린 사람을 보고 흡연 탓을 하곤 한다. 하지만 지금 우리 사회는 그런 사고방식을 재고하기 시작했다. 나는 열세 살 때 담배를 피우기 시작했다. 영화나 텔레비전 광고, 고속도로에 걸린 광고판 등이 모두 내가 담배를 피우면 더 멋져 보일 거라고 유혹했다. 그래서 그 이후 27년 동안 흡연을 했다. 몇 번이고 끊으려고 노력했지만 결국 실패했다. 나 자신이 꽤 결단력 있고 분별력 있는 사람이라고 생각했는데 도대체 왜 나 같은 사람이 흡연 습관을 버리지 못하는지 이해할 수 없었다. 그러다가 몇 년 전 마침내 영구히 담배를 끊었지만, 그때 악전고투했던 경험은 내게 중독의 본질과 육체적 얽매임, 그리고 그것을 강화하는 사회적·경제적 요소들을 가르쳐주었다.

미국 암학회American Cancer Society와 다른 단체들이 거대 담배 회사를 상대로 소송을 한 덕분에 담배업체들이 담배가 인간의 몸에 해로운데도 불구하고 어떤 방식으로 흡연을 조장하는지 몇 가지 진실이 드러났다.

- 알트리아그룹, R. J. 레이놀즈, 로릴라드, 필립모리스 등 미국의 담배업체들은 의도적으로 중독성을 높이도록 담배를 만들었다.
- 담배업체들은 담배에 함유된 니코틴과 각종 중독성 물질들의 영향력과 전달 효과를 다양한 방식으로 조절한다. 여기에는 니코틴의 체내 흡수를 극대화하기 위한 필터 디자인과 담배 용지 등도 포함된다.
- 담배를 피우면 니코틴이 실제로 뇌를 변화시킨다. 담배를 끊기 어려운 이유도 이 때문이다.

자기 건강은 자기가 책임져야 한다. 하지만 몸에 생기는 질병이 모두 자신의 탓만은 아니다. 특히 중독의 경우는 더더욱 그렇다. 누군가 어떤 약물이나 기타 물질에 의한 중독으로 세상을 떠났을 때, 그 사람도 자신의 죽음에 어느 정도 책임이 있다고 말할 수는 있지만 그것이 전적으로 그만의 문제는 아니다. 거대 자본, 다른 말로 하면 탐욕 역시 그 죽음에 큰 부분을 차지한다. 단지 니코틴중독뿐 아니라 현대사회에서 고통을 줄이기 위해 많이 사용되는 진통제인 오피오이드, 헤로인, 펜타닐 등과 같은 합성 오피오이드 등도 모두 죽음에 큰 영향을 끼친다.

나는 나와 동명이인인 데이비드 케슬러David Kessler를 무척 존경해왔다. 그는 미국 식품의약국FDA의 위원이었다. 담배업체 및 비만 유발 업체 등을 상대로 한 투쟁으로 유명해진 그는 누구보다도 국민의 건강을 최우선으로 하는 사람이었다. 그랬던 그가 FDA 위원

직을 그만두자 강력한 통증 완화 약물의 사용 범위가 확대되었다. 이후 본래는 단기적인 목적으로만 사용되던 강력 진통제들이 더 이상 단기적으로만 사용되지 않았다. 지금은 아무나 그런 약물을 접할 수 있다. 내가 알기로 이런 약물들은 죽음이 임박한 환자들의 고통을 덜어주기 위해서만 사용되었다. 하지만 지금은 폭넓게 처방되고 있으며, 더러는 과잉 처방되기도 한다. 운명이란 참으로 얄궂어서 전직 FDA 위원이었던 데이비드 케슬러가 또 다른 데이비드 케슬러인 내 아들의 죽음에 간접적으로 영향을 끼친 것이다.

1990년대 후반, 제약업체들은 환자들이 오피오이드 진통제에 중독되지 않을 것이라고 의료계를 안심시켰고 의료계 종사자들은 오피오이드 계열 진통제를 환자들에게 더 자주 처방하기 시작했다. 제약업체 퍼듀 파마Purdue Pharma는 오피오이드 진통제인 옥시코돈OxyContin을 수백억 달러어치나 판매했는데, 이 진통제는 중독성이 강한 것으로 판명 났다. 어림잡아 700만 명 이상의 미국인들이 옥시코돈을 남용하고 있는 것으로 추정되며, 옥시코돈 남용 수치가 가장 높은 주들에서 헤로인으로 인한 사망률도 가장 높은 것으로 나타났다. 여러 이유가 있겠지만 날로 가격이 치솟는 옥시코돈을 구할 여력이 되지 않자 대다수 옥시코돈 중독자들이 상대적으로 더 저렴한 헤로인으로 약물을 바꾼 것도 한몫한다.

2018년 〈타임〉지 특별 호에 '오피오이드 일지'라는 제목의 글이 한 편 실렸다. 매사추세츠주에 거주하는 한 마약 복용자가 어떻게 헤로인 중독이 되었는지를 서술한 글이다.

의미 수업

나는 중독자다. 나는 자동차 영업 사원이었다. 1년에 10만 달러를 벌 정도로 고소득자였다. 그러다가 옥시코돈을 시작하게 되었다. 마치 예수가 따스하게 안아주는 것만 같은 놀라운 기분이었다. 시작은 어쩌다 한 번이었다. 하지만 점점 나 자신에게 이렇게 말하기 시작했다. "뭐, 금요일, 토요일에만 기분 좋으라는 법은 없잖아. 화요일, 수요일에 기분 좋아서 안 될 것도 없지." 그런데 옥시코돈의 가격이 오르기 시작하더니 어느 날 갑자기 한 알에 80달러가 되었다. 그 무렵 나는 옥시코돈을 하루에 6~7알 정도 복용하고 있었다. 옥시코돈이 없으면 다음 날 침대에서 일어나기 힘들었다. 헤로인에 대해서는 알고 있었지만 그 선만큼은 넘고 싶지 않았다. 하지만 으레 그렇듯 배는 이미 떠난 뒤였다. 마약은 마약이다. 남들이 생각하는 것처럼 죽고 싶어서 마약을 하는 것이 아니다. 나는 죽지 않으려 애를 쓰고 있다. 나는 자살하지 않으려 노력하는 중이다. 나는 그저 중독자일 뿐이다.

데이비드 케슬러는 지금 자신이 몸담았던 FDA를 공개적으로 떠났다. 퍼듀 파마와 다른 제약업체들은 우리가 사랑하는 이들의 목숨을 담보로 이윤을 챙기고 있다. 아마 몇십 년 뒤에 우리는 중독을 전혀 다른 시각으로 되돌아볼 것이다. 중독 문제에 얼마나 많은 세력이 기여했는지 생각할 때 중독자에게만 비난을 퍼붓는 행태는 어리석은 과오로 비춰질 것이다.

오명에 반대하다

중독은 더 이상 도덕적 해이나 의지 부족으로만 치부해서는 안 된다. 중독은 의료적 문제이며 안 좋은 방향으로만 계속 진행하는 질병이자 맞서기 힘든 문제다. 약물들은 복용자의 뇌를 공격하는데 이 뇌는 생존을 위해 위험 요소들과 맞서 싸우는 바로 그 기관이기 때문이다. 정신 질환 문제도 마찬가지다. 정신적으로 아픈 사람이나 중독자의 뇌가 스스로 회복되리라고 기대하기는 어렵다. 그런 사람의 뇌는 병든 상태이기 때문이다.

그런 사람들은 스스로를 돕는 데 필요한 일을 할 수 없기에 전문가의 도움이 필요하지만 그런 전문가는 찾기 어렵거나 비용이 많이 들거나 효과가 없거나 이 모든 요인들이 다 포함되어 있기 마련이다. 이런 이들에게는 최고의 도움을 준다 해도 실패하는 경우가 많아서 재활 이후에도 다시 중독의 늪으로 빠져들기 쉬우며 더러는 약물 과다 복용이나 자살로 생을 마감하기도 한다. 중독과 정신적 문제는 평생 따라다니는 불행이다. 이런 증상에 대처하는 일 자체가 끊임없는 전쟁이다.

그렇지만 이러한 불행으로 고통받는 사람들에게는 늘 오명이 달라붙는다. "그건 그 사람 잘못 아니야? 누가 그런 선택을 하래? 약을 먹거나 중독자들을 위한 모임에 나가서 막을 수 있는 일 아니었어?" 사람들은 이렇게 묻곤 한다. 이런 질문을 하지 않는 사람들은 주로 사랑하는 사람을 중독으로 잃은 이들이다. 중독의 아픔을 겪은 사람들은 대체로 이렇게 말하곤 한다. "나도 중독은 선택이라는 말에 공감했었지……. 내가 사랑하는 사람이 이 끔찍한 질병과 사투를 벌이는 모습을 직접 보기 전까지는."

정신적 문제와 중독은 삶의 다양한 곳에 다양한 형태로 존재한다. 성폭행이나 아동 학대, 가정 폭력 등을 포함해 무수히 많은 이유로 트라우마에 시달리는 이들은 특히 이런 위험에 취약하다. 전쟁에 참전했던 이들도 마찬가지다. 여러 가지 문제를 두고 그들을 탓하는 태도도 한번 생각해보아야 한다. 그들이 겪었던 험한 삶에서 의미를 찾기란 더욱 힘들 수도 있다.

미란다는 베트남전쟁에 참전했던 남편 앤디 이야기를 내게 들려주었다. "남편은 비극적인 전쟁을 겪고 돌아와 그곳에서 목격한 끔찍한 죽음들에 대해 자주 이야기했어요. 전쟁이 끝난 뒤 앤디는 등 통증으로 병원을 찾았다가 통증 완화제를 처방받았는데 결국 그 약물에 중독되었어요."

미란다는 눈물을 흘리며 이야기를 이어나갔다.

전쟁에서 돌아와 처음 몇 년은 괜찮은 듯 보였어요. 남편은 가족이 경영하는 자물쇠 제조업체에서 일했어요. 남편도 일을 잘했고 사업도 꽤 번창했지요. 그러다가 등 통증이 악화되면서 편집증 증상을 보이기 시작했어요. 그러고는 약에 점점 더 의존하게 되었고요. 문제는 한밤중에 고개를 들고 일어나는 고약한 증상들이었어요. 남편은 점점 불안해하며 흥분했고 그때마다 서랍을 뒤지거나 침대를 쥐어뜯곤 했어요. 뚜렷한 이유도 없이 매사에 집착하기 시작했고요.

이후 몇 년 동안 약물중독이 점점 심해졌어요. 어떤 날은 책상 밑에 웅크리고 있는 남편을 본 적도 있어요. 누군가 자신을 찾으러 온다며 그곳에 쭈그리고 숨어 있더라고요. 강인했던 사람이 그렇게 무너지는 걸 보고 있자니 제 가슴도 무너져 내렸어요. 재활 센터에도 몇 번 갔고 한동안은 약물중독도 잠잠해졌어요. 하지만 그것도 잠시뿐 이내 다시 시작하더라고요.

하루는 집에 갔는데 앤디가 다락방에 들어가 문을 걸어 잠그고 있었어요. 그 모습을 보고 재활 센터 상담사에게 전화를 걸어 물었지요. "제가 어떻게 해야 하죠?"

그러자 상담사가 말했어요. "얼른 짐을 꾸려서 남편분을 다시 데리고 오세요."

문 앞에 서서 남편에게 말했어요. "당신 아무래도 다시 재활 센터에 가야 할 것 같아."

하지만 남편은 거부했어요. 상담사에게 남편이 거부했다고 말하자 이렇게 말하더군요. "지금 약물 복용을 중단하지 않으면 남편분은 돌아가실 거예요. 당장 병원으로 데리고 오세요."

설득 끝에 남편이 가겠다고 해서 준비를 하는데 제가 바지 입는 걸 도와주자 남편이 갑자기 바지를 찢어버리더니 완전히 이성을 잃었어요. 저는 급히 911에 전화를 했죠. 응급 구조대가 도착해 남편을 들것에 싣고 나가는 도중에 남편의 심장이 멈췄어요. 앤디는 서른일곱 살의 나이에 약물 과다 복용으로 사망했어요.

당시 저는 서른두 살이었어요. 제 인생은 완전히 무너졌죠. 일곱 살짜리, 네 살짜리 아이가 있었는데 남편이 있을 때만 해도 아이들을 돌보며 전업주부로 살았거든요. 남편이 죽고 난 뒤 저 자신과 아이들을 위해 마을에 있는 상담 센터를 찾아갔어요.

상담 센터에는 여러 모임이 있었는데 저는 알아넌Al-Anon 모임에 나갔어요. 알코올이나 약물중독으로 가족이나 친구를 잃은 사람들의 모임이죠. 저 자신뿐 아니라 하루아침에 아빠를 잃은 아이들을 위해서라도 제 삶에서 뭔가를 찾고 싶었어요. 그러기 위해 제가 해야 할 일들은 너무도 막막하고 어렵게 느껴졌어요. 그런데 알아넌 모임을 통해 앤디의 문제에서 제가 어떤 역할을 해야 했었는지를 이해하게 되었고, 제가 그 역할을 하지 않았다는 사실을 깨달았어요.

알아넌 모임에서는 '세 가지 C'에 대해 자주 말한다. 중독 문제로 사랑하는 사람을 잃은 사람들에게 세 가지 C는 책임의 한계를 이해하는 데 도움을 준다. 세 가지 C는 다음과 같다.

1. 우리가 '원인Cause'이 아니다.
2. 우리가 '통제Control'할 수 없다.
3. 우리가 '치료Cure'할 수 없다.

중독자와 살다 보면 세 가지 C를 반드시 명심해야 하며 설령 중독된 사람이 세상을 떠난 뒤에도 잊지 말아야 한다. 세 가지 C를 잘 안다고 해서 일어난 일이 바뀌지는 않지만 자기 비난은 멈출 수 있다.

미란다는 계속 말을 이어나갔다.

앤디가 베트남에서 겪은 일들을 이야기해주긴 했지만 그래도 그 경험이 그에게 트라우마가 된 줄은 몰랐어요. 남편이 세상을 떠난 뒤에야 캐비닛에 있던 그 사람 일기장을 보았고 거기서 그 사람이 겪었던 일들을 더 상세히 알게 되었지요. 일기를 읽다 보니 앤디가 전쟁에서 겪은 일들이 훨씬 더 깊이 와닿더라고요. 유독 가슴에 남는 이야기도 있었어요. 전쟁이 한창일 때 거리에는 시체들이 마치 시장에 널린 새우 더미처럼 잔뜩 쌓여 있었고, 그 시체 더미 위로 자전거를 탄 사람들이 지나가는 광경을 봤다는 이야기였어요. 일기에는 그 장면을 마음에서 떨칠 수가 없다고 적혀 있었어요.

그제야 저는 앤디가 전쟁에서 겪은 트라우마 때문에 정신적으로 병이 생겼고 그로 인해 죽었다는 사실을 깨닫게 되었지요. 앤디는 알코올과 진통제로 어떻게든 마음을 무디게 만들어 잊으려 애썼지만 그런 약물이 주는 효과는 그리 오래 지속되지 않았어요. 앤디가 약물에 중독될 수밖에 없었던 상황을 이해하는 일은 저와 아이들에게 무척 중요한 문제였어요. 아버지가 나쁜 사람이나 실패한 사람이 아니라는 걸 의미했으니까요. 앤디는 조국을 위해 헌신한 용감한 사람이었어요. 저는 그런 방식으로 그 사람을 다시 봐야 했고, 그로써 모든 것이 바뀌었어요. 만약 앤디가 전쟁 중에 총에 맞았다면 전쟁 중 부상자에게 수여하는 퍼플 하트 훈장을 받았겠지요. 하지만 그의 정신적 치명상은 보이지 않는 곳에서 속으로만 곪았던 거예요.

앤디가 세상을 떠나고 1주기가 되던 날, 아이들과 함께 무덤을 찾아 기일을 기렸어요. 우리는 앞으로 우리가 간직하고 살아갈 앤디의 좋은 점들을 서로 이야기했지요. 그런 다음 보라색 꽃으로 만든 화관을 무덤에 놓아주었어요. 그 사람을 잘 알았던 건 우리이고, 퍼플 하트 훈장을 수여해야 할 사람도 우리였으니까요. 앤디에게 준 보라색 훈장이 저를 살아가게 하는 원동력이 되었어요. 우리는 그가 전쟁의 희생자가 아니라 무명의 영웅이라는 사실을 이해하면서 삶의 의미를 찾았어요.

중독과 트라우마에 덧씌워진 오명에 반대하고 인식을 바꾼 미란다는 남편을 있는 그대로의 한 인간으로 보게 되었다. 그의 삶이 진정한 의미가 있었음을 이해하고 조국을 위해 그가 했던 일들을 명예롭게 기릴 수 있었다.

의미는 어디에나 있다, 찾으려고만 한다면

사랑하는 사람이 중독이나 정신적 문제로 고통받는 모습을 지켜보는 사람은 그 사람이 죽기 오래전부터 이미 슬픔이 시작된다. 그 사람과 꿈꿔왔던 미래가 사라졌다는 슬픔, 그 사람을 장악해버린 끔찍한 변화에 대한 슬픔, 앞으로 악화되기만 할 악몽 같은 고통에 대한 슬픔 등이 지켜보는 이를 잠식한다. 하지만 더러는 고통의 한복판에서도 그 사람과 함께 찾을 수 있는 의미가 있다. 아직 살아 있다면, 아직 숨 쉬고 있다면 사랑하는 그 사람과 의미를 나누는 것은 진귀한 선물이 될 것이다.

다음은 심리학자 마거릿Margaret이 들려준 사연이다.

제 언니 신시아는 평생을 조현병으로 고통받으며 살았어요. 열여덟 살 때, 예술 고등학교를 다니던 언니가 다른 친구들과 함께 친구 차를 타고 집으로 오던 중 차 뒷좌석에서 정신 발작을 일으켰어요. 친구들이 언니를 차에서 내리게 하려 하자 언니는 악을 쓰고 고함을 지르기 시작했어요. 우리 집 근처까지 왔던지라 집에서도 언니 목소리가 들렸죠. 언니는 갑자기 아무도 알아보지 못하더니 엄마를 찾으며 계속 울었어요. 엄마가 차로 가서 언니를 부르자 언니는 엄마에게 "당신은 내 엄마가 아니야"라고 말했어요. 그 말을 몇 번이나 반복했는지 몰라요. 언니는 지금 자기가 어디에 있는지, 무슨 상황이 벌어지고 있는지 전혀 인지하지 못했죠. 그때 저는 열세 살이었는데 그 상황을 보고 무척 충격을 받았어요. 그리고 그때 받은 충격은 뒷날 제 인생에 큰 영향을 끼쳤고 심리학자가 되겠다는 결심까지 하기에 이르렀죠.

정신 질환이 심각해진 뒤 신시아 언니는 병원에 입원을 했고, 언니에게 맞는 약들을 찾을 때까지 병원에 있어야 했어요. 한동안 병원에 있다가 퇴원한 언니는 상태가 훨씬 호전되어서 스스로 일자리를 구해 마을에 있는 공예품 상점에 취직도 했어요. 대학에는 파트타임으로 다녔는데 예술과 언어 공부를 무척 좋아했어요. 대학에서 고고학 교수를 만나 결혼도 했고요. 언니는 여전히 조현병으로 고통받고 있지만 약 덕분에 통제가 가능했어요. 한동안은 모든 일이 순탄하게 흘러가는 듯 보였어요. 남편과 함께 고고학 발굴도 다니고 남편의 기사며 책, 보고서에 들어가는 그림도 언니가 직접 그렸어요. 하지만 언니 남편은 언니가 하는 일을 믿지 못했고 결국 몇 년 뒤 이혼했지요. 그때부터 상황이 나빠지기 시작했어요. 더 이상 일을 하지 못하게 된 언니는 무력하게 기초 생활 수급권자로 살았어요. 그러던 어느 날 가슴에서 혹이 하나 발견되었는데 그걸 아무에게도 말하지 않고 병원에 가는 날도 차일피일 미루기만 했어요. 혹시라도 안 좋은 종양일까 봐 겁이 났던 거죠. 그렇게 미루다가 병원에 갔을 때는 이미 너무 늦었어요. 이미 암이 4기로 진행되어 있었죠. 혼자 몸을 건사할 수 없게 되자 언니는 저와 제 남편이 사는 집으로 왔어요. 평생을 언니가 돌아오기만을 기다리며 살았는데 그런 모습으로 함께하게 되니 비참하고 슬펐어요.

자신이 죽어간다는 걸 알고 있던 언니는 어느 날 제게 자신의 인생이 완전히 무의미한 것 같다고 말했어요. 저는 언니에게 그렇지 않다고 말했어요. 언니는 내게 영감을 준 사람이고, 언니 덕분에 내가 심리 치료사가 되었다고 말해주었죠. 언니가 내 인생에 중요한 영향을 끼쳤고 그 덕분에 수천 명에 이르는 사람을 도울 수 있었다고 말이에요. 이 대화를 나누고 나서 언니가 자신의 삶을 보는 관점이 달라지기 시작했어요. 언니는 자신이 제 삶에 중대한 영향을 끼쳤다는 사실을 모르고 있었어요. 자신이 세상 어딘가에 기여하는 일은 절대 없을 거라고 생각하고 살았으니까요. "어떻게 보면 내 삶도 가치가 있었네." 이렇게 말하는 언니의 모습은 행복해 보였어요.

삶을 바라보는 관점을 바꾼 언니는 허투루 인생을 낭비하는 모든 일을 중단했어요. 자신의 삶 중심에서 죽음에 의연하게 대처했죠. 언니는 한 달 뒤에 세상을 떠났는데, 그 한 달 동안 언니가 돌아온 것처럼 느껴졌죠. 아픈 언니가 아니라 진짜 언니로요.

언니를 향한 사랑 덕분에 두 사람은 생의 마지막 나날에서 의미를 찾았다. 하지만 가족 중에 정신 질환이 있거나 약물중독인 사람을 둔 이들이 불가항력으로 그 병에 휘둘리는 것도 충분히 이해가 간다. 반복되는 수많은 일을 겪다 보면 연민에 피로감이 쌓인다.

몇 년 전, 내 친구 베스는 여든 살인 아버지에게 미친 듯이 화를 냈던 이야기를 들려주었다. 베스의 아버지는 약물 과다 복용을 반복했고 병원에서 인공호흡기에 의존했던 적도 있었다. 그는 조울증을 앓고 있었고 오랜 세월을 약물에 중독되어 살았다. 아버지가 약물을 과다 복용하거나 정신 발작을 일으켜 정신병원에 입원하는 일이 생길 때마다 베스는 번번이 아버지를 도우러 비행기를 타고 와야 했고, 그런 날들이 수년 동안 계속되었다. 하지만 베스가 처한 상황도 녹록지 않았다. 1년 전 남편과 이혼하면서 어린 세 아이를 혼자 키워야 했던 것이다.

베스는 내게 말했다. "데이비드, 아버지가 병원에 입원하셨다는 전화를 처음 받았을 때는 눈물이 났어. '결국엔 이렇게 되는구나. 아버지가 죽어가고 있구나.' 하는 생각에 첫 비행기를 타고 아버지를 보러 왔어. 그런데 그다음 전화를 받았을 때는 아버지가 인공호흡기를 떼고 자가 호흡을 한다는 거야. 회복될 것 같다고 하더라고. 그때 이런 생각이 들더라. '그럼 뭐해. 어차피 몇 달 뒤면 다시 약물을 과다 복용하시거나 자살 시도를 하실 텐데. 그러면 다시 병원에 들락거리는 일이 반복될 텐데.' 이런 생각에 죄책감이 들긴 했지만 몇 년 동안 그런 일을 겪고 나니 너무 지치더라. 그리고 지금 살고 싶은 의욕조차 없어 보이는 아버지를 대하기가 너무 힘들어. 아버지가 자신의 생명에 저렇게 무신경한데 왜 내가 아버지의 생사에 기를 쓰고 매달려야 하지? 아버지의 삶은 무의미해 보여."

베스는 이런 자신에게 조언을 좀 해달라고 했다. 나는 베스의 고통을 직접 보았고 지금 그녀가 처한 상황이 얼마나 힘든지 인정해주고 싶었다. 하지만 그보다는 만약 지금 베스가 저렇게 화를 내도록 내버려둔다면 뒷날 아버지와 의미 있는 마지막을 보내지 못하게 될 것이고, 베스는 자신을 탓하고 비난하게 될 것이라는 생각이 들었다. 그렇게 두고 싶지는 않았다.

나는 베스에게 이렇게 말해주었다. "한편으로는 '또다시 반복하고 싶지 않아'라는 생각도 들 테고, 또 다른 한편으로는 '어쩌면 이번이 아버지의 마지막일지도 몰라'라는 생각도 들겠지. 아버지가 자살로 생을 마감하시든 약물 과다 복용으로 세상을 떠나시든 아버지는 결국 정신적인 병으로 돌아가시는 거야. 네가 이 사실을 이해한다면 아버지에게 좀 더 연민을 느끼게 될 거야. 아버지의 삶이 허망하게 스러져가는 현실에 대처하기도 좀 더 수월할 거고."

베스는 내 조언대로 이번이 아버지와 보내는 마지막 시간일지도 모른다는 생각에 집중했고 분노를 잘 다스리며 아버지와의 마지막 날들을 보다 의미 있게 보냈다. 이후에 만난 베스는 이렇게 말했다. "아버지가 떠나신 지 몇 년 지난 지금 돌이켜 보면, 함께 나눈 시간에, 그리고 아버지에게 어느 정도 사랑과 연민을 품게 되었다는 사실에 감사하게 돼."

자신의 생을 벼랑까지 몰고 가는 것 같은 사람들을 볼 때면 넓은 관점에서 판단하기가 어려워진다. 하지만 결국 그날들이 그 사람에겐 삶의 마지막 날들이다. 그 사람이 소중한 사람이라면 그 사람과 함께하는 시간이 그 사람은 물론 자신에게도 도움이 된다. 그렇게 하지 못한 채 그 사람이 떠나고 나면 뒷날 무거운 죄책감과 자기 비난에 짓눌릴 수도 있다.

중독에서 의미 찾기 ──────────────

중독 문제를 이야기할 때 나는 단순히 슬픔 전문가로서 이 분야를 이야기하지 않는다. 나는 중독자와 함께 살았다. 내 아들 데이비드는 엄마 배 속에서부터 마약에 노출된 채 태어났고 이후 여러 위탁 가정을 전전하다가 내게 입양되었다. 데이비드와 데이비드의 형은 나의 가족이 되었고 두 아이 모두 무척 잘 적응했다. 데이비드는 정말 사랑스러운 아이였다.

유치원에서 데이비드는 다른 사람을 보살피는 직업에 가장 잘 어울리는 아이로 뽑히기도 했다. 학교 일도 열심이었고 친구들에게 배려심도 많았다. 총명하고 똑똑한 아이여서 전 과목 A를 받아 오곤 했다. 하지만 무척 예민한 편이라 자기가 여느 아이들과 다르게 입양된 아이라는 사실을 괴로워했다. 양쪽 부모가 아닌 아버지 혼자 기르는 집에서 자란다는 사실도 데이비드를 힘들게 했다. 데이비드는 자신이 평범한 아이들과 다르다고 느꼈다. 또래 아이들이 그렇듯 데이비드도 다른 아이들과 똑같기를 바랐다.

열다섯 살이 되자 데이비드는 사립학교에 다니기 시작했는데 그곳에서 다른 아이들에게 집단 괴롭힘을 당했다. 집단 괴롭힘을 당하는 아이들은 그 사실을 부모에게 말하지 않는다. 데이비드 역시 집단 괴롭힘을 당한다는 사실을 내게 말하지 않았고 나는 그 학교 이사회 이사였음에도 전혀 눈치채지 못했다. 나중에 밝혀진 바에 따르면 몇몇 교사들은 집단 괴롭힘 문제를 알고 있었고, 이 문제는 학교 운영위원회까지 가기도 했다. 하지만 책임을 져야 할 사람들은 책임을 지지 않았다.

괴롭힘이 점점 심해지자 어느 날 데이비드는 학교 화장실에 들어가 형이 먹는 심장약을 한 움큼 삼켰다. 스페인어 교사가 화장실에 쓰러져 있는 데이비드와 쪽지를 발견했다. 쪽지에는 "더는 못 견디겠다"라고 쓰여 있었다. 천만다행으로 구급차가 신속하게 도착해서 데이비드를 지역의 가까운 병원으로 옮겼고 병원에서 의식을 회복했다. 하지만 학교 내 괴롭힘이 데이비드 내면의 무언가를 건드렸는지 그는 예전처럼 돌아가기 어렵다고 느낀 듯했다. 데이비드는 나날이 우울함이 심해졌고 심리 전문가들의 도움이 필요한 상태가 되었다.

어느 날 밤, 데이비드가 리처드와 함께 내게 와서 눈물을 흘리며 말했다. "아버지, 머릿속에서 자꾸만 제 몸에 자해를 하고 아버지도 해치라는 목소리가 들려요."

가슴이 너무 아팠다. 아무 잘못도 없는 열다섯 살 아이가 눈물을 흘리며 머릿속에서 들려오는 목소리에 절망적으로 겁에 질려 있었다. 리처드와 나는 밤새도록 데이비드와 함께했다. 데이비드를 달래면서 그 목소리들이 결코 너를 마음대로 하도록 내버려두지 않겠다고 안심시켰다. 데이비드와 긴 밤을 보내면서 나는 정신 질환과 트라우마가 주는 아득한 고통과 직면했으며, 그 고통은 육체적 고통과 마찬가지로 매 순간 지독하게 힘들었다. 우리는 그날 밤 아이의 머릿속에서 들리는 목소리와 함께 싸웠고, 다음 날 아침 나는 데이비드와 함께 약을 처방해주었던 정신과 의사를 찾았다. 집중적인 심리 치료와 집단 치료가 데이비드에게 어느 정도 도움이 된 것 같았다. 그렇게 데이비드는 제자리로 돌아온 듯 보였다.

데이비드는 다시 사립 가톨릭 고등학교에 다니기 시작했고, 한동안 잘해내는 것처럼 보였다. 데이비드는 내가 상담을 맡은 병원 내 응급실에서 자원봉사도 시작했다. 다른 사람을 돕는 걸 무척 좋아했던 아이라 의료 분야에서 일하고 싶다는 꿈도 키우기 시작했다. 데이비드는 다른 준準의료 전문가들과 잘 어울렸고 집에 오면 병원과 응급실에서 있었던 일들을 몇 시간이고 이야기했다. 데이비드는 보다 큰 분야에 더욱 큰 흥미를 느꼈다. UCLA 의과대학에서 열린 국제 청소년 리더십 포럼에 9일 동안 참가하기도 했다. 이 포럼은 미래의 의사와 의료계 종사자들에게 직접 현장을 경험하게 함으로써 열정을 찾게 해주는 프로그램이었다.

데이비드는 꿈에 부풀어 자신에게 펼쳐질 미래를 그렸지만 한편으로는 여전히 과거의 악마들과 싸우는 중이었다. 트라우마와 정신 건강 문제는 매우 복잡하다. 약물중독으로 더 악화될 경우 생명까지 위협받을 수 있다. 10대 시절 나도 맥주도 마시고 대마초도 몇 번 피웠다. 데이비드 역시 그랬다. 하지만 데이비드에게는 위험성이 훨씬 더 컸다. 일부 약물은 데이비드를 더욱 위험하게 만들수도 있었다. 데이비드는 열여섯 살에 처음 메스암페타민(중추신경을 흥분시키는 일종의 마약-옮긴이)에 손을 댔다. 데이비드는 친구들과 약에 취해 옆 동네 공원에서 내게 전화를 했다. 데이비드는 자신이 그 약을 감당할 수 없다는 걸 곧장 알아차렸다.

그날 이후, 우리가 알지 못하는 세계의 문이 열렸다. 우리는 우리를 아래로 빨아들이는 것만 같은 그 세계로 들어갔다. 데이비드가 한없이 가라앉고 있는 게 느껴졌다. 대학을 고르던 데이비드는 하룻밤 사이 재활 시설을 고르게 되었다. 대학 등록금은 고스란히 재활 시설로 들어갔다. 그 세계는 빠르게 변하는 듯 보였고 데이비드도 그 세계의 속도에 맞춰 달라지고 있었다.

2년 동안 우리는 데이비드가 약에 취하지 않게 하려고 악전고투를 했다. 데이비드가 열여덟 살이 되자 내가 아들에게 끼치는 영향력도 급속하게 줄어들기 시작했다. 데이비드는 잠시 약을 끊었다가도 번번이 다시 약으로 돌아갔다. 이건 사랑도, 시간도, 돈도 해결해줄 수 없는 문제였다. 이 문제를 위해 수많은 재활 센터, 외래 환자를 위한 다양한 프로그램, 각종 치료 등이 존재한다. 그 문제는 마치 아무도 넘을 수 없는 거대한 산처럼 보였다. 약의 유혹은 너무도 강력했고 그에 맞서려는 데이비드의 노력은 아무리 최선을 다해도 모자라기만 했다. 그러다가 어느 시점에 데이비드가 헤로인을 했다는 이야기를 들었다. 헤로인은 싸고, 구하기도 쉽고, 모든 고통을 한 번에 날려주며 쾌락을 주는 약물이다.

데이비드는 약물중독 회복을 위한 12단계 프로그램에 참여한 적도 있었는데 그때 누군가 데이비드에게 이런 말을 했다. "검은색 정장을 한 벌 준비하는 게 좋겠어요. 앞으로 장례식에 갈 일이 아주 많을 테니." 잔인한 말이었지만 그 말이 사실임을 인정할 수밖에 없었다. 내 강연을 들으러 오는 사람들 중 이런 이유로 가족을 잃은 이들도 많았기 때문이다.

어느 날 밤 데이비드와 이런저런 대화를 하다가 내가 이런 말을 했다. "강연을 할 때마다 가슴이 무너진 채 오는 부모들을 보게 된다. 네가 더 이상 약에 손대지 않아서 정말 기쁘구나. 약속해다오. 나를 그렇게 슬픈 부모로 만들지 않겠다고." 데이비드는 내 말을

의미 수업

듣더니 나를 안심시켜주었다. "그렇게 만들지 않을게요. 설령 약을 한다고 해도, 제가 무슨 일을 하고 있는지 잘 알고 있어요."

내 마음 한구석에는 데이비드에 대한 믿음도 있었다. 내 아들은 비극적인 죽음을 맞는 사람들 중 한 명이 되지 않을 것이라고 생각했다. 하지만 또 다른 한편으로는 확신이 서질 않았다. 무언가에 중독된 사람들은 자신이 어떤 일을 맞닥뜨리게 될지 알지 못하는 경우가 많다. 데이비드가 처음 재활 시설에 갔을 때 담당자와 나눴던 대화가 떠오른다.

재활 센터에서 부모들을 초청해 아이와 함께하는 모임을 열어서 참석한 적이 있는데, 그곳에서 몇몇 사람들이 약물중독자들에 대한 치료가 별것 아니라는 듯 이야기하는 것을 듣고는 충격을 받았다. 모임이 끝나고 나는 담당자에게 말했다. "약물 과용에 대해 너무 가볍게 말하는 것 같네요. 약물중독인 사람들도 다른 중독으로 사망한 사람들과 똑같이 위험한 거 아닌가요? 어떻게 그렇지 않다고 장담할 수 있죠?"

그러자 담당자가 대답했다. "중독은 무감각해지는 것이 문제예요. 감각이 무뎌져 위험을 무시하게 되죠. 약물에 중독된 사람들은 스스로를 통제하고 있다고들 생각해요. 약 기운에서 깨어났을 때도 여전히 위험이나 재복용에 대해 무디게 생각하죠. 우리는 약물 재복용도 재활의 한 과정이라고 생각합니다."

"그건 그 끝이 죽음이 아닐 때 이야기겠죠." 나는 담당자의 말이 끝나자마자 쏘아붙였다. 정말 그럴까 봐 두려웠다.

성인이 된 첫해에 데이비드는 약 기운에서 어느 정도 벗어나 이제 막 사회에 발 디딜 준비를 했다. 의료계 분야에서 직업을 고민하고 있던 데이비드는 꼼꼼한 성격답게 꾸준히 일할 수 있는 곳을 찾고 있었다. 직장이 잘 구해지지 않자 UCLA에서 성인을 대상으로 하는 의료 보조자 훈련 과정에 등록했다. 하지만 중독은 결국 이런 노력마저 집어삼켰다. 이후 데이비드는 로스앤젤레스 커뮤니티 칼리지에 입학했지만 중독에서 헤어 나오지 못했다.

데이비드를 잃고 슬픔에 잠겨 있는 동안 재활 시설의 그 담당자와 나눴던 중독과 무감각에 관한 대화가 자꾸 생각났다. 마음속에서 몇 번이고 그 대화를 떠올리고 곱씹다가 문득 중독에 빠진 다른 젊은이들의 무감각함에 내가 뭔가 일침을 놓아줄 방법이 있지 않을까 하는 생각이 들었다. 그들이 탐닉하고 있는 것에 대한 위험을 일깨워주고 경각심을 줄 방법이 있을 것 같았다. 이는 데이비드의 죽음을 헛되게 하지 않을 수 있는 일이기도 했다.

데이비드가 세상을 떠난 지 1년, 나는 로스앤젤레스에서 약물을 끊고 사는 한 친구를 만나러 갔다. 나는 그 친구에게 내 생각을 이야기하며 그 친구가 도와주고 있는 회복 단계의 중독자들을 도울 방법을 함께 고민해보자고 제안했다.

세 달쯤 뒤, 나는 아들의 장례식을 준비했던 장례식장으로 청년들 열다섯 명을 불러 모임을 마련했다. 모임에 참가한 청년들은 20대에서 30대 사이로 모두들 경계심이 가득한 표정이었다. 다들 자기가 왜 장례식장에 와 있는지, 거기서 어떤 모임을 할 건지 전혀 알지 못했다. 나는 그 청년들에게 데이비드의 생을 짤막하게 담은 5분짜리 영상을 보여주었다.

첫 부분은 평범한 가정에서 어린아이가 자라는 일상을 담은 지극히 일상적인 영상으로, 가족과 함께 사는 사람이 아니라면 그다지 관심을 가질 것 같지 않은 장면이었다. 하지만 이내 데이비드의 10대 후반 모습과 20대 초반 장면이 나왔고 데이비드가 회복을 위한 12단계 프로그램 모임 장소 밖에서 친구들과 이야기를 나누는 모습이 나왔다. 영상을 보던 젊은이들도 조금씩 관심을 가지기 시작했다. '아, 쟤도 우리 같은 아이구나' 하고 생각하는 것이 느껴졌다.

다음 장면에서는 데이비드의 친구 한 명이 등장했다. 그러자 모임 장소의 분위기가 눈에 보일 정도로 달라졌다. 언뜻 보기에도 젊은이들은 영상 속 인물에 이입되고 있었다. 영상 마지막 장면은 데이비드가 스물한 번째 생일 케이크의 촛불을 끄는 모습이었다. 영상 속에서 누군가가 데이비드에게 외쳤다. "데이비드, 소감을 말해야지!"

"요즘에는 하루에 한 알씩만 먹고 있어." 데이비드가 말했다. 이 말은 익명의 알코올의존증 환자들 모임인 AA나 다른 중독 회복 프로그램에서 많이들 하는 말이다. 영상은 거기서 검은색 화면으로 바뀌고 화면에는 이런 자막이 올라갔다. "이 영상을 찍고 16일 뒤, 데이비드는 약물 과다 복용으로 사망했다." 그제서야 그 자리에 모여 있던 청년들은 영상 속 데이비드가 자신이 될 수도 있다고 생각하는 것 같았다.

나는 청년들에게 물었다. "오늘 장례식장에 오게 될 거라고 생각한 사람 있나요?"

아무도 손을 들지 않았다.

"1년 전만 해도 저 역시 이런 곳에 오리라고는 생각하지 못했습니다. 그런데 아들의 마지막 모습을 보고 며칠 뒤, 제가 이곳에 와 있더군요."

간단히 말을 마치고 나서 우리는 장례식장에서 가까운 묘지를 찾았다. 데이비드의 묘지 앞에 이르러 나는 상자를 내밀며 젊은이들에게 그 안에서 돌을 하나씩 꺼내달라고 말했다. 미리 준비해둔 돌이었다. 돌마다 평화, 행복, 가족, 사랑, 공감, 수용이라는 단어가 쓰여 있었다. 나는 청년들에게 유대인은 장례식에 꽃 대신 돌을 가지고 온다는 이야기를 들려주었다. 그리고 한 명씩 돌에 적힌 단어를 소리 내 읽으며 데이비드의 무덤에 놓아달라고 부탁했고, 다들 그대로 했다.

한 사람씩 단어를 읽으며 돌을 내려놓고 나면 나는 그 단어가 데이비드의 삶과 어떤 연관이 있는지 설명했다. 한 청년이 '희망'이라는 단어를 말하고 난 뒤 나는 말했다. "데이비드도 미래에 대한 희망이 무척 많았습니다." 그다음 사람이 '가족'이라고 말하자 나는 "데이비드는 가족이라는 개념을 참 좋아했습니다. 하지만 자신이 가족의 일원이라는 데 확신이 없었죠." 그다음 사람이 '사랑'을 말하면 내가 그 말을 받았다. "데이비드의 삶에는 참으로 많은 사

의미 수업

랑이 있었지만 한 번도 자신이 사랑받는다고 느끼지 못했습니다. 아마 자신의 장례식에 얼마나 많은 사람이 왔는지 봤다면 무척 놀랐을 겁니다."

데이비드의 무덤 앞에서 한 사람이 질문을 했다. "이런 일을 어떻게 감당하고 겪으셨어요?"

"아직 끝난 일이 아닙니다. 평생 겪어야 할 일이지요."

그 말은 사실이었다. 내 남은 평생을 데이비드 주니어를 애도하며 살 테니까. 하지만 나는 어떤 방식으로든 누군가에게 도움을 주면서 내 상실에서 의미를 찾으려고 노력하며 살 것이다.

나는 그곳에 모인 사람들을 보며 말했다. "언젠가 여러분 부모님이나 친구들이 여러분에게 '네가 약물중독으로 혹시라도 죽지 않을까 걱정돼'라고 말한다면 그때 부디 여러분이 그 사람의 눈을 피하지 않게 되길 바랍니다. 중독은 여러분을 죽음으로까지 몰고 갈 수 있는 교활하고 극악한 질병입니다. 만약 데이비드가 또다시 약물에 유혹을 느꼈을 때 도움의 손길을 요청했더라면, 아마 지금 살아 있었을지도 모릅니다. 하지만 그건 그 아이의 잘못이 아닙니다. 결국에는 중독이, 홀로 중독되어 있던 것이 그를 죽인 겁니다. 다시 약물에 손을 대고 싶은 생각이 든다면 부디 이곳을 찾아와 이 자리가 여러분의 자리가 될 수 있다는 걸 한 번씩 되새겨주세요."

그들에게 데이비드의 회복 과정과 다시 중독으로 돌아갔던 경험을 상세히 들려준 뒤 이렇게 말했다. "이 공동묘지 규정상 무덤에 어떤 물건도 둘 수 없습니다. 관리자들이 매우 부지런해서 꽃이든 돌이든 두고 돌아가면 다 치웁니다. 여러분이 데이비드의 무덤에 둔 돌은 데이비드를 위한 것이 아니라 여러분 자신을 위한 겁니다." 나는 다시 한 사람씩 각자 돌을 주워 가라고 말했다. 그리고 그 돌에 적힌 단어가 자신들의 삶과 어떤 연관이 있는지 이야기해 보자고 했다.

맨 처음 돌을 집은 청년의 돌에는 '가족'이 적혀 있었다. "저는 가족과 늘 불화가 끊이지 않아요. 앞으로 제게 닥칠지도 모르는 일을 가족들이 얼마나 두려워하고 있는지 한 번도 생각해본 적이 없었어요."

그다음 사람은 '희망'을 말했다. 그는 살면서 희망이 전혀 없는 것 같다는 생각을 자주 한다고 했다. 나는 그에게 말했다. "오늘부터 부디 다시 약물을 하고 싶은 충동에서 벗어나길 바랍니다. 당신에게는 데이비드에겐 더 이상 없는 것이 있어요. 더 나은 삶을 살수 있는 가능성, 다시 희망을 찾을 수 있는 가능성이 있지요. 살면서 누군가에게 사랑받고 있다는 느낌을 가질 수 있는 가능성, 회복의 가능성도 있고요. 부디 그 가능성들을 놓치지 않기를 바랍니다."

'감사'가 적힌 돌을 쥔 사람은 이렇게 말했다. "제게 새로운 생각을 할 수 있게 해준 오늘에 감사하고 싶습니다."

"제 이야기와 데이비드의 이야기가 여러분의 삶에 의미를 주기를 바랍니다. 혹시라도 마음을 다잡아야 할 순간이 온다면 아무 때고 이곳에 와서 데이비드를 만나세요. 슬프게도 데이비드는 영원히 이곳에 있을 테니까요."

모임을 마치고 작별 인사를 하면서 나는 한 사람 한 사람 돌아가며 악수를 했다. 처음 장례식장에 모여서 인사하며 나누던 경직된 악수와는 사뭇 다르게 따스한 온기가 느껴졌다. 이 온기가 내 아들의 중독에서 내가 만들어나가야 할 의미다.

FINDING MEANING

제3부

떠난 자가 남기고 간 것들

고통보다는 사랑

> 나는 이 모든 고통보다 남아 있는 모든 아름다움을 생각한다.
>
> 안네 프랑크Anne Frank

흔히 슬픔에는 온통 고통뿐이라고 생각한다. 슬픔에 빠진 사람이라면 누구나 이 생각에 동의할 것이다. 하지만 나는 슬픔에는 뭔가 더 있다고 생각한다. 바로 사랑이다. 왜 고통이 사랑의 부재라고 생각하는가? 사랑하는 사람의 죽음이 사랑의 죽음을 의미하지는 않는다. 사랑은 사라지지 않고 그대로 남는다. 여기서 이런 의문이 든다. '어떻게 하면 그 사람을 고통보다는 사랑으로 기억할 수 있을까?' 이건 명령이 아니라 질문이다. 우선 말하고 싶은 점은 고통을 없앨 수는 없다는 사실이다. 고통은 이별의 피할 수 없는 결과이기 때문이다. 그 이별은 잔인하고 강압적이다.

영어에서 유족을 의미하는 'bereaved'라는 단어는 고대 영어에서 '빼앗긴', '붙잡힌', '강탈당한' 등의 의미였다. 사랑하는 사람을 잃었을 때 느끼는 감정이다. 사랑하는 사람을 잃으면 내 몸의 팔

한쪽이 잘린 기분이다. 내게 가장 소중했던 것을 강제로 빼앗긴 느낌이다. 그때 느끼는 고통은 그 사람에 대한 사랑에 비례한다. 사랑이 깊을수록 고통도 깊다. 하지만 고통의 또 다른 한편에는 사랑도 존재한다. 사랑은 고통의 또 다른 얼굴이다.

느끼지 못하는 감정은 치유할 수 없다. 사람들은 대부분 감당할 수 없이 큰 감정들을 두려워한다. 나는 이것을 '감정의 무리gang of feeling'라고 부른다. 이 무리는 우리를 위협한다. 우리 안 어딘가에 숨어서 틈이 벌어지기만을 기다리다가 아주 조금이라도 문이 열리면 그 틈으로 쏟아져 나온다. 분노, 슬픔, 무감각, 갈망, 충격, 그 밖에도 아프고 상처가 되는 무수한 감정의 무리들을 생각해보라. 두려움의 무리는 보이지 않는 곳에 숨어 있다가 문이 열리면 무섭게 쏟아져 나와 그 사람을 압도하기 때문에 그 무리에 에워싸이면 자유로워질 수 없다. 두려움의 무리 한가운데 있는 사람은 이렇게 말하곤 한다. "여기서 내가 울면 절대 울음을 그치지 못할 것 같아."

하지만 인생의 모든 것이 그러하듯 울음은 언젠가 그친다. 깊은 곳에 있는 고통을 낱낱이 느끼고 그 감정을 울음으로 다 쏟아낼 수 있다면, 슬프기는 해도 그 감정에 압도당하지는 않을 것이다. 그 감정은 나를 통과해 지나갈 것이고 마침내 더 이상 그 감정이 느껴지지 않을 것이다. 사랑하는 이의 죽음이 다시는 고통스럽지 않을 것이라는 말이 아니다. 살아가는 동안 내내 고통스러울 것이다. 하지만 어느 지점에서 느낀 고통에는 그 고통에 합당한 이유가 있었다.

고통에 저항하지 않는다고 해서 앞으로도 똑같은 고통을 영원히 겪어야 하는 것은 아니다.

하지만 대부분의 사람들은 고통을 이런 식으로 경험하지 않는다. 대부분 고통의 무리를 두려워한다. 스스로를 온전한 감정을 다 경험하도록 내버려두지 않기 때문이다. 사람들은 감정에 감정을 품는다. 슬픔을 느끼기 시작한 다음에는 슬프다는 사실에 죄책감을 느낀다. 슬픔을 오롯이 다 느끼기도 전에 감정을 재빨리 바꿔버리는 것이다. 화가 날 때도 마찬가지다. 화가 나면 자신의 화를 판단해 자기 비난으로 감정을 바꾼다. 아니면 슬픈 순간에도 어딘가에 감사해야 한다고 생각한다. 이런 예들은 셀 수 없이 많다.

나는 사람들에게 가장 처음 느끼는 감정에 충분히 오래 머물라고 말한다. 마음의 조언을 무시하는 것은 인위적으로 감정을 만드는 행위다. 충분히 느끼지 않은 고통은 처음 상태 그대로 남아 있게 된다. 무리 지어 다니는 감정이지만 온전히 다 느끼지 않은 감정은 절반만 지나가고 절반은 그대로 남는다. 만약 슬픈 기분이 든다면 그 슬픔을 충분히 깊이 느끼면서 슬픈 상태에 잠시 머물러야 한다. 메리앤 윌리엄슨은 흘려야 할 눈물이 100인데 50만 흘린 상태에서는 울음을 멈출 수 없다고 말했다. 누군가를 사랑으로 기억하는 비결은 고통을 무시하거나 부인하려 애쓰지 말고 그 고통을 받아들이는 데서 시작된다.

종교와 인간 사이 _____

상실에 대한 즉각적이고 인간적인 경험과 정신적인 경험 사이에는 미묘한 균형이 존재한다. 대다수 사람들은 살면서 가장 힘든 시기를 보낼 때 종교적 신념이나 신과의 유대감, 어떤 초월적인 영역에서 큰 도움을 받곤 한다. 하지만 아무리 종교적 신념이 깊은 사람이라 할지라도 이따금 인간적인 고통에 머물고 싶을 때가 있다. 사랑하는 이가 죽어서 슬픔에 빠져 있을 때 더러는 그 사람이 더 좋은 곳에 갔다든지 천국에서 보상을 받을 거라든지, 예수님이 함께하실 거라는 말을 듣고 싶지 않을 때도 있다. 어떤 이들은 이런 말들을 언제 들어도 위로가 되지만 또 어떤 이들은 이런 말들이 결코 위로가 되지 않는다. 아니면 이런 말을 듣는 순간에만 잠시 위로가 되기도 한다.

내 아들이 죽었을 때 한 좋은 친구가 내게 이렇게 물었다. "데이비드 이야기를 할 때 너는 영적인 위로를 받고 싶어, 아니면 인간적인 위로를 받고 싶어? 혹시 둘 다 받고 싶어?" 나는 그 친구가 이 두 가지를 구분하는 방법을 아주 잘 알고 있다고 생각했다.

비탄에 잠긴 사람에게 해주어야 할 말에 관해 강연을 할 때 나는 그 사람이 인간적인 고통을 위로받고 싶은지 영적인 고통을 위로받고 싶은지를 잘 파악해야 한다고 말한다. 대부분 슬픔에 빠진 사람이 어떤 상황인지를 보려 하지 않고 그저 영적인 내용의 위로를 해주는 경우가 많다. 유족의 감정을 헤아리지 않은 채 그저 조건반

사적으로 건네는 위로가 너무도 많다. 지상에서는 그다지 선하지 않은 사람도 천상의 마음가짐으로 위로를 전하곤 한다.

강연에서 청중에게 이러한 위로에 대한 분노를 이야기할 때면 늘 큰 공감을 얻곤 한다. 상실감에 몸부림치는 사람들에게 그렇게 확신에 찬 위로는 마치 굳이 그 고통 속에 있을 필요가 없다는 말로 들린다. 하지만 그렇지 않다. 누군가를 잃은 사람들은 고통 속에 있어야 한다. 나도 내 아들, 우리 부모님, 세상을 떠난 사랑했던 모든 이들이 영적인 곳에서 영원히 존재할 거라고 믿는다. 하지만 그렇다고 해서 내가 저녁 식사 자리에서 그들을 그리워하지 말아야 한다는 의미도, 그들을 단 한 번만이라도 다시 따스하게 안아봤으면 하는 바람을 가져서는 안 된다는 의미도 아니다.

내 친구들과 가족들이 내가 고통 속에 머물지 않기를 바라는 마음은 충분히 이해한다. 애가 끊어지듯 고통스러워하는 나를 보면 그들도 괴롭기 때문이다. 하지만 가끔 누군가 내게 "당신 아들은 당신 마음속에 늘 함께 있습니다"라고 말할 때면 나는 이렇게 대꾸하고 싶은 충동이 든다. "내가 그렇게 생각한다고 하면 당신 마음이 좀 편해집니까?" 물론 이 말을 입 밖으로 꺼내지는 않는다. 그들이 어떤 의도로 그런 말을 했는지 너무도 잘 알기 때문이다. 그들은 그저 내가 슬픔의 어느 단계에 있는지 잘 모를 뿐이다.

물론 다른 사람의 마음이 지금 어떤 상태인지 알기는 매우 어렵다. 하지만 누군가 이런 주제로 내게 조언을 구한다면 나는 그런 조언은 자제하라는 당부와 좀 더 인간적으로 반응하라는 이야기를 해주곤 한다. 종교적인 확신 또는 영적인 확언이 그 사람에게 아주 잘 통할 거라는 확신이 강하게 들지 않는다면 처음부터 그런 위로는 하지 않길 바란다.

폭풍우가 닥칠 때

내가 진행하는 모임에서 프로그램이 진행되는 내내 재스민은 맨 앞줄에 놓인 방석에 앉아 있었다. 재스민은 조용하고 숫기가 없었다. 내가 재스민에 대해 아는 것이라고는 어린 자녀가 한 명 있었는데 죽었다는 사실뿐이었다. 주말이 거의 끝나갈 무렵 나는 사람들에게 가장 힘든 일이 뭔지 물었다. 그러자 재스민이 손을 들었다. 모임 내내 좀처럼 의견을 말한 적이 없던 사람이기에 나는 재스민의 사연이 궁금해 발언을 해보라고 했다.

"사람들이 자꾸만 저에게 아이를 다시 가지라고 말하는 게 힘들어요. 그런 이야기를 편하게 받아들여야 한다는 사실도 힘들고요." 재스민이 말했다.

"마치 새로운 아이가 이전의 아이를 대체할 수 있는 것처럼 말이죠?"

"맞아요. 마치 별거 아니라는 듯이요. 곧 다른 아이를 가지면 될 것처럼 말해요."

"아이가 세상을 떠난 지 얼마나 됐죠?"

순간 재스민은 그 단어를 입에 올릴 수조차 없다는 듯 얼어붙었다. 나는 재스민에게 다가가 옆에 무릎을 꿇고 앉아 말했다. "재스민, 당신은 혼자가 아닙니다."

재스민은 견디기 힘든 듯 어깨를 떨기 시작했다. 그러고는 말했다. "5주요."

"아, 저런. 5주면 고통 말고는 아무것도 없을 때예요. 당신에게 다시 아이를 가지라고 말하는 사람들은 물론 좋은 의도에서 그런 말을 했을 거예요. 다만 끔찍한 고통 속에 있다는 걸 잘 몰라서 그래요. 하지만 그 사람들이 당신의 고통을 덜어줄 수는 없어요. 저도 마찬가지고요. 지금 당장 제가 할 수 있는 일은 당신 곁에 있어주는 것, 이번 주말 우리 모두가 당신과 함께라는 사실을 알려주는 것뿐이에요."

나는 늘 이곳에 온 사람들에게 그 사람이 떠난 지 얼마나 됐냐는 질문을 한다. 슬픔에 가시적인 시간표 같은 것이 있어서가 아니다. "얼마나 됐죠?"라는 질문은 "당신은 얼마나 오랜 시간 그 고통 속에 있었죠?"라는 질문을 에둘러 표현하는 말이다. 나는 아이를 보낸 지 5주밖에 되지 않은 상태에서 이런 모임에 나온 재스민의 용기에 무척 놀랐다. 재스민에게 이 모임에 나올 용기를 어떻게 냈냐고 묻자 이렇게 대답했다. "그저 깊은 절망에 머물러 있을 수 있는 곳이 필요했어요. 나를 그곳에서 나오게 하려는 사람들이 없는 곳이요."

재스민의 직관이 옳다. 사랑하는 사람을 잃고 5주가 지난 시점에서는 고통에서 벗어날 길을 찾을 수도 '극복'할 수도 없다. 고통을 충분히 느끼는 과정은 떠난 사람에 대한 사랑을 기억하는 필연적인 과정이다. 고통도 사랑의 일부다. 고통을 느끼지 않고서는 누군가를 사랑할 수도 잃을 수도 없다. 당사자는 고통을 겪을 수밖에 없으며, 다른 사람들은 그 사람을 고통에서 억지로 끄집어내려 하지 말고 그 고통을 목격해주어야 한다.

친구들이나 가족들만 슬픔에 빠진 사람이 고통에서 벗어나길 바라는 것이 아니다. 고통을 겪는 당사자 역시 벗어나고 싶어 한다. 더러는 그 고통을 회피하려는 사람들도 있으며, 이들 역시 충분히 이해한다. 자신에게 엄습하기만을 기다리는 감정의 무리가 감지되면 그 궁지에서 벗어나기 위해 안간힘을 쓴다. 그중 한 가지 방법이 쉴 새 없이 바쁘게 지내는 것이다. 스스로를 괴롭히면서 벗어날 방법을 찾는 것이다.

내 친구 중 스물세 살 된 남동생을 잃은 이가 있다. 무척이나 사이가 좋은 남매였는데 남동생이 여름에 죽었다. 친구는 남동생이 죽기 전에도 일중독이었는데 동생이 죽고 나서는 좀처럼 쉬지 않고 일에만 매달렸다. 나는 그 친구에게 크리스마스 가족 모임을 어떻게 보낼 것인지 물었다. 친구는 매년 크리스마스 때 가족들과 모임을 가졌기 때문이다. "올해는 남동생 없이 가족 모임을 해야 해서 무척 힘들겠네." 내가 말했다.

"아이들과 가족들과 같이할 일을 잔뜩 준비해뒀어. 아마도 슬플 겨를도 없이 바쁜 크리스마스가 될 것 같아."

친구의 말처럼 되면 좋겠지만 경험상 슬픔이 지연될 수는 있어도 사라질 수는 없다. 끊임없이 바쁜 일에 푹 빠져 지내다 보면 슬픔이 주는 고통을 무디게 해줄 다른 방법들이 생겨난다. 이를테면 마약이나 알코올, 섹스 같은 것들로 빠지기 쉽다. 인위적으로 기분을 끌어올리고 나면 최소한 일시적으로 끌어올린 기분을 느끼는 동안만큼은 깊은 고통을 느껴야 할 필요도 사라진다.

쇼핑도 감정을 막는 또 다른 방법이다. 내가 아는 서른여덟 살의 한 여성은 남편이 죽고 난 뒤 스포츠카 코르벳을 샀다. 늘 꿈꿔오던 차였다. "지금이 그 차를 사기 완벽한 시기인 것 같아요. 어쩐지 슬픔에 코르벳을 던지면 슬픔이 더디게 커질 것만 같아요. 벽난로에 물 한 컵을 끼얹은 것 같은 기분이랄까요?"

어느 날 밤 우연히 다큐멘터리 〈페이싱 더 스톰Facing the Storm〉을 보게 되었다. 몬태나 지역의 물소 떼에 관한 영화였다. 몬태나주의 야생 생물, 어류, 공원 등을 관리하는 로버트 톰슨Robert Thomson은 물소들이 폭풍우를 만났을 때 어떻게 폭풍우에 머물 시간을 최소화하면서 견디는지 들려주었다. 물소들은 폭풍우를 무시하거나 달아나거나 그냥 스쳐 지나가기를 바라고만 있지 않는다. 사람들이 감정의 폭풍우를 만날 때 피하고 싶어 하는 것과는 다르다. 피하고 싶어서 우리가 하는 행동들은 오히려 고통 속에 머무는 시간을 극대화할 뿐이다. 슬픔을 피하면 슬픔이 주는 고통만 길어질 뿐이다. 그보다는 정면으로 폭풍우에 맞서서 자연의 섭리대로 폭풍우가 지나가도록 내버려두어야 한다. 언젠가는 그 고통이 지나가리라는 사실을, 고통의 나날 속에서 고통의 또 다른 얼굴인 사랑을 찾게

의미 수업

되리라는 사실을 잊지만 않으면 된다.

사랑으로 옮겨 가기

사랑으로 옮겨 가야 하는 적기는 언제일까? 고통을 느낄 만큼 충분히 느꼈다고 생각될 때다. 고통을 느낄 만큼 느꼈다고 생각되어도 어느 날 불쑥 고통이 다시 상처를 주기도 한다. 하지만 이전보다는 덜 아프게, 덜 자주 할퀼 것이다. 사랑으로 옮겨 가려면 사랑이 늘 그곳에 존재한다는 사실을 인지해야 한다. 사랑은 좋을 때나 아플 때나 죽음의 시간에나 슬픔의 시간에나 늘 존재한다. 최악의 순간에도 절대 사라지지 않으며 늘 그 자리에 있다. 죽음은 사랑을 끝낼 만큼 강하지 않다.

사랑하는 이의 끔찍한 죽음을 겪은 이들은 그 사람이 살해당했을 때 또는 홀로 죽었을 때, 아니면 비행기가 추락했을 때 거기에 사랑은 없었다고 말하기도 한다.

나는 그들에게 이렇게 대답한다. "그 순간에 그 사람을 향한 당신의 사랑이 멈췄다고 생각하지 않습니다."

"물론 제 사랑은 멈추지 않았습니다. 하지만 그 사람은 그걸 느끼지도 못했잖아요."

어떻게 그렇다고 장담할 수 있는가? 인간은 사랑으로 만들어졌다. 인간은 사랑의 집약체다. 살면서 단 한 순간이라도 사랑을 느꼈다면 그 사랑은 삶의 가장 끔찍한 순간에도 함께한다. 사랑은 비극의 완충재다. 사랑은 절대 죽지 않는다. 가장 어두운 순간에도 사랑은 남는다. 모든 것이 떠나도 사랑은 떠나지 않는다.

론은 아내 페이스가 투병하며 보낸 힘겨운 나날을 생생하게 기억한다. 하지만 자신이 아내를 얼마나 사랑했는지, 그 사랑이 아내에게 얼마나 큰 의미였는지도 또렷하게 기억한다.

아내 페이스가 암에서 살아남으리라고는 생각하지 않았어요. 화학요법이 그나마 시간을 좀 더 늘려주었다고 생각해요. 돌이켜 보면 사랑이 참 큰 역할을 했던 것 같아요. 아내가 병원에 처음 입원했을 때 아내 친구 둘이 와서 병실을 꾸며주었던 게 기억에 많이 남아요. 친구들은 꽃을 사 오지 않았어요. 아내가 가장 좋아하는 게 예술 작품이니까 사진이며 위대한 작품 포스터들을 가지고 와서 병실 벽에 붙여주었죠. 그중에 〈모나리자〉 프린트 작품도 있었어요. 아내는 병마와 지독한 사투를 벌이며 화학요법 때문에 매일 구토에 시달리면서도 〈모나리자〉 그림을 보고 당신도 이렇게 아픈 적이 있냐고 묻곤 했어요.

우리 부부는 작은 미술관을 운영했어요. 직원도 한 명뿐이었지요. 우리 둘 다 함께 일궈나가는 작은 미술관을 무척 좋아했어요. 하지만 페이스가 아프기 시작하고부터는 미술관 일을 거의 하지 못했지요. 제가 거의 매일 미술관에 출근을 해야 하니 친구들과 가족들이 아내를 찾아준 덕분에 저 없이도 아내가 혼자 있지 않을 수 있었어요. 혼자 있는 날은 하루도 없었으니까요. 늘 누군가 아내를 찾아와 점심을

의미 수업

사주면 제가 저녁을 사 들고 아내에게 가는 식이었죠.

3일 동안 입원했던 적도 있는데 병원 직원들이 농담으로 장식품들도 같이 입원했다고 했죠. 죽기 얼마 전 마지막으로 입원했을 때는 간호사가 아내에게 병실 안을 가득 채운 예술 작품들이 참 근사하다고 말했어요. 그러자 아내가 간호사의 말을 정정해주었죠. "저건 예술 작품이 아니에요. 사랑이죠." 아내는 간호사에게 벽에 걸린 모든 그림과 사진, 벽 장식물, 심지어 사람들이 가져다주었지만 잘 먹지 못했던 음식들까지도 모두 사랑이라고 말해주었어요.

병실만 보면 아내가 그토록 끔찍한 과정을 겪고 있다는 사실을 전혀 알 수 없었어요. 지독한 화학요법, 구토, 죽음의 공포 같은 것들의 기미가 전혀 보이지 않았죠. 아내의 친구 한 명이 굉장히 의미심장한 말을 했어요. "너는 고통 속에 있지만 우리는 사랑 속에 있던 너를 기억할 거야." 지금 생각하면 사랑이 아내의 고통 속에 늘 함께했었어요. 너무 젊은 나이에 떠난 페이스가 지금도 매일 그립지만 그래도 사랑으로 아내를 기억할 수 있어서 무척 감사해요.

미술관 고객 중 한 명이 페이스 병문안을 왔다가 페이스 친구들이 벽에 걸어둔 그림들을 보고는 병실을 그토록 정성껏 꾸며놓다니 이상하다고 생각했대요. 머지않아 떠날 사람이 너무도 공을 들여 아름답게 병실을 단장한 것이 잘 이해가 가지 않은 거죠. 그 사람은 핵심을 보지 못했던 거예요. 페이스가 떠난 뒤 그 고객이 제게 말하더군요. "병실 벽을 미술품들로 가득 채웠던 그 노력도 다 허사였네요. 결국 페이스를 살리지 못했으니까요."

나는 그 사람이 왜 그렇게 생각하는지 이해가 가지 않아요. 그 작품들은 페이스와 우리 모두에게 무척이나 중요하고 의미 있는 것들이었는데 말이죠. 언젠가 제가 떠날 때가 오면 저도 그렇게 사랑들로 둘러싸인 채 마지막을 맞이하고 싶어요.

사랑에 관심을 둔다는 말은 사랑을 그저 느낀다는 의미다. 페이스는 최악의 순간에도 병실에 가득 존재하는 사랑을 볼 수 있었다. 그 사랑은 페이스에게 고통의 또 다른 면을 보게 해주었다. 남편 론 역시 고통의 다른 면을 볼 수 있었다. "감사함에 감사한다"라는 말이 진실임을 인정하는 무수한 말들이 있다. 하지만 진정으로 그 말을 이해하려면 감사하려는 적극적인 마음가짐이 필요할지도 모른다. 슬픔과 고통의 순간에는 더더욱 그렇다.

심리학자 릭 핸슨Rick Hanson은 이렇게 말한다. "인간의 뇌는 안 좋은 경험에 대한 학습 능력은 매우 뛰어난데 좋은 경험에 대한 학습 능력은 정말 형편없다. 신경 작용은 소극적인 자극에 특화되어 있다. 사람들은 안 좋은 일이 생기면 부정적인 면에 더욱 집중한다." 그는 인간의 마음이 좋지 않은 경험에는 딱 달라붙는 벨크로 같고 좋은 경험에는 미끄러지는 테플론 같다고 말한다.

론에게 그 말을 했던 고객처럼 장미 가시만 보고 향은 맡지 못하는 사람이 많다. 부정적인 순간은 단기 기억과 장기 기억 모두에 저장되는데 점점 인간의 뇌에 깊이 각인되어 우리의 정신을 소진한다. 하지만 긍정적 순간에는 인간의 뇌가 똑같이 작동하지 않는

의미 수업

다. 긍정적 순간은 장기 기억에 적게 저장된다. 그래서 사랑하는 사람과 있었던 수많은 좋은 기억들은 빨리 잊고 부정적인 기억만 살아남아 머릿속에서 끝도 없이 반복 재생되는 것이다.

이는 인간의 마음이 생존에 유리하도록 작용하는 것이라는 의견도 있다. 플로리다 주립대학교의 사회심리학 교수 로이 바우마이스터Roy F. Baumeister는 이런 의견을 내놓는다. "생존하려면 일어날 수 있는 안 좋은 일에 고도로 집중해야 하지만 발생할 수 있는 좋은 일에는 상대적으로 덜 집중해도 된다." 로이 바우마이스터 교수가 〈일반심리학 리뷰The Review of General Psychology〉에 수록한 공동 집필 논문에 이런 구절이 나온다. "나쁜 것이 좋은 것보다 더 강하다."

인간의 마음은 부정적인 것에 더욱 강화되도록 설계되어 있는데 어떻게 고통 속에서 사랑을 찾아야 하는가? 릭 핸슨은 한 가지 기술을 우리에게 가르쳐준다. 널리 사용되는 '좋은 면 주입하기' 또는 '좋은 면 받아들이기' 기술이다. 이 기술은 좋은 쪽에 더욱 관심을 기울이는 방법을 찾도록 해준다. 나는 사랑하는 이와 사별한 사람들에게 그 사람과의 '모든 순간'을 기억하도록 해주기 위해 다음 기법을 적용한다.

좋은 면을 수용하는 3단계

1. 긍정적인 경험이나 기억을 구체화하라. 릭 핸슨은 그 예로 오늘 아침에 마셨던 커피가 얼마나 향기롭고 좋았는지 생각하라고 말

한다. 지극히 평범한 일에서부터 대단히 의미 있는 일에 이르기까지 긍정적인 경험에 모두 적용할 수 있다. 사랑하는 사람이 죽었을 때, 그 사람과 나눴던 아름다운 순간을 기억하는 것이다. 아름다운 일이라고 해서 반드시 특별하고 거창할 필요는 없다. 그저 두 사람이 행복했던 일이면 충분하다. 함께 보았던 석양, 서로에게 읽어주었던 시, 좋아하는 도시를 함께 산책했던 일 등. 앞서 언급한 연극 〈우리 읍내〉에서 에밀리의 충고대로 다시 생전의 어느 하루로 돌아갈 기회가 주어졌을 때 "가장 덜 중요한 날을 골라라. 그날도 이미 충분히 중요한 날일 테니". 그날은 가능한 한 상세하게 떠올리는 게 좋다. 사랑하는 사람과 당신은 무슨 옷을 입었는지, 날씨는 어땠는지, 서로 무슨 이야기를 주고받았는지, 특정 향기나 소리가 있었는지 등과 같은 것들을 자세히 기억해보라.

2. 긍정적인 경험을 풍성하고 풍부하게 만들라. 그 경험을 생각하라. 마음속으로 몇 번이고 생각하고 또 생각하라. 좋았던 순간의 기억을 20~30초간 계속 떠올려라. 그 순간의 느낌을 몸과 마음속에 다시 저장하고, 그 느낌을 극대화하라.

3. 좋았던 경험에 푹 빠져보라. 그 기억에 푹 잠겨 기억들이 당신의 온몸과 마음에 완전히 스미도록 내버려두라. 그 기억에 흠뻑 젖으라. 몸으로 느끼고, 마음으로 그려가며 그 기억이 자신의 일부가 되도록 하라.

상실과 더불어 사는 법을 배우는 것은 다른 학습법과 크게 다르지 않다. 하지만 고통 속에 있을 때조차 좋은 면을 찾는 방법은 다른 학습법보다 특히 어렵다. 상투적이고 진부한 말로는 배울 수 없다. 예를 들어 "함께했던 시간에 감사하라"같은 말로는 학습이 되지 않는다. 하지만 나는 이런 기술이 안 좋은 일과 좋은 일을 합하는 데 도움이 될 수 있다고 생각한다. 비탄에 잠긴 사람들은 자신이 겪은 끔찍한 상황에서 좋은 면과 안 좋은 면 모두를 보는 법을 배워야 한다. 상실은 고통스럽지만 거기엔 좋은 면도 있다. 나는 사람들이 고통에만 머물지 않고 사랑을 느끼도록 돕고 싶다. 추억에서 의미를 찾고 미래에 도움이 될 좋은 점들을 찾도록 돕고 싶다. 특정 상황에서 고통만 바라보고 있으면 그 고통은 점점 커진다. 고통을 축소하거나 무시하라는 말이 아니다. 고통 이외의 다른 모든 것에도 관심을 둘 수 있다면 그 모든 것을 다 누릴 수 있다는 의미다.

중도를 잊지 말라

고통이 비극의 전부는 아니다. 잠시 길을 잃을 수는 있지만 그곳에는 고통 말고 다른 것들도 있다. 마이크는 4년 전 아버지가 뇌종양으로 세상을 떠난 뒤에도 아버지가 돌아가시기 며칠 전 괴로워했던 모습에 사로잡혀 고통받고 있었다. 마이크의 아버지 잭슨은 대학교 풋볼 코치로 대단히 강인하고 건강하며 활동적인 사람이었다. 그래서 마이크는 그토록 강인했던 아버지가 점점 쇠약해지는 모습을 지켜보기가 더욱 힘들었다. 마이크는 쇠락해진 아버지의 기억에 갇혀 꼼짝도 할 수 없었다. 마음속에서 임종 직전 고통스러워하던 아버지의 모습이 지워지질 않았다.

그러던 중 추수감사절에 변화가 생겼다. 매년 그래 왔듯 그해 추수감사절에도 온 가족이 모였고 마이크는 너무나 쇠약해진 아버지의 모습을 지켜보기가 얼마나 괴로웠는지 이야기하기 시작했다. 그는 삼촌 랠프에게 아버지의 마지막 모습을 이야기했다.

"삼촌, 지난해 추수감사절 기억나세요? 아버지는 거의 아무것도 못 드셨잖아요. 거동도 간신히 하셨죠. 가엾은 아버지 모습이 잊히지가 않아요."

그러자 삼촌이 말했다. "잠시 나가서 산책 좀 하자꾸나."

마이크는 랠프 삼촌을 따라 산책에 나섰다. 나란히 걷고 있는데 삼촌이 걸음을 멈추더니 휴대전화 화면을 스크롤하며 뭔가를 찾았다.

"삼촌, 뭐 하세요?" 마이크가 물었다.

"잠깐만. 너에게 들려주고 싶은 게 있어."

삼촌이 뭘 찾는지 몰랐지만 마이크는 잠자코 기다렸다. "여깄네." 조금 뒤 삼촌이 말하더니 음성 메시지 보관함에서 마이크의 아버지 목소리가 담긴 메시지를 열었다.

"랠프, 어제 내 생일에 와줘서 고마워. 내겐 무척이나 의미 있는 날이었어."

마이크는 아버지 곁에 조금이라도 가까이 있고 싶은 듯 휴대전화에 귀를 바싹 갖다 댔다. 메시지는 계속 이어졌다.

"너랑 마이크랑 이웃들과 풋볼을 할 때가 가장 좋았어. 마이크랑 나는 등산을 가려고 해. 아무리 생각해도 내 생일을 이보다 더 잘 보낼 방법은 못 찾겠더라고. 다시 한번 고맙다, 랠프!"

마이크는 잠시 메시지를 멈춘 뒤 말했다. "와, 그날을 까맣게 잊고 있었네요."

그러자 랠프 삼촌이 말했다. "어쩐지 네가 잊은 것 같더라. 그래서 이 메시지를 들려주는 거야. 아버지가 가시던 마지막 날은 정말 잔인했지. 아마 영원히 잊지 못할 거야. 하지만 나는 네가 중도를 잊지 않았으면 해. 아버지는 인생 대부분을 강인하고 행복한 사람으로 살았어. 좋았던 날들도 셀 수 없이 많았지. 아버지의 찬란했던 날들도 기억해 주어야 하지 않겠니?"

고통 속에서 오랫동안 길을 잃었던 마이크는 삼촌의 말에 정신이 번쩍 들었다. 아버지를 행복하고 많은 사랑을 받았던 사람으로 기억하면서 그를 끈질기게 괴롭혀왔던 과거의 고통에서 벗어나 아버지를 향한 사랑으로 나아갈 수 있었다. 아들과 보낸 시간을 보물처럼 소중히 여겼던 아버지로 기억할 수 있게 되었다.

사랑의 분출

고통에서 헤어나 그 고통을 놓아줄 때, 사람들은 아무것도 남지 않게 될까 봐 두려워한다. 하지만 고통이 지나간 자리에는 사랑이 남는다. 우리는 오로지 사랑 속에서 유대감을 느낄 수 있다. 내가 하는 일의 상당 부분은 상실을 겪고 난 뒤 슬픔에 빠진 사람들이 그 비통함을 완전히 다 느끼고 더 나아가 사랑을 계속 지켜나갈 수 있도록 돕는 것이다. 내 경우는 데이비드로 인해 얻은 고통보다 그 아이로 인해 얻은 사랑을 이야기할 때, 죽음도 사랑을 멈추지 못했음을 느끼곤 한다. 아들의 육신은 죽어서 없어졌지만 사랑은 사라지지 않았다. 고통에서 작은 사랑의 씨앗을 찾으라. 사랑은 아주 섬세한 식물과도 같아서 계속 관심을 가지고 정성껏 양분을 주어야 한다. 그렇게 하면 사랑은 가슴에 다시 화사하게 꽃을 피울 것이다.

나는 슬픔의 분출에 관해 자주 언급한다. 최악의 슬픔을 지나왔다고 생각하는 사람도 상실감에 압도되어 불쑥 눈물이 터져 나올 때가 있다. 예상하지 못한 순간에 찾아온 고통은 더욱 통렬하게 느껴진다. 사람들은 이런 순간들의 기습에 균형을 잃곤 한다. 하지만 이에 견줄 만한 경험도 있다. 바로 사랑이 분출되는 순간이다. 어느 날 갑자기, 아무 이유도 없이 누군가에 대한 어마어마한 감정이 밀려와 그 사람에게 얼마나 사랑하는지 말하고 싶은 순간이 있다. 그리고 이런 순간들은 죽음이 찾아온다고 해서 끝나지 않는다. 세상을 떠난 그 사람에 대한 사랑이 갑자기 밀려오는 순간은 몇 번이고 찾아온다. 그 사람을 안아주거나 사랑한다고 말해줄 수 없기에 이런 사랑이 갈 곳 없다고 생각할 수도 있다. 하지만 사랑은 지속된다. 충분히 그 사랑을 느낀다면 크나큰 의미를 찾을 수 있다.

비통함에 잠긴 사람들은 사랑의 분출과 슬픔의 분출이라고 하는 표현을 구분한다. 그들에게 이런 표현을 사용하면 자신들이 겪는 감정이 이름이 붙을 만큼 공통 현상임을 깨닫고 위로를 받는다. 이런 표현을 사용함으로써 그들의 경험이 잘못된 것이 아니고 느끼는 감정 또한 지극히 정상임을 확인해주는 것이다. 어떤 감정에 압도된 사람들을 상대로 대화를 할 때면 이렇게 묻는 버릇이 생겼다. "그게 슬픔의 분출인가요, 아니면 사랑의 분출인가요?" 이 질문은 슬픔보다 사랑에 더 집중할 수 있게 해준다.

가끔 유족들에게 건넬 위로의 말을 고민하는 사람들에게 가장 좋았던 추억을 물어보라고 조언하곤 한다. 아니면 고인과 함께했던 좋은 추억을 유족에게 들려주는 것도 좋다. "그날 네 어머니가 환하게 웃던 모습이 생각나"라든지 "참 유쾌하고 좋은 사람이었지!" 또는 "네 아들과 포옹했던 순간은 정말 최고였어", "네 남편과 함께 있으면 어딜 가도 참 재미있었어. 우리 모두 네 남편 덕에 많이 웃었지. 심지어 영화관 매표소 사람도, 커피숍 종업원도 웃음을 참지 못하곤 했잖아."

이런 추억들이 유족에게 고통을 안겨줄 거라는 생각에 주저하지 말기를 바란다. 유족들은 진심으로 애도해주는 사람들에게 마음 깊이 위로를 받는다. 우리는 고인과의 관계를 회상하며 얼마나 많은 후회를 하는가? 또 좋았던 일들을 얼마나 자주 잊어버리는가? 많은 이들이 부정적인 일만을 기억한다. 명심하자. 그곳에 사랑도 있음을.

13 남겨진 산물, 유산遺産

참 이상하지 않아? 사람이 살면서 그토록 많은 사람의 삶을 스쳐 가는데, 곁에 없을 때는 그토록 잔인한 구멍을 남기다니 말이야. 정말 이상하지?

영화 〈멋진 인생It's a Wonderful Life〉 중에서

유산에는 여러 종류가 있다. 먼저 개인이 남기는 유산을 생각해볼 수 있다. 박물관이나 병원, 대학, 각종 재단에 큰 기부를 하거나 자신의 이름을 붙인 공간이나 건물 전체를 남기는 유산이 여기에 속한다.

2010년 빌 게이츠Bill Gates와 멀린다 게이츠Melinda Gates, 워런 버핏Warren Buffett은 기부 클럽 '더 기빙 플레지The Giving Pledge'를 만들었다. 생전에 또는 사후에 재산의 절반이나 그 이상을 사회에 환원하겠다고 공개적으로 약속하면 가입이 되는 클럽으로 억만장자의 기부를 독려하는 모임이다. 2018년까지 거의 200명에 이르는 사람들이 이 클럽에 가입했으며, 마이클 블룸버그Michael Bloomberg,

조지 카이저George Kaiser, 마크 저커버그Mark Zuckerberg, 조지 루카스 George Lucas 등이 회원 등록을 했다.

억만장자만 이런 관대함을 베풀 수 있는 것은 아니다. 더 기빙 플레지 설립자들은 다양한 소득 수준의 사람들이 더러는 개인의 희생을 감수하면서까지 세상을 더 나은 곳으로 만들기 위해 노력하는 모습을 보고 자극을 받아 그 일을 시작하게 되었다고 말한다. 누군가 세상을 떠나면서 전 재산을 장학 재단에 기부해 매년 수십 명의 학생이 장학금을 받으며 공부할 수 있게 되었다는 사례를 접한 사람도 더러 있을 것이다. 이런 것도 유산의 일부다. 생전에 무료 음식 배급소에서 자원봉사를 하거나 동네 집 없는 사람에게 음식과 옷가지를 가져다준 고인의 일화도 많이 접해보았을 것이다.

고인을 알고 지낸 덕분에 더 잘살게 된 친구들이나 가족들도 있을 수 있다. 누구나 살면서 많은 이에게 영향을 끼친다. 영화 〈멋진 인생〉은 사람이 한평생을 살면서 자신도 모르게 얼마나 많은 사람에게 영향을 끼치는지를 일깨워준다. 영화에서 여러 가지 위기 상황에 처한 주인공 조지 베일리가 애초에 자신이 태어나지 않았더라면 세상이 더 나은 곳이 되었을 거라고 생각해 다리에서 몸을 던지려 한다. 이때 천사(정확히는 천사라기보다는 수련 중인 천사) 클래런스가 나타나 그가 이 세상이 없었더라면 그가 속한 사회와 주변 사람들이 어떻게 되었을지 보여준다.

천사가 보여준 바에 따르면 베일리가 애초에 존재하지 않았을 때 그의 가족과 그가 속한 공동체는 지금보다 상황이 훨씬 더 좋지 않았다. 조지 베일리는 살면서 마을을 지키고 선행과 관용을 베풀고 자기희생을 하고 사랑을 주었으며, 어렸을 때 물에 빠질 뻔한 남동생의 생명을 구해준 적도 있다. 직장 상사이자 약사가 실수로 한 아이에게 독약을 배달할 뻔한 사고를 막기도 하고, 삼촌 빌리가 은행에 회삿돈을 입금하러 가다가 잃어버리는 바람에 회사가 큰 위기에 처하게 된 상황에서 힘들게 번 개인 돈을 털어 어떻게든 그 상황을 막으려 노력하기도 했다. 그리고 사랑하는 여자와 결혼해 두 아이의 아버지가 되었다. 영화는 우리에게 그 사람의 존재와 그 사람이 이룬 모든 일들이 다 유산이라는 점을 보여준다. 조지 베일리도 그렇고 당신이 잃은 사랑하는 사람도 마찬가지다.

나는 아버지를 떠올리면 늘 몽상가였던 모습이 생각난다. 아버지는 어떤 일이 가능할지 불가능할지를 한 번도 생각하지 않았다. 이를테면 내가 아버지에게 우주 비행사가 되고 싶다고 말하면 아버지는 늘 이렇게 대답했다. "그래, 네가 탈 비행선은 어떤 거냐?" 단 한 번도 "우주 비행사가 되려면 먼저 조종사부터 되어야지"라든지 "나사NASA에는 들어가기가 매우 어렵단다" 같은 말을 한 적이 없었다. 아버지는 내게 어떤 장애물이든 넘을 수 있는 무한한 자신감을 유산으로 남겨주었다.

스티브 잡스Steve Jobs 이야기도 있다. 스티브 잡스가 죽었을 때 몇몇 사람들이 애플스토어 유리창에 포스트잇을 붙였다. 포스트잇에는 스티브 잡스에게 고맙다는 말들이 적혀 있었다. 물론 "아이폰, 아이패드, 아이팟, 맥을 갖게 해줘서 고마워요" 같은 내용도 있었다. 하지만 대다수 쪽지에는 스티브 잡스 덕분에 세상을 보는 방식이 달라졌다는 글들이 적혀 있었다. 사실 스티브 잡스의 브랜드는 애플이 아니다. 애플은 그저 부산물이다. 그의 브랜드는 '다르게 생각하기'다. 그의 유산을 기억하는 사람들은 세상을 다르게 보며 삶의 지평을 넓혀나갈 것이다.

사랑하는 사람을 명예롭게 기리는 방법

사랑하는 사람의 명예를 높이려면 그의 이름을 딴 재단이나 기부금, 건물, 장학금을 조성하거나, 아니면 이보다는 훨씬 소박한 여러 방법으로 그 사람을 기릴 수 있다.

내 사촌 제프리는 아내와 딸과 개를 데리고 센트럴파크를 산책하고 있었다. 제프리에게는 다른 사람들이 대수롭지 않게 지나치는 것들을 세심하게 관찰하는 습관이 있었다. 보통 사람들 같으면 센트럴파크 벤치에 앉아 있는 사람들을 볼 텐데 제프리는 벤치마다 붙어 있는 작은 표지판들을 유심히 보았다. "벤치마다 어떤 사람에 관한 글이 쓰여 있더라고요." 제프리는 벤치에 붙은 짤막한 글귀들을 흥미롭게 읽었다. "사랑해. 당신과 결혼하게 되어 무척 설레…… 하지만 만약 우리가 싸우게 되면 여기서 자도 좋아.", "45년 동안 한결같이 내 곁을 지켜준 뒤에 이 자리에 앉으세요.", "틸 골드먼의 아름다운 추억이 잠든 곳. 틸은 6월의 뉴욕을 사랑했다. 거슈윈의 음악을 사랑했다. 센트럴파크는 95년간 틸의 아름다운 정원이었다(1906~2001년)." 같은 글귀였다.

지금은 제프리도 그러한 이야기들 중 하나가 되었다. 제프리가 세상을 떠난 뒤 그의 아내가 제프리의 벤치를 샀다. 제프리의 벤치 표지판에는 이런 글귀가 적혀 있다. "이 도시와 이 공원을 사랑했던 제프리 B. 호즈를 기리며(1964~2011년). 이곳에서 영면하길."

뉴욕 출신의 리즈 알더먼과 스티브 알더먼은 고통을 목적으로 바꾸었다. 이 부부에겐 아들 피터가 있었는데 그는 2001년 9월 11일, 스물다섯의 나이로 세상을 떠났다. '세상을 위한 창' 콘퍼런스에 참가 중이었던 피터는 107층 레스토랑에 있다가 세계무역센터가 무너지면서 유명을 달리했다.

리즈는 이렇게 말했다. "예전에는 혹시라도 내 아들이 죽는다면 영원히 절규할 것 같다고 생각했었죠. 그런데 막상 그런 일이 닥치니 영원히 절규만 할 수는 없더라고요. 선택은 단 두 가지였어요. 자살해서 영원히 못 일어나거나 한 발 한 발 앞으로 나아가거나." 리즈는 예전의 자신과는 무척 달라졌지만 그런 자신의 모습이 괜찮다고 했다.

알더먼 부부는 아들 피터를 명예롭게 기리고 싶었지만 그 방법을 알지 못해 고민만 하고 있었다. 그러던 어느 날 밤, 리즈가 ABC 〈나이트라인〉에서 '보이지 않는 상처'라는 코너를 보게 되었다. 하버드대학교의 리처드 몰리카Richard Mollica 박사가 트라우마를 입은 사람들에 관해 다룬 프로그램이었다.

"그 방송을 보면서 이 세상에 고문, 테러, 대량 학살 등과 같은 경험을 한 사람이 10억 명에 달한다는 사실을 알게 되었어요. 여섯 명 중 한 명꼴로 그런 트라우마를 안고 사는 셈이죠. 게다가 트라우마를 안고 사는 사람들의 50~70퍼센트는 더 이상 제대로 된 생활을 하지 못한다는 사실도 알게 되었죠." 리즈는 말했다.

열흘 뒤, 알더먼 부부는 몰리카 박사의 연구실에서 모임을 가졌다. 2002년에 피터 C. 알더먼 재단을 만들기 위한 자리였다. 이 재단은 테러와 대량 학살 희생자들의 치유를 목표로 지역 내 의료 종사자들을 교육하고 세계 각지에 클리닉 센터를 설립하기로 했다. 최근 이 재단은 여덟 개 시설에 자금을 지원했다. 캄보디아에 두 곳, 우간다에 네 곳, 라이베리아와 케냐에 각각 한 곳씩 클리닉을 만들어 수천 명의 환자들을 치유하고 있다. 피터는 테러의 희생양이 되었고 어떤 방법으로도 그 일을 되돌릴 수는 없지만 세상에는 테러와 고문, 폭력 등으로 트라우마를 입어 정상 생활을 할 수 없게 된 사람들이 수백만 명에 이른다.

리즈는 이렇게 말했다. "피터의 이름으로 그들 중 일부라도 치유할 수 있다면 그보다 더 피터를 명예롭게 기릴 방법은 없을 거예요. 이 일은 피터의 생에 세워질 하나의 이정표예요. 피터는 세상을 더 나은 곳으로 만들 기회를 미처 가져보지도 못한 채 세상을 떠났어요. 제 상실감은 지독하고 끔찍하지만 그래도 피터만은 못하죠. 피터는 다시는 이 세상을 살 수 없으니까요. 피터가 죽은 뒤로는 그 어떤 일에도 기분이 좋아진 적 없어요. 하지만 지금은 이 일을 하면서 기분이 좋네요."

피터의 아버지는 울림이 있는 조언을 해주었다. "기분이 좋아지고 싶다면 다른 사람을 도우세요. 굳이 많은 사람을 대단하게 돕지 않아도 괜찮습니다. 그저 한 번에 한 사람씩 도우세요. 그렇게 하고 나면 뭔가 달라질 거고, 다음에 그 일을 또 하게 될 겁니다."

사랑하는 이를 기리기 위해 큰돈이 필요한 것은 아니다. 지금 소개하는 다다라오 빌호레Dadarao Bilhore는 인도 뭄바이에서 채소 장사를 하는 상인으로, 아들을 잃었다. 내가 이 소식을 접한 것은 〈로스앤젤레스타임스〉의 헤드라인에서였다. '아들이 죽은 뒤 움푹 파인 도로를 메꾸며 위안을 얻는 어느 아버지'라는 헤드라인이었다. 이 기사는 인도 '야후 뉴스'에 처음 실렸으며 기사에는 다다라오 빌호레가 매일매일 도로 곳곳에 움푹하게 파인 구덩이들을 메꾸면서 고인이 된 아들 프라카시를 기린다는 이야기가 자세히 소개되어 있었다.

그의 아들 프라카시는 도로에 움푹 팬 구덩이 때문에 일어난 교통사고로 사망했다. 빌호레는 앞으로 다시는 이런 사고가 일어나지 않기를 바라는 마음에서 자녀를 잃은 또 다른 부모들과 마음을 합해 이 일을 시작했고, 그 일을 하면서 아들의 죽음을 견딜 수 있었다. "어디를 가든 아들 프라카시가 제 옆에 있는 것이 느껴져요." 그는 말했다. 아들을 보낸 지 3년 만에 그는 뭄바이에서 험하기로 유명한 도로 이곳저곳에 난 600여 개의 구덩이를 메꿨다.

사랑하는 이의 유산을 기리기 위해 유족이 할 수 있는 일은 무수히 많다. 재단이나 장학금, 고인의 이름을 붙인 건물도 물론 아름다

의미 수업

운 유산이다. 하지만 고인을 추억하는 소소한 기억들을 기록해 친구들, 가족들과 함께 보는 것도 방법이다. 고인에게 의미가 있었던 관행을 기리거나 고인이 자주 찾던 장소를 방문하는 것도 좋다. 고인이 떠난 뒤 남겨진 자녀나 다른 가족들 또는 반려동물이 있다면 그들을 돌볼 수도 있다. 고인이 종교나 신념이 있었다면 관련 단체에서 자원봉사를 할 수도 있다.

기억이라는 유산

많은 이들이 세상을 떠난 이들에 대한 그리움을 이야기한다. 하지만 그리움이 그 사람에 대한 기억의 일부라는 사실은 잘 알지 못한다. 또한 그 사람을 기억하는 방식도 그 사람의 유산이 될 수 있다는 사실도 잘 모르는 경우가 많다. 언젠가 애니메이션 〈코코Coco〉를 보고 무척 감동한 적이 있다.

사후의 생을 다룬 애니메이션으로, 꼬마 미겔이 '죽은 자들의 세상'에 들어가면서 겪는 모험을 그렸다. 미겔이 우연히 모험을 시작하게 된 '죽은 자들의 날'은 세상을 떠난 이들을 기억하고 기리는 멕시코의 고유 명절이다. 미겔은 세상을 떠난 이들을 추모하고 기억하는 것이 매우 뜻깊은 전통이라는 사실을 깨닫는다. 고인에 대한 기억을 통해 이 세상에서 사라진 이들의 정신을 계속 기릴 수 있기 때문이다. 애니메이션에서는 사람들이 죽은 자들을 잘 기억해주어야만 '죽은 자들의 세상'에 사는 망자들이 사라지지 않고 계속 남아 있을 수 있다. 사람들의 기억에서 잊힌 망자는 다른 세상에서도 사라지고 만다.

나와 같은 세대 사람들 중에는 영화 〈스타워즈〉로 유명해진 배우 캐리 피셔Carrie Fisher의 죽음을 애도했던 이가 많을 것이다. 언젠가 캐리 피셔에게 전화가 와서 만난 적이 있다. 피셔는 친구가 죽어가고 있는데 그 친구를 자기 집으로 데려오고 있다고 했다. 피셔는 내게 그 친구가 따뜻하고 평화로운 죽음을 맞이할 수 있도록 도와달라고 했다. 피셔의 집에 도착하자 피셔의 생을 보여주는 물건들이 가득했고 레아 공주 인형 같은 기념품도 있었다. 나는 피셔에게 죽어가는 친구를 집으로 초대하는 일은 결코 작은 호의가 아니라고 말했다. 피셔는 자신도 잘 알고 있지만 어떻게든 친구를 돕고 싶고 그 친구 곁에 머물러주고 싶다고 했다. 나는 피셔의 따뜻한 인간미에 깊은 감명을 받았고, 지금도 그 인간미를 피셔의 영원한 유산으로 간직하고 있다.

피셔는 내 아들이 잠든 묘지와 같은 곳에서 영면하고 있어서 피셔를 추억하고 떠올릴 기회가 많다. 피셔의 유산은 딸 빌리 로드Billie Lourd에게까지 이어졌다. 빌리 로드는 자신만의 방식으로 어머니를 기릴 방법을 찾았다. 피셔의 첫 기일에 로드는 어머니에게 바치는 시를 써서 인스타그램에 올렸다.

맘비(빌리 로드가 엄마를 부르는 애칭-옮긴이)는 북극광을 무척 좋아했지만 나는 한 번도 엄마와 같이 북극광을 보러 가지 못했다. 우리는 북

의미 수업

노르웨이로 갔다. 혹시라도 "하늘이 검은 치맛자락을 걷어 올려 우리의 변변치 않은 눈에 아찔하고도 은밀한 광채를 번쩍여주지 않을까?" 하는 마음에. 그리고 하늘은 그랬다. 무한히 사랑해요, 엄마!

고인에게 특별한 의미가 있는 장소에 가면 그 사람의 유산을 기억하고 공감하게 된다. 굳이 특별한 장소가 아니어도 좋다. 고인에게 중요했던 곳이면 어디든 상관없다. 때로는 그 사람의 발자취를 따라 걷는 것만으로도 그 사람과 알고 지냈던 모든 시간에 감사하며 유산을 찾을 방법이 된다.

나 자신이 유산이다

고인이 나를 어떻게 변화시켰는지 파악하는 것도 고인을 기리는 한 방법이다. 고인과의 유대에서 지금 내 삶을 앞으로 나아가게 할 부분을 찾을 수도 있다. 내 친구이자 셜록 홈스 소설을 쓴 보니 맥버드Bonnie MacBird는 자신이 아버지의 유산을 어떻게 이어나갔는지 들려주었다.

어느 날, 보니가 저녁 식사를 만들어준 적이 있다. 내가 음식이 맛있다고 말하자 보니는 이렇게 말했다. "난 요리는 정말 못해. 그냥 레시피대로 따라 한 거야. 요리를 못하니까 요리에는 영 자신이 없어. 아버지가 훌륭한 요리사셨지. 지금도 나는 요리할 때마다 아버지가 생생하게 떠올라."

얼마나 따뜻한 유산이란 말인가. "아버지의 유산에 대해 좀 더 이야기해주겠어?" 내가 말했다.

그러자 보니는 빙그레 웃으며 말했다. "물론이지! 아버지는 한쪽 팔 일부를 절단하셔서 잘린 부분에 갈고리를 달고 계셨어. 하지만 누구든 아버지와 몇 분만 이야기를 나누다 보면 아버지가 한쪽 팔이 없다는 사실을 잊게 되지. 아버지는 신체장애를 전혀 신경 쓰지 않으셨어. 팔다리 일부에 장애가 있는 사람은 장애가 곧 그 사람을 부르는 호칭이 되곤 하지. 더러는 잃어버린 그 부분과 자신을 동일시하기도 하고. 아버지는 사고가 일어났을 때 분명 큰 슬픔을 겪으셨을 테지만 절대 자신의 정체성을 잃지 않으셨어. 이미 세상을 떠나셨지만, 지금도 나는 뭔가 부당하다고 느낄 때, 내가 틀렸거나 어딘가에 휩쓸려 있다고 느낄 때 늘 아버지를 생각해. 아버지가 역경에 어떻게 대처하셨는지를 떠올리지. 한쪽 팔로 우리 집 방 증축 공사까지 하셨던 아버지를 생각하면 지금 나는 내 앞에 닥친 무슨 일이든 할 수 있을 것 같아."

고인의 좋은 점들을 지금 자신의 삶에 계속 살아 있게 한다면 아마도 가장 의미 있는 유산이 되지 않을까 싶다. 빌리 로드는 어머니를 보내고 이런 말을 했다. "재미있는 것을 찾으려면 다소 시간이 좀 걸리겠지만 나는 최고의 사람에게 그 방법을 배웠다. 어머니의 목소리는 내 머리와 가슴에서 영원히 함께할 것이다."

혹시라도 고인이 부정적인 유산만 뚜렷하게 새기고 떠났다면 어둠에서 의미를 찾아내 한층 긍정적인 유산으로 만들 수 있다. 한

억만장자의 죽음 이후에 벌어진 이야기를 살펴보자. 진 폴 게티Jean Paul Getty는 유산의 전혀 다른 면을 보여준다.

진 폴 게티는 어마어마한 부를 쌓은 세계적인 부호였지만 늘 부족하다고 느꼈다. 이 부유한 남자는 개인 거주지에 공중전화를 설치해 다른 사람들이 자신의 집 전화를 공짜로 사용하지 못하게 했다. 미술 애호가여서 좋아하는 예술 작품을 사는 데는 수백만 달러를 척척 썼지만 그 작품들은 아무에게도 보여주지 않았다. 그런 그의 인색함을 만천하에 널리 알린 사건이 있었다. 극단적인 구두쇠였던 그는 손자인 진 폴 게티 3세가 마피아에게 납치되었는데도 몸값을 지불하지 않았다. 납치범들은 손자의 오른쪽 귀를 잘라 그에게 보내 협박했고, 나머지 신체도 하나하나 잘라 보내겠다는 위협을 받고서야 결국 몸값을 지불했던 일화는 유명하다.

이 무시무시하고 끔찍한 사건은 그가 죽고 난 뒤 가족들에게 유산이 되었고, 가족들은 그의 이름으로 된 신탁을 만들어 그의 인색함을 다른 종류의 유산으로 승화했다. 현재 진 폴 게티 재단은 시각예술을 위한 세계에서 가장 큰 문화 자선단체다. 이 단체는 세계적인 수준의 미술관들을 입장료 무료로 운영하고 있으며, 연구 기관과 예술품 보존 기관까지 두고 있다.

고인의 죽음을 애도하는 방식도 그 사람의 유산을 기리는 방법이 된다. 누군가의 죽음을 애도하는 모습을 자녀에게 보여준다면 나 자신이 슬픔의 살아 있는 증거가 된다. 고인을 추모하는 부모를 보고 자녀는 이렇게 말할 것이다. "어머니가 우리를 데리고 아버지의 무덤에 가서 슬피 우시던 모습이 생각나" 또는 "어머니는 아버지가 얼마나 멋진 사람이었는지 자주 말씀하시며 우리와 함께 추억을 나누곤 하셨어" 아니면 "어머니는 아버지가 돌아가신 뒤에도 우리의 삶은 계속될 거라고 가르쳐주셨어"라고 말할 수도 있다.

이와는 반대로 자녀들 앞에서 남편 이야기를 전혀 언급하지 않고 자녀들에게도 아버지 얘기는 절대 꺼내지 못하게 한, 비정하고 냉정한 어머니로 기억될 수도 있다. 이런 모습 역시 자녀들과 주위 사람들에게 남기게 될 유산의 일부다.

인간은 집단으로 슬퍼하며, 속한 집단의 애도 방식을 따른다.

이 책 앞부분에서 배우자가 죽은 뒤 신의를 지키기 위해 건강하고 밝은 삶을 살지 않는 사람들 이야기를 다루었다. 나는 그들에게 그렇게 사는 모습은 고인도 바라지 않을 거라고 말해주었다. 하지만 상실을 겪고 제대로 삶을 살아가지 못하는 것은 금실 좋았던 부부에게만 해당하는 이야기가 아니다.

한 여성을 상담한 적이 있는데, 그 여성은 쌍둥이 자매 중 한 명을 3년 전 잃고 세상이 텅 빈 것 같은 공허함을 느끼고 있었다. 마사는 허전함을 토로했다. "우리가 함께한 세월이 45년이에요. 45년을 함께 산 배우자가 죽은 뒤 삶이 너무 힘들다는 사람들 이야기를 들었어요. 그들은 제 고통을 이해하는 것 같더군요. 하지만 결혼한 사람들은 서로 만나기 이전의 삶도 있었잖아요. 저는 언니가 없는 세상을 살아본 적이 없어요. 언니가 가고 없는 이 세상에서 더 이상 의미를 찾을 수가 없어요."

슬픔은 마사를 통째로 집어삼켰다. 마사는 퀴블러 로스의 책들을 몇 번이고 읽었고 슬픔에서 벗어나기 위해 갖은 노력을 했지만 더 나아지지 않았다.

"지금 당신의 삶에는 누가 있나요?" 내가 물었다.

"남편과 쌍둥이 두 딸이 있어요."

"와, 쌍둥이 가족이로군요. 당신에게는 두 가지 유산이 있네요. 하나는 언니가 당신에게 남긴 유산, 다른 하나는 당신이 자녀들에게 물려주어야 할 유산. 슬픔과 사랑, 이 두 가지를 분리해서 생각하세요."

"첫 번째 일은 이미 할 만큼 하고 있어요. 늘 슬퍼하고 있으니까요." 마사가 대답했다.

"좋습니다. 그럼 사랑에 대해 이야기해보죠. 사랑은 슬픔과 관련이 있거든요. 어린 시절 언니와 어머니와 함께했던 행복한 추억을 말해줄 수 있나요?"

마사가 미소를 지으며 말했다. "디저트요. 우리는 디저트 빵을 굽기 전에 항상 함께 맛을 봤어요. 엄마가 일요일 저녁이면 늘 디저트를 만들었고 언니랑 저는 엄마를 돕곤 했죠. 셋이서 함께 요리하는 시간이 너무도 행복하고 좋았어요."

"말만 들어도 행복함이 느껴지네요. 언니와 어머니와 함께했던 또 다른 좋은 추억이 있나요?"

"그럼요. 잠들기 전에 엄마가 늘 노래를 불러주셨거든요. 엄마 노래를 듣고 있으면 마음이 스르륵 편해졌어요."

"하루에 두 곡씩만 들었다고 해도 수백 곡은 들으셨겠네요."

"맞아요."

"그런 추억들이 당신에게는 얼마나 중요한 의미인가요?"

"제 전부죠. 그 추억들이 제 인생을 특별하게 만들어줘요. 그래서 더없이 소중하고요. 언니가 떠나고 그 추억들을 함께 나눌 사람이 없으니 마치 추억들을 도둑맞은 기분이에요."

"두 분이 어릴 적에 어머니도 누군가를 잃으신 적이 있나요?"

"네. 언젠가 엄마가 할머니 묘에서 목 놓아 울던 모습을 본 적이 있어요."

"그날 이후에 어머니가 그 따뜻하고 좋았던 일들을 전혀 안 하셨나요?"

"아뇨."

"그래요. 어머니는 슬프셨지만 그래도 삶과 사랑을 계속 이어나가셨죠. 당신도 두 딸에게 그렇게 해주어야 해요. 당신이 말했듯 이미 할 만큼 슬퍼했잖아요. 이제 당신이 집중해야 하는 부분은 삶과 사랑이에요."

"그건 어떻게 하면 되죠?" 마사가 물었다.

"소중한 사람들을 돌아보세요. 지금 두 딸은 어떻게 지내나요? 지금 당신은 그 딸들을 위해 따뜻하고 멋진 추억을 만들어주고 있나요? 당신의 어머니가 그러했듯, 당신도 두 딸에게 특별하고 소중한 날들을 만들어주고 있나요? 두 딸이 인생을 살아가는 데 필요한 푹신한 완충장치를 만들어주고 있나요?"

"정신이 번쩍 드네요. 제가 엄마에게 받은 그 아름다운 추억을 딸들에게도 만들어줄 생각은 미처 못 했어요."

마사는 어머니와 언니 두 사람의 유산이 무엇인지를 비로소 깨달았다. 마사의 어머니는 마사 자매가 함께 나눌 수 있는 행복한 순간들을 유산으로 남겼다. 마사의 언니는 아름다운 추억을 유산으로 남겼다. 하지만 마사는 두 딸을 위해 그런 유산을 만들 생각은 하지 못했다. 마사 역시 두 딸이 이모를 기억할 때 엄마의 즐거운 삶을 멈추게 한 또는 자신들의 행복한 삶을 멈추게 한 사람으로 기억하는 것은 원치 않는다. 자신이 그런 식으로 기억되는 것도 바라지 않는다. 마사는 두 딸을 위해서라도 더 좋은 유산을 만들어 사랑하는 사람을 애도하고 추모한 뒤에는 다시 삶이 지속된다는 걸 보여주는 편이 더 낫다는 사실을 깨달았다.

유형 유산

이 장에서는 다소 실용적인 이야기를 하려 한다. 사랑하는 사람이 남긴 물건도 유산에 속한다. 고인이 한때 가지고 있던 물건들은 추억을 소환한다는 점에서 깊은 의미가 있다. 그래서 유품을 정리하기가 매우 힘들다. 옷이며 장신구, 집, 집 안에 있는 모든 살림살이, 자동차, 음반, 책, 미술품 등 고인의 손길이 닿은 모든 물건은 그 사람이 이곳에 존재했고, 어떻게 삶을 즐겼으며, 어떤 시간을 보냈고, 무엇을 소중히 여겼고, 어떤 아름다움과 의미를 찾았는지를 보여주는 물리적 증거다.

　고인의 유품들을 그대로 간직하고 싶어 하는 유족도 있지만 현실적으로 불가능하고 불필요하다. 하지만 유품을 처리하는 방법도 만만치 않다. 친구들이나 가족들에게 나눠 주건, 기부를 하건, 그냥 버리건 어쨌든 고인의 삶의 흔적을 없애는 것 같은 느낌을 떨치기 어렵다. 예금 잔고나 신용카드, 사용하던 휴대전화를 정지하는 일 등은 지구상에 존재했던 한 사람의 흔적을 더욱 작게 만드는 기분이 든다. 사랑하는 사람과의 이별만으로도 충분히 잔인하고 힘든데 어떻게 그 사람의 흔적마저 다 지운단 말인가? 너무 고통스러운 일이다. 나도 충분히 이해한다. 내 아들의 물건들을 정리할 때 나 역시 그랬으니까.

　하지만 누군가와 완전히 분리될 수 없다는 사실을 깨닫는 순간 그런 물건들은 오히려 걸림돌이 된다. 강연을 하다 보면 이런 말을 많이 듣는다. "하루하루 힘들게 버티고 있어요. 그 사람이 쓰던 작은 물건들조차 버리지 못하겠어요." 나는 이 일을 해오면서 고인이 남긴 물질적 증거가 줄어들수록 우리 내면의 증거는 더욱 많아진다는 사실을 깨달았다.

　우리가 간직할 수 있는 고인의 가장 큰 흔적과 증거는 우리 자신이다. 우리는 고인에게 있어서 세상에 하나밖에 없는 유일한 존재다. 그 사람이 한때 이 세상에 살았음을 증명해줄 살아 있는 증거다. 나도 아버지의 시계를 간직하고 있지만 그 시계 자체보다는 시계가 소환해주는 내 내면의 소중한 추억 때문에 간직하는 것이다.

나는 그 기억들의 파수꾼이다. 나는 아버지에 관한 수많은 좋은 기억들, 함께했던 아름다운 순간들을 다른 사람에게 들려줄 수 있다. 나라는 존재는 우리 아버지에게서 나왔다. 나는 아버지가 이 지구에 남긴 가장 소중한 한 부분이다. 그러므로 고인의 유품을 떠나보낸다 해도 그 사람은 우리 안에, 우리의 기억 속에서 영원히 함께한다. 그리고 고인이 소지했던 물건들은 어쩌면 사후 세계에서도 놀랍고 의미 있는 그 무엇으로 되찾게 될 수도 있다.

방송인이자 자니 카슨Johnny Carson의 전 부인 조앤 카슨Joanne Carson이 친구 소개로 나를 찾아온 적이 있다. 조앤 카슨은 살면서 많은 상실을 겪었으며 본인의 건강마저 점점 나빠지고 있었다. 우리는 몇 년 동안 많은 대화를 나눴다. 어느 날 오후, 조앤이 자기 집에 있는 방 하나를 보여주었다. 그곳은 소설가 트루먼 커포티Truman Capote가 많은 작품을 썼던 곳이자 생을 마감한 공간이었다.

조앤과 트루먼은 좋은 친구 사이였으며 늘 서로의 상처를 깊이 이해했다. 조앤은 내게 정신적으로도 육체적으로도 힘겨웠던 트루먼의 전쟁 같은 인생 이야기를 들려주었다. 우아한 자태로 침대에 걸터앉아 이야기를 꺼낸 조앤의 눈에는 눈물이 그렁그렁했다. "트루먼이 죽을 때 바로 이 침대에서 그의 손을 잡아주었어요. 나는 그에게 이제 가도 괜찮다고 말해주었죠."

당신이 지금 읽고 있는 이 책의 이 장은 내가 트루먼 커포티의 책상에서 쓴 글이다. 누군가에게는 그저 책상일 수도 있다. 하지만 역사를 알고 난 뒤 그 책상은 내게 큰 의미가 되었다. 그 의미 중 일부는 조앤을 통해 찾았다. 트루먼을 향한 조앤의 깊은 애정을 보면서 위대한 작가와 교감하는 작은 통로를 찾은 기분이었다. 트루먼의 책상 앞에 앉아 지금 이 책을 쓰면서 나는 트루먼이 이 책상에서 어떤 글을 썼을지 궁금했다. 무슨 책을 썼을까? 어떤 편지를 썼을까? 나는 슬픔과 치유에 관한 글을 쓰지만 그는 사람들에게 지독하고 잔인한 고통을 안겨준 살인자들에 대한 글을 썼다. 트루먼 자신도 자신만의 악마와 싸우고 있었음에도 말이다. 그는 이 책상 앞에 앉아 어떤 고통을 느꼈을까?

어떤 면에서 보면 트루먼은 참 운 좋은 사람이다. 그의 내면에 웅크리고 있던 '상처 입은 꼬마'를 보아주는 친구를 두었으니 말이다. 이 책상은 트루먼 커포티가 친구 조앤에게 남긴 유산들 중 하나다. 조앤은 트루먼의 유산 대부분을 경매에 내놓았다. 경매 제목은 '트루먼 커포티의 사생활'이었으며 대단히 큰 수익을 냈다. 동물 애호가인 조앤은 경매 수익 일부를 동물 자선단체에 기부했다. 트루먼 삶의 흔적이 남은 물건들을 통해 조앤 나름대로의 의미를 만든 것이다.

유산으로 물려받아 내 소유가 된 물건들을 보다 의미 있게 만들고 싶다면 처분하기 전에 각별히 소중한 것들은 사진을 찍어두길 권한다. 사진은 그 물건 자체와 비슷한 정서적 반응을 불러일으킨다. 지금 나는 아버지가 몰던 머큐리 코멧 자동차를 가지고 있지 않다. 처음 그 차를 샀을 때 기뻐하던 아버지 모습이 아직도 생생하다. 나는 그 느낌을 기억하고 싶어서 함박웃음을 지으며 운전석에 앉아 우리에게 손을 흔드는 아버지의 모습이 담긴 사진을 간직하고 있다. 근사한 정장 차림의 아버지 사진이 있다면 굳이 그 정장까지 그대로 간직할 필요는 없다.

그다음으로 제안하는 방법은 가장 소중하고 의미 있는 유물만 가지고 나머지는 처분하는 것이다. 유물을 분리할 때는 다른 사람과 함께 하면 좋다. 아무래도 제3자가 물건들에 대해 훨씬 더 객관적이기 때문이다. 고인을 사랑했던 다른 가족들이나 친구들과 그 물건을 나눌 수도 있다. 어머니가 아끼던 반지는 비슷한 세대인 이모에게 의미 있는 유품이 될 것이다. 남편의 시계는 어쩌면 아들이 갖고 싶어 안달일 수도 있다. 아버지가 모로코에서 사 온 근사한 러그는 아버지가 모로코에 갈 때마다 만났던 친구에게 귀중한 추억의 선물이 될 수도 있다. 온 가족이 둘러앉아 행복한 식사 시간을 보냈던 식탁은 딸에게 반가운 물건이 될지도 모른다.

이따금 나를 찾아와 고인의 유품을 어떻게 처리해야 할지 모르겠다고 하소연하는 사람들에게는 그 물건을 더 이상 소유하지 않더라도 유품에 담긴 의미를 계속 지킬 수 있는 방법을 알려준다. 때론 유품들을 가지고 오라고 해서 거기에 담긴 사연과 의미를 듣기도 한다. 아버지가 입던 양복은 구직 면접을 보는 누군가에게 필요한 정장일 수 있으며, 그 사람과 그 사람의 가족에게 더 나은 인생을 선사할지도 모른다는 이야기도 한다. 남편의 시계는 없어지지 않고 아들의 손목에서 몇 년이고 함께할 거라고도 말한다. 이러한 방식으로 정리한 유품은 고인이 이 세상을 떠난 뒤에도 누군가에게 도움과 기쁨을 주며 오래도록 지속된다.

온라인에 남은 흔적 ────────────────

최근 들어 고인이 된 사람의 온라인 흔적을 어떻게 처리해야 하는
지가 중요한 문제로 떠오르고 있다. 온라인에 많은 시간을 투자하
는 현대사회이기에 세상을 떠난 이들 역시 온라인에 다양한 흔적
을 남긴다. 누군가 죽은 뒤 그 사람의 소셜 미디어를 어떻게 처리
할 것인가 하는 문제는 여전히 논쟁 중이다.

데니즈도 이런 문제들로 고민했다. "오빠가 떠나기 전에 소셜 미
디어에서 굉장히 활발하게 활동했어요. 오빠의 소셜 미디어들을
그대로 둘지, 아니면 오빠가 고인이 되었음을 알리고 추모 페이지
로 남길지 결정해야 했죠. 오빠의 흔적들을 추모의 장으로 만드는
일이 최종 마무리가 아닐까 하는 생각이 들었어요."

소셜 미디어는 우리가 죽고 난 뒤 각종 온라인 흔적들을 어떻
게 해야 할지, 디지털 추모와 디지털 묘비가 어떻게 비추어질지 등
을 여러 면에서 고민해야 하는 문제다. 한 친구는 어머니가 돌아가
신 뒤 가족사진들을 어머니의 소셜 미디어에 모두 올렸다. 친구는
어머니의 소셜 미디어가 단순한 온라인 흔적이 아니라 손주들에게
물려줄 역사적 유산이 되길 바랐다. 그래서 어머니의 소셜 미디어
를 닫지 않고 가지고 있던 사진들을 모두 올려서 살아 있는 생생한
사진 앨범으로 만들어 어머니에게 헌정했다.

이런 방법들로 고인의 유산을 다시 구축할 수 있다. 부고나 추모사 쓰기, 고인의 유품 정리하기, 고인이 생전에 좋아했던 장소 찾기, 친구들 또는 가족들과 함께 고인의 이야기를 나누며 추억을 공유하기 등 모든 방법을 통해 앞으로 기억될 고인의 이미지를 만들어나갈 수 있다. 또한 이러한 일들을 통해 자신의 삶을 재구축하는 과정을 시작할 수 있다. 물론 그 어떤 일도 사랑하는 사람을 잃기 전으로 되돌릴 수는 없다. 하지만 고인의 유산이 한층 풍성하게 성장하도록 노력하다 보면 자기 자신도 성장하게 된다. 앞서 말했듯이, 슬픔의 크기는 작아지지 않는다. 나 자신이 더욱 커질 뿐이다.

14

슬픔에서 믿음으로

> 저곳은 무척 아름다워.
>
> **토머스 에디슨의 마지막 말**

> 오, 와우, 오, 와우, 오, 와우.
>
> **스티브 잡스의 마지막 말**

끔찍한 비극에 처한 사람들을 돕는 기관에서 자주 연락이 오곤 한다. 이번에는 생후 2개월 된 아기 이선의 부모를 상담해달라는 요청이 들어왔다. 이선은 가족이 기르던 개들에게 물려 죽었다. 이선의 부모를 만나러 가는 길 내내 아기를 잃은 그들에게 내가 어떤 도움을 줄 수 있을지 생각했다. 집에 도착하니 20대 중반쯤 되어 보이는 제인이 나를 맞이했다. 아이 없는 첫 어버이날을 보낸 제인은 자신에게 일어난 모든 일을 받아들이기 너무 힘들다고 내게 말했다. "도무지 이해할 수가 없어요. 그 개들은 우리 가족이었어요. 아이가 태어났을 때도 아기 주변에 있었고요."

의미 수업

"아무도 이해할 수 없는 일이죠. 이선이 떠난 뒤 무척 고통스러우셨을 텐데 혹시 한순간이라도 평화롭거나 편안했던 시간이 있었나요?" 내가 물었다.

내 질문에 제인의 얼굴에 생기가 돌았다. "네. 이선은 지금 저와 함께 있어요. 저를 늘 지켜보면서요. 이선이 항상 함께 있는 걸 느껴요." 한때는 이런 종류의 유대감을 건강하지 못한 현실 부정으로 여기곤 했다. 하지만 요즘은 이러한 태도가 사납게 날뛰는 고통의 바다에서 한 조각 뗏목 같은 역할을 한다는 점에서 긍정적으로 바라보는 연구가 매우 많다.

유대감과 지속성에 관한 개념은 미주리주 세인트루이스에 있는 웹스터대학교의 데니스 클라스Dennis Klass 박사가 제안했다. 죽음, 죽어감, 사별 등의 주제를 깊이 연구하는 데니스 클라스 박사는 1968년, 엘리자베스 퀴블러 로스가 시카고대학교에서 죽음과 죽어감에 관한 세미나를 진행할 당시 대학원 조교였다. 클라스 박사는 이후 '슬픔의 지속적인 결속 모델'에 관해 광범위하게 글을 썼으며, 1996년에 심리학자, 학자, 간호사, 기타 각 분야의 전문가들이 필진으로 참여한 에세이집을 출간했다. 필리스 실버먼Phyllis Silverman과 스티븐 닉먼Steven Nickman이 공동 편집자로 참여했다. 20여 명의 전문가가 참여한 책《지속적인 결속Continuing Bonds》에서는 결속감이 죽음과 함께 사라지는 것이 아니라 오히려 그 결속감을 유지해 삶을 더 풍요롭게 만드는 것이 사별의 자연스러운 과정이라고 말한다.

필리스 실버먼은 이 개념이 처음에는 논쟁의 여지가 많았다고
했다. 실버먼은 어느 대학에서 있었던 사별 콘퍼런스 참석자와 주
고받은 논쟁을 들려주었다. 그 참석자는 과거를 뒤로하고 고인과
의 관계도 놓아주는 것이 건강한 슬픔이라고 주장했다. 실버먼은
그 의견에 동의하지 않았다. 최근 손주를 본 실버먼은 아기가 배
속에 있을 때와 세상에 나온 뒤에 엄마와 아기 사이의 유대감이 달
라지듯 죽음 역시 관계를 변화시킨다고 말했다. 고인은 세상에 없
어도 유족의 마음에는 여전히 남아 있다. 실버먼은 죽음이 관계까
지 끝내는 건 아니며 관계를 변화시키는 것이라고 주장했다. 나도
실버먼의 의견에 동의한다. 내가 보아온 사람들의 사례에 비추어
보아도 사별을 겪고 슬픔에 빠진 사람들이 고인과의 관계를 지속
함으로써 삶이 훨씬 더 나아진 경우가 많았다.

하지만 그러한 관계를 권장하지 않는 심리학자와 상담 전문가
도 많다. 아들을 잃은 신시아는 마음을 추스르기 위해 상담 전문가
를 만났다. 신시아가 만난 상담사는 아들에게 작별의 편지를 써서
관계를 완전히 마무리 지으라고 충고했다. 잔인한 충고에 화들짝
놀란 신시아는 다시는 그 상담사를 찾지 않았다. 다행히 신시아는
마음에서 우러나온 자신의 생각에 귀를 기울였고 상담사라고 해서
모두 좋은 방법을 제시해주는 것은 아니라는 사실을 깨달았다.

엘리자베스 퀴블러 로스와 내가 죽어감의 단계부터 슬픔의 단
계에 이르기까지 그 단계를 구분해 적용해온 이유도 많은 사람이
이 부분을 잘못 이해하고 있기 때문이다. 유족이 고인의 죽음을 받

아들이는 순간 그 관계도 끝난다고 생각하는 사람이 많다. 하지만 슬픔의 다섯 단계는 끝을 향해 가는 과정이 아니며, 다섯 단계를 모두 거쳤다고 해서 슬픔이나 고인과의 관계도 끝난다는 의미가 아니다. 퀴블러 로스는 자신이 직접 죽은 이들과 깊은 유대감을 느꼈고 죽음이 끝이라는 사실을 믿지 않았다. 슬픔의 여섯 번째 단계를 제안하는 나 역시 사별을 겪은 사람들이 고인과의 관계를 지속적으로 발전시켜나가는 것이 삶의 의미를 찾는 데 도움이 된다고 생각한다.

몇 년 전 내 친구 존의 어머니가 암으로 돌아가셨다. 생전에 존의 어머니를 뵌 적은 없었지만 무척 잘 아는 느낌이었다. 존이 늘 자신만의 방식으로 어머니를 현실 세계 곳곳에 소환했기 때문이다. 예를 들어 사람들이 보통 "내 친구 신디가 참 좋아하던 식당인데" 하고 말한다면 존의 표현 방식은 보통 사람들과 비슷하면서도 달랐다. "우리 어머니는 이곳을 무척 좋아하셔." 존의 어머니 근황을 모르는 사람이 들으면 어머니가 아직도 캔자스에 살아계신다고 생각하게끔 만드는 말투를 썼다. 존은 어머니를 늘 현재형으로 표현하는 방식으로 어머니와의 관계를 유지했다. 어머니는 존의 현재형 속에, 현실 속에 늘 존재한다.

그렇다고 해서 존이 어머니의 죽음을 부인하는 것은 아니다. 존은 어머니를 여의고서 깊은 슬픔에 빠져 힘겨운 애도의 나날을 보냈다. 하지만 어머니가 이제 이 세상에 계시지 않다는 사실을 받아들이고 나서부터 존은 어머니가 마치 지금 이곳에 살아계신 것처럼 행동하고 말했다. 존은 어머니와의 의미 있는 관계를 찾는 법을 나름대로 터득한 것이다.

누군가 죽었다고 해서 관계마저 죽는 것이 아니다. 중요한 것은 고인과의 새로운 관계를 어떻게 맺을지 알아나가야 한다. 일상생활에서도 그 방법을 찾을 수 있다. 어느 날 문득 사랑했던 사람과 있었던 일이 떠오를 때가 있다. 그리고 그 사람이 더 이상 존재하지 않기 때문에 그때 일들을 다른 관점에서 볼 수 있다. 나도 나이가 들고 난 뒤에야 어머니를 더 잘 이해하게 되었다. 어느덧 나도 어머니가 사셨던 날들을 지나 더 오랜 세월을 살다 보니 그때는 너무 어려서 이해하지 못했던 많은 것들이 어머니 입장에서 이해되었다.

나 또한 어머니와 함께 산다. 어머니는 내 안에 살아계신다. 어떤 문제가 생기면, '어머니라면 이 문제를 어떻게 생각했을까?' 하고 생각하곤 한다. 나 역시 과거를 현재로 소환해서 살고 있으며, 아직도 어머니에게 많은 점을 배우고 있다. 덕분에 과거를 돌이킬 때 그 시절을 다른 관점에서 보게 되었다. 이런 방식으로 관계가 발전하고 성장한다. 이런 방식으로 고인과의 관계 속에서 끊임없이 의미를 찾게 된다.

퀴블러 로스와 함께 쓴 마지막 책《상실 수업》에서 그녀와 나는 죽음 이후는 끝이라는 개념을 믿지 않는다고 했다. 이 책에서는 사람들이 슬픔을 정리하기 위해 선택하는 두 가지 끝맺음 방식을 이야기한다. 첫 번째는 비현실적인 끝맺음이다. 상실을 충분히 애도

의미 수업

하고 슬퍼하는 것이 아니라 서둘러 종결을 짓고 빨리 더 나은 상태로 나아가려는 시도인데 오히려 상실감에 부담을 더한다.

두 번째 끝맺음 방식은 상실을 긴 관점으로 바라보고 도움이 되는 일들을 하는 것이다. 과거에 왜 그런 일이 일어났는지, 그 일에서 놓친 부분은 무엇인지, 채워야 할 것은 무엇인지를 파악하는 것이다. 여기에는 살인범을 찾는 일에서부터 오랜 투병 끝에 생을 마감한 고인에게 마지막 인사를 건네는 법을 찾는 일까지 다양한 일들이 포함된다.

사랑하는 사람이 죽었다고 해서 그 사람과의 관계의 문까지 닫히지는 않는다. 사랑하는 사람이 죽었다고 해서 똑같은 강도의 슬픔이 늘 반복해서 찾아오는 것도 아니다. 중요한 것은 그 사람과의 관계에서 다른 관계의 문을 찾아 여는 것이다. 슬픔 속에 남겨진 이들이 느끼는 고인과의 유대감은 '건강하지 못한 슬픔'이 아니다. 지극히 정상이다. 누군가 죽어도 그 사람에 대한 사랑이 지속되듯 유대감 역시 지속된다. 지속적인 유대감에 관한 연구와 내가 수십 년 동안 사별을 겪은 이들에게서 보았던 사례들은 일맥상통한다. 이런 유대감은 끊임없이 발전한다.

최근 내 개인 소셜 미디어에서 상실을 겪은 사람들에게 여전히 고인과 관계를 유지하고 있는지 여부를 물었다. 대답은 한결같이 "그렇다"였다. 내 질문에 달린 댓글들을 몇 개 소개하겠다.

"늘 남편이 나를 보고 있는 걸 느껴요. 언제나 저를 지켜주고 있어요."

"딸이 죽었어요. 저는 늘 딸과 이야기를 해요. 마음속으로 할 때도 있고 소리 내서 말할 때도 있죠. 딸에게 편지도 써요. 딸과 대화하고 편지를 쓰다 보니 예전보다 더 가까워진 기분이에요."

"아들의 무덤을 찾아갈 때마다 늘 살아 있는 아들과 대화하듯 이야기해요. 아들의 생일과 기일을 모두 챙겨요. 아이가 떠났을 때는 제 일부가 사라진 것 같았지만 지금은 아이가 나와 함께 있는 기분이에요. 태어나기 전부터 그 아이를 사랑했고, 죽은 뒤에도 여전히 사랑하는 법을 배우고 있어요. 슬픔은 영원히 끝나지 않을 거예요. 이 고통은 제가 죽는 날까지 함께 가겠죠. 하지만 아들과 이야기를 하고 함께했던 날들을 생각하면서 위로를 받아요."

"어머니가 돌아가신 지 20년이 지났는데 어머니와의 관계가 점점 발전하고 있어요. 어머니를 이해하는 법을 배운 것 같아요. 더 깊이 공감하며 어머니를 바라보는 법도 배웠고요."

"아버지가 가신 지는 여덟 달 정도 됐고, 어머니가 가신 지는 1년 되었어요. 지금도 그날이 어제처럼 느껴져요. 부모님이 너무 그리워요. 하지만 두 분과 늘 대화를 해요. 두 분이 나오는 아름다운 꿈도 꿨지요. 어머니, 아버지를 영원히 사랑해요."

"사랑하는 사람과의 관계는 당연히 지속되고 있습니다. 제이크에게 말을 걸면 그 아이가 나와 늘 함께 있는 기분이 들어요. 한 달 전, 큰아들이 캐나다에서 결혼을 했어요. 아들과 함께 결혼식장 복도를 걷는데 제이크도 우리와 함께 걷는 기분이 들었어요. 형의 결혼식에 참석했다는 걸 우리에게 알려주는 느낌이었죠."

얼마 전 데이비드의 묘지에 가는 길에 작은 꽃다발을 사려고 상점에 들렀다. 나처럼 묘지를 찾는 이들을 위한 상점이었다. 데이비드의 무덤에 돌을 놓는 걸 좋아하지만 그래도 늘 꽃도 챙겨 가곤 한다. 나는 상점 점원에게 "여기서 가장 잘 팔리는 게 꽃이겠네요?" 하고 물었다.

"맞아요. 꽃이 가장 잘 나가요." 점원이 대답했다.

"그럼 두 번째로 잘 팔리는 건 뭔가요?"

그러자 점원은 생일 선물 코너를 가리켰다. 그곳에는 생일 축하 메시지며 풍선 등 사랑하는 사람의 생일을 축하해주는 물건들이 가득했다. 죽음 이후에도 생일 축하가 지속되는 걸 보고 있자니 가슴이 뭉클했다.

일부 종교에서는 고인과의 소통을 변장한 악마와의 대화로 간주하기도 한다. 내가 종교 전문가는 아니지만 사별을 겪은 이들을 수십 년 동안 지켜본 것에 따르면, 고인과 끊임없이 지속되는 유대감은 오히려 고인을 더욱 신성하게 만들어준다. 악마와는 정반대인 셈이다.

사별을 겪은 사람의 80퍼센트가 사랑하는 사람이 세상을 떠난 뒤, 지금 현재에 그 사람이 함께하고 있다는 느낌을 받았다고 말한다. 그 느낌을 냄새로 느끼는 사람들도 꽤 많았다. 이를테면 기차를 타고 있는데 어디선가 바닐라 향초 냄새가 나는 식이다. 물론 기차 안에 향초는 없다. 그런데 그 향기는 할머니가 늘 집에 피워놓던 바닐라 향초 냄새와 똑같다. 그러면 낯모르는 사람들 가운데 고인이 된 그 사람이 있다고 생각할 수도 있다. 고인의 목소리가 들리는 경우도 있다. 중요한 시점에 고인이 결정적인 조언을 들려주는 느낌을 받는다는 이들도 있다. 불안하고 긴장된 마음으로 중요한 회의 자리에 들어가는데 죽은 남편이 어깨를 어루만지며 격려해주는 것 같은 느낌을 받은 이도 있다. 아니면 그냥 그 사람이 이 공간에 있다는 막연한 느낌이 들 때도 있다.

이 모든 현상이 사후 세계가 있음을 알려주는 징표일까? 텔레비전 인터뷰를 하다 보면 이 질문을 무척 자주 듣는다. 앞서 말했듯 나는 사후 세계를 믿는다. 아마 슬픔 전문가가 사후 세계가 있다고 말하면 많은 이들이 위로를 받을 것이다. 그들은 고인을 느끼는 자신들이 미친 게 아니라 지극히 정상적인 유대와 소통을 이어나가고 있다는 사실을 잘 안다. 하지만 그러한 유대감을 경험하기 위해 반드시 사후 세계의 존재를 믿어야 하는 것은 아니다.

사후 세계

강연을 할 때면 개신교 언어, 복음주의 언어, 가톨릭 언어, 유대교 언어, 무신론 언어, 불가지론 언어 등등 다양한 언어를 사용하게 된다. 이 일을 하면서 나는 사람들을 있는 그대로 보고 그 사람의 현재 위치에 눈높이를 맞추려고 노력한다. 내가 슬픔에 빠진 사람들의 언어로 대화할 수 있어야 한다는 의미다.

그들의 언어에 사후 세계에 대한 믿음이 없다면 언급하지 않는다. 많은 사람이 사후 세계에 대한 종교적 믿음을 통해 커다란 의미를 찾고 위로를 받지만 그런 믿음이 없는 사람은 사후 세계 이야기를 아무리 들어도 전혀 위로를 받지 못한다. 오히려 짜증이 나거나 화가 날 뿐이다. 심지어 사후 세계를 믿는 사람들조차 그런 종류의 위로를 듣고 싶어 하지 않는 경우가 더러 있다. 사후 세계는 다른 사람의 고통을 진심으로 이해하지 않는 사람들이 하는 말처럼 들리기도 한다. 그래서 이 이야기를 할 때는 신중하게 접근한다.

몇 년 전, 내 동료이자 로욜라메리마운트대학교에서 윤리학을 가르치는 교수와 대화를 나눈 적이 있다. 그 동료가 '죽음과 죽어감'에 관한 강의를 갓 시작한 때였기에 우리의 대화 주제는 자연스럽게 삶의 마지막에 관한 내용으로 이어졌다. 나는 임종의 순간에 만났던 수많은 환자들이 떠올랐다. 그 환자들은 죽기 직전 모두 환영을 보았다고 했다. 나는 이러한 현상에 대해 동료들과 오랜 세월 논의했다.

호스피스 병동이나 요양 병원에서의 강연이나 삶의 마지막에 관한 콘퍼런스에서 그러한 환영들에 대해 공식적으로 언급한 적은 없다. 진지한 강연 자리에서 그런 환영 이야기는 자칫 지나치게 초자연적으로 들릴 수 있기 때문이다. 하지만 긴 강연을 마친 뒤나 가벼운 술자리에서 연구와 보고서 이면에 있는 환자들의 이야기가 시작되곤 한다. 누군가 임종의 순간 환자가 본 환영 이야기를 꺼내면 다른 사람들도 비슷한 사례를 이야기하다가 갑자기 활기찬 논의로 이어진다. 만약 우리가 죽기 전에 누군가를 또는 무언가를 본다면, 그게 무엇이든 어떤 의미가 있지 않을까 하는 내용의 논의다.

나는 사회적 명망과 신뢰가 매우 높은 교수이자 내 동료에게 최근 이런 환영을 본 내 환자 이야기를 해보기로 했다. 죽음 직전의 환영 현상에 대해 이야기를 꺼내면 상대편의 반응이 극과 극일 것이라는 사실을 잘 알고 꺼낸 이야기였다. 이야기를 꺼내면서도 나는 상대가 이 주제를 고려할 가치가 없는 이야기로 치부할 것이라고 생각했다. 그런데 놀랍게도 그 교수의 반응은 내 예상과는 정반대였다. "그 부분은 일반 수업 시간은 고사하고 문헌으로도 자료가 거의 없죠. 다들 그 주제에 대해 이야기할 거리들이 있지만 아무도 글로 쓰려 하지 않아요."

대화를 마치고 나서도 그 교수의 말이 계속 맴돌았고, 거기서 영감을 얻은 나는《환영, 여행, 붐비는 방: 죽기 전에 무엇을, 누구를 보는가? Visions, Trips, and Crowded Rooms: Who and What You See Before You Die》라는 책을 썼다. 다양한 분야의 의사들과 정신과 의사, 심리학자, 사회복지사, 간호사, 성직자, 랍비, 목사 등 많은 전문가를 인터뷰해서 임종 직전에 사람들이 많이 접하는 세 가지 현상을 정리한 책이다. 이 책에서 나는 생의 마지막 날들에 맞이하는 신비를 제대로 이해할 수 있는 능력에 대해 이야기했다.

마지막 순간에 접하는 첫 번째 현상은 '환영'이다. 마지막 순간, 세상을 보는 시력이 흐릿해지면서 환자들 중 일부는 앞으로 다가올 세상을 보는 듯하다.

의미 수업

두 번째 현상은 '여행'을 떠날 준비가 되었다는 느낌이다. 죽기 몇 시간 전, 사람들은 이제 다른 곳으로의 여행을 의미하는 죽음이 임박했음을 알지도 모른다. 우리 눈에는 이 여행이 그저 떠남이지만 죽어가는 이에게는 새로운 도착을 의미할 수도 있다. 스티브 잡스의 누이 모나 심프슨은 잡스의 마지막 순간을 글로 썼다. "그의 목소리는 다정하고 따뜻했으며 애정이 어려 있었지만, 마치 짐을 꾸려 차에 싣는 사람처럼, 아니 이미 여행을 시작한 사람처럼 느껴졌다. 그가 우리에게 미안하다고, 우리를 떠나서 정말 진심으로 미안하다고 말할 때도 그의 목소리는 여행을 떠나는 사람 같았다."

세 번째 현상은 '붐비는 방'이다. 죽음에 임박한 사람들은 '붐비는crowded'이라는 단어를 몇 번이고 반복해서 말한다. 그들은 죽음을 기다리는 이들로 붐비는 방을 보았다고 말한다. 자신의 생명이 다했음을 아는 이도 있고 모르는 이도 있다고 한다. 어쩌면 그들은 우리가 이번 생에서 만나지 못한 먼 옛날 사람들일 수도 있다. 영적인 세상에서는 절대 혼자 죽지 않는다. 현실 세계에서는 새로운 생명이 태어나면 축하해주러 간다. 만약 이 세계 말고 또 다른 세계가 존재한다면, 새로 죽은 이들을 따뜻하게 맞아주는 세계가 존재한다면 어떨까? 새로 태어난 아기를 애정 어린 손길로 다정하게 쓰다듬어주듯, 죽을 때도 다정한 손길이 우리를 맞아줄 것이다.

삶과 죽음이 교차하는 그곳에서 우리는 바쁘게 살며 잊어버렸던 과거와 조우하게 될지도 모른다. 죽음이 삶을 상실하는 것처럼 보이지만, 죽어가는 사람들은 죽기 전 몇 시간 동안 공허함이 아닌 충만함을 느낄지도 모른다.

수많은 임종을 직접 목격하는 의사나 간호사를 비롯해 의료계 종사자들은 이러한 현상을 어떻게 해석해야 하는가? 이러한 현상을 공식적인 자리에서 정식으로 논의하거나 글로 보고해야 하는가? 아니면 모호한 경계에 걸친 개인적 경험으로 무시해야 하는가? 생명이 끝나가는 그 마지막 순간에 환영을 보는 환자들을 어떻게 여겨야 하는가?

호스피스 병동이나 말기 환자들을 위한 병동 관계자가 아닌 외부 사람들은 이러한 현상을 줄곧 경시하고 축소해왔다. 그들은 죽음 직전의 환영이 진통제나 해열제 때문에 생긴 부작용이거나 뇌에 산소 공급이 부족해서 생기는 현상이라고 말한다. 이미 죽은 자들이 죽어가는 자들을 데리러 온다는 이야기도 오래전부터 전해왔다. 이런 현상과 개념들은 사후 세계가 진짜 존재할지도 모른다는 가능성을 암시하며, 거대한 미지의 세계로 발걸음을 내디디는 이들에게는 위로가 될 수도 있다고 생각한다.

사후 세계에 대한 내 개인적 믿음을 곰곰이 성찰하다 보면 사후 세계를 바라보는 세 가지 관점과 각 관점에서 찾을 수 있는 의미를 생각하게 된다.

첫 번째 관점: 사랑하는 사람이 죽었다. 그들은 사후 세계에 있으며 당신을 볼 수 있다. 그들은 당신이 슬퍼하는 모습을 본다. 그들은 당신의 삶에서 일어나는 일들을 알 수 있다. 그들은 현실 세계와 끊임

없이 접촉한다. 만약 정말 그렇다면 사랑하는 사람은 당신이 고통 속에 있는 모습을 보고 있으며, 자신을 위해 당신이 얼마나 깊이 슬퍼하는지, 자신을 얼마나 사랑했는지도 알게 된다. 만약 그렇다면 사후 세계에 있는 이들은 어느 정도 시간이 지나면 당신이 다시 툭툭 털고 일어나 제대로 잘 살아가기를 바랄 것이다. 자기가 떠났다고 해서 이 세상에 남은 당신이 삶을 버리는 것을 결코 바라지 않을 것이다. 그리고 만약 사후 세계 존재들이 정말 우리가 경험하는 세상을 인지한다면 남은 사람들도 그들에게 잘 사는 모습을 보여주어야 할 것이다. 요세미티 계곡에 갔을 때 나는 내 아들이 생전에 한 번도 보지 못했던 황홀한 풍경을 나의 눈을 통해 보길 바랐다.

두 번째 관점: 사랑하는 사람이 죽었고 사후 세계에 있지만 더 이상 현실 세계와 접촉하지 않을 수도 있다. 그들은 우리가 이해의 첫 실마리조차 풀지 못하는 다른 공간에서 다른 일을 하고 있을 수도 있다. 그렇다면 충분히 슬퍼하고, 시간이 어느 정도 지나면 충분히 열심히 살아야 한다.

세 번째 관점: 무신론자의 관점으로, 사랑하는 사람이 죽었고 그 사람의 의식은 무無가 되었다. 남은 자들 입장에서는 어떻게 보면 위안이 되기도 한다. 특히 고인이 힘겨운 생을 살았거나 기나긴 투병으로 괴로워하다가 죽었다면 더더욱 그렇다. 하지만 그 사람이 떠난 뒤 어떻게 살아야 하는가의 관점에서 본다면 두 번째 관점으로 되돌아가게 된다. 충분히 슬퍼한 다음에는 충분히 열심히 살아야 한다.

인생이라 불리는 이 여정은 너무도 짧게 지나간다. 내 아들도, 내 부모님도, 내 사촌들도 생에서 하차했다. 어느 무엇도 그 사실을 바꿀 수는 없다. 나는 그들을 다시 볼 날을 기다린다. 그들을 만나는 날, 나는 지금의 내 모습이 아닐 것이다. 하지만 그들을 다시 만났을 때, 당신들이 떠난 뒤 내 삶의 의미를 모두 잃어버렸노라고 말하고 싶지는 않다. 그들도 나를 사랑했기에 그건 원하지 않을 것이다.

나는 최악의 삶이 내미는 것들을 보았다. 강제수용소에도 가보았다. 검게 그을린 세계무역센터도 보았다. 학교에서 벌어진 무차별 총기 난사로 자식을 잃은 부모들도 만났고, 공공 행사 장소에 폭탄이 떨어졌을 때 그곳에서 참상을 겪은 희생자들도 보았다. 슬픔에 빠진 수천 명의 사람들과 마주 앉아 이야기를 했다. 그리고 그들은 하나같이 내게 상실 이후에도 삶이 있다는 걸 가르쳐주었다. 그들은 감당할 수 없을 것 같던 슬픔을 다 감당하고 난 뒤에야 삶의 의미를 찾고, 다시 살고 사랑할 수 있게 되었다.

사랑하는 사람을 잃은 이들이 내게 죽음 이후의 삶을 믿느냐고 물으면 나는 그렇다고 대답한다. 그리고 이렇게 되묻는다. "살아 있는 우리에게도 그 사람이 죽은 이후의 삶이 있을까요?" 모두가 이 질문에 대답해야 한다. 우리는 사랑하는 사람이 단 하루라도 더 살기를 온 마음으로 간절히 바란다. 그렇다면 우리는 어떤가? 짧은 시간 동안 이 땅을 거쳐 가는 우리는 같은 삶을 두 번 다시 살 수 없다. 그렇다면 우리의 삶에도 그 단 하루가 얼마나 큰 의미인지 생각해보아야 하지 않을까?

크나큰 상실을 겪는 동안에도 삶은 계속 흘러간다. 세상은 멈추지 않는다. 계절이 바뀌면 죽음 같은 겨울이 물러가고 모든 생명이 다시 태어나는 봄이 온다. 폭풍우가 지나가면 맑은 날이 찾아온다. 누군가는 떠났어도 우리는 계속 살아간다. 우리는 끊임없이 움직이고 끊임없이 숨을 쉴 것이다. 새로운 날이 밝으면 아직 이곳에 있는 우리는 먼저 떠난 이들이 남겨둔 삶을 구석구석 누빌 수 있다. 사랑과 삶은 남는다. 그리고 의미는 항상 그곳에 있다.

15

모든 것은 변한다

> 만약 우리가 함께할 수 없는 날이 온다면, 네 마음속에 나를 간직
> 해줘. 나는 영원히 그곳에 있을 테니.
>
> 위니 더 푸Winnie the Pooh

볼티모어 인근의 세 도시에서 열리는 테라피스트를 위한 강연에 동반자 폴과 함께 가게 되었다. 나는 슬픔의 치유에 대해 강연할 예정이었고 폴은 '슬픔의 요가'를 시연할 예정이었다. 첫날 강연을 마치고 우리는 호텔로 돌아가 텔레비전을 봤다. 이리저리 채널을 돌리며 휴대전화로 근처 식당을 검색하고 있는데 갑자기 알림 문자가 도착했다. 아들 리처드가 911에 전화를 걸었다는 문자였다.

이런 일이 처음은 아니었다. 당시 리처드는 스물두 살이었고 데이비드는 스물한 살이었다. 우리 셋은 우리 중 한 명이 응급 전화를 걸면 다른 두 명에게 그 사실을 알려주는 상품에 가입했었다. 나도 몇 년 동안 여러 가지 이유로 911에 전화를 건 적이 몇 번 있었다.

한번은 고속도로를 달리던 중 한 여성이 고장 난 차에서 내려 고속도로를 횡단하려는 장면을 보고 전화를 했었다. 자동차 사고를 목격하면 자주 신고 전화를 하는 편이어서 내 아들들도 누군가 곤경에 처하면 도와주는 습관이 몸에 배어 있었다. 그래도 두 아들 중 한 명이 911에 전화를 걸었다는 알림이 오면 꼭 전화를 걸어 무슨 일인지 확인했다.

나는 곧장 리처드에게 전화를 걸었지만 어쩐 일인지 음성 사서함으로 넘어갔다. 두 아이는 우애가 무척 좋아서 늘 함께 있는 편이었기에 이번에는 데이비드에게 문자를 했다. "네 형이 911에 전화를 했던데, 혹시 무슨 일인지 아니?"

몇 분이 지나도록 답이 없었다. 나는 텔레비전 채널을 이리저리 돌리면서 리처드에게 전화를 계속 걸고 또 걸었다. 그러다가 전화가 연결되었다. 그런데 전화를 받은 사람은 데이비드의 룸메이트였다. 그 친구가 갑자기 "데이비드가 죽었어요" 하고 말했을 때, 난 아무런 준비가 되어 있지 않았다. 아이의 친구는 울면서 말했다. "선생님 아들이 죽었어요."

"데이비드가 죽었다고?" 나는 고함을 질렀다.

폴이 내 옆으로 달려왔고 나는 전화를 스피커폰 상태로 바꿨다. "선생님 아들이 죽었어요"라는 말이 무슨 뜻인지는 알지만 그래도 나는 되물어야 했다. "확실하니? 무슨 일인지 말해다오. 지금 당장 CPR(심폐 소생술)을 해야 해."

그때 데이비드의 룸메이트가 리처드를 바꿔주었다. "아빠, 데이비드가 죽었어요"라며 리처드가 울부짖었다.

"아냐." 나는 말했다. 틀림없이 이 아이들이 잘못 알고 있는 거라고 생각했다.

"지금 구급대원들이 오고 있어요. 우리도 지금 데이비드 방문을 발로 차서 열고 들어왔어요. 죽은 지 좀 된 것 같아요."

그 순간 구급대원들이 도착했다며 리처드가 잠시 뒤에 다시 전화하겠다며 끊었다. 나는 황급히 집으로 돌아가는 비행기를 알아보았다. 하지만 로스앤젤레스로 가는 항공편은 없었다. 한 시간 뒤 워싱턴 DC로 가는 비행기를 타면 로스앤젤레스 항공편으로 갈아탈 수 있었지만 한 시간 안에 공항까지 갈 수가 없었다. 그 밤, 집으로 돌아갈 방법이 없었다.

나는 리처드에게 상황을 물으려고 다시 전화를 걸었다. 전화기 저편은 혼돈 그 자체였다.

"아빠, 지금 구급대원들이 데이비드와 함께 있어요." 리처드가 말했다.

"구급대원들이 온 지 얼마나 됐니?"

"몇 분 정도요."

"구급대원들이 지금 뭘 하고 있는지 좀 알려다오." 나는 구급대원들이 심폐 소생술을 하고 있다는 말을 간절히 기다렸지만 리처드는 그들이 누군가와 통화를 하고 있다고 했다. 나는 그게 무슨 의미인지 알았다. 죽은 지 시간이 한참 지나 돌이킬 수 없다는 의미였다.

"지금 어디랑 통화하느냐고 물어봐." 나는 어마어마한 공포와 싸우며 말했다. 수화기 너머로 리처드가 구급대원에게 질문하는 소리가 들렸고 뒤이어 구급대원의 대답이 들렸다. 구급대원은 검시관과 통화 중이었다.

도대체 무슨 일이 일어난 걸까? 데이비드가 약물을 과다 복용했나? 아니면 혹시 자살을 했나?

얼마 뒤 검시관이 데이비드가 있는 곳에 도착했고, 데이비드의 대모 앤 마시와 대부 스티브 타일러도 왔다. 그리고 그날 데이비드의 또 다른 대모인 메리앤 윌리엄슨도 강연차 로스앤젤레스에 있었다. 메리앤에게 연락하면 리처드에게 도움을 줄 수 있을 것이다. 나는 메리앤에게 메시지를 보냈다. "지금 내가 이스트코스트에 와 있는데, 일이 생겼어. 최대한 빨리 회신 바란다."라는 내용이었다. 그다음에는 앤 마시에게 다시 전화를 걸어 검시관을 바꿔달라고 부탁했다.

검시관은 약물 과다 복용에 의한 사고처럼 보인다고 말했다. 모든 정황을 살펴보았을 때 데이비드는 그날 밤늦은 시간에 집에 와 옷을 벗고서 침대에 누워 잠이 들었다.

"모든 것이 영원히 바뀌었어." 나는 같이 강연을 온 폴에게 말했다. 내가 아침 첫 비행기를 예약하려고 이리저리 항공사에 전화를 거는 동안 폴의 눈에는 공포가 서려 있었다.

데이비드의 시신이 옮겨진 뒤 나는 리처드에게 그곳에 있는 사람들을 모두 우리 집으로 데리고 가달라고 말했다. 내 메시지를 확인한 메리앤에게 연락이 왔다. 나는 메리앤에게 조금 전 벌어진 일을 이야기했고 메리앤은 충격에서 헤어나지 못했다.

"그래서, 리처드는 지금 어디 있어?" 메리앤이 물었다.

"지금 집으로 가고 있어." 내가 대답했다.

"내가 곧장 그리로 갈게."

전화를 끊자 호텔 방 안에 적막이 감돌았다. 나는 마룻바닥에 주저앉아 몸을 잔뜩 웅크린 채 울부짖었다. 분출해야만 하는 원초적인 고통이었다. 거대한 바윗덩어리가 내 몸을 강타한 것 같았다. 폴이 내 뒤에 앉아 어깨를 쓰다듬어주었다. 그렇게 몇 시간을 울다가 자리에서 일어났다. 살아 있는 아들도, 죽은 아들도 지금 내 곁에 없었다. 도대체 뭘 어떻게 해야 할지 갈피를 잡을 수 없었다. "일단 이 방에서 나가야겠어." 나는 폴에게 말했다.

우린 함께 차를 타고 낯선 도로를 목적 없이 달렸다. 나는 폴에게 주유소에 들르자고 했다. 그러고는 주유소 매점에서 담배를 한 갑 샀다. 20년 전 아버지가 돌아가신 뒤 끊은 담배였다. 하지만 그 순간만큼은 내 건강이 전혀 중요하지 않았다. 주유소 건너편 야트막한 언덕에 올라 담배에 불을 붙였다. 그리고 천천히 담배를 피우기 시작했다. 몇 모금 빨고 나서 담배를 껐다.

"이것도 도움이 되질 않네." 폴에게 말했다.

우리는 다시 호텔로 돌아왔다. 아무것도 할 일이 없었지만 어떻게든 그 밤을 견뎌야 했다. 그리고 다음 날 아침에 집으로 돌아가야 했다.

의미 수업

이후 며칠 동안 해야 할 일들이 나를 괴롭혔다. 전화기만 바라보며 검시관의 전화를 기다리는 아버지의 심정은 이루 말할 수 없이 참담했다. 일단은 데이비드의 부검 날짜를 알고 싶었다. 법에 따라 데이비드의 시신은 부검을 받아야 했다.

슬픔의 강에 빠지면 의미가 한 조각 뗏목이 된다. 비극이 몰아칠 때 어떤 의미를 찾을 수 있을까? 우리와 함께 있어 주려고 찾아온 가족들과 친구들이 내게는 의미가 되었다. 진심 어린 사랑과 격려의 말들도 의미가 되었다. 데이비드의 시신을 매장할지 화장할지를 결정하는 일도 의미였다. 언제든 찾아갈 수 있는 가까운 곳에 데이비드를 안치하는 일이 중요했기 때문이다. 그러고 나자 데이비드에게 의미 있는 것은 무엇일까 하는 생각이 들었다. 데이비드는 어디에 묻히고 싶을까? 데이비드는 자신의 장례식에서 누구를 보고 싶어 할까?

나는 데이비드와 리처드를 네 살, 다섯 살일 때 입양했다. 폐쇄입양(아이의 생모와 입양 가족에게 서로의 정보를 알리지 않고 기관을 통해 진행하는 입양-옮긴이)이었기에 두 아이의 생물학적 부모가 어디 사는지도 전혀 몰랐다. 두 사람을 장례식에 부르지는 못할 것 같았다. 하지만 데이비드를 사랑했던 사람은 많았으며, 이 아이를 기르는 동안 여러모로 도와준 사람도 무척 많았다. 나는 그들에게 마지막 작별 인사를 할 기회를 주고 싶었다.

리처드와 폴과 나는 자세한 일정을 논의하기 위해 장례식장을 찾았다. 모든 일이 다 비현실적으로 느껴졌다. 마치 밀도 높은 공기를 통과하듯, 한 걸음 한 걸음이 형언할 수 없이 무거웠다.

유골함을 고르고 나니 이제 무덤 자리를 찾아야 했다. 우린 여러 공동묘지를 다녔다. '평화의 인사', '영원한 믿음', '속삭이는 나무' 같은 이름의 묘지였다. 데이비드가 우리를 노려보는 기분이었다. 그러다가 낮은 언덕에 자리한 작은 묘지가 눈에 들어왔다. 공동묘지 이름은 '아늑한 빛'이었다. 리처드와 나는 서로 눈을 마주쳤다. "좋네요." 리처드가 말했다. 나도 그곳이 마음에 들었다. 우리는 아늑한 빛 공동묘지에 내려 북쪽 지역을 바라보았다. 묘지 관리인이 우리에게 다가와 말했다. "지금 이곳은 네 자리 남았습니다."

리처드가 불쑥 말했다. "완벽하네요. 저랑 아버지랑 데이비드랑 폴 아저씨를 위한 자리가 딱 남았네요."

폴과 나는 서로를 흘끗 바라보았다. 나는 한 부모로 아이들을 입양했고 폴이 우리 가족이 된 건 불과 3년 전이었다. 그 전에도 폴과 나는 알고 지냈지만 아이들이 고등학교를 마칠 때까지는 사귀지 않고 있었다. 리처드와 데이비드는 폴을 사랑했고 폴 역시 아이들을 소중하게 생각했다. 하지만 그때까지만 해도 나는 그것이 얼마나 큰 의미인지 알지 못했다. 나중에야 내 아이들의 가슴속에 폴이 견고하게 자리 잡았음을 알게 되었다.

"그걸 어떻게 알아?" 폴이 물었다.

"내 아들이 공동묘지에서 너와 영원히 함께 있겠다고 했잖아."

폴의 눈에 눈물이 가득 맺혔다. 하지만 나는 데이비드의 죽음을 겪으면서 폴과의 관계가 지속되지 않을지도 모른다고 생각했다.

의미 수업

만약 내가 폴이라면, 함께 산 지 몇 년밖에 안 됐는데 이 모든 고통의 한복판에 있어야 한다면 '어느 정도 있어야 이 가족에게 상처 주지 않고 정중하게 떠날 수 있을까?' 하고 생각했을지도 모른다. 설령 그가 떠난다 해도 나는 그를 원망하지 않으리라 생각했다. 내가 그랬어도 그렇게 했을지도 모른다고 생각했다. 하지만 폴은 떠나지 않았다. 우리는 지금도 함께하고 있다. 비극을 함께 나누면서 심지어 관계가 더욱 견고해졌다. 죽음 이후 또 다른 방식으로 의미를 찾은 것이다.

며칠 뒤 부검이 끝났다. 데이비드의 시신은 장례식장으로 인도되었다. 장례식 하루 전날, 나는 장례식장 측에 데이비드를 볼 수 있는지 물었다. 비록 죽은 몸이지만 그래도 내 아이를 한 번 더 봐야 했다. 지금까지 일어난 일들이 도무지 믿기지 않아 데이비드를 다시 한번 더 보아야 현실을 인정할 수 있을 것 같았다.

관 위로 절반가량 천이 덮여 있었지만 그래도 아들의 얼굴이 보였다. 데이비드는 평온해 보였다. 데이비드는 평생 해온 머리 스타일 중에 가장 단정한 머리를 하고 있었다. 하지만 부모인 내 눈에는 아이가 살면서 겪었을 수많은 험한 굴곡들이 보였다.

장례식장 직원 한 명이 들어와 염습 준비를 다 마쳤다고 했다. 나는 그 직원에게 물었다. "아이한테 신발은 신겼나요?" 나는 데이비드를 위해 검은색 구두를 준비해 왔었다.

"네. 신겼습니다."

"좀 봐도 될까요?" 아마 데이비드는 생전에 무척 좋아하던 신발을 신고 떠나고 싶을 것이고, 내가 마지막까지 그 신발을 확인해주길 바랄 것이다.

직원은 시신을 덮고 있는 천을 아주 조심스레 걷어 단정하게 접었다. 그러고는 관 뚜껑 아랫부분을 천천히 열었다. 그러자 신발이 보였다. 데이비드에게는 큰 의미가 있는 신발이었으니 내게도 그 신발은 큰 의미였다.

나는 다시 한번 고맙다고 인사하고는 이제 관을 덮어도 좋다고 말했다.

직원은 아까와 마찬가지로 매우 신중하고 조심스럽게 관 뚜껑을 덮었다. 마치 아주 작은 거슬리는 소리가 혹시라도 데이비드의 잠을 깨울까 걱정하는 사람처럼. 장례식장 직원들이 데이비드를 대하는 세심하고 사려 깊은 행동 하나하나가 가슴속 깊이 와닿았다. 자식을 잃은 부모에게는 모든 것들이 다 의미가 있다. 좋은 것이든 나쁜 것이든, 크든 작든.

메리앤은 뉴욕에 있는 집으로 돌아갔다가 며칠 뒤 장례식에 참석하러 다시 왔다. 메리앤의 딸이자 나의 대자녀인 인디아도 런던에서 비행기를 타고 와 장례식에 참석했다. 메리앤은 많은 장례식을 주관했지만 이번처럼 가까운 사람의 장례식은 많지 않았다. 메리앤은 하나에서 열까지 모든 일을 챙겨주었다. 나는 넋을 잃었다. 메리앤도 그 사실을 잘 알고 있었기에 내가 앉을 자리를 알려주고, 어떤 절차가 진행될지 이야기해주고, 누가 언제 추모사를 발표할지 설명해주었다. 폴은 음악을 골랐다. 리처드는 추도사를 했다.

리처드는 사랑하는 동생 이야기를, 동생과 함께 나눈 세월을 들려주었다. 그렇게 추도사를 하던 중 리처드는 이렇게 말했다. "아마 제 동생은 오늘 우리가 슬퍼하는 것을 원하지 않을 거예요."

나에게로 향하는 시선들이 느껴졌다. 사람들이 무슨 생각을 하는지 알고 있었다. 나는 수십 년 동안 슬픔의 중요성을 가르쳐온 슬픔 전문가였고, 내 큰아들은 사람들에게 "오늘은 슬퍼하지 말라"라고 말하고 있었다.

얼마 뒤 조문객 몇몇이 내게 와서 괜찮은지 물었다. "괜찮습니다. 모두 저마다의 방식으로 슬퍼합니다. 리처드는 리처드의 방식대로 슬퍼하는 겁니다. 리처드에게는 그게 동생을 위하는 길입니다." 리처드의 생각이 나의 일에 방해가 되는 부분은 당연히 전혀 없었다.

장례식 조문객들의 깊은 애도와 정성은 내게 큰 위로가 되었다. 데이비드도 자신을 향한 사랑을 아낌없이 표현하는 이 사람들을 볼 수 있었으면 좋겠다는 생각이 들었다. 추모의 방식도 다양했다. 데이비드에게 아름다운 이메일을 보낸 이가 있는가 하면 개인 소셜 미디어에 데이비드 추모 글을 올린 사람도 있었다. 그들 중에는 한 번도 본 적 없지만 내 강연을 듣거나 내 책을 읽은 이들도 있었다. 그날 내가 받은 크나큰 사랑과 지지는 그 순간에서 찾을 수 있는 깊고도 유일한 의미였다.

장례식을 마치고 나니 데이비드가 살던 집을 정리해야 했다. 가족 중 누군가 세상을 떠나면 그 가족이 살던 방이나 집 안의 물건들을 하나도 버리지 않으려 하는 가족 때문에 다른 가족 구성원들이 불평하는 경우도 많다. 나도 과거를 그대로 박제해두고 싶은 마음은 충분히 이해하지만 데이비드는 룸메이트와 함께 살았기 때문에 그건 내 선택 사항이 아니었다. 룸메이트는 데이비드의 물건을 치워야 새 룸메이트를 들일 수 있다. 다른 사람의 물건이 그대로 있는 공간에 들어가 살 사람은 없다.

데이비드의 방을 치우고 옷가지며 짐들을 모두 꾸려 차에 실었는데 그 옷들을 차마 굿윌Goodwill(중고품을 기증받거나 매입해 어려운 사람에게 저렴한 가격에 판매하는 단체-옮긴이)에 바로 가져다주지 못했다. 데이비드가 어린 시절을 보냈던 집으로 옷들을 가져와 세탁할 준비가 되어 있지 않았기 때문이다. 다음 날 나는 차로 가서 옷에 남은 데이비드의 냄새를 맡았다. 아이의 체취가 남은 옷을 세탁할 수도, 누군가에게 줄 수도 없었다. 그 옷들이 아들이 이 세상에 존재했다는 물리적 증거처럼 느껴져 자꾸만 집착하게 되었다.

장례식을 치르고 일주일 뒤에도 내 마음속 GPS는 끊임없이 데이비드를 찾아 헤매었지만 데이비드는 찾아지지 않았다. 마치 여행을 떠난 데이비드가 이제 돌아와야 하는데 너무 늦는 것만 같은 기분이었다. 하지만 나는 알고 있었다. 데이비드가 돌아오지 않으리라는 사실을. 내가 이 고통 속에서 애끓게 비통해해야 한다는 사실도. 나는 데이비드의 무덤 앞에 앉아 중얼거렸다. "지금은 네가 여기 있구나." 신에게 기도도 했다. "제발, 없던 일로 해주세요." 더 나아질 방법을 도무지 알 수 없었다. 이 고통을 짊어지고 어떻게

의미 수업

살아야 할지 알 수 없었다. 그때는 고통이 내 의미였다. 내 유일한 의미. 그 고통은 데이비드를 향한 내 사랑만큼 깊었다.

데이비드가 세상을 떠난 지 2주, 가까운 친구에게서 문자메시지가 왔다. 평소 아주 친하게 지내던 동료가 죽었다는 내용이었다. 그 문자메시지를 보고 가장 먼저 이런 생각이 들었다. '지금 내 아들이 죽었는데 다른 사람을 신경 쓸 겨를이 없어.' 하지만 이내 세상 모든 죽음이 다 중요하다는 생각이 다시금 들었다. 수년간 내가 사람들에게 자주 묻던 질문이 있다. 어떤 종류의 상실이 가장 최악인가 묻는 질문이었고, 내 대답은 한결같았다. 최악의 상실은 내게 닥친 상실이다.

극심한 고통의 단계는 상실 직후 겪게 되는 날것 그대로의 아픔의 단계로, 단순히 슬픔에 빠져 있는 것만으로도 의미가 된다. 나는 모든 강연 일정을 취소했다. 다시 강연을 할 수 있을지 확신이 서지 않았다. 이 상실을 겪고 다시 살아갈 수 있을지 없을지 의심이 들었다. 그런 내가 어떻게 슬픔에 관한 워크숍을 진행하고 강의를 할 수 있단 말인가? 나 자신조차 제대로 살아갈 수 있을지 확신이 서지 않는데 누구를 돕는단 말인가?

슬픔에 관해 모든 것을 아는 나였지만 내게도 도움이 필요했다. 평소 사람들에게 도움이 필요할 때는 도움을 청하라고 가르쳐온 내가 지금은 도움을 구해야 했다. 누구에게 전화를 걸지 고민하던 중 우연히 답을 찾았다. 삶에서 흔히 일어나는 우연으로 말이다.

2003년 엘리자베스 퀴블러 로스와 함께 나의 두 번째 책《상실

수업》초안에 몰두해 있을 때였다. 막 초안을 끝낸 나는 주위 몇몇 사람들에게 원고를 보내 검토를 부탁했다. 혹시 있을지 모르는 문제들을 찾아 아직 수정할 시간이 있을 때 고쳐야 했기 때문이다. 내 원고를 받은 사람들 중에는 훌륭한 비영리단체인 '아워하우스'에서 일하는 프레다 와서먼도 있었다. 와서먼은 로스앤젤레스에 있는 아워하우스에서 슬픔에 빠진 사람들을 위해 일하고 있었다. 내 원고를 읽은 프레다는 나를 자기 집으로 초대해주었다. 그때 나는 마치 잔뜩 긴장한 신입생 같은 기분이었다. 물론 프레다는 더 좋은 책을 만들게 해주려고 나를 부른 것이었고 나도 잘 알고 있었다. 실제로 프레다는 내게 큰 도움을 주었다. 그리고 몇 년 동안 서로 보지 못하다가 '직장에서의 슬픔' 콘퍼런스에서 다시 마주친 적이 있었다.

데이비드가 죽고 프레다에게서 이메일 한 통이 왔다. 내가 겪은 상실에 자신의 가슴이 너무 아프다며 혹시 도움이 필요하면 언제든 도울 테니 말만 하라는 내용이었다. 믿기 어려울 정도로 정확한 타이밍이었다. 마음속으로 '상실 한 달 뒤에 외부의 도움이 필요하다는 걸 이렇게 잘 알고 있다니!' 하는 생각이 들었다. 나는 프레다와 상담 약속을 잡았다.

프레다의 사무실로 가자 그녀는 나를 고객용 의자로 안내했다. 내가 앉지 않고 머뭇거리자 프레다가 말했다. "다른 사람 의자에 앉은 기분이 들 거예요."

"맞아요. 정말 이상하네요. 사람들이 궁금해하더군요. 슬픔 전문가가 자신의 아들을 잃은 슬픔에는 어떻게 대처하는지. 나는 그 사람들에게 이렇게 말해요. 슬픔 전문가가 아들을 잃은 것이 아니라 한 아이의 아버지가 자식을 잃은 거라고요."

프레다는 몸을 앞으로 기울이며 말했다. "슬픔 전문가로서도, 아버지로서도 정말 이겨내기 힘든 끔찍한 상실일 거라고 생각해요."

나는 매주 한 번씩 상담을 받았고 시간이 여의치 않으면 격주로 두 번씩 상담을 받았다. 상담 덕분에 내 슬픔은 시간과 공간을 얻었으며, 그건 내게 무척 중요한 의미였다. 시간과 공간이 지닌 힘을 인정하게 되었기 때문이다. 프레다는 아들의 죽음에 울음을 멈추지 못하는 아버지의 슬픔과 죽음에 대처하는 모든 조언이 정말 현실성이 있는지, 그것이 자기 자신에게도 적용되는지를 성찰하는 슬픔 전문가의 입장 모두를 헤아렸다.

나는 프레다에게 장례식을 치를 때 장례식장 측에 부탁해 데이비드의 모습을 보게 해달라고 했던 것과 신발을 잘 신었는지 확인했던 이야기도 했다. 나는 유대교도다. 닫힌 관은 절대 열지 않는 것이 유대교 관습이다. 하지만 나는 마지막으로 한 번 더 아들의 모습을 봐야 했고, 아들이 관에 누워 있는 그 황폐하고 잔혹한 현실을 내 가슴속에 각인해야 했다. 심지어 나는 관에 담긴 아들의 모습을 사진까지 찍었다. 유대교 관습에 반하는 내 행동에 죄책감을 느꼈기에 숨김없이 프레다에게 털어놓았다. 프레다라면 내 죄책감을 이해해주리라 생각했기 때문이다.

프레다는 내게 이렇게 말해주었다. "당신은 필요한 일을 한 거예요. 당신은 아들의 마지막 모습을 봐야 했죠. 그리고 그게 가장 중요한 일이었고요. 그건 유대교가 아닌 당신만의 의식이었어요."

나는 프레다에게 아들의 사진을 아무에게도 보여주지 않았는데 혹시 원한다면 보여주겠다고 말했다. 프레다는 선뜻 보겠노라고 했고 나는 프레다에게 사진을 건넸다. 프레다는 조심스레 사진을 받아 들고는 사진과 나를 번갈아 보았다. 그러고는 잠시 침묵하더니 입을 열었다. "정말 사랑스러운 아이네요. 저에게 이 아이의 사진을 보여주셔서 무척 감사해요."

나는 마지막 상담 시간에 흐느껴 울었다. 프레다는 말을 아끼며 내가 울도록 내버려두었다. 그렇게 나의 슬픔을 목도해주었다.

그때 나는 내 인생에서 깊은 강바닥까지 침몰했다. 그 강은 내가 그토록 많은 이들이 건널 수 있도록 도와준 강이었다. 나는 무력했고, 참담했으며, 나약했고, 가라앉았다. 그리고 이 모든 감정을 프레다와 나누었다. 우리는 데이비드가 죽은 날 밤 있었던 일과 그 이후에 일어났던 일들을 하나하나 되짚었다. 우리는 그때로 돌아갔다. 나는 이야기하다가 울다가 소리치다가를 반복했고, 프레다는 상담 내내 내 곁에 있어주었다. 데이비드의 죽음에 프레다도 나처럼 충격을 받은 것 같았다.

정식 상담이 끝난 뒤에도 나는 필요할 때면 프레다를 찾아가 상담을 받았고 자식을 잃은 부모들을 위한 모임인 '공감하는 친구들'에도 참여했다. 슬픔에 관한 내 책들이 진열된 곳에서 모임을 하니 기분이 이상했다. 내가 그 책들의 저자라는 사실을 아는 사람은 아

의미 수업

무도 없었다. 지금은 사람들이 내게 "아들이 죽으면 슬픔 전문가는 어떻게 대처하나요?" 하고 물으면 나는 이렇게 대답한다. "전문가도 지금 여러분이 하는 일들과 정확히 똑같은 일을 합니다. 슬픔 상담을 받고, 지지 모임에 나가고, 의미를 찾습니다."

상심 증후군

세상에는 상심 증후군이라고 하는 증상이 있다. 극심한 스트레스를 받은 사람의 심장이 일시적으로 정상 기능을 하지 못하는 증상이다. 이러한 증상은 사랑하는 사람의 죽음 같은 극도의 슬픔을 겪은 사람의 몸에서 스트레스 호르몬이 과잉 분비되면서 생긴다. 극한의 스트레스를 받으면 호르몬의 영향으로 좌심실이 일시적으로 부푸는데 이 때문에 심실에서 온몸으로 혈액을 보내는 능력이 방해받을 수 있다는 것이 전문가들 의견이다.

상심 증후군이 처음 보고된 것은 1990년 일본에서였다. 일본에서는 '타코트수보 심근증'이라고 불렀는데, 일시적으로 풍선처럼 부푼 좌심실의 모양이 문어를 잡는 항아리인 '타코트수보'와 비슷한 데다 심근증은 혈액을 내보내는 심장근육의 기능에 영향을 주는 질병이라 이런 이름을 붙였다. 보통 남성보다는 여성이 상심 증후군에 많이 걸리는 편이지만 보통 쉰다섯 살이 넘으면 남녀를 막론하고 이 병에 걸릴 위험이 더 높아진다.

상심 증후군의 증상은 심근경색과 매우 비슷하지만 대체로 일시석이며 신체에 병을 유발하지 않는 경우가 많다. 하지만 이따금 심장의 펌프 기능이 제대로 작동되지 않아 자칫 죽음에 이를 정도로 치명적일 수도 있다. 흔히 오랜 세월 결혼 생활을 한 부부가 배우자와 사별한 직후 이 증후군이 많이 생긴다. 배우자와 사별한 사람이 갑자기 뒤이어 죽으면 흔히 가슴이 너무 아파 죽은 거라고 말하곤 하는데, 정말 말 그대로 가슴이 아파 죽은 것이다.

상심 증후군은 인간의 몸과 마음이 이어져 있음을 가장 명확하게 보여주는 사례다. 다만 신체에 생기는 이상 증상은 오직 의사만이 진단할 수 있으며, 의사만이 상심 증후군과 심근경색을 판단할 수 있음을 유념하길 바란다. 만약 가슴에 통증이 느껴진다면 심근경색의 초기 증상일 수 있으니, 사안을 중대하게 받아들이고 응급의료 센터에 전화를 해야 한다.

바버라 부시의 장례식을 치른 다음 날, 바버라의 남편 조지 H. W. 부시가 병원에 입원했다. 여러 언론사의 기자들이 나를 찾아와 조지 H. W. 부시가 상심 증후군인지 아닌지를 물었다. 나는 73년을 함께 산 아내가 죽었는데 어떻게 상심 증후군이 걸리지 않을 수 있겠냐고 대답했다. 부시 대통령은 회복했지만 채 반년도 되지 않아 세상을 떠났다.

상심 증후군으로 강력하게 추정되는 사례는 또 있다. 데비 레이놀즈Debbie Reynolds는 사랑하는 딸 캐리 피셔Carrie Fisher가 사망한 다음 날 세상을 떠났다. 레이놀즈의 또 다른 자녀 토드 피셔Todd Fisher는 어머니가 상심으로 돌아가신 것이 아니라 딸과 함께 있어야 할

숙명 때문에 떠난 것이라고 말했다. "어머니는 캐리와 함께 있으려고 떠나신 겁니다." 토드 피셔의 말은 긍정적 의미 찾기의 사례다. 토드 피셔는 어머니를 '상심한 사람'이 아니라 죽음으로라도 딸과 가까이 있으려는 어머니로 보았다.

상심 증후군을 유발하는 극도의 스트레스 상황에는 아끼던 반려동물의 죽음도 포함된다. 〈뉴잉글랜드 의학 저널The New England Journal of Medicine〉에는 예순한 살 된 여성의 사례가 보고되어 있다. 이 여성은 반려동물이 죽은 뒤 극심한 가슴 통증을 호소하며 응급실에 왔다. 의사들이 여러 검사를 한 결과, 여성의 병명은 상심 증후군이었다.

나는 내가 상심 증후군에 걸리리라고는 한 번도 생각한 적이 없었다. 하지만 데이비드의 장례를 치르고 나서 나는 극심한 가슴 통증을 느꼈다. 나는 이것이 상심 증후군인지, 아니면 심장 질환인지 궁금했다. 하지만 병명은 중요하지 않았다. 심장마비가 온다면 내 아들과 함께 있을 수 있음을 의미했기 때문이다. 며칠 뒤 물리적인 심장 통증은 가라앉았다. 사실 상심 증후군에 걸린 사람들 대부분은 살아남는다. 비록 물리적 통증이 끝난 뒤에도 정신적 고통은 오래도록 지속되지만.

상처 입은 마음은 어떻게 고쳐야 할까? 유대가 답이다. 사람이 서로의 몸을 접촉하면 혈압이 내려가는 데 도움이 된다는 것은 익히 알려진 사실이기에 인간적인 유대감이 상심 증후군에 실질적 도움을 준다는 의견 역시 지나친 비약은 아니다. 어쩌면 누군가 우리의 슬픔을 보아주는 것이 정신직 아픔뿐 아니라 물리적 아픔에도 도움이 될 수 있다.

우리의 가슴은 유대감을 갈망한다. 깊은 슬픔에 빠진 사람은 그 슬픔이 자신의 마음과 심장과 몸에 영향을 끼칠 수 있다. 타인이 나의 고통을 목격하는 것, 내가 타인의 고통을 목격하는 것은 몸과 영혼의 훌륭한 치료제다. 프레다와 함께했던 시간과 슬픔에 빠진 사람들의 모임에서 보냈던 시간을 통해 나는 서서히 치유되기 시작했다. 내 친구들과 가족들 역시 더없이 강력한 치료제였다.

유대감에서 의미 찾기

내가 늘 주문처럼 되뇌는 말이 있다. "내 슬픔은 내가 존중해야 한다. 아무도 내 슬픔을 이해 못 한다." 나는 이 말을 수없이 경험하고 체득했다.

누군가 내 페이스북 페이지에 데이비드에 대해 아름다운 시를 올려주었다. 가슴 깊숙이 감동을 준 그 시를 보며 나의 상실이 이렇게 반짝이는 언어들이 될 수도 있다는 사실을 새삼 깨달았다. 다음 날 동일 인물이 내 페이스북 페이지에 먹음직스러운 디저트 사진을 올렸다. 분노가 치밀었다. 마치 세상 모든 사람들이 나만 빼고 다른 세상에 있는 기분이었다.

그러다 문득 이것이 선택의 문제라는 생각을 하게 되었다. 다른 사람들이 내가 느끼는 고통을 느끼지 못하는 것을 원망하고 비난할 수도 있고, 다른 사람들의 감정에 어떤 기대도 하지 않고 내 감정을 그대로 느낄 수도 있다. 다른 사람들이 내게 베풀어준 모든 종류의 친절에 깊이 감사하지만 그렇다고 해서 그들이 내 감정을 공유하리라는 기대는 할 수 없다. 데이비드의 일은 나의 비극이지 그들의 비극이 아니다. W. H. 오든w. H. Auden의 시 〈미술관Musée des Beaux Arts〉이 떠올랐다.

고통에 관해서 그들은 틀리는 법이 없다.

옛 거장들은 인간의 입장을 얼마나 잘 이해하는지 모른다.

누군가 음식을 먹거나, 창문을 열거나,

어슬렁거리며 걸어 다닐 때

고통이 어떻게 생겨나는지 잘 알고 있다.

데이비드가 죽고 처음 24시간 동안은 친구들과 친지들이 우리 가족과 계속 함께해주었다. 그들은 자기들이 받은 충격에 더해 우리 가족이 받은 충격까지도 견디고 도닥여주었다. 다들 그 어떤 도움이라도 주려고 우리 곁을 지켰다. 내 주위에는 늘 누군가 있었다. 위기의 상황에서 자신이 어디에 있어야 하는지 잘 알고 있었기 때문이다.

다음 날 더 많은 친구들과 친지들이 조문을 왔다. 문자메시지와 음성메시지, 전화가 쇄도했다. 사람들은 전화를 받아 우리가 전화를 받지 못하는 상황이면 전화를 건 사람에게 현재 상황을 설명해주기도 했다. 우리가 같은 이야기를 수도 없이 반복할 기운이 없다는 사실을 잘 알고 있었기에, 그들은 우리를 대신해 사람들의 질문에 대답해주고 우리 집 주소를 알려주고 다른 친구들에게 전화를 걸어 상황을 알리고 조문을 올 수 있는지 물어봐주었다.

며칠이 지나자 처음 24시간 동안 곁에 있어 주며 깊은 고통을 함께해준 사람들이 거의 눈에 띄지 않았다. 그리고 다른 사람들이 찾아와 나를 데리고 나가 함께 산책을 하거나 커피를 마셨다. 몇 주가 지난 뒤에도 여전히 사람들은 점심 식사나 저녁 식사를 함께 하자고 내게 연락을 해왔다. 이 일들은 그동안 내가 강연과 워크숍에서 여러 번 이야기했다.

슬픔에 잠겨 있을 때 친구들은 마치 오케스트라의 악기 같은 역할을 한다. 서로 다른 악기들이 저마다 다른 소리를 내며 화음을 이뤄나간다. 비극이 일어났을 때 비극을 겪은 당사자에게 곧장 찾아오는 사람들도 있다. 그건 그들이 내는 소리다. 또한 세상에서 가장 어두운 골짜기를 지날 수 있도록 한 달 동안 꾸준히 찾아와주는 사람들도 있다. 이 역시 그들의 소리다. 상실의 나락에 떨어진 사람이 뒷날 다시 살아갈 수 있도록 힘을 주고 도와주는 사람들은 저마다 다른 소리를 내는 악기다. 우리가 미래를 생각하고 그릴 수 있도록 격려해주는 악기다.

때론 타인들의 변덕에 화가 치밀기도 하지만 사는 게 본래 그렇다. 사람마다 서로 다른 도움을 주며 그 도움을 주려고 시간을 낸다. 이 모든 도움의 결과가 의미의 합주곡이 된다. 들으려고 귀를

의미 수업

기울인다면 그 소리가 들릴 것이다. 상처와 분노에 귀를 막아버린 다면 그 소리를 듣지 못할 것이다.

세 가지 치유 요소

나를 치유한 요소들을 곰곰이 생각하다 보면 '세 가지 P'가 떠오른 다. 세 가지 P는 유명한 심리학자 마틴 셀리그먼Martin Seligman이 인 간의 세계관을 형성하고 고난에 얼마나 잘 대처할 수 있는지를 결 정하는 인간의 속성이다. 세 가지 P는 다음과 같다.

1. **개인화**Personalization : 어떤 일이 일어났을 때 그 일에 대해 외부적 요인 또는 내부적 요인 탓을 한다든지, 자신을 비난한다든지, 자 신이 그 비극을 겪은 유일한 사람인 것처럼 생각하는 것
2. **침투성**Pervasiveness : 안 좋은 일이 삶의 모든 부분을 망가뜨릴 것 이라고 생각하는 것
3. **영속성**Permanence : 상실이나 비극의 여파가 영원히 지속될 것이 라고 생각하는 것

먼저 첫 번째 P인 개인화 관점에서 내 상실을 생각하자면, 아픈 상 실을 겪었지만 그것이 나 때문에 일어난 일이 아니라는 사실을 인 정해야 한다. 또한 나만 이런 고통을 겪는 것이 아니라는 점도 인 정해야 한다. 시련을 겪은 이유는 내가 신의 선택을 받아서도, 그

럴 운명이어서도 아니다. 나는 강연과 모임에서 만난 수많은 유족들, 자식을 잃고 살아가는 강인한 부모들과 많은 시간을 보내면서 내가 겪은 상실을 개인화하지 않으려 노력했다. 이런 일을 겪은 이들에게는 자기 자신을 비난하지 않도록 격려해주었다. 생각해보면 이런 시간이 이 세상에서, 이 황폐한 상실감에서 나를 덜 외롭게 해주었다.

두 번째 P인 침투성을 내 경우에 대입해보면, 나는 데이비드의 죽음으로 내 모든 삶이 황폐해지지는 않으리라는 사실을 알고 있다. 물론 내가 하는 일도 망가지지 않을 것이다. 오히려 이런 비극을 겪었기에 내가 하는 일은 그 깊이를 더해갈 수 있으며, 나 역시 이전보다 더욱 성숙한 지혜를 기를 수도 있다. 데이비드 덕분에 내가 다른 사람들을 도울 수 있다고 생각하면 어떤 면에서는 마음이 가벼워지기도 한다. 데이비드에게 깃든 조력자가 내게도 깃들어 함께할 수 있기 때문이다.

마지막 P인 영속성도 생각해보았다. 내 가슴에 난 이 구멍은 영원히 메워지지 않을 것이다. 하지만 고통이 영원하지는 않을 것이다. 나는 생각하지 못했던 다양한 방식으로 변하고 달라질 것이다.

'또 다른 뉴 노멀'로

이런 방식의 뉴 노멀(2008년 금융 위기 이후 새롭게 나타난 세계경제의 특징을 지칭해 생긴 용어로, 시대나 상황의 변화에 따라 새로 생긴 기준이나 표준을 의미한다-옮긴이)을 좋아하거나 원하는 사람은 없다. 슬픔에 빠진 대다수 사람들이 그러하듯 나 역시 일상생활로 돌아가 하루하루를 보낸 것이 도움이 되었다. 비록 나의 세상은 결코 평범해질 수 없으며 아무 일도 없던 예전으로 돌아갈 수 없겠지만, 그래도 내 일상의 습관과 규칙 덕분에 나는 안정적으로 자리를 잡아갈 수 있었다. 내가 원하는 방식으로 살아가려면 여러 선택을 해야 했고, 그 선택 중에는 강연을 계속 미루고 취소할지 다시 시작할지를 결정하는 문제도 있었다. 내가 노력을 해야지만 몇 달 뒤에라도 강연을 시작할 수 있다는 사실을 나는 잘 알았다.

내 첫 강연 대상은 로스앤젤레스 경찰국LAPD에서 동료 지원 프로그램을 이수한 수백 명의 경찰이었다. 그때는 내가 이런 상실감을 겪으리라는 사실을 알지 못했지만 어쩌면 무의식중에 내 강의가 뒷날 내 상실감을 품어줄 것이라는 사실을 알고 있었는지도 모른다. 그다음은 메이크업 전문가들을 대상으로 하는 강연이었는데 데이비드의 죽음으로 취소되었다가 다시 하게 되었다. 그 강의가 가장 두려웠다. 주최 측에서 강의 취소 이유를 설명해주어서 청중이 내가 겪은 일을 다 아는 상황이었기에 그들 앞에서 침착하게 강의할 자신이 없었다. 먼저 나는 앞서 있었던 강연 취소와 재예약 등 번거로운 과정을 통해 그 자리에 와준 모든 이들에게 감사의 인사를 전하며 말문을 열었다.

한 여성이 내게 해주었던 말은 강연 내내 나를 지탱해주었다. "선생님 아드님이 죽어서 강연이 취소되었다는 소식을 전화로 들고 니무나 충격을 받았어요. 선생님이 하루하루 잘 견디시길 기도하며 선생님과 선생님 가족들을 생각했어요." 그 여성이 말했다. "그런 생각과 기도가 제 인생의 완충재입니다. 정말 깊이 감사드립니다." 나는 진심을 담아 감사 인사를 했다.

많은 이들의 사랑이 나를 치유해주었다. 소셜 미디어에 셀 수 없이 많이 달린 댓글들 역시 너무도 감동적이어서 몇 번이고 읽고 또 읽었다. 내게 직접 메시지를 보낸 이들도 있었다. 그런데 소셜 미디어 댓글의 특성상 댓글 창에 글을 쓴 사람들끼리 서로 이야기를 주고받는 일도 있었다. 나는 내 댓글 창에서 사람들이 나에 대해 주고받은 대화를 읽었다.

"잠깐만, 저 사람은 자식을 잃은 사람을 도와주는 사람 아니야?"

"아냐. 저 사람 아들이 죽었대."

"데이비드 아들이 죽었다고? 말도 안 돼. 몇 달 전에 강의를 들었는데 그때만 해도 아들 이야기를 했었는데."

"응. 그 아들 맞아."

"기분이 이상하다. 슬픔 전문가의 아들이 죽다니. 너무 가슴 아프다."

"우리가 도울 방법은 없을까?"

나에게 보내는 위로와 나에 관한 댓글들은 더할 나위 없이 따뜻했고 크나큰 의미로 다가왔다.

다음 강연들은 치료사와 상담사를 위한 강연이었다. 사람들은 대부분 내 소식을 알지 못했다. 이런 경우에는 강연에서 균형을 잘 맞춰야 했다. 내 아들의 죽음을 언급하면 청중은 나를 도우려 할 것이다. 하지만 강연이 끝나고 나중에 생각하면 화가 날지도 모른다. 힘들게 번 돈으로 슬픔을 달래려고 찾은 강의인데 갑자기 강사를 달래줘야 한다면 달가울 리 없다. 나는 강연 맨 마지막 시간에 데이비드 이야기를 언급하기로 했다. 만약 누군가 강연 초반에 불쑥 아드님 일은 유감이라고 말한다면, 가볍게 감사 인사만 한 뒤 계속 강연을 이어나갈 생각이었다. 나도 여느 직장인들과 다르지 않아서 상실을 겪었다고 해서 일을 멈출 수는 없다. 그래서 강연에서 그들에게 필요한 정보나 도움을 다 주고 난 뒤에 최근 내게 일어난 일을 짤막하게 언급했다. 늘 강연에서 사람들에게 마음을 열고 솔직하게 각자의 상실감을 이야기해보라고 말해왔던 까닭에 나 역시 그렇게 하는 것이 옳다고 생각했다.

그렇게 그해가 저물어갈 무렵, 데이비드 없는 첫 명절을 보내야 했다. 리처드에게도, 내게도 무척 힘든 일이 되리라고 생각했다. 부모로서 큰아들에게 좋은 명절을 선사하고 싶었지만 아이의 슬픔을 방해하고 싶지는 않았다. 평소 집에서 아이들과 하누카(유대교 명절-옮긴이)와 크리스마스를 모두 기념하며 보내왔기에 나는 크리스마스트리와 하누카 촛대를 둘 다 꺼냈다. 그리고 리처드와 소파에 나란히 앉았다. 리처드에게 에그노그(맥주나 포도주 등에 달걀과 우유를 섞은 술-옮긴이)를 따라주자 리처드가 빙긋 웃으며 잔을 받았다. 나는 리처드에게 크리스마스트리에 전구는 어떻게 달 수 있겠는데 장식은 잘 못할 것 같다고 말하며 전구 장식을 나무에 두르기 시작했다. 리처드에게 도와주고 싶으면 도와줘도 괜찮다고 말하자 리처드는 고개를 가로저었다.

예전에는 리처드를 살살 구슬리거나 혼자 전구를 못 다는 척해서 리처드가 도와주게 만들곤 했다. 물론 전구 다루는 법은 내가 더 잘 알았다. 하지만 지금은 리처드의 슬픔에 억지로 불을 밝힐 때가 아니었다. 아무리 좋은 의도라도 고통에 빠진 사람이 그 고통에서 나올 준비가 되지 않았는데 억지로 꺼내려 해서는 안 된다. 리처드는 자리에 앉았다. 나는 전구를 달았다. 그게 다였다.

크리스마스 며칠 전 리처드와 함께 데이비드의 무덤을 찾았다. 오랜 침묵 끝에 리처드가 말했다. "이제 다시는 크리스마스를 즐겁게 보내지 못할 것 같아요."

"그래. 네 마음 안다. 데이비드가 없는 크리스마스는 이제 영원히 예전 같지 않을 거야. 그래도 만약 내가 운이 좋다면 앞으로 20~30년 정도는 너와 함께 크리스마스를 맞게 되겠지. 그때도 우리가 반드시 함께해야 하는 건 아니지만 그래도 크리스마스는 너와 함께 보내고 싶구나. 나도 데이비드가 늘 그리워. 다시는 함께하지 못한다는 사실도 너무 원망스럽고. 그래도 우리가 앞으로 크리스마스를 기념할 날이 올 거라고 생각한다. 물론 시간이 좀 걸리겠지만."

리처드는 몇 년 뒤 크리스마스를 생각하는 듯 보였다. "그래요. 저도 크리스마스를 즐기고 싶어요."

"언젠가는 그렇게 되겠지."

현재의 안 좋은 상황을 받아들이고 미래의 목표를 정하자 모든 것이 달라졌다. 약간 희망적인 분위기마저 감돌았다. 불가능한 상황에서 억지로 크리스마스를 즐겨야 한다는 압박감도 없어졌다. 이후 리처드와 나는 메리앤과 메리앤의 딸 인디아와 함께 선물을 주고받고 인디아가 준비한 맛있는 저녁 식사를 함께 먹었다. 우리는 친구들과 가족들과 함께 울고 웃고 이야기하며 추억을 나눴다. 충분히 슬펐지만, 우리에겐 여전히 살아야 할 삶이 있다는 사실도 잊지 않았다. 살면서 다시는 겪고 싶지 않은 크리스마스였지만 친구들, 가족들과 함께 보내면서 매우 뜻깊은 날이 되었다.

사람들은 내게 이런 말을 하곤 한다. "어떻게 견디시는지 모르겠어요." 그러면 나는 그들에게 잘 견디지 못하고 있다고 말한다. 아침에 일어날지 말지 선택해서 일어나는 것이 아니듯, 그냥 견디는 거다. 할 수 있는 다른 일은 없었기에 그냥 한 걸음씩 걸었던 거다. 좋든 싫든 내 삶은 지속된다. 그리고 나는 기꺼이 내 삶에 동참하기로 했다.

의미와 더불어 다시 삶 짓기

슬픔의 나락에 빠져 있다 보면 남은 생에서 어떻게 의미를 찾아야 할지 막막하다. 삶에서 가장 의미 있는 일은 사랑하는 그 사람이 다시 돌아오는 것뿐이라는 생각도 어쩔 수 없이 들기 마련이다. 불가능하다는 사실을 알면서도 말이다. 사랑하는 사람과 함께했던 시간이 너무 짧을 때, 현실의 벽에 부딪혔을 때 스스로에게 이렇게 물어야 한다. "그렇다면 그 사람이 누리지 못한 날들을 가장 명예롭게 기리는 방법은 무엇일까?" 그들이 없는 삶에서 의미를 찾는 것도 한 방법이다.

지독한 상실을 겪은 사람들은 자신이 치유될 방법이 없다고 생각한다. 내 생각은 다르다. 사랑하는 사람이 고통보다는 사랑으로 기억될 때, 그들이 살지 못한 날들을 빛내기 위해 자신의 삶에서 의미를 만들기 시작할 때 치유는 시작된다. 그러려면 의미를 찾겠다고 결정을 내려야 하고 의미를 향한 열정을 품어야 한다. 의미를 찾는 일은 특별하지 않다. 지극히 평범하다. 어느 곳에서든, 언제든 찾을 수 있다.

강의를 시작하기 전 한 참석자가 내게 와서 들뜬 목소리로 말했다. "선생님 강연을 얼마나 기다렸는지 몰라요. 이 강연이 고인이 된 아드님 이야기인가요?"

"아닙니다. 슬픔을 겪은 사람들을 돕는 방법에 관한 강연입니다." 나는 대답했다.

내 강연과 워크숍은 아들의 죽음에 관한 이야기가 아니다. 이 책은 데이비드의 죽음 이야기가 아니다. 하지만 데이비드의 죽음은 내가 하는 일을 훨씬 더 뜻깊게 만들어주었다. 나는 데이비드의 삶이 죽음 그 이상이길 바란다.

삶은 우리에게 빚지지 않았다. 우리가 삶에 빚을 졌다. 삶을 경외하며 사는 사람들이다. 완벽한 삶을 살아서가 아니다. 오히려 비극을 많이 겪은 이들이다. 그들은 텔레비전에 나오는 유명인도, 페

의미 수업

이스북이나 인스타그램에 멋진 삶을 포스팅하는 이들도 아니다. '경외'라는 단어가 너무 부담스럽게 와닿는 사람도 있을 것이다. 나 역시 그렇다. 하지만 빅터 프랭클과 동료들이 강제수용소에서 저녁노을을 바라보며 경외감에 압도될 수 있었다면, 우리도 그럴 수 있다.

사랑하는 사람들과 함께했던 마법 같은 순간들이 있다. 우리는 그 순간들을 찾아 소중히 보듬어야 한다. 그 순간들을 통해 이 쓰디쓴 세상에서 달콤함을 찾을 수 있다.

의미를 찾기란 쉽지 않다. 매 순간 선택을 해야 한다. 치유를 향해 나아갈 것인지, 고통 속에 머물 것인지. 슬픔의 다른 단계들과 마찬가지로 여섯 번째 단계에서도 능동적인 태도가 필요하다. 과거를 떠나지 않고서는 미래를 향해 갈 수 없다. 살아왔던 날들에 작별 인사를 하고 다가올 날들에 긍정의 대답을 해야 한다. 내 아들의 죽음은 영원히 나와 함께할 것이며, 내 목표는 아들이 없는 미래에서 나 자신을 찾는 것이다. 그렇게 할 때 내 삶이 다시 만들어질 것이다.

이렇게 자문해보라. "이러한 상실과 더불어 변하고 성장한다면 나는 어떤 사람이 될 것인가?" 더욱 중요한 것은 이 질문이다. "이러한 상실과 더불어 성장하지 못한다면 나는 어떤 사람이 될 것인가?" 나는 슬픔 전문가다. 우리 삶을 지나간 최악의 시간 속에서 의미를 찾도록 도와주는 전문가다. 사랑하는 사람이 세상을 떠난 지금, 당신은 어떤 사람인가?

무수히 많은 임종을 지켜본 결과, 삶의 마지막 순간에 좋은 집이나 자동차에 애타게 매달리는 사람은 없었다. 그들에게 가장 깊은 의미는 사랑했던 사람들이다.

독일에서 강연할 때 함부르크를 방문한 적이 있다. 제2차 세계대전과 히틀러, 그리고 강제수용소에 대해서는 잘 알고 있었다. 아우슈비츠 비르케나우 강제수용소에 가기도 했다. 하지만 함부르크에 대해서는 잘 몰랐다. 처음 함부르크에 간 나는 모든 건물이며 시설이 새것처럼 보여서 무척 놀랐다. 유럽의 오래된 도시 느낌을 생각했던 내 예상이 빗나갔다. 하도 궁금해서 지인에게 왜 함부르크의 건물들이 다 새로 지은 건물인지 물었다. 그러자 놀라운 대답이 돌아왔다.

"제2차 세계대전 때 영국과 미국이 이곳에 폭탄을 떨어뜨렸어요. 도시가 다 파괴되었죠. 그래서 건물 잔해를 치우고 다시 지어야 했답니다."

그런 사실도 몰랐던 나 자신이 부끄러웠다. 이 도시에서 파괴되지 않은 곳은 지극히 일부였다. 폭탄이 투하되어 황폐해진 도시의 잔해 더미에서 살아남은 것은 성 니콜라이 교회뿐이었다. 현재 성 니콜라이 교회는 공습으로 목숨을 잃은 사람들을 추모하는 곳이 되었다. 평화와 화합의 염원을 담은 조각상과 평화 정원이 교회에 있다. 교회를 찾았을 때는 검게 그을린 종탑만이 영원한 슬픔 속에 잠겨 있었다. 하지만 그 검은 종탑에서조차 삶에 대한 어떤 확신이 느껴졌다. 그 종탑은 마치 지속과 회복을 증언하고 있는 듯했다.

그곳에서 자원봉사를 하는 헬가를 만나 이야기를 들었다. 헬가가 다섯 살 때 부모님이 자신을 구하기 위해 불구덩이에서 달려 나오는 광경을 보았다. 어머니와 아버지 몸에 불이 붙어 있었고 내달리는 곳마다 온통 시뻘건 불기둥이 일었다. 누군가 헬가에게 검은 땅을 따라 대피하라고 소리쳤다. 유일하게 불길이 닿지 않은 곳들이었다. 헬가는 검은 땅을 디뎌가며 불길을 피해 간신히 살아남았다.

헬가의 이야기를 모두 들은 나는 죄송하다는 말밖에는 할 수가 없었다. 나는 헬가의 부모님과 다른 수만 명의 주민에게 폭탄을 투하한 그 나라에서 온 사람이었다.

"예전에는 분노했었어요. 하지만 나이가 들면서 좋은 세상을 만들기 위해 불가피한 일이었다는 걸 이해하게 되었어요."

이 지혜로운 여성은 어린 나이에 부모님의 죽음을 목격하고도 끔찍한 역사를 이해하고 부모님에게 일어났던 일을 설명할 수 있는 사람이 되었다. 헬가는 세계적인 시민이 되었고, 시민의 책임을 셔야 한다고 생각했으며, 자신을 더 큰 세상의 일원으로 보았다.

이따금 아름다운 현대 도시의 한복판에 검게 그을린 자국을 유구히 지니고 있는 성 니콜라이 교회가 생각나곤 한다. 그리고 사랑하는 내 아들 데이비드를 생각하곤 한다. 데이비드도 성 니콜라이 교회처럼 죽음으로 영원히 황폐해진 내 가슴속에서 나의 일부가 되었다. 다시 만나기 전까지는 그 고통과 간절함이 영원히 사라지지 않으리라는 걸 잘 알고 있다. 하지만 나 자신이 마치 함부르크 도시 같은 기분이 든다. 황폐해진 내 가슴에 뭔가를 다시 만들어야 한다.

시간이 지나면 슬픔도 엷어질 거라고들 생각한다. 그렇지 않다. 슬픔은 그대로다. 우리가 커져야 한다. 상실 이후의 삶을 우리가 다시 지어야 한다. 데이비드도 자신의 죽음 때문에 내 삶이 위축되기를 바라지 않을 것이다. 오히려 내 삶이 활짝 넓어지기를 바랄 것이다. 그래서 나도 내 삶의 지평을 넓히려고 노력한다. 그것이 내 의미다.

이 책을 읽는 이들 중에는 지금 마음이 황폐해질 대로 황폐해진 사람도 있을 것이다. 세상을 떠난 그 사람이 삶의 유일한 의미였다고 생각하는 사람도 있을 것이다. 하지만 의미는 내 안에 살아 있으며, 언제든 다시 찾을 수 있다. 사랑하는 사람을 잃고 나면 모든 의미도 사라질 것 같지만 그렇지 않다. 지금 이곳에 살아 있는 사람들과 의미 있는 유대를 지속할 수도 있고, 새로운 유대를 형성할 수도 있다. 사랑하는 사람이 죽는다고 해도 유대감은 소멸되지 않고 더욱 커질 것이다.

죽음과 슬픔을 주제로 오랜 세월 일하고 나니 지금 이 삶에서 우리가 찾는 의미는 사랑하는 사람들이라는 생각이 든다. 사랑했던 사람 이야기는 이제 책장을 덮었다. 우리가 알지 못하는 이유로 그들의 시간은 이곳에서 저물었다. 하지만 우리의 시간은 계속 흐르고 있다. 나는 남은 삶의 이야기가 궁금한 이들을 초대할 뿐이다.

아마 사랑하는 사람의 죽음을 받아들이기가 무척 힘들었을 것이다. 어쩌면 지금이 슬픔의 다음 단계로 나아가야 할 때인지도 모른다. 이제는 의미를 찾으라. 당신의 미래는 여전히 백지다. 사랑을 했고 이루 말로 할 수 없는 슬픔을 겪었지만, 그래도 당신의 인생은 지속된다. 그 삶을 탐험하라. 그 삶을 궁금해하라. 미래의 당신은 지금과 같지 않을 것이고, 그러길 바라지도 않을 것이다. 하지만 당신은 완전히 달라질 수 있으며, 그럴 만한 자격이 충분하다.

아들들이 어렸을 때 내게 이렇게 묻곤 했다. "아빠는 신을 믿으세요?"

나는 늘 "그럼"이라고 대답했다. 그러면 아들들은 또 이렇게 물어왔다. "그걸 어떻게 확신하는데요?"

"너희들을 찾았으니까. 이 세상에 수백만 명의 아이들이 있는데 그 많은 아이들 중 단 두 명이 내 삶에 들어왔잖아. 우리가 함께하는 건 기적이야. 신이 존재한다는 걸 알게 해준 기적이지."

데이비드가 가고 없는 지금, 나는 우리가 다른 어느 곳에서 다시 만나 함께할 날을 생각하는가? 그렇다. 구체적으로 어떻게 그렇게 될지는 잘 모르겠다. 데이비드가 이곳을 떠났다는 사실은 알지만 우리의 영혼과 영혼을 이어주는 보이지 않는 유대감을 느낀다. 그리고 그 유대감이 죽음에서 나를 살게 하고 우리를 다음 세상에서 함께 묶어줄 것이라고 믿게 한다. 어느 곳에서든, 어떤 형태로든.

자주 생각나는 이야기가 있다. 엄마 배 속에 있던 쌍둥이 이야기다.

한 어머니의 배 속에 쌍둥이 태아가 있었다. 첫째 아이가 둘째 아이에게 물었다. "이 세상 이후에도 다른 삶이 있다고 믿니?"

그러자 둘째 아이가 대답했다. "그럼, 당연하지. 이 세상을 떠나더라도 다른 세상이 있을 거야."

그러자 첫째 아이가 다시 말했다. "말도 안 돼. 이 세상 말고 다른 세상은 없어. 그런 세상이 어떻게 있겠어? 지금 우리는 탯줄이 영양분을 공급해주잖아. 그런데 바깥세상에 나가면 이 짧은 탯줄로 어떻게 영양분을 공급받겠어? 이곳이 유일한 세상이야."

둘째 아이도 지지 않고 말했다. "나는 이곳 말고도 뭔가 있다고 생각해. 다만 지금 이곳과는 다를지도 모르지. 어쩌면 우리도 그곳에서 다시 만날지 몰라."

첫째 아이가 대답했다. "만약 다른 세상이 있다면 왜 아무도 이곳에 돌아온 사람이 없겠어. 여길 떠나면 삶도 끝이야. 우리가 엄마 배 속에서 나가고 나면 갈 곳이 없을 거야. 온통 어둠만 있겠지."

"글쎄, 잘 모르겠어. 하지만 우린 엄마를 만날 거잖아. 엄마도 우릴 보살펴주실 거고."

첫째 아이는 "풉!" 하고 웃음을 터뜨렸다. "엄마라고? 넌 엄마를 믿어? 그렇게 전지전능한 존재가 정말 있다고 믿는 거야? 그래, 엄마는 지금 어디 있는데?"

둘째 아이는 인내심을 잃지 않고 차분하게 설명했다. "엄마는 우리 곁 어느 곳에나 있어. 우리가 살고 있는 곳도 엄마 안이야. 엄마가 없으면 이 세상도 없겠지."

"하하. 엄마는 보이지도 않잖아. 논리적으로 봐도 엄마는 존재하지 않아."

그러자 둘째 아이가 말했다. "때론 조용히 있다 보면 엄마 소리가 들려. 엄마를 느낄 수 있어. 나는 이 세상에서 나가도 또 다른 세상이 있다고 믿어."

이 이야기는 엄마 배 속에서 출생 이후의 세상을 상상도 하지 못하고, 심지어 그런 세상이 존재하는지조차 모르는 쌍둥이의 대화다. 마치 죽음 이후의 삶을 상상하지 못하는 우리와 비슷하다.

나는 어떤 형태로든, 어떤 방식으로든 내 부모님과 사촌들, 나보다 먼저 떠난 모든 이들을 만날 것이라고 생각한다. 그리고 누구보다도 사랑하는 아들 데이비드를 다시 만나게 되기를 간절히 바란다. 어쩌면 데이비드는 자신이 이 세상을 떠난 뒤에 이곳에서 일어난 모든 일을 다 알 수도 있고 모를 수도 있다. 어쩌면 데이비드와 내 어머니와 다른 사람들이 자신들이 떠난 이후 내게 남은 선물 같은 날들은 어땠는지 물어볼지도 모른다. 그 선물로 무엇을 했느냐고. 내가 살아온 이야기를 들려달라고. 삶의 마지막 장을 의미 있게 마무리했냐고 물을지 모른다. 나는 그들에게 아주 흥미진진하고 재미있는 이야기를 들려주게 되기를 간절히 바란다.

당신도 부디 그렇게 되길 바란다. 당신의 남은 삶이 재미있고 의미 있어지기를 바란다.

감사의 글

아들이 세상을 떠난 뒤 나를 도와준 이들에게 어떤 말로, 어떻게 고마움을 표현할 수 있을까? 내 아들의 명예를 기리고, 사랑하는 이를 잃은 수많은 사람을 돕기 위해 쓴 나의 개인적인 책은 그들의 응원과 격려 덕분에 나올 수 있었다.

이 책은 데이비드가 죽은 뒤 오랜 시간이 흐르며 고인 내 생각들을 걸러주었다. 마침내 나는 슬픔의 여섯 번째 단계인 의미를 찾았고, 그 의미 찾기로 나 자신과 다른 이들을 도울 수 있다는 사실을 깨달았다. 먼저 슬픔의 다섯 단계에 한 단계를 더할 수 있도록 허락해준 켄 로스와 엘리자베스 퀴블러 로스 가족, 그리고 재단에 감사한다.

내 에이전트 WME에 이 개념을 이야기했을 때 내게 용기와 지지를 보낸 제니퍼 루돌프 월시에게 감사한다. 제니퍼가 소개해준 현명하고 훌륭한 에이전트 마거릿 라일리 킹은 구상만 존재하던 이 책을 실제 책으로 만들어주었다.

사이먼&슈스터와 스크리브너출판사는 내게 그냥 출판사였다가 데이비드가 세상을 떠난 뒤에는 가족이 되었다. 낸 그레엄과 로츠 립펠이 베풀어준 사랑에 깊이 감사한다. 편집자 캐시 벨든은 절친한 친구이자 양을 치는 목자 역할을 해주었으며 모든 저자들에게 꼭 필요하지만 제대로 얻기 힘든 자문과 피드백을 제공해주었다. 이런 책은 수많은 교정이 없으면 나오기 힘들다. 베스 러시바움은 나를 좋은 문장가가 되도록 도와준 마법사다. 항상 좋은 친구이자 편집자가 되어주는 안드레아 카겐에게도 감사한다. 데이비드가 죽고 나서, 안드레아는 내 컴퓨터 앞에 앉아 이렇게 말해주었다. "여기에 뭐라도 써. 뒷날 그 아이에 대한 소소한 내용들을 모두 기억하고 싶을 거야." 늘 든든하게 나를 이끌어준 안드레아는 내 책과 삶의 진정한 선물이다.

내 글은 그저 내 개인적 세계만을 반영한다. 아들 리처드는 늘 뛰어난 능력과 데이비드를 향한 사랑으로 나를 놀라게 한다. 모진 폭풍우를 겪은 리처드는 진정한 생존자다. 리처드는 내 여섯 번째 단계다.

나의 동반자 폴 데니스턴에게 깊이 감사한다. 데이비드의 죽음을 견디는 동안 폴은 내게 든든한 바위가 되어주었다. 내가 이 책을 쓰는 동안 폴은 지독한 슬픔을 이겨냈고 고통과 치유를 겪으며 회복했다. 그는 늘 나의 편이 되어주었고 무조건적인 사랑이 존재한다는 걸 입증해주었다.

메리앤 윌리엄슨은 수십 년 동안 내 진정한 친구이자 내게 영감을 주는 사람이다. 메리앤의 용기와 공감 능력은 정말 놀랍다. 내가 상실감에 빠져 있을 때 메리앤은 내 등불이 되어주었다.

내 대자녀 인디아에게도 깊은 고마움을 전한다. 인디아의 반짝이는 지혜는 내게 나침반이 되었다.

내 인생 여정에서 만난 수많은 친구들과 동료들에게도 형언할 수 없는 고마움을 전하고 싶다. 이 책이 있게 해준 그들에게 어떤 감사의 말도 모자란다. 아델 바스, 에니 개드, 에드 라다, 앤 마시, 짐 토미스, 레이첼 한플링, 리베카 하먼드, 크리스타 리처드, 코니 웰첼, 페트릭 알로카, 프레다 와서먼, 론 스파노, 다이앤 그레이, 제이퍼 신델, 데니스 자블론스키-카예, 스티브 타일러, 존 맥크리트, 리처드 에이욥, 리 에드미스턴, 엘라 에드미스턴, 폴레트 포레스트, 개릭 콜웰, 케이트 샘플, 린다 잭슨, 보니 맥버드, 클레어 젤라스코, 마크 비에라, 안나 러스틱, 자니나 피셔 박사, 베스 세갈로프, 마이크 로비츠, 카르멘 캐릴로, 로드니 스콧, 리타 와이스먼, 벤 덱커, 알레나 스튜어트, 베셀 반 데어 콜크, 데보라 모리세이, 리치아 스카이, 탤리 브릭스, 크리스 호워드, 매튜 호데스, 제프리 호데스, 리츠 헤르난데스, 바이런 케이트, 그레고리 호프먼, 후안 로페즈, 프로젝트 에인절 푸드, 파라 포셋 재단 모두에게 깊은 감사를 드린다.

마지막으로 이 책에서 자신들의 삶과 죽음과 경험을 들려준 모든 이들에게 감사 인사를 드린다. 그들은 영원한 나의 스승이다. 그들의 사랑과 용기, 그들이 삶에서 찾은 의미는 늘 내게 큰 영감과 감동을 준다.

슬픔을 이기는 여섯 번째 단계
의미 수업 Finding Meaning

제1판 1쇄 발행 | 2020년 10월 26일
제1판 3쇄 발행 | 2024년 7월 30일

지은이 | 데이비드 케슬러
옮긴이 | 박여진
펴낸이 | 김수언
펴낸곳 | 한국경제신문 한경BP
책임편집 | 이혜영
교정교열 | 한지연
저작권 | 박정현
홍보 | 서은실 · 이여진 · 박도현
마케팅 | 김규형 · 정우연
디자인 | 장주원 · 권석중
본문디자인 | 디자인 현

주소 | 서울특별시 중구 청파로 463
기획출판팀 | 02-3604-590, 584
영업마케팅팀 | 02-3604-595, 583   FAX | 02-3604-599
H | http://bp.hankyung.com   E | bp@hankyung.com
F | www.facebook.com/hankyungbp
등록 | 제 2-315(1967. 5. 15)

ISBN 978-89-475-4647-8 03840

FINDING MEANING